Rayda Jacobs
Augen des Himmels

Der Erinnerung an *Oupa* Regopstaan gewidmet

Rayda Jacobs
Augen des Himmels

Roman

Aus dem Englischen von Hilde Schruff

Mit einem Nachwort von Geoffrey V. Davis

Lamuv

Originaltitel: Eyes of the Sky

Die Erstausgabe erschien 1996
bei Kwela Books, Cape Town (Südafrika)

Bitte fordern Sie unser kostenloses Gesamtverzeichnis an:
Lamuv Verlag, Postfach 26 05, D-37016 Göttingen
Telefax (05 51) 4 13 92, e-mail lamuv@t-online.de
www.lamuv.de

99 00 01 02 03 9 8 7 6 5 4 3 2 1

1. Auflage 1999
Deutsche Erstausgabe

Lektorat: Heike Brillmann-Ede
Umschlaggestaltung: Gerhard Steidl
unter Verwendung eines Fotos von Ernst Haas
Gesamtherstellung: Steidl, Göttingen
Printed in Germany
ISBN 3-88977-556-X

1

Es war eine ruhige Nacht, das helle Mondlicht leuchtete durch die hinteren Fenster des abgelegenen, kleinen Hauses am Hang. In dem Haus standen vier Betten und in einem der Betten drehte sich ein schlafender Junge um. Ein Geräusch war in seinen Traum gedrungen. Er öffnete die Augen und lauschte. War die Hausdienerin hereingekommen? Sanna, die ihn verhätschelte und zur Familie gehörte, war wie eine Mutter für ihn. Sie stolperte dauernd über irgendetwas, besonders dann, wenn sie das Baby auf dem Rücken trug. Pa? *Oupa** Harman? Das konnte nicht sein. Es war ein plötzliches Geräusch gewesen und es kam von draußen. Dort, wo sich das trockene und gebrochene Land mit vereinzelten *Karee*-Bäumen, Futterbüschen und Sukkulenten meilenweit erstreckte. Das Haus, das am Fuße einer Bergkette lag, der Schafstall und die Hütten stachen aus der Monotonie der riesigen eintönigen Fläche hervor.

Dann hörte er es noch einmal das Knurren von Ratel und Riempie. Er setzte sich auf und schaute zu seinem Bruder hinüber, der in dem Bett neben ihm schlief. Ein plötzlicher Schrei ließ ihn sein Laken zurückwerfen und an das Bett seines Vaters laufen. Willem Kloot hatte die geladene Muskete bereits in der Hand.

»Klingt nach Ärger da draußen.«

Roeloff rannte hinter seinem Vater nach draußen, ohne sich vorher seine *Veldskoen* anzuziehen.

Der Boden unter seinen Füßen fühlte sich warm an, als er auf den Stall zurannte und zu dem toten Schaf, das dort mit mehreren Pfeilen im Rücken auf der Erde lag. Riempie und

* Glossar auf Seite 319

Ratel zerrten zwei sich im Staub wälzenden jungen *Buschmännern* an Hals und Armen.

»Ich bring euch um!« Willem richtete sein Gewehr auf ihre Köpfe.

»Nein, Pa!«

Willem drehte sich um, als er die Stimme seines Sohnes hörte – eines aufgeweckten zwölfjährigen Jungen mit blauen Augen und hellen Haaren, die dieselbe Farbe hatten wie der Sand in der *Karoo,* wenn die Sonne im Zenit stand.

»Was machst du hier draußen?«

»Schieß nicht. Twa kann mit ihnen reden.«

Willem trat den Eindringlingen mit aller Kraft in die Rippen. Sie rollten sich wie Raupen zusammen, gaben aber keinen Schmerzenslaut von sich.

Roeloff drehte sich um und wollte zu den Hütten der Arbeiter rennen, doch dann sah er den alten Buschmann, der sich ein Fell umgehängt hatte, humpelnd auf sie zu eilen.

»Pa ruft dich, Twa. Komm schnell!«

»Frag sie, wo ihr Lager ist«, blaffte Willem.

Zahllose Schnalzlaute schlugen an seinen Gaumen, während Twa mit dem Jungen sprach, den Willem Kloot unter seinem Stiefel gefangen hielt.

Der Junge steckte seinen Kopf zwischen die Knie und weigerte sich zu antworten.

Willem richtete das Gewehr auf ihn.

Twa kniete sich auf sein gesundes Bein und bemühte sich, den Jungen mit fuchtelnden Händen klar zu machen, wie ernst ihre Lage war.

»Sie wollen nichts sagen«, sagte er schließlich.

»Sag ihnen, sie sollen aufstehen.«

Als sie sich hingestellt hatten, schoss Willem einem der Jungen mitten in die Brust. Er wurde ein Stück in die Luft gerissen und fiel dann mit einem dumpfen Knall nieder. Aus der Wunde unter seinem Herzen rann Blut.

Roeloff sah seinen Vater bestürzt an.

»Frag ihn, ob ihm dasselbe passieren soll.«

Twa sprach den anderen Jungen an. Da das Gewehr auf seinen Kopf gerichtet war, antwortete er sofort. Er wusste nicht, dass der weiße Mann das Gewehr erst wieder laden musste, bevor er ein zweites Mal schießen konnte.

»Eine Wasserstelle in der Nähe des hängenden Felsen, sagt er. Hinter dem Hantam.«

»Fessel ihn. Morgen bring ich ihn zu Joubert. Joubert weiß, wie man sie zähmt. Und begrab diesen Buschmann, bevor er noch mehr Tiere anlockt.«

»Du hast ihn erschossen, Pa.«

»Er ist ein Dieb. So werden sie kapieren, was ihnen passiert, wenn sie herkommen und stehlen. Geh jetzt zurück ins Haus.«

David hatte den Schuss gehört und war wach, als Roeloff zurückkehrte.

»Pa hat einen Buschman erschossen.«

»Was wollten sie hier auf unserem Land?«

»Was zu essen suchen.«

»Klauen, meinst du. Das Kommando sollte sie alle einfangen. Im vergangenen Monat haben sie den Stall von Maatie Muller überfallen und sechs Schafe getötet. Einfach getötet und liegen gelassen.«

»Pa wird gefährlich. Er ist anders geworden, seit *Oom* Jan hier ist. Oom Jan hätte in Roodezand bleiben sollen. Wenn es da, wo er herkommt, so grün und fruchtbar ist, warum ist er dann überhaupt in den Norden kommen? Pa hätte das nicht getan, wenn Ma noch leben würde. Und ich hab gehört, wie Oom Jan neulich über das Kommando geredet hat. Er findet, Pa soll da mitmachen. Pa denkt darüber nach.«

»Das Kommando schützt uns. Die *Hottentotten* bedrängen uns von der einen Seite, die Buschmänner von der anderen. Die Hottentotten achten wenigstens Vieh und Schafe. Sie töten nicht aus Rache. Ein Hottentotte, der zwei Schafe besitzt, wird daraus sechs machen, manche von den Hottentotten sind clever. Ein Buschmann schlachtet beide und verschlingt sie an einem Tag.«

»Das ist nicht wahr. Sie schlachten nur das, was sie essen können, sie achten Tiere, hat Twa gesagt. Er sagt, dieses ganze Land hat seinem Volk gehört.«

»Gehört?« David lachte im Dunkeln. »Sie sind Diebe und primitiv, allesamt. Es kann ihnen überhaupt nichts gehören. Was haben sie denn mit dem Land gemacht?«

»Hier gab es viele Tiere, bevor wir kamen. Wir haben sie verscheucht.«

»Verscheucht?«

»Ja. Mit unseren Gewehren. Unserem lauten Krach. Wir haben die Harmonie hier zerstört. Twa sagt, nicht mal die Bienen bauen noch ihre Nester hier.«

»Du verbringst zu viel Zeit mit diesem Jungen. Was weiß der denn schon, der alte Buschmann? Hör jetzt auf mit dem Quatsch und leg dich hin.«

Roeloff lauschte dem gleichmäßigen Atem seines Bruders, während ihn das Gesicht des toten Jungen und die kaltherzige Ruhe seines Vaters nicht losließen. Warum konnte er seinen Bruder manchmal nicht leiden? Er mochte alle anderen, die auf der Farm lebten, und Twa liebte er beinahe. Twa war ein Freund, einer, der ihm Geschichten erzählte und sich um ihn kümmerte.

Das Kommando, das Twas Stammfamilie vor Jahrzehnten vernichtet hatte, hatte Twa, den »dünnen Mann«, als angeblich tot liegen gelassen, bis er von seinem Großvater, Oupa Harman, nachdem die beiden sich zuvor beinahe gegenseitig umgebracht hatten, hinter den Hantam-Bergen aufgelesen worden war. 1765 wurde Twa Oupa Harmans Vorläufer und Spurenleser und später Willems. Twa hätte in seinem ganzen Leben noch nie gearbeitet, sagte David immer. Manchmal wurden die Schafe nach draußen gebracht und der Mist dorthin getragen, wo Willem Kloot ihn brauchte, und manchmal hockte Twa sich einfach wie ein alter König an sein kleines Feuer, überprüfte die Spannung seines Bogens und sagte, er hätte am vorigen Tag gearbeitet und sei nun müde. Wenn er sich in einer solchen Stimmung befand, gab es nichts, was ihn von der Stelle rühren konnte, und Sanna, die *Koi-na*-Dienerin, weigerte sich, ihm aus dem Dreifußtopf etwas zu essen zu geben.

Für Twa aber bedeutete Arbeit etwas anderes. Für ihn war das Jagen Arbeit und zwar harte Arbeit, nicht aber das Hüten von Schafen, die so oder so wussten, was sie zu tun hatten. Er verstand nichts von Schafen. Es gab *Sonqua,* die Schafe besaßen, doch sein Stamm hatte niemals Schafe gehütet. Das war eine Arbeit, die weiße Männer verrichten konnten. Weiße Männer konnten die magische Kraft ihrer Feuerstöcke einsetzen, wenn sie größere Tiere erlegen wollten. Sonqua verließen sich bei der Jagd auf ihren Instinkt, auf ihr weites Herz und auf das Gift an den Spitzen ihrer Pfeile.

Roeloff stimmte ihm zu. Twa war für ihn wie ein Wunder und noch faszinierender als der fahrende deutsche Lehrer, der den ungebildeten Farmern und deren Kindern das Lesen und das Rechnen beibrachte. In Twas Geschichten wimmelte es von Tiermenschen, trügerischen Göttern und Ahnen, die sich in jeder Situation einen Rat wussten, angefangen bei der Art und Weise, wie Stachelschweine sich einbuddeln, bis hin zum genauen Beginn der Regenzeit. Bis jetzt schien sich der Regengott verrechnet zu haben und das brackige Rinnsal im Brunnen sicherte ihnen nur knapp das Überleben, doch Twa winkte ab mit der Erklärung, dass der Gott sich um viele Gebiete kümmern musste und sich nicht ständig in der Nähe befand.

Auch Roeloffs Großvater konnte Geschichten erzählen. Sie handelten vor allem von den Treck-Buren und den ersten Siedlern am Kap, doch die Erzählungen von Oupa Harman, auch wenn sie wahr und abenteuerlich klangen, waren nicht so bezaubernd und entrissen ihn nicht der immer gleichen Karoo, so wie Twas Geschichten es taten. Das lag nicht nur an ihrer reichen Phantasie, sondern auch an der Art und Weise, wie Twa erzählte: Er lachte, gestikulierte und erzählte dieselbe Geschichte immer wieder, schmückte sie aber jedes Mal anders aus. Und jedes Mal erfand er ein anderes Ende, das den Gedanken betonte, den er gerade vermitteln wollte. Und der gelbhäutige Jäger war am Ende immer der Sieger.

Sie hatten beide, zur großen Verärgerung seines Bruders, der nicht verstehen konnte, warum er mit dem Buschmann befreundet war, die Sprache des anderen erlernt, sodass Twa nun Holländisch und er *!Khomani* sprechen konnte. Twa kümmerte sich um ihn. Wenn sie die Schafe draußen im Veld hüteten, sorgte Twa dafür, dass er keinen Hunger litt. »He, Kudu«, rief er ihm zu, »hungrig?« Und dann holte er Pfeil und Bogen hervor oder stellte eine Falle auf. Bevor die Sonne hinter dem Horizont verschwunden war, saßen sie an Twas kleinem Feuer und warfen immer wieder einen Blick auf das Fleisch, das in der Glut brutzelte. Manchmal wollte er gar nicht wissen, was Twa mit seinem Pfeil erlegt hatte – Twa wusste, dass er gerne Nilgänse, Kraniche und Strauße aß. Er hatte sogar einmal eine Schildkröte gegessen und sie hatte ihm geschmeckt. Stachelschweinfleisch aber mochte er nicht.

Die Muskete seines Vaters war so viel schneller als der kleine Pfeil, dass sie daheim oft *Blessbock* aßen, doch er fand es abenteuerlicher, mit Twa zu essen, denn manchmal dauerte es Tage, bis Twa sich an ein Tier herangeschlichen und es erlegt hatte. So eng fühlte sich Roeloff mit seinem Bruder nicht verbunden. Sein Bruder war sein Bruder und mehr nicht. David hatte keine Zeit für ihn.

Seine Gedanken wanderten zurück zum Schafstall, zu den beiden ängstlichen Jungen, von denen der eine vor den Augen des anderen erschossen worden war. Waren sie Brüder? Woher kamen sie? War ihr Lager hier in der Nähe? Was ihn quälte, war die Erregung, die er bei seinem Vater bemerkt hatte, als der Junge in die Luft geschleudert worden war.

Die Nacht verging langsam. Er lag schlaflos in seinem Bett und beobachtete die Schatten, die über die Wand tanzten und dann so zögernd verschwanden wie das Tageslicht ins Zimmer drang.

Er stand auf, als die Hähne krähten, und begegnete draußen im *Skerm* Sanna, die gerade die Brotformen in den Ofen aus Lehm stellte. Sie hatte sich ihren zweijährigen Sohn Kleintje mit Hilfe einer Decke, die sie unter ihrem riesigen Busen verknotet hatte, auf den Rücken gebunden. An ihrer hervorgeschobenen Unterlippe erkannte er sofort, dass sich das, was in der Nacht geschehen war, unter den Koi-na herumgesprochen hatte. Sanna würde ihm ihre Meinung dazu sagen, später, wenn sie unter sich waren. Er war derjenige, dem sie ihren Kummer und ihre Sorgen anvertrauten, und Sanna gab die Beschwerden der Koi-na an ihn weiter.

Auf dem Hof setzte ein lebhaftes Treiben ein, die Arbeiter gingen ihren Aufgaben nach; der Duft des Kaffees, der auf dem Feuer köchelte, begrüßte den Tag. In der offenen Tür stand sein Großvater, sah den Arbeitern zu und zündete seine Pfeife an.

»Du bist heute früh auf, Oupa.«

»Ich bin immer um diese Zeit auf. Hör zu, mein Sohn, dein Vater ist heute morgen vom Teufel besessen. Es wird Mord und Totschlag geben, wenn die Milch noch nicht hier ist. Wir können nicht warten, bis Twa uns mit seiner Anwesenheit beehrt.«

»Ich werde melken gehen.«

»Beeil dich, Roff. Dein Vater ist da draußen und sieht im Stall nach dem Rechten. Er wird jeden Moment frühstücken kommen.«

Roeloff ging an Twas Hütte vorbei, weckte ihn und lief

dann zum Stall, um eine Ziege zu melken. Es gab jede Menge Fragen, die er Twa stellen wollte, doch das musste er auf später verschieben. Sein Vater und David saßen bereits in der Küche, als er zurückkam.

»Wo ist Twa?« fragte Willem Kloot. Er hielt seinen Kaffeebecher in der einen Hand und steckte sich mit der anderen ein Stück Brot in den Mund. Es sah so aus, als hätten David und er es eilig aufzubrechen.

»Sein Bein tut ihm heute morgen weh«, log Roeloff. »Aber er steht jetzt auf.«

»Der Buschmann ist faul«, sagte David kurz. »Und Roeloff erfindet immer irgendeine Ausrede für ihn. Twa hat nicht genug zu tun, das ist sein Problem.«

Roeloff sah seinem Bruder zu, als dieser das Horn mit dem Schießpulver und die zwei Gewehre von der Wand nahm. David, der drei Jahre älter war als er, hatte in der vergangenen Woche nach dem Gottesdienst, den sein Vater am Sonntag für die Koi-na im Hof abhielt, zum ersten Mal von dem Aprikosenschnaps trinken dürfen, den ihr Großvater braute. Seitdem glaubte er, er hätte wie alle anderen Erwachsenen das Recht, an ihm herumzumäkeln. Er hatte breite Schultern, sein Hals war dick und er war seinem Vater im Aussehen und in der Körpersprache sehr ähnlich. Wie der Vater spannte auch er die Muskeln in den Kiefern an und knirschte mit den Zähnen, wenn er etwas Wichtiges zu sagen hatte. Wenn er sich so herablassend verhielt wie jetzt und wenn er über Twa herzog, konnte Roeloff ihn nicht ausstehen. Er wusste, dass David das tat, um seinen Vater in Rage zu bringen. Und sein Vater befand sich gerade in einer Stimmung, in der er nicht gereizt werden durfte. Die Stimme seines Vaters klang immer laut und Roeloff hatte vorhin trotz seiner Entfernung von der Scheune gehört, wie Hennerik und die anderen angebrüllt wurden. Wenn er die Arbeiter anschrie, zitterten die Koi-na sowieso schon und jetzt, nachdem er den Eindringling erschossen hatte, fürchteten sie die Laune des *Grootbaas* noch mehr. Sie würden sich den ganzen Tag in ihren Hütten verstecken.

»Er ist nicht faul«, entgegnete Roeloff, ohne dass seine Stimme seinen Ärger verriet.

David lächelte.

»Siehst du, was ich meine? Es ist immer dasselbe. Wann wirst du endlich lernen, Roff, dass sie einfach nur Hottentotten sind?«

»Twa ist Sonqua. Und Sonqua sind keine Hottentotten, sie sind Koi-na.«

Willem Kloot sah seine beiden Söhne an und wischte sich dann mit seinem Handrücken den Mund ab. Sein Blick bedeutete ihnen, dass es für ihre Streitereien nicht der rechte Augenblick war. Er nahm sein Gewehr und wandte sich an Oupa Harman, der ruhig auf seinem Stuhl saß und seine Pfeife rauchte.

»Wir reiten zu Jan.«

»Warum?«

»Wir müssen uns um die Angelegenheit kümmern.«

Harman Kloot betrachtete seine Finger, als sähe er sie zum ersten Mal. »Das wird es nur schlimmer machen«, sagte er.

»Es muss getan werden. Die anderen werden sie suchen. Wenn sie sehen, wie viele wir besitzen, sind wir sie bald alle los.«

Roeloff schaute seinem Vater und David hinterher, während sie zum Stall gingen und auf ihre Pferde stiegen, um zu Jan Joubert zu reiten, der auf der gegenüberliegenden Seite der Hantam-Berge lebte. Mit den Pferden könnten sie es schaffen zurückzukehren, bevor die Sonne über die Hälfte des Himmels gewandert war.

Um welche Angelegenheit wollten sie sich kümmern? Es konnte für seinen Vater nur einen Grund geben, Kloots Nek um diese Tageszeit zu verlassen: Er wollte mit Jan Joubert über das sprechen, was in der vergangenen Nacht geschehen war. Jan, der die Sonqua hasste, war der letzte Mensch, den sein Vater um Rat bitten sollte. Roeloff sah seinen Großvater an.

»Warum reiten sie zu Oom Jan? Werden sie die Sonqua suchen?«

»Ja.«

»Du hättest sie aufhalten sollen. Ich kann es kaum glauben, dass Pa einen Buschmann erschossen hat. Er hat ihn umgebracht, einfach so, ohne darüber nachzudenken. Es war ein kleiner Junge.«

»Sie haben ein Schaf von uns getötet.«

»Das war nur ein Schaf. Pa hat ein Kind erschossen.«

Oupa Harman klopfte seine Pfeife an seinem Stiefel aus und ließ die kalte Asche in seine Hand fallen.

»Habe ich dir schon erzählt, was in der Nacht geschah, in der dein Vater geboren wurde, Roff?«

Roeloff kannte die Geschichte. Sein Großvater, der am Kap geboren worden war, und seine junge Frau hatten zusammen mit den Familien Steenkamp und Retief den beschwerlichen Treck mit Planwagen über gefahrvolle Berge unternommen, um sich an den Hantam-Bergen niederzulassen. Er hatte die Erzählungen oft gehört, doch es gab immer wieder einen anderen Grund, sie zu erzählen, und die harten und mühsamen Einzelheiten der Reise faszinierten ihn jedes Mal aufs Neue. Doch jetzt dachte er gerade über andere Dinge nach – er wollte wissen, wo Twa die Leiche begraben hatte. Sicherlich nicht auf dem Familienfriedhof, auf dem seine Mutter und seine Großmutter lagen; das würde sein Vater niemals erlauben. Außerdem wollte er unbedingt mit dem anderen Jungen sprechen, den Twa fesseln sollte.

»Ich wusste nicht, dass bei uns ein Baby unterwegs war, als wir 1760 die Ochsen einspannten und unseren gesamten Besitz zusammenpackten«, erzählte Oupa Harman. »Ich wusste nicht, wie es sein würde, mit Frauen und Kindern und Schafen über die Berge zu trecken. Afrika ist wie eine alte Frau, Roff. Wenig entgegenkommend. Wenig vorhersagbar. Afrika hat mit einem Grünschnabel keine Geduld und bei dem ersten Anzeichen von Schwäche spuckt es dich aus. Doch der Ruf aus dem Binnenland drang laut an unsere Ohren. Wir hatten von einem Fluß im hohen Norden gehört, der genügend Wasser führen und an dem es viele Bäume geben sollte. Niemand, der ein bisschen Verstand im Kopf hat, würde sich für Land entscheiden, dem das Leben der Erde erst abgerungen werden musste. Und so, mit nicht mehr als unserem Gott, unseren Gewehren und jeder Menge Mut im Gepäck, machten wir uns auf den Weg in den unzivilisierten Bauch Afrikas.«

Roeloff rutschte auf seinem Stuhl hin und her. Draußen wurde es laut. Er hörte Henneriks Stimme, über die sich dann die seiner Frau Sanna erhob. Die Koi-na waren aufgebracht.

»In einer hellen Mondnacht, als wir uns am unteren Ende einer gefährlichen Übergangsstelle befanden, hinter uns lag dichtes Buschwerk und vor uns erhob sich eine steile Bergwand, setzten bei deiner Großmutter die Wehen ein. Ein Mann kann alles schaffen, Roff, doch lieber als bei einer Geburt behilflich zu sein, nimmt er den Kampf gegen eine starräugige Kobra auf. Es war früh morgens, das Licht wurde so grau wie in der Stunde vor der Dämmerung und alles schlief tief und fest, außer Katrijn Steenkamp und deine Großmutter hinten im Wagen. Ich hatte mich an einen Baum gelehnt und döste am heruntergebrannten Feuer. Alles war still. Zu still wahrscheinlich, denn ich öffnete die Augen und sah einen Schatten den Hang hinuntergleiten. Das geschah so schnell, dass ich glaubte, ich hätte es mir nur eingebildet. Doch während ich das noch dachte, wusste ich auch schon, dass ich mich nicht bewegen durfte. Also blieb ich mit halb geschlossenen Augen am Baumstamm liegen und sah, wie sich zwei von ihnen zu unserer Herde schlichen. Gleichzeitig erkannte ich die Pfeile, die sie auf uns gerichtet hatten. Es war zu spät, um die anderen zu warnen. Mein Gewehr war geladen. Der erste Schuss musste treffen, denn danach musste ich es erst wieder laden. Ich hatte Glück. Ich traf den zweiten Buschmann, der gegen den ersten stieß und dann den Hang hinunterfiel. Im gleichen Moment zischten die ersten Pfeile in die Planen der Wagen. Dann brach die Hölle los, Steenkamp und Retief griffen nach ihren Waffen und schossen, die Frauen und Kinder schrien, die Schafe stoben davon. Ich hätte in dem Moment aufhören können, denn der erste Buschmann, den die Schüsse und sein toter Freund erschreckt hatten, floh bergaufwärts, doch jemand gab mir ein geladenes Gewehr und ich schoss, immer wieder, bis auch er tot auf den Felsen lag.«

Roeloff hatte oft gehört, dass sein Vater mitten in der Nacht während eines Überfalls geboren worden war und dass keiner im Lager seiner Mutter hatte helfen können, sich um das Neugeborene zu kümmern, doch Oupa Harman hatte ihm bisher nicht erzählt, dass er einen Buschmann erschossen hatte.

Harman Kloot sah ihn an und schob die Lippen vor.

»In einem zivilisierten Land kann man einen Schritt zurücktreten und im Zweifelsfall Gnade vor Recht ergehen lassen, Roff. Doch wir leben in Afrika. Hier musst du dafür sorgen, dass du Spuren hinterlässt. Die Warnung deiner inneren Stimme ist das, was dir das Leben rettet. Vergiss das nicht.«

2

Der Tag war glühend heiß und die Buschmänner saßen still und lustlos im dürftigen Schatten eines Köcherbaumes. Zwei Winter waren gekommen und gegangen und jeden Morgen erwachten sie mit Staub in den Kehlen unter einem wolkenlosen Himmel in einem Land, das so verloren war wie ihre Seelen.

Die Falten und Furchen in Koerikeis Gesicht bildeten einen Kontrast zum geschmeidigen, bronzefarbenen Körper des Jägers und ließen ihn älter aussehen als dreißig Jahre. Er saß ein wenig abseits von der Gruppe, sah über das öde, rot gesprenkelte Land und spürte den heißen Wind wie Nadelstiche an seinem Rücken. Die Trockenheit hatte nicht nur das Land getötet. Sie hatte auch ihre Lebensfreude und das Lachen der Kinder gedämpft, hatte die Milch in den Brüsten der Frauen ausgetrocknet. Und sie akzeptierten das, wie immer. Wie immer bestimmte das Warten ihr Schicksal.

Er betrachtete die niedergeschlagenen Gesichter seiner Leute: Seine Frau Tau lag dösend am Baumstamm; sein Bruder Kabas wechselte harte Worte mit seiner Frau Nani; die Kinder von Kabas lagen schlafend in der drückenden Hitze, während ihnen die Ameisen über die Beine krochen; Limp Kao schnitzte aus einem Knochen eine Pfeife. Nur der Anblick seiner Tochter Karees, die vor ihrem Skerm saß und ein Steinböckchenfell sorgfältig mit Perlen aus Straußeneierschalen bestickte, ließ ihn lächeln. Karees hatte Fett und andere Reste vom Fell abgeschabt, es gegerbt mit einer Mischung aus Pflanzensäften, Knochenmark, Urin und verrottetem Gehirn und es so zu einem weichen Leder verarbeitet. Er zweifelte nicht daran, dass Karees das schöne Geschenk für einen besonderen Menschen vorbereitete. Wem wollte sie ihr Herz als Partnerin schenken?

In jeder zweiten Jahreszeit teilte sich die Gruppe auf, um die Tiere und Pflanzen eines Gebietes zu schonen. Der zweite Teil der Gruppe befand sich mehrere Tage von ihnen entfernt. Doch die Trennung hatte nicht viel genützt. Die Tiere waren fortgezogen aus ihrem Gebiet, das Land war zusammengeschrumpft und zu trocken, um ihnen das Überleben zu sichern. Sie selbst fühlten sich hin und her gerissen zwischen dem großen Fluss am oberen Ende der Welt und den Bergen im Hantam, wohin die anderen gezogen waren. Sie wussten, dass es dort einige Wasserstellen gab. Vielleicht würden sie auf Wild stoßen, denn das Gebiet war barmherziger, bot Dornbüsche und Gras und Menschen, die Schafe besaßen.

Die Hitze flimmerte über der Ebene und Koerikei legte das Kinn auf seine Knie und schloss die Augen. Sein Gesichtsausdruck wurde weicher, als er seine Gedanken zu den Staubwolken am Horizont und den donnernden Hufschlägen zurückwandern ließ. Es gab kein schöneres Geräusch als das Blöken und Schnauben der hellbraunen Antilopen, die in riesigen Herden über die Ebene jagten, sich wie ein braune Welle über das *Veld* ergossen, und die Springböcke dann in ihrer wilden Jagd alles unter ihren Hufen zertrampelten. Doch das lag weit zurück, bevor der weiße Mann gekommen war und sie zu ihrem Rückzug in dieses ausgetrocknete, verlassene und unbewohnte Land gezwungen hatte. Der Regen war der Herzschlag des Lebens, doch er wurde ihnen vorenthalten wie ein wohl gehütetes Gut. Die Kinder von Kabas hatten noch nie Regen gesehen, noch nie seine Süße geschmeckt und noch nie die Veränderungen in der Karoo erlebt, die stattfanden, wenn der Wind sich regte und der Himmel grollte, das Feuer das Land zerriss und das Wasser auf sie herabstürzte. Die Trockenheit war gnadenlos, die Erlösung aber, der Geruch der feuchten Erde nach dem Regen – das verzieh alles. Die kleinste Ameise, der älteste Baum, die trockenste Senke, alles wartete geduldig unter dem brütenden Himmel auf die Erlösung.

In der vergangenen Regenzeit hatten ein paar magere Schauer sie für kurze Momente hoffen lassen, doch diese waren verdampft, bevor sie die Erde erreicht hatten. Warum waren die Götter so grausam? Welcher dumme Ahne hatte sie derart verärgert?

Seine Leute zogen sich wie ein Rudel Löwen unter dem Baum zurück und warteten auf den sanften Schatten des späten Nachmittags. Dann zündeten die Frauen ihre Feuer an und Koerikei und Kabas besuchten Limp Kao an seiner Feuerstelle.

Niemand wusste, wie viele Winter Limp Kao erlebt hatte. Sein Körper war krumm und gebeugt und die lose Haut an seinem Bauch kräuselte sich wie kleine Wellen im Wüstensand. Ein verletztes Bein hatten ihn schon als jungen Mann daran gehindert, auf die Jagd zu gehen, und deswegen konnte er sich keine Frau nehmen. Gezeichnet durch Wetter und Zeit war sein Leben von den Regeln des Teilens abhängig. Diese Regeln bestimmten, dass derjenige, der nicht jagen konnte, die Waffen für die Jagd herstellen und sich dadurch seinen Anteil sichern konnte. Wenn eine Familie ein Tier erlegt hatte, musste sie es teilen mit den anderen, die nichts hatten. So wurde Fleisch geteilt und weiter verteilt, bis Schuldigkeiten und Verbindlichkeiten entstanden waren und auch die Alten und Behinderten ernährt wurden.

Koerikei und Kabas saßen am Rand des Feuerscheins. Obwohl sie diejenigen waren, die sich von Limp Kao beraten lassen wollten, warteten sie darauf, dass er mit dem Gespräch begann.

»Dies sind schlechte Zeiten«, sagte Limp Kao und stocherte in der Glut seines Feuers.

»Sehr schlecht. Wir hungern, alter Vater. Keine Tiere, nichts in der Erde. Wir wissen nicht, ob wir zu den anderen unten am Hantam oder zu dem Fluss am oberen Ende der Welt ziehen sollen.«

»Es wird viele Tage dauern, bis wir den Fluss erreichen.«

»Was meinst du, alter Vater, wann wird der Regen kommen?«

»Meine Knochen fangen an zu schmerzen.«

Koerikei sah ihn hoffnungsvoll an.

»Deine Knochen hatten immer recht.«

»Es sind keine Wolken da. Es müssen sich Wolken bilden, bevor es regnet.« Er verlagerte sein Gewicht auf die Fußballen. »Ich werde nicht mitgehen, wenn ihr aufbrecht.«

Die Brüder sahen sich an. Sie wussten, was er meinte. Er war alt, hielt sie auf. Er würde bleiben und die Natur ihren unerbittlichen Lauf nehmen lassen. Und die Schakale würden dafür sorgen, dass es nicht lange dauerte.

»Wir sind nicht so arm, dass wir dich zurücklassen müssen, oder so weise, dass wir ohne deinen Rat zurechtkämen. Wenn es sein muss, werden wir dich tragen.«

Limp Kao stopfte seine Pfeife mit einer Hand voll übel riechender Blätter und reichte sie herum. Sie waren sich einig.

»Lasst uns sehen, ob sich morgen Wolken bilden. Dann ziehen wir rauf zum Fluss.«

»Im Hantam gibt es Schafe«, sagte Kabas.

Limp Kao nickte. »Und Leute, aus deren Stöcken Rauch kommt. Noch haben sie uns nicht angegriffen. Ich glaube, wir sollten zum Fluss ziehen, wenn es regnet. Die anderen werden wissen, wohin wir gegangen sind.«

Der nächste Tag brach an, wie die Tage, Wochen und Monate zuvor, mit einer Strömung von heißer und trockener Luft. Die schmerzenden Knochen Limp Kaos und sein Reden über den Regen waren vergessen und Tau und Karees brachen am frühen Morgen mit ihren Stöcken gen Osten auf. Sie gingen stundenlang durch die Hitze, prüften den Boden sorgfältig, fanden aber nichts. Sie wollten gerade zum Lager zurückkehren, als Tau, die hinter einem Dornbusch hockte, einen winzigen Trieb entdeckte, der sich um den Stamm wand. Sie zog sanft am Anfang des Triebes, um festzustellen, wohin er führte. Mit dem Stock versuchte sie, die Erde rundum zu lockern. Doch der Stock nutzte nicht viel in der harten Erde und so hockte sie sich hin und schabte und schaufelte mit beiden Händen, bis sie in einem tiefen Loch die große Wurzel fand, die fest im Boden steckte. Mit einem Stein kratzte sie die Erde an der Wurzel weg, griff dann mit beiden Händen zu und zog. Ihr Gesicht legte sich in Falten vor Anstrengung. Die Wurzel löste sich so plötzlich, dass sie nach hinten in den Dornbusch fiel. Sie richtete sich wieder auf und hielt die Wurzel in den Händen.

»Sie ist riesig«, lachte sie. »Vielleicht gibt es hier noch mehr.«

Sie suchten gründlich, fanden aber keine mehr. Auch in der näheren Umgebung entdeckten sie nichts mehr und so sammelten sie Zweige zum Feuer machen und gingen heim. Die anderen sahen sie von weitem und erwarteten sie hoffnungsvoll unter dem Baum.

»Karees!« Kabas jüngste Tochter lief ihnen entgegen. »Mein Vater hat eine Schlange getötet.«

Karees rümpfte die Nase.

»Eine Schlange? Wir essen keine Schlangen.«

»Wir haben sie schon gegessen. Schau, meine Mutter hat sie gebraten. Habt ihr etwas gefunden?«

»Nur das hier«, sie schlug ihr *Kaross* auf und zeigte ihr stolz die *Bi*-Wurzel, die ihre Mutter gefunden hatte.

Tau wurde mit ihrer Familie an die Feuerstelle ihres Schwagers eingeladen, wo Kabas und seine Frau allen eine großzügige Portion von dem Fleisch anboten.

»Nicht schlecht«, sagte Koerikei. »Lecker.«

»Ich bin richtig satt«, bestätigte Tau ihren Gastgebern höflich und legte ihre Hand auf ihren Bauch.

Nani lächelte. Sie fühlte sich geehrt.

Später an ihrer eigenen Feuerstelle nahm Tau die Wurzel, die sie ausgegraben hatte und zerschnitt sie mit einem Stein in dünne Scheiben. Diese teilte sie in drei Portionen auf und sie, Koerikei und Karees hielten sich die Scheiben an den Mund und zerdrückten sie, bis große Tropfen Saft auf ihre Zungen fielen. Es reichte nicht für einen ganzen Schluck, doch sie hatten zumindest einen anderen Geschmack im Mund. Als sie den letzten Tropfen ausgedrückt hatten, vermischte Tau die Raspeln mit Gras und Sand und bildete daraus ein Häufchen. Koerikei urinierte in die Mischung und schaufelte mit den Händen eine flache Grube. Tau und ihre Tochter legten sich in das Loch, schmierten sich die Gesichter und ihre Körper mit dem schaumigen Brei ein und ließen nur ihre Nasen frei. Sie schlossen die Augen vor dem intensiven Sonnenlicht und blieben bis zur Abenddämmerung in der feuchten Grube liegen. Sie bot ihnen ein kurzes Entkommen vor der Hitze.

Roeloff saß mit Twa auf dem Hof und versuchte den Gefangenen zum Reden zu bringen, als sein Vater und Jan Joubert angeritten kamen. Hinten auf dem Pferd saß ein Koi-na-Mädchen, das nackt war bis auf den mit Perlen verzierten Lederschurz, der ihr Geschlechtsteil bedeckte, und die Streifen aus Antilopenfell, die um Ellenbogen und Knie gebunden waren. Ihre Augen waren schmal, ihr Gesicht beinahe flach mit hohen Wangenknochen, ihr Mund war klein und ihre Lippen voll. Sie hatte einen kleinen, runden Kopf, ihr Haar wirkte wie feste Kügelchen und ihre staubige Haut hatte die Farbe einer reifen Aprikose.

»Da drüben ist er.« Willem Kloot zeigte mit dem Finger auf den Jungen. »Du kannst ihn haben.«

Jan Joubert sprang von seinem Pferd, untersuchte Schultern und Rücken des Jungen und schaute ihm in den Mund. Der Junge hatte eine Narbe, die von der linken Augenbraue über die Stirn lief, und Jan Joubert drückte mit seinem Finger darauf, um zu prüfen, wie frisch die Narbe war.

Roeloff beobachtete ihn. Er mochte Oom Jan nicht, auch wenn er der einzige Farmer war, den sein Vater häufig aufsuchte. Oom Jan war ein Mann, der aus drei Worten – Bring ihn um! – und mörderischen Taten bestand. Roeloff wusste, dass er mit dem Kommando Überfälle durchführte, und hatte die brutale Behandlung der Hottentotten auf seiner Farm miterlebt. Seine Ehefrau Elsie war religiös und hatte dünne Lippen, die selten lächelten, und seine Töchter erinnerten Roeloff an Frösche, deren Augen ständig aus dem Kopf zu fallen schienen. Diena war einigermaßen in Ordnung, auch wenn sie immer über Gott sprach, Soela aber, die Hübschere, konnte er nicht leiden.

Roeloff hielt Oom Jan für die Tat seines Vaters in der vergangenen Nacht verantwortlich. Sein Vater hätte niemals einen Menschen getötet, wenn seine Mutter noch leben würde. Oom Jan konnte niemanden leiden, erst recht keine braunhäutigen Menschen. Neulich, als Twa Holz in die Küche gebracht hatte, sagte Oom Jan, er würde die Luft mit seinem Gestank verpesten. Wusste er eigentlich, wie andere seinen eigenen Geruch fanden? Twas Geruch stammte nicht aus seinem Mund oder seinem Körper, sondern von Feuer und Tabak und dem üppigen Duft der Erde.

Jan hatte seine Untersuchung des Jungen beendet und drehte sich zufrieden zu Willem Kloot um.

»Er ist frech – das sieht man in den Augen –, aber stark.«

»Sag Sanna, sie soll ihr etwas zum Anziehen geben«, sagte Willem Kloot zu Twa. »Sie wird ihr im Haus helfen.«

Die Männer gingen ins Haus und Twa half dem Mädchen vom Pferd.

»Wie heißt du?«

Sie stellte einen staubigen Fuß auf den anderen und schaute schüchtern auf.

»Er beißt nicht«, lachte Twa, der ihre Scheu vor dem weißen Jungen bemerkt hatte. »Wie heißt du?«

»Zokho.«

»Rauch in den Augen«, platzte der männliche Gefangene auf der anderen Seite heraus.

»Rauch in den Augen?« Twa zwinkerte mit den Augen. »Ich verstehe, warum. Ich bin Twa und das ist Kudu«, sagte er und zeigte auf Roeloff. »Wir nennen ihn so, weil er im Veld gut getarnt und so flink wie eine Elenantilope ist.«

»Roeloff«, sagte Roeloff leise. Das Mädchen beeindruckte ihn sehr.

»Du kennst diesen Jungen, Rauch in den Augen?« fragte Twa.

»Es ist Toma.«

»Wo haben sie dich gefunden? Wo sind deine Leute?«

Zokho senkte den Kopf und begann zu weinen.

Roeloff schaute Twa an. Er kannte sich mit Mädchen nicht aus, doch ihrem Stammeln entnahm er, dass ihre Mutter und ihr Vater tot waren. Da ihr Kummer ihn bewegte, ging er zu ihr und berührte sie am Arm. Sie trat hastig zurück.

Twa bemerkte den verletzten Ausdruck auf Roeloffs Gesicht und lachte.

»Keine Angst, sie wird sich an dich gewöhnen. Sanna wird sich um sie kümmern. Sie hat keine eigene Tochter.«

»Und er?« Roeloff drehte sich zu Toma hin. »Er kennt sie. Vielleicht sind sie verwandt.«

»Seid ihr verwandt?« fragte Twa Zokho.

Roeloff fing den Blick zwischen dem Mädchen und dem Gefangenen auf. Er verstand, dass sie nicht verwandt waren.

»Sie haben miteinander gespielt«, sagte Twa.

»Oh. Mein Vater wird ihn Oom Jan mitgeben. Du weißt, was Oom Jan mit ihnen macht. Er fesselt sie, er…«

»Dein Vater hat gestern Nacht einen *umgebracht*«, sagte Twa.

Der Vorwurf schnitt Roeloff ins Herz. Er schwieg und streichelte den Hengst.

»Was meinst du, warum sie hier ist?« sagte Twa dann. »Ihre Leute wurden umgebracht. Wie meine Leute. Wie der Junge gestern Nacht. Frag sie doch, wer es war. Frag sie doch, warum sie hier ist. Du kannst !Khomani sprechen. Frag sie doch.«

Die Worte verletzten Roeloff. Twa war sonst überhaupt nicht gemein.

Roeloff führte das Pferd in den Stall und setzte sich. Er wollte nicht glauben, was Twa gesagt hatte, doch wie sollten

Jan Joubert und sein Vater sonst an das Mädchen gekommen sein? Hatten sie wirklich ihre Leute umgebracht? Sein eigener Vater? Es war schwer genug zu verstehen, wie er einen Jungen mitten ins Herz hatte schießen können; wenn er nun glauben würde, dass er eine ganze Familie umgebracht hatte, müsste er ihn einen Mörder nennen. Er dachte an Zokho. Rauch in den Augen. Der Name gefiel ihm. Er passte zu ihren sanften, schmalen Augen. Bis heute hatte er geglaubt, alle Sonqua hätten Furchen im Gesicht und fleckige Zähne, wie Twa, Zokho aber war ein wunderschönes Wesen, so geschmeidig und bronzefarben wie eine Sonne, das hinreißendste weibliche Geschöpf, das er je gesehen hatte.

Er stand auf und sah sich Toma durch einen Spalt in der Tür an. Ein mutiger Sonqua, dachte er, seit der Nacht in Fesseln aber wirkte er niedergeschlagen, eingefallen und verzweifelt. Es war still, als Roeloff aus dem Stall ging und sich neben ihn stellte.

»Toma?«

Toma drehte sich beim Klang der fremden Stimme um.

Roeloff reichte ihm einen Wasserkrug.

Der Junge schaute unsicher in die blauen Augen.

»Nimm ihn«, sagte Roeloff auf !Khomani.

Toma nahm den Krug entgegen und trank ihn hastig aus.

Roeloff durchschnitt schnell die Fesseln an den Fußgelenken und Handgelenken des Jungen mit seinem Jagdmesser. Er nahm den Geruch von Angst und Misstrauen wahr und hörte sein eigenes Herz heftig in den Ohren hämmern.

»Roeloff! Was machst du da?!«

Er erstarrte. Es war David, der von hinten auf ihn zukam und Alarm schlug.

»Lauf los!« flüsterte er. »Sofort!«

Sie sahen sich einen Augenblick lang in die Augen, dann schoss Toma über den Hof und war verschwunden.

David lief ins Haus.

»Pa! Roeloff hat den Buschmann befreit! Er läuft weg!«

Willem kam heraus, sah die Fesseln in Roeloffs Hand und schnallte seinen Gürtel ab.

»Verdammt!« Er schlug zu und traf Roeloff am Ohr.

»Schlag ihn nicht, Mann.« Oupa Harman schritt zwischen sie. »Es war ein Versehen.«

»Versehen? Er kennt den Unterschied zwischen einem Versehen und dem, was ihm nicht nachgesehen werden kann. Wer hatte diese Idee, sag schon, wer hat gesagt, dass du das tun sollst?« Willem Kloot brüllte vor Wut.

Roeloff berührte sein Ohr und sah Blut an seiner Hand. Er war sich der Blicke Jouberts und Davids bewusst, fühlte sich durch den Schlag vor dem Fremden erniedrigt. Die Koina waren auf den Lärm aufmerksam geworden und kamen heraus, doch als sie sahen, dass er derjenige war, der den Gürtel seines Vaters zu spüren bekam, gingen sie zurück in ihre Hütten. Er schämte sich, dass sie seine Erniedrigung mitangesehen hatten.

»Der Buschmann läuft weg«, sagte Joubert. »Wir müssen hinter ihm her, lass den Jungen.«

»Ich habe dich etwas gefragt. Wer hatte die Idee?«

Roeloff sah auf, seine Augen funkelten wütend.

»Wer?« wiederholte Willem Kloot.

Roeloff antwortete ihm nicht.

Der Gürtel fuhr im durchs Gesicht und Roeloff zuckte zurück. Er wusste, dass sein Vater bereit war, ihn über den ganzen Hof zu jagen, wenn er auf diese Weise mit seinem Gürtel zuschlug. Er würde ihm nicht das Vergnügen bereiten, klein beizugeben. Ihm ebenso wenig wie irgendeinem anderen.

»Es war meine Idee und ich würde es auch wieder tun.«

Willem hielt mit der Hand in der Luft inne.

»Was?«

»Es war meine Idee und ich würde es wieder tun.«

Willem, schockiert von der Dreistigkeit seines Sohnes, schlug noch einmal wutentbrannt auf ihn ein. Er peitschte ihn so lange mit seinem Gürtel aus, bis sein Arm erschöpft herunterfiel. Roeloff sank wie ein Bündel nasser Wäsche auf den Boden.

»Bist du wahnsinnig?« rief Oupa Harman wütend. »Du hättest ihn umbringen können!«

»Er ist so weich wie seine Mutter. Hier bei uns kann man nicht so weich sein.«

»Das soll weich sein?« Oupa Harman nahm seinen Enkel in die Arme. »Er ist mutig! Und lass seine Mutter aus dem Spiel, die Frau ist tot.«

Joubert sah auf den Armen des Jungen die roten Striemen, die rasch anschwollen. Er fand die Reaktion Willem Kloots nicht richtig, sondern stimmte dem alten Mann zu. Der Junge war mutig. Er mochte ihn, auch wenn er wusste, dass Roeloff nicht das Gleiche für ihn empfand.

Drei Tage weiter nördlich atmete Limp Kao tief ein. Es hatten sich Wolken gebildet, doch nicht alle Wolken brachten Regen. Er kannte sie in allen Variationen: die dünnen, die geschwungenen, die bauschigen und die Wolken, die kreuz und quer durch den Himmel jagten wie Hyänen, die einen Hasen verfolgten. Es waren die dunklen, die ein Versprechen in sich bargen.

»Die Erde verströmt ihre Düfte«, sagte er zur Gruppe, die nervös seine Voraussage abwartete.

»Ich glaube, du hast Recht, alter Vater. Diesmal wird er wirklich kommen. Wir werden uns auf den Weg zum Fluss machen.«

»Da kommt jemand«, sagte Kabas plötzlich.

Koerikei legte seine Hand vor die Augen und blinzelte in die Ferne. Eine kleine Staubwolke am Horizont veränderte sich langsam zu einem flimmernden Punkt, bis sich schließlich eine Figur aus der glühenden Hitze löste und der atemlose Toma vor ihnen stand.

»Wo sind die anderen? Warum bist du allein gekommen?«

»Sie sind tot.«

Die Gruppe schwieg bestürzt.

»Tot?«

»Balip und ich wollten uns ein Schaf von einem weißen Mann borgen. Wir wurden erwischt. Der weiße Mann richtete seinen Feuerstock auf Balip und er flog hoch in die Luft. Dann landete er wie ein Stein auf dem Boden und aus seinem Herzen floss Blut. Sie fesselten mich. Am nächsten Tag konnte ich weglaufen. Als ich beim Lager ankam, fand ich im Staub nur noch Blut und Knochen. Die Aasgeier waren schon da gewesen.«

»Du sagst die Wahrheit?« fragte Koerikei.

»Ja. Alle sind tot, außer Rauch in den Augen. Sie haben sie mitgenommen.«

»Sie haben Zokho jetzt?«

»Ja.«

»Wie kam es, dass du weglaufen konntest?«

»Der Sohn des weißen Mannes. Er befreite mich und ließ mich gehen.«

Sie sahen sich an.

»Der Sohn des weißen Mannes? Und das sollen wir dir glauben?«

»Es ist wahr. Er ist merkwürdig, Onkel, seine Augen haben dieselbe Farbe wie der Himmel, und er spricht wie wir !Khomani.«

»Das kann nicht sein.«

»Sie haben auch einen von unseren Leuten bei sich. Ich kenne ihn nicht. Er und der Junge sind Freunde.«

»Erzähl uns alles von Anfang an.«

Toma teilte ihnen alle Einzelheiten mit, angefangen bei dem Moment, an dem er und Balip auf einem Baum gesessen und auf die Dunkelheit gewartet hatten, bis zu dem Moment, als sein Freund vor seinen Augen umgebracht und weggezerrt worden war. Als er davon erzählte, dass Roeloff ihm Wasser gegeben hatte, unterbrach Limp Kao ihn und bat ihn, diesen Teil der Geschichte zu wiederholen. Nachdem er seinen Bericht abgeschlossen hatte, musste er ihn noch einige Male wiederholen, sodass alle die Einzelheiten ganz genau kannten.

Die Männer hockten sich hin und dachten angestrengt nach. Bisher war es ihnen gelungen, den weißen Jägern aus dem Weg zu gehen. Toma hatte ihnen merkwürdige Dinge erzählt.

»Wir müssen Rauch in den Augen zurückholen.«

»Sie werden uns erwarten, Kabas«, sagte Limp Kao. »Das wäre dumm von uns. Wir sind nur so viele«, er öffnete und schloss seine Hand zweimal zur Faust. »Ich denke, wir warten, bis drei Monde vergangen sind, dann holen wir sie in der Nacht.«

»Ich denke, wir holen sie gleich«, beharrte Kabas.

Ein Donnerschlag rollte über ihren Köpfen und sie sahen sich an.

»Regen!«

»Die Götter haben gesprochen«, sagte Koerikei. »Es ist entschieden. Wir ziehen zum Fluss, warten drei Monde ab, wie Limp Kao sagte, und kommen dann zurück.«

Der Himmel verschloss sich wie ein Schildkröte, die sich in ihren Panzer zurückzog, und wurde dunkel. Der Wind wirbelte in einem wilden Tanz über das Veld, fegte die Skerms um, löschte die Feuerstellen und alle anderen Spuren ihres Lagers aus. Der Regen prasselte hart und wütend herunter und sie rannten umher, füllten ihre Straußeneibehälter mit kostbarem Wasser, legten Häute in kleinen Senken aus, um möglichst viele Tropfen vom Himmel aufzufangen. Doch ebenso plötzlich wie er begonnen hatte, hörte der Regen auch wieder auf und die Sonne drang höhnisch durch die Wolken. Ein paar Minuten später bestätigte ihnen nur noch das weiche, federnde Gefühl unter ihren Füßen und der verführerische Duft des nassen Sandes, dass die Götter freundlich gewesen waren. Die Regenzeit hatte aber begonnen. Sie hatten Wasser. Bald würde sich das Land mit Pflanzen und Tieren füllen.

3

Roeloff saß mit Riempie und Ratel im Schatten eines großen Felsens auf dem Hügel und suchte Steine für seine Schleuder. Twa hatte die Schleuder aus zwei Lederriemen und einem Stück Fell gefertigt und Roeloff gezeigt, wie man sie benutzte. Wo er ging und stand, übte er mit der Schleuder, seine Ziele zu treffen, und manchmal erlegte er kleine Tiere für die Koi-na, die sich an ihn und seine Streiche gewöhnt hatten. Kupido hatte ihm gesagt, dass seine Schleuder zwar nicht so schnell sei wie Twas Pfeil, doch er träfe sein Ziel jedes Mal, weil seine Augen klarer seien als die des alten Buschmannes. Zudem freuten sich die Koi-na, wenn er ihre Töpfe mit wilden Vögeln füllte.

Er legte einen Stein in die Schleuder und wirbelte sie durch die Luft.

»Fass!«

Die Hunde jagten hinter dem Stein her und brachten ihn zurück.

Mit einem Auge hielt er die Schafe zu seiner Linken im Blick und mit dem anderen beobachtete er Twa, der mit seinem Stock bis zur Taille in einem alten Warzenschweinloch stand, in dem er nach Käfern suchte, aus deren Larven er das Gift für seine Pfeile entnahm. Der Jäger in ihm hätte Lust auf Wildfleisch, hatte er gesagt und er hielt nach einem Tier Ausschau, das er sich mit seinen Leuten teilen könnte. Die Vergiftung der Pfeile musste sehr sorgfältig durchgeführt werden, denn schon ein kleiner Kratzer am Finger konnte tödliche Folgen haben. Da Twas Hände mit Kratzern und Schnitten übersät waren, schmierte er das Gift mit Hilfe eines Stocks direkt auf die Pfeilspitze. Roeloff schleuderte einen Stein in seine Richtung und traf damit das Stück der Straußeneierschale, in der Twa die Käfer sammelte.

»Kudu!« Twa drohte ihm mit der Faust, wie er es bei Willem Kloot gesehen hatte.

»Wollte nur wissen, ob du wach bist«, lachte Roeloff.

Er hörte galoppierende Hufschläge und sah auf. In der Ferne entdeckte er den Reiter, eine imponierende Figur in Schwarz. Er schaute seinem Vater nach, der den Weg zum Haus hinaufgaloppierte. Grootbaas. Oder war Jan Joubert derjenige, der der Grootbaas der Karoo war? Seine große und drohende Gestalt machten ihn zu einem Mann, den man nicht unterschätzen sollte. Doch seine Erscheinung reichte an Willem Kloot nicht heran.

Es waren die sehr grauen Augen seines Vaters und die strenge Linie seines Kinns, die den anderen Respekt abverlangten. Die Gedanken an seinen Vater machten Roeloff traurig. Seit der Nacht der Ermordung hatte sich eine erschreckende Entfremdung zwischen sie gestellt. Er konnte sich nicht mehr auf die seltenen Momente einlassen, in denen sein Vater in guter Stimmung war, konnte ihm nicht mehr in die Augen sehen. Die Welle der Erregung, die er in seinem Vater wahrgenommen hatte, als der junge Buschmann in die Luft geflogen war, trennte sie voneinander. Dazu kam, dass sein Vater dabei war, den Weg zum Hause der Jouberts auszureiten, seit Jan Jouberts verwitwete Schwester Drieka dort eingezogen war. Drieka war vom Typ her ihrem älteren Bruder Jan sehr ähnlich, während Jan aber geradeheraus sprach und man immer wusste, was er dachte, war Drieka hinterlistig und neigte zu tödlichen Sticheleien. Sie hatte ihr wahres Gesicht gezeigt, damals, als sie vor etwa einem Jahr bei ihnen übernachtet hatte mit ihrem Mann, bevor dieser an einem Knochen erstickt und direkt in den Himmel eingegangen war und sie Sanna eine faule Hottentottenfrau genannt hatte, die zu groß für ihre Schuhe sei.

Die Koi-na ließen sich nicht gern Hottentotten nennen und Sanna fühlte sich dadurch besonders beleidigt, weil sie vom Kap stammte. Die Koi-na widersprachen dem Grootbaas niemals, nur Sanna zeigte seinem Vater manchmal die Stirn, der überraschenderweise nichts unternahm, um sie für ihr Verhalten zu bestrafen. Vielleicht lag es daran, dass sie seiner Mutter gedient hatte und sie alle versorgte. Wenn sich Sanna über irgendjemanden ärgerte, sagte sie nichts. Sie schob lediglich ihre Unterlippe hervor und ließ das Essen anbrennen. Als Drieka sie damals mit ihrer Bemerkung vor allen anderen in der Küche beleidigt hatte, goss Sanna den Kaffee in die Becher und schüttete einen gehäuften Teelöffel Magenpuder in Driekas Becher. Den größten Teil des Besuches hatte Drieka draußen im Veld verbracht.

Roeloff war sich sicher, dass sein Vater in seinem Sonntagsanzug, und das mitten in der Woche, dem Haus hinter dem Hantam gerade einen Besuch abgestattet hatte.

Bitte, lieber Gott – er sah hinauf in den klaren, blauen Himmel – beschere uns keine Verbindung mit den Jouberts. Wenn mein Vater Drieka heiratet, müssen wir alle unter ihrer spitzen Zunge und ihren fürchterlichen Vorträgen leiden und sie wird David und mich dazu zwingen, nett zu sein zu Soela und Diena. Nein, ich verbessere mich. Sie wird *mich* dazu zwingen. David empfindet, glaube ich, sowieso etwas für Soela, obwohl ich nicht denke, dass Soela etwas für ihn empfindet. Und das ist auch gut so. Unsere Familie kann sich wirklich nicht mit ihrer vermischen und …

»Roff?«

Er drehte sich um, als er Zokhos Stimme hörte, und sah sie auf einem Felsen stehen, so hell wie ein Springbock im Sonnenlicht. Sie hatte den kleinen Lederschurz mit den Perlen aus Straußeneierschalen an, den sie an jenem ersten Tag getragen hatte, und er bemerkte sofort, dass ihre Brüste größer geworden waren. War sie in der Zeit von einem Sommer bis zum nächsten so schnell gewachsen?

Es hatte eine Weile gedauert, bis sie Freunde geworden waren; anfangs hatte sie ihm nicht getraut, dann hatte sie nach und nach ein paar Worte Holländisch gelernt, gesehen, dass Sanna und die Koi-na ihn freundlich behandelten, und schließlich hatten sie angefangen miteinander zu reden. Wenn sie ihre Arbeit in der Küche erledigt hatte, spielte sie gern mit den anderen Kindern oder sie begleitete manchmal Roeloff und Twa, wenn sie die Schafe ins Veld brachten. Auf diesen Ausflügen erzählte Twa ihnen, wenn er gut gelaunt war, eine Geschichte und sie hörten ihm zu. Ab und zu begann Zokho zu erzählen, unterbrach sich dann aber. Wenn das geschah, ließen sie sie in Ruhe, doch Roeloff wüsste gern mehr von ihrer Familie und wie sie gelebt hatte. Er mochte sie lieber als alle anderen Mädchen, die er kannte.

»Dein Vater sucht dich.«

»Wo ist dein Kleid, Zokho? Sanna wird dir die Ohren langziehen, wenn sie dich so rumlaufen sieht.«

Seit einem Jahr war sie nun bei ihnen und Sanna hatte sie unter ihre Fittiche genommen, sie ebenso liebevoll versorgt wie ihre eigenen Söhne, Kleintje und Kupido, sie in der Zinnwanne geschrubbt und immer wieder darauf bestanden, dass sie Kleider trug. Roeloff hatte geglaubt, dass der Lederschurz längst weggeworfen worden war.

»Es ist zu heiß, um die Kleider des weißen Mannes zu tragen. Roff?«

»Ja?«

»Du sprichst wie ein Sonqua !Khomani. War es schwer, das zu lernen?«

»Nein. Als ich klein war, hat Twa nur in seiner Sprache mit mir gesprochen. Er konnte meine nicht sprechen. Wenn ich etwas nicht verstanden habe, hat er es mir vorgespielt.«

Sie hatte ein paar trockene Blumen in der Hand und zupfte die Blätter vom Stengel.

»Eines Tages wird Toma kommen.«

Diese Ankündigung überraschte ihn.

»Warum?«

»Um mich als seine Braut abzuholen.«

»Du bist ein Kind.«

»Meine Schwester hat einen alten Mann aus einem anderen Stamm geheiratet. Sie ist immer wieder weggelaufen. Sie ist nicht glücklich. Ihr Mann zwingt sich auf, er ist zu alt für sie.«

»Zwingt sich auf?«

»Er nimmt sie gegen ihren Willen. Es tut sehr weh, sagt sie. Toma wird nicht so sein. Er ist jung, so wie ich.«

»Woher weißt du das?«

»Wir haben miteinander gespielt. Wir spielen und spielen und so lernen wir alles.«

Roeloff legte einen Stein in die Schleuder und stand auf.

»Gefällt dir dieses Spiel?«

»Nein. Den Jungen gefällt es sehr, aber den Mädchen nicht. Wir tun es nur, weil sie es gern haben. Einmal wollte ein alter Mann mich zwingen, aber ich habe es meiner Mutter erzählt. Sie hat ihm gesagt, dass seine Zähne schon rausfallen und er sich woanders ein Braut suchen soll.«

»Wirst du mit Toma gehen, wenn er kommt?«

»Er ist der Sohn eines guten Jägers. Ich werde immer zu essen haben.«

»Du wirst mit ihm gehen, damit du was zu essen hast?«

»Ja«, sagte sie, lachte fröhlich und zupfte die letzten Blätter vom Stengel. »Ein Mann gibt dir etwas zu essen und etwas zum Anziehen. Er beschützt dich.«

Er schleuderte den Stein über den Sand.

»Vier Jahreszeiten sind vergangen, Zokho, und er ist noch nicht gekommen.«

»Er wird kommen, du wirst schon sehen. Toma wird mich nicht hier lassen.«

»Bist du nicht gerne hier? Du hast zu essen, du wirst beschützt.«

»Ich werde nicht beschützt.«

Ein Schatten fiel über sie und sie sahen auf. David stand auf dem überragenden Felsen und sah zu ihnen hinunter.

Zokhos Lächeln erstarrte und sie sprang davon.

Roeloff sah ihr nach, als sie zum Haus rannte. Sein Bruder folgte ihr gemächlich. Plötzlich fror Roeloff.

»Ratel! Riempie!«

Die Hunde sprangen an ihm hoch. Er gab ihnen ein Zeichen und sie rannten zu den Schafen.

Am Haus wartete Willem Kloot vor der Küchentür auf Roeloff. Er hatte seinen Mantel noch an und sein widerspenstiges Haar war mit der Pomade, die er bei dem fahrenden Händler gekauft hatte, gebändigt.

»Du hast dich also doch dazu entschieden, uns mit deiner Gegenwart zu beehren. Hat Zokho dich nicht gerufen? Wie ich höre, hast du es mit Boerhaan versucht.«

Einen Augenblick lang dachte Roeloff, er würde Ärger bekommen, weil er versucht hatte, den Hengst seines Vaters zu reiten, doch sein Vater befand sich in einer ungewöhnlichen Laune.

»Er hat mich abgeworfen.«

»Das habe ich gehört. Aber er kann Twa gut leiden. Der Buschmann kann mit ihm umgehen.«

Boerhaan stammte aus einer hervorragenden Zucht, doch er war schreckhaft und wild und ließ nur Willem Kloot auf seinem Rücken zu. Er war Willem Kloots Lieblingspferd und es lüsterte ihn nach Stuten, trotzdem hatte er sich geweigert, die Zuchtstute von Kobus Steenkamp zu bespringen, was eine Menge Kopfschütteln und peinliches Schweigen zur Folge hatte. Twa hatte das Geschehen beobachtet und einen Vorschlag gemacht. »Wir müssen ein Loch graben, in dem die Stute stehen kann. Sie ist größer als er, er kommt nicht an sie ran.« Alle lachten über Twa und seinen lächerlichen Plan. Twa hatte selbst das Loch ausgehoben und den nervösen Boerhaan am Zaumzeug zur Zuchtstute geführt. Es gab ein wildes Geschnaube und Twa war bei dem Prozess beinahe zu Tode getreten worden, doch der Plan funktionierte und die Stute fohlte zur rechten Zeit. Das Verhalten des Hengstes hatte sich dadurch zwar nicht gebessert, aber es war eine Verbindung zwischen ihm und Twa entstanden, sodass Twa nun auch auf seinem Rücken reiten durfte. Roeloff aber nicht. Er hatte einige Male versucht aufzusitzen, Boerhaan schnaubte jedoch jedes Mal wie ein blaublütiger Prinz und warf ihn ab. Sein Vater hatte also gehört, dass er es am Morgen noch einmal versucht hatte. Die Koina hatten alle zugeschaut und herzlich gelacht, als er mit seinem Hintern auf dem Boden gelandet war.

»Ein Mann kann in dieser Wildnis nicht alleine leben«, begann Willem. »Gott hat uns paarweise geschaffen.«

Roeloff sah sich die anderen Gesichter am Tisch an. David wirkte gehetzt, so als hätte man ihn von einer wichtigen Angelegenheit weggezerrt, zu der er sofort zurückkehren wollte, und sein Großvater hatte einen merkwürdigen Ausdruck im Gesicht, so wie damals, als der Händler ihm einen Satz Kerzenhalter aus Bronze hatte verkaufen wollen, an dem er nicht interessiert gewesen war.

»Jans Schwester ist verwitwet, wie ihr wisst, und sie hat keine Kinder. Eine solche Frau und ganz alleine. Es ist eine Sünde, wenn ein gesunder Mensch nicht eingesetzt wird. Das entspricht nicht Gottes Willen.« Er machte eine kleine Pause, als wartete er darauf, dass jemand dem widersprach. »Heute morgen hat sie mir ihr Jawort gegeben.«

»Na ja.« Oupa Harman klopfte die Asche aus der Pfeife. »Und wann soll das freudige Ereignis stattfinden?« Sein Gesichtsausdruck stimmte überhaupt nicht mit dem Ton in seiner Stimme überein, denn so sprach er nur, wenn ihm etwas nicht passte.

»Im Dezember.«

»Bedeutet das, dass wir dann mit ihnen verwandt sind, Pa?« fragte Roeloff.

Willem fuhr sich mit den Fingern durch den Bart und sah seinen jüngeren Sohn an.

»Du magst die Jouberts nicht, Roff.«

Roeloff nutzte die gute Laune seines Vaters.

»Oom Jan ist ein...«

Willem lachte.

»Oom Jan ist ein feiner Mensch und ich werde im Sommer seine Schwester heiraten.« Dann wurde seine Stimme ein wenig weicher und er fügte hinzu: »Deine Verwandtschaft mit ihnen beschränkt sich auf den Namen.«

»Krisjan muss zur Hochzeit kommen.«

Es entstand eine unbehagliche Pause. Alle starrten Oupa Harman an.

»Wir haben keinen Kontakt zu der Familie«, sagte Willem und es lag plötzlich ein ganz anderer Ausdruck in seinem Gesicht.

»Der Kontakt kann jetzt aufgenommen werden. Das ist eine gute Gelegenheit.« Oupa Harman hielt sich die Hand vor den Mund und hustete. »Gibt es eine bessere Gelegenheit als eine Hochzeit, zu der er eingeladen wird?«

»Es wird eine kleine Hochzeit. Kein Grund, an alten Wunden zu kratzen. Und es gibt niemanden, der in diese Richtung reist und es ihm sagen könnte.«

»Nun, das war's dann wohl.« Oupa Harman stand auf. »Oder hast du uns noch mehr zu sagen?«

Willem Kloot war nicht mehr ganz so selbstsicher wie zuvor. Oupa Harman war immer noch dazu imstande, ihn zu verunsichern.

»Nein.«

»Wer ist Krisjan?« fragte David, nachdem sein Vater und sein Großvater die Küche verlassen hatten.

Roeloff sah seinen Bruder an. Er hatte es David nicht erzählt und auch er selbst hätte es nicht gewusst, wenn sich

Oupa Harman bei dem Tauffest von Piet Retiefs Enkel nicht völlig dem Aprikosenschnaps hingegeben hätte. Das feurige Gesöff von Retief war dafür bekannt, dass es den Männern die Zungen löste, und Oupa Harman war wie alle anderen vor seiner Macht in die Knie gegangen. Hätte Roeloff sich nicht zufällig in der Nähe seines Großvaters befunden, er hätte nicht gewusst, dass es noch einen Bruder gab, der am Kap lebte. Doch ein Geheimnis umwitterte Krisjan Kloot. Warum schreckte sein Vater vor seinem Besuch zurück? Warum wurde er niemals erwähnt? Eines Tages würde er selbst ans Kap reisen, den verlorenen Verwandten aufsuchen und die Antworten herausfinden.

4

Die Nacht war dunkel und nass, und der Regen prasselte auf das Haus am Hang.

»Dein Vater und dein Bruder werden heute Abend nicht mehr zurückkommen, Roff«, sagte Oupa Harman und stand von seinem Platz am Kamin auf, in dem ein Feuer das Zimmer mit einer angenehmen Wärme erfüllte. »Wenn sie bei diesem Regen jetzt noch nicht hier sind, werden sie erst morgen kommen. Du hast genug gelesen; Zeit fürs Bett, mein Sohn.«

Sanna knetete den Brotteig für den nächsten Tag, Zokho legte die Wäsche zusammen, die sie noch feucht von draußen, wo sie zum Trocknen auf den Büschen und auf dem Gras neben den Obstbäumen am Bach ausgebreitet worden war, hereingeholt hatte.

»Noch ein kleines bisschen, Oupa. Ich komme, wenn Sanna und Zokho nach hinten gehen.«

Oupa Harman begann zu niesen. Er hatte sich zu Beginn des Winters eine schlimme Erkältung zugezogen und klagte über Schleim in der Brust und Atemnot. Trocken hustend beugte er sich nach vorn und stützte sich auf den Tisch, spuckte in eine kleine Dose aus und betrachtete dann neugierig deren Inhalt.

»Was ist los, Oupa?«

»Nichts. Vergiss nicht, die Lampe auszumachen, wenn du ins Bett gehst.«

Sanna legte ein Tuch über die Brotformen.

»Der Oubaas sagt nicht die Wahrheit. In der Dose ist Blut.«

»Blut?«

»Ich habe es mit meinen eigenen Augen gesehen. Er denkt, es wird wieder verschwinden, deswegen guckt er immer wieder. Er weiß, was es bedeutet.«

Roeloff starrte auf sein Buch. So war es bei Gerhard Marais gewesen. Der Geruch nach Verwesung, der aus seinen Lungen stammte, wie faules Fleisch. Seine Familie wollte es nicht glauben, selbst als Nico van Wyk, der sich in diesen Dingen auskannte, ihnen sagte, sie sollten anfangen darüber nachzudenken, sich einen Sarg von den Schmidts besorgen zu lassen, im Tausch gegen den, den diese damals für ihren Onkel geborgt hatten. Ein paar Wochen später hatten sie bei der Beerdigung von Gerhard Marais Kürbispfannkuchen gegessen. Und so wie Sanna es eben gesagt hatte, wusste er, dass sie schon eine Weile auf die Gelegenheit gewartet hatte. Sie mochte Oupa Harman gern, weil er nicht launisch war und die Koi-na nie anschrie. Wenn sie sich über irgendetwas Sorgen machte, sahen ihre Augen schmaler aus und ihre Lippen schienen weiter hervorzustehen. Und sie behielt in diesen Dingen immer Recht.

Der Gedanke erschreckte ihn. Wenn Oupa Harman nun nicht wieder gesund würde? Wenn er nun sterben würde? Roeloff konnte sich ein Leben ohne ihn nicht vorstellen. Sein Großvater war der einzige Kloot, mit dem er reden konnte und der ihn vor seinem wütenden Vater in Schutz nahm. Roeloff liebte ihn über alles.

»Was bedeutet es?«

»Er hat Gift in seiner Brust. Es wird schlimmer werden, wenn er nichts einnimmt.«

»Was? Hast du etwas, was hilft? Die Kartoffelschalen, die du damals um meinen Fuß gewickelt hast, haben geholfen. In vier Tagen war es besser.«

»Kartoffelschalen helfen deinem Großvater nicht. Aber es gibt eine Pflanze. Ich habe sie hier in der Gegend nicht gesehen, Hennerik kann sie aber suchen gehen.«

Roeloff dachte an Sannas Ehemann Hennerik, einen komischen kleinen Mann, der halb so groß war wie Sanna und nachmittags, wenn Willem Kloot sich nicht in der Nähe befand, unter einem Baum lag und schlief, anstatt seine Arbeit zu tun. Sanna beschwerte sich über seine Faulheit und einmal hatte Roeloff beobachtet, wie sie Hennerik eine Backform um die Ohren geschlagen hatte, woraufhin er ein paar Tage fleißiger gewesen war, dann aber zu seinen alten Gewohnheiten zurückgekehrt war.

»Welche Pflanze?«

»Ich kenne ihren Namen nicht, aber ihre Wirkung ist gut. Einmal hat sie einen Puffotterbiss geheilt.«

Eine Puffotter? Unmöglich. Da stirbt man in wenigen Minuten. Der Gedanke an die Schlange weckte unangenehme Erinnerungen in ihm und er schob sie von sich.

»Du musst Hennerik losschicken, um die Pflanze zu suchen, Sanna, morgen. Ich weiß, dass mein Großvater krank ist.«

»Das werde ich tun. Komm, Zokho«, sie öffnete die Tür. »Wir sind fertig. Lass Roeloff sein Buch weiterlesen. Sind deine Augen nicht schon müde?«

»Nein.«

»Kann ich noch ein bisschen bleiben?« fragte Zokho und hielt ein Hemd hoch, um zu beweisen, dass sie noch Wäsche zusammenlegen musste.

Sanna schaute das Mädchen böse an, doch um ihre Mundwinkel spielte ein weiches Lächeln.

»Nicht lange. Er muss ins Bett gehen.«

Als Roeloff und Zokho alleine waren, verbreitete sich eine neue Stille im Zimmer. Roeloff versuchte sich auf sein Buch zu konzentrieren. Das gelbe Licht der Lampe reichte zum Lesen, doch die Worte drangen nicht bis zu seinem Verstand. Er dachte über das nach, was Sanna gesagt hatte, und war sich der Gegenwart Zokhos sehr bewusst, die hinter ihm stand und die Wäsche faltete. Er hörte das knisternde Feuer, die glühenden Kohlen, die auf das Blech fielen, das gleichmäßige Prasseln des Regens, wie von kleinen Kinderfüßen, draußen in den Wasserfässern. Zokho trug eine alte Schürze seiner Mutter, die, obwohl Sanna sie an der Taille enger gemacht hatte, wie ein Zelt ihre schmale Figur bedeckte. Er war sich ihrer Gegenwart äußerst bewusst.

»Was liest du?«

»Ein Buch von meinem Großvater. Er besitzt ein paar Bücher, die er in einer Kiste unter seinem Bett aufbewahrt. Wenn ich eins fertig gelesen habe, gibt er mir ein anderes.«

Sie kam und schaute über seine Schulter, wobei ihr Arm sein Gesicht beinahe berührte. Ihre Nähe machte ihn nervös.

»Ist es schwer zu lesen?«

»Nicht, wenn du die Buchstaben kennst.«

»Wer hat es dir beigebracht?«

»Meine Mutter. Und der deutsche Lehrer.«

»Sanna sagt, sie war schön. Ihr Haar hatte die Farbe einer schüchternen Sonne. Du siehst wie sie aus, sagt Sanna.«

Roeloff sah auf. Er war sich seines schlafenden Großvaters hinter der Trennwand bewusst, hinter der sie alle schliefen. Er dämpfte seine Stimme.

»Und bist du so schön wie deine Mutter, Zokho?«

Ihr Gesicht leuchtete auf.

»Bin ich schön?«

»Du bist sehr schön. Ich kenne keine, die so ist wie du.«

»Möchtest du ein Spiel spielen?«

Er versuchte den Blick auf die kleinen Brustwarzen unter dem dünnen Kleid zu vermeiden. Merkwürdige Dinge regten sich in ihm.

»Kennst du eins?«

»Ich kenne viele, aber wir spielen sie draußen. Jetzt ist es dunkel und es regnet. Wir können uns etwas ausdenken.«

»Was?«

»Zeig mir etwas, was du im Zimmer verstecken willst, dann verbindest du mir mit diesem Tuch die Augen und ich versuche es im Dunkeln zu finden. Wenn ich mich davon entferne, sagst du kalt, wenn ich ihm näher komme, sagst du warm.«

»Also gut, du fängst an.«

»Zeig mir, was du verstecken wirst, dann verbindest du mir die Augen.«

Roeloff nahm die Pfeife seines Großvaters und verband ihr die Augen.

»Fertig?«

Auf Zehenspitzen ging er zum Tisch, auf dem die zusammengelegte Wäsche lag, und versteckte die Pfeife unter dem Stapel.

Zokho streckte die Arme aus und ging vorsichtig vorwärts.

»Warm.«

Sie ging mit kleinen Schritten auf die Wäsche zu und hielt die Pfeife wenige Sekunden später in der Hand.

»Wie konntest du sie so schnell finden? Ich habe sie gerade erst versteckt.«

»Ich kann gut riechen.« Sie nahm sich das Tuch von den Augen und lachte. »Du bist dran.«

Das Tuch legte sich über seine Augen und er stand einen Augenblick still und versuchte, ihr Versteck für die Pfeife zu erschnüffeln. Was er nicht wusste war, dass Zokho sich ein paar Tabakkrümel in der Hand verrieben hatte und diese nun vor ihm hin und her schwenkte.

Er ging einen Schritt nach vorn.

»Warm.«

Noch einen Schritt.

»Sehr warm.«

Er streckte seinen Arm aus und stieß gegen Zokho.

»Sehr, sehr warm.«

Er ging noch ein bisschen weiter und stolperte beinahe über sie.

»Du stehst im Weg, Zokho.«

»Nein. Es ist sehr, sehr warm.«

Er zögerte.

»Zokho?«

»Ja?«

»Hast du die Pfeife?«

»Ja.«

Seine Hand berührte eine nackte Schulter.

»Wo ist dein Kleid?«

»Möchtest du das Spiel verlieren, Roff?«

»Was für ein Spiel spielen wir denn?«

»Ein Spiel, das Jungen mit Mädchen spielen. Du brauchst keine Angst zu haben.«

Dann stand er direkt vor ihr und ihre Brust streifte seine Hand.

»Zokho!«

»Du darfst sie ruhig probieren.«

Roeloff spürte das Blut in seinen Leisten pochen. Seine Augen waren immer noch verbunden und seine Hände fummelten an ihrem Kleid, versuchten es ganz auszuziehen.

Dann ging die Küchentür auf. Willem Kloot trat vor David herein und stampfte mit seinen Stiefeln auf den Boden, um den Schlamm abzutreten. Der bedrohlich riesige Mann schüttelte sich die Regentropfen aus den Haaren und schlug seinen Hut an sein Bein. Mit zwei Schritten war er bei Roeloff, packte ihn am Nacken und zog ihn von dem Mädchen weg.

»Was ist hier los?«

Zokho kreuzte die Arme vor der Brust und vermied es, den Grootbaas und dessen ältesten Sohn, der sie mit offenem Mund anstarrte, anzusehen.

Roeloff wartete auf den Wutanfall seines Vaters und war froh, dass er noch angezogen war.

»Du willst dein Ding in eine Buschfrau stecken?« brüllte Willem Kloot. »Dir juckt wohl der Hintern, wie?«

»Nein, Pa.«

Willem schlug ihn mit der Faust und Roeloff fiel gegen die Tischplatte auf den Böcken, sein Kopf stieß gegen das Bord an der Wand, die Becher, Blechteller und Brotformen mit dem aufgehenden Teig polterten herunter, als er auf den Boden stürzte.

»Das machst du also, wenn ich nicht da bin? Benimmst dich wie ein Tier? Und das mit einer Dienerin! Bist du einer von ihnen? Antworte mir!«

Roeloffs Kopf schmerzte und er hielt die Arme schützend davor.

»Ich rede mit dir! Steh auf!«

Roeloff kniete sich mühsam hin und Willem trat ihn in die Nieren, sodass er wieder hinfiel.

»Du willst eine Buschfrau? Ist das so? Dann geh raus und iss auch bei ihnen und wag es nicht, dieses Haus zu betreten! Und du!« Willem wandte sich zu Zokho. »Du wirst nicht mehr in der Küche arbeiten, du kannst mit den anderen draußen arbeiten!« Und er packte sie beide am Nacken und stieß sie zur Tür hinaus.

Roeloff stand im Regen und sah, wie sich die Tür vor seiner Nase schloss. Zokhos Kleid lag noch auf dem Küchenboden und sie rannte nackt davon. Er sah sich um. Was sollte er jetzt tun? Er war barfuß und fror und der Regen prasselte auf seinen Kopf. Oupa Harman hätte nicht zugelassen, dass sein Vater ihn herauswarf, doch er war trotz des Lärms nicht einmal aufgewacht. Wie sollte er ihm in die Augen sehen können? Und den anderen? Was würden sie sagen? Morgen würden alle von seiner Sünde wissen. Er hörte ein leises Lachen hinter sich und drehte sich um.

»Ttt, ttt, ttt«, schmunzelte Twa vor seiner Tür, wo er hockte und sich die Hände am Feuer wärmte. »Was hast du denn jetzt wieder angestellt?«

Roeloff schaute zu dem Buschmann, der ihn auslachte, und ging zu ihm.

»Nichts.«

»Nichts? Komm, setz dich zu mir ans Feuer.«

»Mein Vater hat mich gerade rausgeschmissen, im Regen. Das werd ich auch an deinem Feuer nicht vergessen.«

»Das weißt du gar nicht. Ich habe einen Tabak, der dich alles vergessen lässt. Und viele Geschichten. Ich habe dir noch nicht von dem Tag erzählt, an dem die Männer mit ihren Pferden zu unserem Lager kamen. Die Geschichte habe ich aufgehoben, bis du groß bist.«

»Ich fühl mich nicht gerade groß.«

Twa schaute ihm über seine übel riechende Pfeife hinweg skeptisch in die Augen. »Was du da im Haus mit Zokho gemacht hast, das ist groß.«

»Ich habe nichts getan.«

»Das sehe ich«, lachte Twa, während sein Blick zu Roeloffs Leisten wanderte. »Aber du wolltest.«

»Was ist mit meinem Vater los?«

»Du erinnerst ihn daran, dass er älter wird.«

Roeloff hockte sich an das kleine Feuer und rieb sich die Hände.

»Ich weiß nicht, was da im Haus passiert ist. Es ist einfach passiert.«

»So ist das beim ersten Mal. Ich war jünger als du, als mich das Fieber gepackt hatte. Ich erinnere mich an das Mädchen. Sie war eine *Ein-qua,* von den Leuten am Fluss.

Deine Gefühle laufen mit dir davon, du denkst mit deinem Stock. Aber es ist gut, oder?« Er kicherte.

»Erzähl mir die Geschichte.«

»Nicht heute Abend. Geh in die Hütte, Kudu, und schlaf. Du bist müde. Ich bleib hier am Feuer.«

Zokho traf ein viel schlimmeres Schicksal. Auch wenn sie wusste, dass sexuelle Spielereien unter den Kindern der Koi-na nichts Ungewöhnliches waren, war Zokhos Verhalten Sanna doch peinlich und sie verhaute Zokho mit einem Stock, nachdem Willem Kloot ihr erzählt hatte, was geschehen war, und sie verbot ihr, mit Roeloff zu sprechen. Es war schlimm genug, dass sie ihr Kleid in der Küche hatte liegen lassen, doch sie war zudem so frech gewesen, sich auf die Stufe des *Kleinbaas* zu stellen und so hatte sie alle anderen beschämt.

»Du bist so schlecht, Zokho«, sagte Sanna, atmete schwer und fühlte sich schuldig, weil sie das Mädchen schlug. »Ich weiß nicht, was ich mit dir machen soll. Willst du von der Farm gejagt werden? Bekommst du nicht genug zu essen hier, du dummes Mädchen? Der Grootbaas sorgt doch für dich, aber du musst seinem Sohn hinterherlaufen.«

Sanna brauchte sich um Roeloff keine Sorgen zu machen. Hin und her gerissen zwischen seinen Gefühlen, die er nicht verstehen konnte, und dem, was er getan hatte, glaubte Roeloff, eine fürchterliche Sünde begangen zu haben. Er hatte sich einem Mädchen genähert und sie war keine von ihnen. Er schwor vor Gott, es nie wieder zu tun.

Am nächsten Tag ging er in der Morgendämmerung mit den Schafen ins Veld, um eine Begegnung mit seiner Familie auf dem Hof zu vermeiden, und blieb mit Twa dort, bis es dunkel geworden war. Als sie zurückkehrten, sah er Zokho und die anderen Koi-na am Bach. Sie hatten ein Feuer gemacht und tanzten darum herum. War der Mond schon voll? Denn dann erlaubte sein Vater ihnen, ein Feuer zu machen. Er folgte einem anderen Weg zu Twas Hütte und war froh, dass er dort allein sein konnte.

Als er am nächsten Morgen aus Twas Hütte heraustrat, überraschte ihn sein Großvater, der draußen auf ihn wartete.

»Oupa ...«

»Hier.« Harman Kloot reichte ihm ein Stück frisches Brot, das noch warm war. »Du wohnst bei Twa?«

»Ja.«

Sein Großvater warf einen Blick über den Hof, auf dem zu dieser frühen Stunde noch keine Arbeiter zu sehen waren, steckte seine Hand in die Jackentasche und holte seine Pfeife hervor.

Das Anrauchen seiner Pfeife war so etwas wie ein Ritual. Sein Großvater sagte kein Wort, bis er den Tabak in die Pfeife gestopft, sie angezündet und den ersten Zug inhaliert hatte. Roeloff hatte das Gefühl, etwas sagen zu müssen.

»Ich wollte mit Zokho nichts Böses tun.«

Harman Kloot zuckte zu dieser Erklärung mit den Schultern.

»Es ist geschehen. Du kannst es nicht ungeschehen machen.«

»Ich habe sie ... nur berührt.«

Harman Kloot zog an der Pfeife und stieß kleine Rauchwolken aus. In seinen Augen lag ein humorvolles Lachen.

»Du hast sie nur berührt?«

»Ja. Ich ... sie ... ich habe nichts getan.«

»Noch nicht.«

Roeloff spürte, dass er rot wurde.

»Ich würde so etwas nie tun, Oupa.«

Harman Kloot lächelte.

»Du kannst den Fluss rückwärts fließen lassen? Mach dir nicht allzu viele Sorgen. So etwas passiert nun mal, wenn man jung ist. Sogar dann noch, wenn man älter ist. Wehr dich nicht dagegen.«

»Du bist mir nicht böse?«

»Böse?« Harman Kloot lachte und hustete gleichzeitig. »Du bist nicht der Erste, dem das passiert. Wirst auch nicht der Letzte sein.«

Roeloff wartete, bis sein Großvater zu husten aufgehört hatte.

»Dein Husten ist schlimmer geworden, Oupa. Vielleicht hat das mit der Pfeife zu tun. Sanna hat gesagt, sie könnte dir etwas dafür geben – hat sie das schon getan?«

»Sanna ist vor allem damit beschäftigt, Zokho zu verprügeln.« Er hielt inne und rang nach Atem. »Du fehlst uns. Hast du was zu essen?«

»Twa hat gestern Abend eine Schildkröte gebraten.«

»Eine Schildkröte?« Oupa Harman verzog sein Gesicht. »Du musst zurückkommen, sonst wirst du am Ende wie Twa im Staub etwas zu essen suchen müssen.«

»Pa hat mir verboten, das Haus zu betreten.«

»Das hat er nicht so gemeint. Du kennst deinen Vater. Er denkt mit den Fäusten. Später tut es ihm leid.«

»Es tat ihm nicht leid, den Sonqua erschossen zu haben.«

»Das ist etwas anderes. Je länger du hier draußen bliebst, umso schwieriger wird es zurückzukommen. Komm heute Abend einfach rein und sag nichts.«

»Das kann ich nicht.«

»Du meinst, das willst du nicht. Mag sein, dass du wie deine Mutter aussiehst, aber du bist so stur wie er.«

»Wenn David etwas falsch macht, reagiert Pa nicht so. Aber mich schlägt er. Wegen jeder Kleinigkeit.«

»Vielleicht weiß dein Vater nicht, was David so alles tut.«

»Manches weiß er schon, Oupa. Manchmal glaube ich, dass Pa Angst hat, ihm etwas zu sagen.«

»Dein Vater hat vor niemandem Angst.«

»Oom Jan kann ihm alles Mögliche erzählen.«

»Na ja, Oom Jan, das ist eine andere Geschichte. Oom Jan ist mit dem Teufel verbündet, es gibt kein Mittel gegen ihn.

Du brauchst nicht mit allem, was Oom Jan tut, einverstanden zu sein, aber es ist gut, jemanden wie ihn zu kennen, wenn man alleine hier draußen ist. Oom Jan hat seine guten Seiten. Denk ja nicht, dass dein Vater das nicht weiß. Und dein Vater stimmt nicht in jeder Hinsicht mit Oom Jan überein, da irrst du dich.«

Roeloff hörte ihm noch eine Weile zu, doch er kehrte nicht ins Haus zurück, wie sein Großvater ihn gebeten hatte. Nachdem er ein paar Nächte in Twas beengender Hütte verbracht hatte, hatte er sich an die Kälte gewöhnt und der Geruch des Rauches, der seine Haare und seine Kleidung durchdrang, störte ihn nicht länger.

Eines Abends, als er sich mit Twa einen Teller Essen teilte, den Sanna ihnen aus der Küche geschickt hatte, fiel draußen am Feuer der Schatten von Willem Kloot über sie.

»So, du beweist mir also, aus welchem Stoff du gemacht bist, Roeloff Kloot? Du wohnst in diesem Stall hier und beweist mir damit, dass dir nicht daran liegt, vorwärts zu kommen? Vielleicht habe ich dich falsch eingeschätzt. Vielleicht ist es an der Zeit, deinen Mut im Busch auf die Probe zu stellen.«

»Ich werde nicht losziehen, um Sonqua zu erschießen, falls es das ist, was du meinst.« Die Worte waren ihm einfach herausgeplatzt und Roeloff zuckte zusammen: Erstens hatte sein Vater ihn nicht um seine Meinung gebeten und zweitens war er in der Hocke sitzen geblieben, während er mit ihm geredet hatte.

Willem sah auf seinen Sohn hinunter, der am Feuer hockte.

»Ja, ich sehe, dass ich dich falsch eingeschätzt habe. Wenn du noch eine Woche hier bleibst, wirst du nicht mehr von dem nach Ziegen stinkenden Buschmann zu unterscheiden sein. Du hast einen Fehler gemacht, aber ich werde diesmal darüber hinwegsehen. Doch ich warne dich: Lass die

Kloots sich nicht im Grabe umdrehen. Und jetzt sieh zu, dass du ins Haus kommst.«

Der Frühling traf mit heftigen Regengüssen ein und im Veld wuchsen, wie über Nacht, gelbe und lilafarbene Blumen. Sie hatten Wasser in den Regenfässern, im Brunnen und im Haus. Sie konnten zum ersten Mal seit Monaten die Zinnwanne wieder benutzen. Es war ein warmer Oktoberabend und Roeloff drehte den Stuhl seines Großvaters auf der Veranda, sodass er über das Veld hinwegschauen konnte. Er saß mit einem Kissen im Rücken auf einem Stuhl aus Mahagoniholz und einer aus Lederriemen geflochtenen Sitzfläche, den er bei einem Farmer aus Roodezand gekauft hatte, döste mal und hörte dann wieder Roeloff zu, der von seinen Erfolgen mit Boerhaan erzählte. Oupa Harman war während des Winters magerer geworden. Roeloff nahm den Geruch nach absterbendem Gewebe wahr, auch wenn sein Großvater nicht redete, hustete oder sich in einem geschlossenen Raum aufhielt. Er wusste, dass es nur noch eine Frage der Zeit war, wusste es besser als sein Vater, der sich nicht mit der Tatsache auseinandersetzen wollte, dass sich das Gift in den Lungen von Oupa Harman ausbreitete. Sein Großvater hatte keine Kraft mehr in den Beinen und musste gestützt werden, wenn er sich auf den Stuhl setzen wollte, und er beharrte darauf, auf dem Stuhl zu sitzen und sich nicht ins Bett zu legen. Seine geliebte Pfeife lag auf der Fensterbank, ausgetrocknet und staubig.

»Der Sonnenuntergang sieht aus, als ob ein sterbender Skorpion am Berghang blutet. Sieh es dir an, Oupa. Das ganze Veld ist rot.«

Die Beschreibung ließ Oupa Harman erschaudern. Ein Skorpion konnte nicht bluten, das machte aber nichts, denn er wusste, was der Junge meinte. Ein anderer hatte ähnlich gesprochen. Die Schwierigkeiten, die er mit seinem entfremdeten Bruder gehabt hatte, waren immer durch Krisjans Verbissenheit um die Wörter entstanden. Visionäre Verse hatte er sie genannt. Was bedeutete schon ein Mann mit Visionen, wenn er die Folgen seiner Taten nicht voraussehen konnte? Roeloff hatte dennoch Recht. Der Himmel war rosarot und hatte goldene Tupfen. Seine Schönheit ließ ihn nicht unberührt. Er erlebte seine letzte Jahreszeit. So wie er aus dem blutigen Staub Afrikas entstanden war, würde das Land ihn bald wieder aufnehmen.

»Alles in Ordnung bei dir, Oupa?«

»Alles in Ordnung an einem solchen Tag, Roff. Die Schönheit ist Gottes Trost für die Verzweifelten.«

»Du bist heute so still.«

Oupa Harman hustete und furzte gleichzeitig. Das passierte ihm sonst nie und bewies deshalb nur, dass er die Kontrolle verlor.

»Ich denke an meinen Bruder Krisjan. Dein Vater wollte ihn hier nie sehen.«

»Was ist denn mit ihm?«

»Nichts.«

Roeloff wartete darauf, dass sein Großvater ihm mehr erzählte, doch tat er das nicht.

»Eines Tages werde ich ans Kap reisen. Es gibt dort viele Dinge, die ich einmal sehen möchte. Ich werde ihn aufsuchen.«

Oupa Harman drehte sich um und sah ihn an.

»Lass diesen Teil unserer Familie in Ruhe.«

»Er ist aber von unserem Blut.«

»Ja, von unserem Blut. Und Blut bleibt Blut, auch wenn es verdünnt wird. Aber vielleicht hat dein Vater Recht. Hör zu, Roff, wenn ich nicht mehr bin ... «

»Sag das bitte nicht, Oupa.«

»Es gibt eine Holzkiste mit einem grünen Deckel ... Berichte von den ersten Siedlern. Meine Ur-Ur-Ur-Großmutter, Anna Kloot, schrieb sie auf. Ein Hand voll Seiten in *Duiker*-Leder gebunden. Und eine Lederkette.« Er sprach schleppend. »Die ersten Kloots waren freie Bürger. Ihre Kinder wuchsen mit Hottentotten auf.«

»Koi-na.«

»Sie begegneten dem Busch und den Bergen und den mörderischen Stürmen. Sie waren diejenigen, die es uns leicht gemacht haben.«

»Wo werde ich diese Berichte finden?«

»Dein Vater sollte sie aufbewahrt haben. Wenn du sie liest, lese das, was nicht aufgeschrieben wurde.«

»Was meinst du damit, Oupa?«

»Anna Kloot war eine intelligente Frau. Aus Übersee. Da gibt es die Geschichte, die sie erzählt, und eine andere, die sie nicht erzählt.«

»Schlimm?«

»Für manche ja, für mich nicht. Wir stehen alle still, wenn wir pinkeln.«

»Sonqua können pinkeln, während sie laufen.«

»Wer sagt das?«

»Twa.«

»Du musst nicht alles glauben, was er erzählt. Er glaubt auch, dass man gesund wird, wenn man auf Wurzeln kaut.«

»Das stimmte auch, als ich Magenschmerzen hatte.«

»Du bist davon gesund geworden?«

»Nein. Er sagte, dass er es so eilig hatte, als er die Wurzel aus der Erde gegraben hatte, dass er vergaß, ein Stück davon zurückzulegen. Man muss der Erde etwas geben, wenn man sich etwas von ihr genommen hat. Wenn man das nicht tut, funktioniert es nicht.«

»Genau das meine ich. Twa hat den Kopf voll von diesem Unsinn. Trotzdem ist er ein guter Spurenleser. Habe ich dir von dem Tag erzählt, an dem ich ihn hinter den Hantam-Bergen fand?«

»Nicht die ganze Geschichte.«

Er bekam wieder einen Hustenanfall und Roeloff wartete, bis sich sein Großvater davon erholt hatte.

»Ich dachte, es wäre ein Tier, als ich die Bewegung in den Büschen sah. Es war keins. Es war Twa, der sich auf allen Vieren hinter einem Dornbusch an eine Elenantilope heranschlich. Wir sahen einander im selben Moment und als ich feuerte, flog auch sein Pfeil durch die Luft und traf meine Satteltasche. Ich war nicht verletzt worden, er aber wohl. Ich stieg von meinem Pferd und als ich auf ihn zuging, rannte er davon. Ich folgte seinen Spuren, ritt hinter ihm her und stellte ihn kurz darauf. Was mich wunderte war, dass er nicht schon davonrannte, als er mich entdeckt hatte. Sicherlich hatte er mich bereits gesehen, als ich noch weit entfernt war.«

»Vielleicht wollte er die Elenantilope nicht verlieren.«

»Vielleicht. Jedenfalls war er ungewöhnlich. Ich konnte ihn weder dort lassen noch konnte ich ihn umlegen, also nahm ich ihn mit ins Lager. Dein Vater war in deinem Alter und unser Lager war in der Nähe. Ich reinigte die Wunde, legte eine Packung auf und verband sie. Drei Tage lang hatte er hohes Fieber und war dem Tode nah. Als er dann aufwachte, schwor er, dass ich über stärkere magische Kräfte verfügte als er und dass er sich ein falsches Bild von uns gemacht hätte.«

»Das sieht er inzwischen anders. Wir rauben und sie sind diejenigen, die beraubt werden.«

»Ich weiß.«

»Sie waren zuerst hier, sagt er.«

»Das ist wahr. Doch sie sind nicht mehr die Einzigen.«

»Wir wollen uns nichts mit ihnen teilen. Wir wollen alles für uns allein haben.«

Harman Kloot sah ihn lange an.

»Wir halten uns an dieselben Gesetze der Wildnis, Roff. Die Buschmänner nehmen sich auf ihre Art alles, was sie von der Erde brauchen, wir nehmen es uns mit dem Rauch unserer Gewehre. Wir müssen alle irgendwie überleben.«

Die Farmer im Inland hatten ein eigenes Kommunikationsnetz entwickelt. Wenn Gerhardt Brink oben auf den Hügeln von einem Todesfall hörte, spannte er die alte Maduna ein und klapperte hinüber zur Frau des Pfarrers am Oorlog-Fluss, die dann ihrerseits die Nachricht den Vissers, Steenkamps und Jouberts mitteilte, bis sie schließlich den alten Piet im Tal erreicht hatte. Als ihnen am Frühstückstisch mitgeteilt wurde, dass Oupa Harman sich dem Willen des Herrn gebeugt hatte, wurden die Pferde gezäumt und gegen Mittag erschienen auf dem Weg, der zu Kloots Nek hinaufführte, fünf weitere Wagen mit Trauergästen, die Kartoffeln und Kürbisse, Zwieback und Dörrfleisch mitbrachten. Aufgebahrt in einem schwarzen Anzug, der über die Jahre hinweg steif geworden war, und von einer dunklen Wolke aus Fliegen umgeben, sah es so aus, als würde diese Zurschaustellung Oupa Harman irritieren. Die kleinen weißen Blumen, die am Kopfende des Sarges standen, verstärkten den erdrückend süßlichen Geruch in dem engen Raum.

Willem Kloot stand trockenen Auges zwischen den Jouberts und den Retiefs und kündigte an, dass sich der Pfarrer in Roodezand befand und dass die Beerdigung wegen der Hitze umgehend stattfinden würde. Die Trauergäste erwiesen dem Toten die letzte Ehre, dann trugen die Männer den Sarg schweigend zum Familienfriedhof.

Hennerik und Twa ließen ihn mit Lederriemen hinunter ins Grab, traten dann zurück und stellten sich zu Sanna und den anderen Arbeitern mit den Kindern hinter die Trauergäste. Willem Kloot las einen Vers aus der Bibel vor, während die Schöße seines Fracks leicht im Wind flatterten. Mit knappen Worten sprach er von dem Mut und der Entschlossenheit und der Abenteuerlust, von denen sein Vater besessen gewesen war und die ihn vor vierzig Jahren zu den Hantam-Bergen geführt hatten und dass es auf Kloots Nek still sein würde ohne ihn. Dann schloss er die Bibel und warf eine Hand voll Erde auf den Sarg.

Roeloff stand neben David, Diena und Soela und beobachtete Twa und Hennerik, die zu den Schaufeln griffen.

»Du kannst jetzt Oupas Zimmer haben«, flüsterte David.

Roeloff warf ihm einen kalten Blick zu.

»Ja, ehrlich, bevor Pa wieder heiratet.«

Roeloff nahm Twa die Schaufel aus der Hand.

»Lass Twa das machen«, sagte Willem Kloot.

»Nein.« Roeloff wollte es keinem anderen überlassen, auch Twa nicht. Sie sollten alle verschwinden.

Die Farmer kannten den Buschmann, der mit sich selbst redete, und Roeloffs Verbindung zu ihm vom Hörensagen. Sie blieben stehen und schienen auf eine Auseinandersetzung zu warten, doch Willem Kloot nickte Roeloff zu und ließ ihn gewähren. Roeloff stieß die Schaufel in den Haufen Sand und begann das Grab zuzuschaufeln.

Willem wandte sich den Trauergästen zu, die seinen Sohn und Twa beobachteten. Sie hatten alle von dem Buschmann gehört, der das Feuer liebte, und manchmal erwähnten sie, wie merkwürdig er sei, doch sie wussten nichts von seinen Fähigkeiten. Willem enthielt ihnen diese Information vor. Während der langen Trockenheit hatte Twa ihm zweimal zeigen können, an welcher Stelle er nach Wasser bohren sollte. Es würde in der Erde aufsteigen und ihn an den Fußsohlen berühren, hatte er gesagt und Willem Kloot hatte zitternd den Spaten genau an der Stelle, an der Twa stand, in die Erde gestoßen. Twa konnte diese Fähigkeit nicht ständig einsetzen, da sie eine große Konzentration voraussetzte, die seinen Kopf schmerzen ließ, und obwohl Willem Kloot sich seinen Mitfarmern gegenüber nicht egoistisch verhielt – erst recht nicht, wenn es sich um etwas derart Wertvolles handelte – fürchtete er doch, dass Twa seine Kraft verbrauchen würde, wenn sie allen bekannt wäre und er sie nicht mehr nutzen könnte, wenn er sie bräuchte. Willem mochte den kleinen Jäger (Twa hatte ihn einmal beschützt) und hatte Verständnis für die Freundschaft zwischen Twa und seinem Sohn.

»Kaffee und Brot, Leute?« fragte er. »Gehen wir zum Haus.«

»Kommt«, sagte David zu Diena und Soela.

»Ich warte auf Roff«, sagte Diena.

»Ich auch«, meinte Soela.

»Dann bleibt halt da und macht euch dreckig.«

Roeloff erkannte den Ton in der Stimme seines Bruders. Morgen oder übermorgen würde David sich an ihm rächen. Roeloff warf einen kurzen Blick auf die Schwestern in ihren blauen Kleidern und den gestärkten Kappen. Er sah diese Kleider zum ersten Mal und konnte sich vorstellen, dass Drieka zu dem Entwurf beigetragen hatte. Er drehte sich um und schaufelte Erde auf den Sarg und Diena und Soela folgten den anderen langsam zum Haus. Als er mit Hennerik und Twa allein war, die ihn nicht beachteten, widmete Roeloff sich seiner Aufgabe mit aller Kraft, während heiße Tränen ihren freien Lauf über sein Gesicht nahmen und auf sein Hemd tropften. Er hörte nicht auf zu schaufeln, bis Twa ihn am Arm packte.

»Es ist genug, Kudu, das Loch ist zu.«

Roeloff ging nicht sofort zum Haus zurück, sondern saß eine Weile bei Hennerik und anderen Koi-na. Als der letzte Wagen abgefahren und die Lampe in der Küche gelöscht worden war, ging er nach draußen und setzte sich zu Twa ans Feuer.

»Jetzt ist dein alter Vater bei seinen Ahnen.«

»Er ist in einem dunklen Loch, Twa.«

»Die Hülle, in der er lebte, seine Seele aber nicht.«

»Mein Vater hat überhaupt nicht geweint. Er hat kein Gefühl.«

»Das hat er wohl, aber er will dir und deinem Bruder zeigen, dass er nicht so wichtig ist, der Tod.«

»Er ist wichtig für diejenigen, die zurückbleiben. Wen habe ich jetzt, wo es ihn nicht mehr gibt?«

Twas Augen blinzelten im Feuerschein.

»Mich.«

Roeloff sah ihn an.

»Dich?«

»Und die Bäume und die Dachse und die Blumen.«

»Es gibt keine Bäume in der Karoo.«

»Gibt es wohl, wenn du genau hinguckst. Es gibt viele Dinge in der großen Stille. Wenn du älter bist, wirst du es verstehen.«

Für Roeloff waren die Tage gezeichnet durch Augenblicke schmerzender Einsamkeit. Der Mahagonistuhl wirkte verlassen und wochenlang glaubte er, den keuchenden Husten im Haus gehört zu haben. Er suchte nach der Kiste, die sein Großvater erwähnt hatte, doch er fand sie weder in der Scheune noch unter irgendeinem Bett und er hatte keine Lust danach zu fragen.

Eine Woche vor der Hochzeit seines Vaters ging Roeloff in die Scheune, um Dung zu holen. Dort fand er Zokho, die zusammengekauert in einer Ecke hockte und weinte. Ihr Kleid war zerrissen und auf ihrem Knie war ein roter Fleck zu sehen.

»Zokho, was ist los?«

Zokho zog hastig ihr Kleid zu.

»Wer hat das getan?«

Sie antwortete ihm nicht.

»Wer, Zokho?«

»Du wolltest nicht mit mir sprechen, also ließ ich ihn sprechen. Und er fing an, mich zu bedrängen.«

»Was meinst du damit? Wer hat dich bedrängt?«

»Es ist nicht meine Schuld. Ich wollte nett zu ihm sein. Ich will nicht von der Farm gejagt werden.«

»Keiner will dich von der Farm jagen. Von wem sprichst du denn?«

Sie sah auf.

»Wer, Zokho?«

»Dein Bruder. Ich war hier in der Scheune, um etwas für Sanna zu holen. Er kam herein und zwang mich, mit ihm zu spielen.«

»Mit ihm zu spielen?«

»Jetzt blutet mein Bein und Sanna wird mir nicht glauben. Ich wollte es nicht tun, doch er zwang mich dazu. Er sagte, er würde mir den Kopf abschneiden und ihn den Schakalen zu fressen geben.«

Roeloff sah sie an. Obwohl sein Vater gedroht hatte, dass sie mit den anderen Koi-na draußen arbeiten müsste, verrichtete sie ihre Arbeit doch wieder im Haus und er sprach nur in der Gegenwart von anderen mit ihr und vermied die Situationen, in denen sie alleine sein könnten. Doch sie fehlte ihm; ihr fröhliches Gerede, ihr kindliches Lachen. Er sehnte sich mit jeder Faser seines Körpers nach ihr. Sie war anders als Soela und Drieka. Und so schön. Als er sie so sitzen sah, das zerrissene Kleid an den staubigen Knien zusammengehalten, wie eine zarte Blume zwischen Steinen, wünschte er sich, sie zu berühren, sie wieder in seinem Mund schmecken zu können. Sein Vater hatte sein Verhalten gezügelt, nicht aber seine Gefühle.

»Geh ins Haus. Ich werde Sanna erzählen, was passiert ist.« Er stand auf und ging David suchen. Er fand seinen Bruder am Wassertrog, wo er sich das Gesicht wusch.

»Was hast du mit Zokho gemacht?« Er legte einen Stein in seine Schleuder.

David war groß und stämmig. Ein Lächeln spielte um einen seiner Mundwinkel.

»Tu das nicht, Roff, ich warne dich.«

Roeloff schwang seine Schleuder in einem Kreis über seinen Kopf. Der Stein zischte durch die Luft und traf David an der Kniescheibe.

»Auaaa! Dafür bring ich dich um!« David hielt sich das Knie und hüpfte auf einem Bein herum. »Pa!«

Willem Kloot hörte den Lärm und kam heraus.

»Was ist los?«

»Roeloff hat mir mit der Schleuder das Knie gebrochen!«

»Sag ihm, was du getan hast, du Schwein! Sag ihm, dass du Zokho bedrängt und gezwungen hast!«

David brach zusammen. Willem ging zu ihm, um die Kniescheibe zu untersuchen. Der Stein hatte den Knochen zerschmettert.

Drei Augenpaare starrten auf die Wagen und die Pferde, die wenige Zentimeter hinter dem Dornbusch, hinter dem sie kauerten, an ihnen vorüberzogen. Sie waren so geduldig wie Raubtiere, die das langsame Näherkommen ihrer Beute abwarteten, und waren in der grauen Morgendämmerung gekommen, hatten den ganzen Tag in der Hitze gesessen und den Zug der Gäste nach Kloots Nek beobachtet.

»Du bist sicher, dass das der richtige Ort ist?« fragte Koerikei.

»Ja«, antwortete Toma.

Sie hielten sich versteckt, bis es dunkel war und lauschten den gedämpften Klängen der Fröhlichkeit, die vom Haus herüberklangen.

»Hol sie und bring sie an die vereinbarte Stelle«, gab Koerikei das Zeichen zum Aufbruch. »Kabas und ich kümmern uns um die Schafe.«

»Und die Rache für Balip?« fragte Toma.

»Keine. Wenn wir Leben nehmen, kommen sie mit ihren Feuerstöcken hinter uns her. Wie Limp Kao sagte, ist es besser so. Erst mal.«

»Limp Kao ist zu alt, um diese Entscheidungen für uns zu treffen. Wir sollten das Haus niederbrennen und die Schafe mitnehmen.«

Koerikei sah seinen Neffen überrascht an.

»Du zweifelst an der Weisheit des Mannes, der sehen kann.«

»Vielleicht hat er Recht«, sagte Kabas. »Limp Kao sieht nicht mehr so gut, seit er die Haut vor den Augen hat. Wenn wir das Haus niederbrennen, können wir das Mädchen und alle Schafe mitnehmen. Sie sind zu beschäftigt, um hinter uns herzukommen.«

Koerikei sah seinen Bruder an.

»Wir waren uns einig, Kabas. Es wird Tage dauern, bis wir zurück sind. Siehst du nicht, wie viele Menschen hier sind und wie viele Pferde? Sie werden uns ganz schnell finden.«

Oben am Haus beobachtete Roeloff den alten Pietie Retief, der an seiner Geige zupfte und zu einem lebhaften Volkstanz aufspielte. Vorne im Haus war der Tanz in vollem Gange und Willem Kloot führte Drieka in wirbelnden Röcken über den Boden, sodass sich eine Staubwolke bildete. Roeloff hatte seinen Vater nie zuvor inmitten eines so lustigen Treibens gesehen. Er beobachtete ihn mit Interesse und staunte wie immer über die Macht des Pfirsichschnapses, den Willem in einem großen Kessel braute und von dem die meisten anscheinend zu viel getrunken hatten. In einer Ecke versuchte Mannie Steenkamp sich an seinem Zwillingsbruder Frederik festzuhalten. In einer anderen stand Retiefs Enkel Hennie, der sonst selbst in Bestform keine zehn Wörter aus seinem Mund herausgequetscht bekam und nun tatsächlich einen Witz erzählte.

Als er ein Kichern hinter sich hörte, drehte Roeloff sich um. Da stand sein Bruder, in einer braunen Hose und einem weißen Hemd, zwischen Soela und Diena. Er hatte sich den ganzen Nachmittag geschrubbt und einen ganzen Eimer Wasser für die Aktion gebraucht. Aus seinem Lächeln wurde deutlich, dass er zufrieden war mit den Fortschritten, die er in seinem Werben um eine der beiden Schwestern machte.

»Möchtest du mit mir tanzen, Roff?«

Diena, die dreizehn Jahre alt war und deren Brüste aus ihrem Mieder hervorquollen, trug ein Kleid mit Kragen, das ganz und gar nicht zu ihrer runden Figur passte.

»Ich tanze nicht, Diena«, sagte er, obwohl er es konnte. Da keiner genau hinschaute, trank er bereits den zweiten Becher von dem Gebräu seines Vaters. Es war nicht so, dass er nicht mit Diena tanzen wollte, im Moment hatte er aber keine Lust dazu und der Schnaps oder das, was darin enthalten war, verursachte ihm ein furchtbar merkwürdiges Gefühl in seinen Schultern und in seinen Beinen. Er fürchtete, auf dem Tanzboden die Kontrolle zu verlieren.

»Wir gucken, was die anderen machen, und dann folgen wir ihnen. Es ist leicht.«

»Vielleicht will Roff mit mir tanzen«, unterbrach Soela und ließ David stehen.

Soela war um die Hüften herum schlanker geworden und trug ihre Haare an diesem besonderen Abend offen.

»David kann das«, sagte er und ging zur Tür. »Er weiß, wie es geht.«

»Wohin gehst du?« lachte David. »Zu deinem Buschmann? Roeloff interessiert sich nicht für Afrikander«, fügte er zur Erheiterung der Mädchen hinzu.

Roeloff schloss die Tür hinter sich. Er hasste seinen Bruder. Nach dem, was David Zokho angetan hatte, konnte er seinen Bruder für nichts anderes als ein Tier halten, doch selbst ein Tier hätte sich nicht so benommen, wie er es getan hatte. Und sein Vater hatte nichts weiter unternommen, als ihm zu sagen, er solle das Koi-na-Mädchen in Ruhe lassen. Nichts weiter! Es tat ihm überhaupt nicht leid, dass David nun humpelte.

Draußen war es dunkel und er ging langsam auf die Hütten zu. Twa saß an seinem Feuer und diskutierte mit jemandem, den nur er in den Flammen erkennen konnte.

»Was machst du hier draußen, Sonqua?«

»Ich bin kein Sonqua.«

»Natürlich«, lachte Twa. »Unser Sonqua.«

»Du hast schon wieder Hasch geraucht.«

Twa hielt ihm Oupa Harmans Pfeife unter die Nase. Roeloff hatte sie ihm nach dem Tode seines Großvaters geschenkt.

»Probier mal«, lachte er. »Es trägt dich zu deinen Ahnen. Kennst du deine Ahnen, Kudu?«

»Sie kamen mit einem Schiff hierher. Sie waren die ersten Menschen hier.«

»Die ersten?«

»Vor hundert Jahren, ja.«

Twas Augen schlossen sich vor Lachen.

»Meine Leute kamen mit den Heuschrecken und den Bienen. Sie haben viele Tausende Trockenheiten erlebt. Sie waren die Ersten. Sie und die Koi-na.«

»Warum besitzen sie denn dann keine Herden? Warum nehmen sie sie uns weg?«

»Daran ist ein dummer alter Mann Schuld, ganz zu Beginn der Welt, als die Menschen noch Tiere waren«, seufzte Twa. »Wenn ich dir erzähle, wie dumm er war, wirst du lachen. Er begegnete ein paar Kühen auf einem Feld und ohne sich vorher zu überlegen, wozu sie nützlich sein könnten, zeigte er sie dummerweise einem schwarzen Mann. Hast du schon mal einen schwarzen Mann gesehen, Kudu? Er kommt von dem Ort, an dem die Sonne aufgeht, und ist so dunkel wie ein Gnu, sehr stark und so groß wie zwei Sonqua. Der schwarze Mann erkannte, wie wichtig zahme Kühe sind, und trieb sie in einen Stall. Als er eine Kuh gemolken hatte, nachdem er ihr die Hinterbeine mit einem Lederriemen zusammengebunden hatte, ging er zu dem alten Mann und brachte ihm Milch. Und der, ob du es glaubst oder nicht, sagte zu dem schwarzen Mann, er solle die Milch zuerst trinken, er würde dann den Topf auslecken. Das hat er gesagt! ›Trink du zuerst und lass mich das auslecken, was am Topfrand übrig bleibt!‹ Was meinst du, was dann geschah? Der schwarze Mann trank die Milch und der dumme alte Mann leckte den Topf aus. Dann nahm der schwarze Mann den Lederriemen und sagte ihm, er solle am anderen Ende ziehen. Sie zogen und zogen und der schwarze Mann, der stärker war, zog dem alten Mann den Lederriemen aus der Hand. Er gab dem alten Mann ein Stück Schnur und sagte, dass er ja nichts mit einem Lederriemen zusammenbinden müsste, und seit dem Tag gehörten dem schwarzen Mann die Herden und uns blieb nichts anderes übrig, als Perlhühner zu fangen.«

»Das ist eine gute Geschichte.«

»Das ist keine Geschichte. So ist nämlich die Welt entstanden. Wir waren die Ersten, vor allen anderen. Jetzt sind wir die Letzten.«

»Und deswegen klaut ihr?«

»Wir klauen nicht. Es gehörte nicht dem weißen Mann. Er nahm es dem schwarzen Mann ab, der es sich von einem Mann genommen hat, der seinen Verstand nicht benutzt hatte. Uns wurde es zuerst gezeigt, erinnerst du dich? Genau wie dieses Land zuerst uns gehörte. Wir leihen uns die Dinge nur.«

»Das heißt, ihr nehmt euch, was euch nicht gehört.«

»Siehst du diesen Baum dort, Kudu? Alt und hässlich nach Jahren und Jahren in der Erde. Wen bittet er um Nahrung? Wen haben wir gebeten, herzukommen und uns das Land zu nehmen?«

Sie hörten ein Krachen hinter sich.

Roeloff erstarrte.

»Was war das?«

Twa war sofort hellwach.

»Es war hinter den Hütten.«

Roeloff stand auf und ging zu der Stelle, von der das Geräusch kam. Vor der ersten Hütte stolperte er über Sanna, die gefesselt auf dem Boden lag, und stand dann einem jungen Sonqua gegenüber, der Zokho an der Hand zerrte. Er erkannte ihn sofort an der Narbe auf seiner Stirn.

»Du! Was suchst du hier?«

»Du weißt, was ich hier suche«, sagte Toma.

»Sie wird nicht mit dir gehen.«

Dann bekam Toma einen anderen Gesichtsausdruck. Roeloff drehte sich langsam um. Hinter ihm hatte ein weiterer Sonqua seinen Pfeil auf seinen Rücken gerichtet.

»Nicht. Das ist Augen des Himmels.«

Koerikei nahm den Pfeil aus dem Bogen.

Roeloff nahm wieder Haltung ein.

»Warum bist du zurückgekommen?«

»Rauch in den Augen gehört zu unserem Stamm.«

»Ihr werdet nicht lebend davonkommen, wenn mein Vater euch sieht.«

»Wir waren den ganzen Tag hier und er hat uns nicht gesehen. Wir sind verschwunden, bevor er uns sehen kann.«

»Nein, seid ihr nicht.« Twa kam auf sie zu, lachte und richtete das alte Gewehr von Willem Kloot auf sie. Es spielte keine Rolle, dass der Abzug kaputt war; der Anblick genügte. »Ich weiß, wie man damit umgeht. Lass das Mädchen los und verschwindet.«

Koerikei sagte verächtlich: »Du hast das Herz eines Schakals.«

»Und die Klauen eines Löwen. Das Mädchen gehört jetzt zu uns.«

»Warte, Twa«, unterbrach Roeloff. »Lass uns Zokho selbst fragen. Zokho? Du hattest Recht. Toma ist gekommen, um dich zu holen.«

Toma und Koerikei sahen sich an.

»Willst du mitgehen?«

»Sie kann das nicht entscheiden«, sagte Toma. »Warum fragst du sie? Wir nehmen sie mit, auch wenn sie nicht will.«

»Sie kann es selbst entscheiden. Zokho?«

Zokho schaute hinunter zu Sanna, die sich auf dem Boden wand und versuchte die Fesseln zu lösen.

»Ich habe jetzt eine Mutter, Toma. Ich habe zu essen.«

»Eine Mutter? Das ist Quatsch. Deine Mutter ist tot. Sie haben sie umgebracht.«

»Wenn Zokho bleiben möchte ...« warf Koerikei ein.

»Zokho kommt mit«, sagte Toma verärgert.

Roeloff trat einen Schritt vor. »Du hörst doch, was sie sagt. Sie möchte hier bleiben.«

»Lass sie gehen«, sagte Twa hinter ihm. »Es ist besser für sie. Das hier ist nicht ihr Leben. Nicht für immer.«

Roeloff sah das Mädchen an.

»Möchtest du gehen, Zokho?« Den Jägern entging der Ton in seiner Stimme nicht.

Zokho antwortete auf Holländisch: »Möchtest du, dass ich bleibe?«

Die Gegenfrage überraschte ihn.

»Ich ...«

»Lass sie gehen«, sagte Twa noch einmal. »Schließ Frieden mit den Sonqua.«

Roeloff trat zurück.

»Was hat er zu dir gesagt?« fragte Toma Zokho.

»Er sagte, ich soll mit euch gehen.«

Koerikei nickte erstaunt mit dem Kopf. »Du bist nicht von hier, Augen des Himmels. Wer bist du?«

»Er ist ein Sonqua«, lachte Twa und seine Stimme hallte gespenstisch nach, als sie in der Dunkelheit verschwanden.

5

Tau und Nani standen an dem Tag des Festes für Zokho und Toma früh auf und suchten für den neuen Skerm eine Stelle aus, die ein paar Schritte von Limp Kaos Feuerstelle entfernt lag. Während die anderen schliefen, verrichteten sie schnell die Arbeit, gruben in Schrittabständen in einem Kreis ellenbogentiefe Löcher, in die sie größere biegsame Äste pflanzten; dann banden sie diese über ihren Köpfen zusammen und festigten die Wand mit kleineren Ästen und Zweigen, die mit Baumrinden aneinander geknotet wurden.

»Sie hat sich ein schlechtes Verhalten angewöhnt, während sie weg war. ›Sag nicht Rauch in den Augen zu mir, ich heiße Zokho‹«, ahmte Tau sie nach.

»Und Toma hat Koerikei ihretwegen so bedrängt. Er kann gut mit seinen Pfeilen umgehen, er ist ein guter Jäger. Bevor sie zurückkam, dachte ich, er und Karees würden sich zusammentun.«

»Ich auch. Was wird Toma tun, wenn er es merkt?«

»Was meinst du?«

»Sie war nicht mit Toma zusammen, seit sie zurückgekommen ist, doch ihr Körper verändert sich.«

»Natürlich verändert er sich. Ihre Blutungen haben angefangen.«

»Ich habe kein Blut gesehen.«

»Du hast kein Blut gesehen, weil ...«

»Genau.«

Als sie den Skerm fertig hatten, holten sie Holz von ihren eigenen Feuerstellen und machten ein kleines Feuer vor dem Eingang.

Zokho begleitete die Frauen ergeben zu dem Heim, das für sie und Toma errichtet worden war. Tau und Nani gossen Wasser aus einem Behälter auf ein weiches Stück Leder und wuschen sie ab, banden ihr Lederriemen unter die Knie, legten ihr Armbänder um die Arme und verzierten ihre Haare mit roten und weißen Perlen aus Straußeneierschalen. Als sie zu ihrer Zufriedenheit hergerichtet war, setzten sie sie auf das eigens dafür vorgesehene Kaross.

»Du bist jetzt bereit für deinen Ehemann.«

»Wozu brauche ich einen Ehemann? Ich bin noch ein Kind.«

Die Frauen sahen sie überrascht an.

»Was meinst du?« fragte Tau.

»Ein Ehemann will nur mit dir schlafen.«

»Natürlich will er mit dir schlafen«, lachte Nani. »Kein Mann beschützt dich und ernährt dich und will dann nicht mit deinen Geschlechtsteilen spielen. Glaubst du, er tut das und möchte nichts dafür bekommen? Aber du brauchst dir noch keine Sorgen darum zu machen. Ich werdet auf den gegenüberliegenden Seiten des Feuers schlafen, bis das erste Blut kommt.«

»Das erste Blut kam vor langer Zeit. Es hörte wieder auf.«

»Wie lange ist das her?«

»Ich weiß es nicht.«

»Hast du mit Toma geschlafen?«

»Nein.«

Die Frauen sahen einander an.

»Ich glaube, es wächst ein Kind in dir, Zokho.«

Zokho legte die Hände vors Gesicht und schaute auf ihre Füße.

»Was ist passiert?« fragte Nani.

»Ich wollte es nicht, er zwang mich dazu.«

»Wer zwang dich dazu?«

Zokho vermied ihren Blick.

»Jemand von dort, wo du warst?«

»Ich wollte es nicht tun.«

»Toma wird ein weißes Kind nicht akzeptieren«, sagte Tau sanft.

»Wir können ihr diese Blätter geben«, sagte Nani.

»Es ist zu spät.«

»Vielleicht geht es noch.«

»Ich will keinen Ehemann haben«, sagte Zokho plötzlich.

»Was bedeutet das denn, du willst keinen Ehemann haben? Du hast niemanden. Deine Mutter ist tot. Du hast keine Brüder, keinen Onkel, nur Koerikei und mich. Toma wird sich um dich kümmern. Er möchte sich um dich kümmern. Er hat den weiten Weg auf sich genommen, um dich zu holen.«

»Ich kann es nicht tun, um etwas zu essen zu haben.«

Die Frauen sahen einander an.

»Was für einen Unsinn redest du? Natürlich tust du es, um etwas zu essen zu haben. Und um jemanden zu haben, der für dich sorgt.«

»Ich habe jemanden.«

»Du hast jemanden?«

»Und Toma bedeutet mir nicht viel.«

»Er wird dir etwas bedeuten, wenn du satt geworden bist. Und wer ist dieser jemand, von dem du sprichst? Ist er bei uns? Hier?«

»Er kommt nicht aus unserem Stamm.«

»Woher kommt er?«

»Nicht von hier.«

»Du redest im Kreis herum und ärgerst uns. Ist er derjenige, der das getan hat?«

»Nein.«

»Nun, wenn er nicht hier ist und nicht dort ist und wir ihn nicht sehen können, dann gibt es ihn nicht. Toma wird dein Ehemann.«

»Ich werde weglaufen.«

»Das wirst du nicht tun. Du wirst seine Kinder bekommen und sein Feuer machen. Du hast dir ein paar schlechte Dinge angewöhnt, Zokho, du hast auf alles eine Antwort.«

Zokhos Tränen fielen leise auf das Kaross.

Den Frauen tat ihre Ungeduld Leid und sie beugten sich zu ihr, um sie zu trösten.

»Es ist nicht so schlimm«, sagte Nani. »Ein Ehemann kann gut sein.«

»Ja«, stimmte Tau ihr zu. »Ich habe zwei verloren, bevor ich mit Koerikei zusammen war. Aber es ist ein guter Ernährer und nett. Am Ende wird alles gut, du wirst schon sehen.

Komm, Nani, wir lassen Zokho jetzt alleine, damit sie sich ausruhen kann, bevor Toma kommt.«

Sie verließen die Hütte und gingen zu Taus Feuerstelle, wo sie über Zokhos Verhalten sprachen.

»Kannst du dir das vorstellen: ›Ich kann es nicht tun, um etwas zu essen zu haben.‹?«

»Sie hat sehr schlechte Manieren angenommen.«

»Es wird Ärger geben, Nani. Und jetzt, wo sie das Kind im Bauch hat, wird sie schwierig werden. Der Bruder von deinem Mann hatte auch diesen Ärger mit seiner Frau am Anfang, erinnerst du dich? Jedes Mal, wenn sie wusste, dass in ihrem Bauch ein Baby wuchs, lief sie weg.«

»Sie hatte nur zwei Kinder, Tau.«

»Ja, aber sie blieb von einem Mond bis zum nächsten verschwunden. Kwas Bruder wollte sie schon verlassen und sich eine andere suchen. Wir müssen die Blätter suchen, die das Baby wegmachen, und sie ihr sofort geben.«

In dem neuen Skerm saß Zokho niedergeschlagen auf dem Kaross. Die Sonne war noch dabei, am Himmel aufzusteigen, und vor ihr lag ein unerträglicher Tag in erdrückender Hitze. Toma befand sich zwar draußen, doch er würde erst hereinkommen, wenn am Abend die Feuer angezündet waren. So war ihr Brauch: Sie musste alleine auf ihn warten. Keine Erwachsenen würden Toma später begleiten, sondern nur ein paar seiner Freunde, die bis zum Morgen mit ihnen am Feuer sitzen würden. Sie sah sich die Geschenke an, die in den Skerm gelegt worden waren: ein Stock von Limp Kao, Teller aus Schildkrötenpanzer von Kabas, den Steinbockumhang von seiner Tochter Karees und ein Straußeneibehälter von Toma. Die cremefarbene Eierschale erinnerte sie an Roeloffs weiche Haut und sie dachte an den Abend in der Küche. Nie würde sie vergessen können, wie sie sich damals gefühlt hatte. Wie er reagiert hatte. Das schnelle Klopfen seines Herzens. Die Augen seien die Boten des Herzens, sagten die alten Leute, und Roeloff konnte mit seinen Augen sprechen: Sie waren grau wie die Regenzeit, wenn es ihm nicht gut ging, und hell wie der Himmel, wenn er lachte. Sie war kein Kind von Staub und Wind, wie sein Bruder gesagt hatte, das zertrampelt und weggeweht werden konnte. Sie war wie ein glänzender Stein, den er gefunden hatte und dessen Zusammensetzung ihn interessierte. So war er. Neugierig. Wollte alles Mögliche wissen.

Doch warum dachte sie an ihn? Es würde ihr nicht helfen, wenn Toma heute Abend hereinkommen und sie in Besitz nehmen würde. Roeloff war weit weg, in einer anderen Welt. Er hatte sie gehen lassen. Er war kein Sonqua. Konnte niemals einer sein. Er sprach ihre Sprache und tat so, als wäre er einer von ihnen, doch er war so, wie er war, und würde immer der Sohn eines weißen Mannes bleiben. Hier war der Ort, an den sie gehörte. An ihre eigene Feuerstelle, bei ihren eigenen Leuten. Die Frauen hatten Recht; das, was sie nicht erreichen konnte, konnte ihr auch nicht gehören. Früher hatte Toma ihr gefallen und er würde ihr wieder gefallen können. Bald würde sie sein Feuer anzünden und seine Kinder bekommen, die sich um die Milch in ihren Brüsten streiten würden.

»Hier sind die Grashalme geknickt«, sagte Koerikei, als sie die Gegend erreichten, in der die Frauen Tierspuren gesehen hatten. »Und hier liegt Oryxmist.« Er steckte den Finger durch die Kruste und untersuchte die Spuren. »Breit und spitz. Weibchen.«

Toma untersuchte sie. Wenn der Urinfleck vor dem Mist lag, war es ein männliches Tier. Hier befand sich der Urinfleck oben drauf und ein bisschen dahinter. Und die Spur war frisch; das Tier befand sich wahrscheinlich in der Nähe. Das hoffte er jedenfalls. Sie hatten zweimal versucht, eine Elenantilope zu erlegen, doch es war ihnen nicht geglückt. Und ihre Leute im Lager brauchten dringend etwas zu essen.

»Sie darf uns nicht entwischen, unsere Leute sind hungrig.«

»Lasst uns dort drüben gehen. Gegen den Wind.«

Die Jäger beugten sich tief über den Boden und schlichen vorsichtig durch das Gras. Kurz darauf sahen sie eine Bewegung in den Ästen eines Busches vor sich und entdeckten dann die braungraue Antilope mit dem schwarzen Streifen. Sie hatten beobachtet, wie sie mit ihren langen Hörnern Löwen und Hyänen aufgespießt hatte, und so näherten sie sich behutsam. Leise fielen sie auf die Knie und legten ihre Pfeile in die Bogen. Plötzlich erklang der schrille Warnschrei eines Vogels über ihren Köpfen und die Oryxantilope schreckte zurück. Während sie den störenden Vogel verfluchten, schossen sie ihre Pfeile ab. Tomas Pfeil traf ins Ziel und die Oryxantilope lief mit der Pfeilspitze, die tief in ihren Bauch eingedrungen war, davon. Die Jäger jagten hinter ihr her, über eine Lichtung, durch Sand und Buschwerk und dann wieder zurück zwischen die Felsen. Das Gift verbreitete sich rasch in der weichen Bauchmasse und bis zum Nachmittag verfolgten die Jäger das Tier, bis es sich geschwächt und röchelnd unter einen Baum legte. Als sie sich heranschlichen, versuchte die Antilope noch, sie mit ihren Hörnern abzuwehren, doch sie hatte keine Kraft mehr und konnte sich nicht mehr gegen die Jäger wehren, die sie schnell mit einem Stein töteten.

»Dein Pfeil hat sie getroffen, Toma, setz den ersten Schnitt an.«

Toma wusste, welche Ehre das bedeutete, wusste auch, dass er trotz seiner Jugend der Nachfolger Koerikeis werden würde. Der Gruppenführer musste vieles können, nicht nur gut zielen. Man hatte ihm gesagt, dass er die Spuren auf den Felsen und Steinen ebenso gut lesen könne, wie sein alter Vater, dass seine Augen besser als die aller anderen seien. Seine Leute hatten in den trockenen Monaten hauptsächlich von Beeren und Knollen und Pflanzen gelebt und nach den letzten misslungenen Jagdversuchen fühlten sie sich entmutigt. Sie würden wissen, dass es sein Pfeil war, der dem Lager die erste gute Mahlzeit seit fast zwei Jahreszeiten verschafft hatte. Vielleicht würde das Zokhos Gefühl für ihn ändern, vielleicht würde sie ihn bewundernswerter finden? In ihrem Bauch wuchs ihr Kind jeden Tag weiter. Er wusste nicht genau, wann es kommen würde, doch es sah so aus, als könnte es jeden Augenblick so weit sein. Das Oryx-Fleisch würde ihr gut tun.

Er führte den ersten Schnitt durch, dann wurden die Pfeilspitzen herausgetrennt und den jeweiligen Eigentümern zurückgegeben, das Tier rasch gehäutet und ausgeweidet. Toma trennte die Leber heraus, teilte sie in drei Stücke und gab Koerikei und Kwa je ein Stück. Sie aßen sie so warm, während ihnen das Blut an Kinn und Armen herunterlief. Dann machten sie sich an die Arbeit, den Kadaver zu zerteilen. Die Sonne näherte sich dem Horizont, als sie mit dem Fleisch auf den Schultern zum Lager aufbrachen.

Die Frauen sahen sie von weitem und zündeten ihre Feuer an. Die Gruppe bestand inzwischen aus neunzehn Leuten und an Koerikeis Feuerstelle wurde das Fleisch wieder zerschnitten und verteilt, bis ein jeder seinen Anteil erhalten hatte. Die besten Stücke wurden gebraten, Gras und Dornen wurden aus dem Magen entfernt, die Därme wurden mit einem Stock umgestülpt und der Mist herausgequetscht. Das übrige Fleisch wurde in Streifen geschnitten und zum Trocknen über die Äste gehängt. Das Festessen dauerte bis tief in die Nacht und sie aßen, bis sie so aussahen wie die aufgeblähten Schlangen, die sie, nachdem sie etwas gefressen hatten, am großen Fluss gesehen hatten.

Vor ihrem Skerm lag Zokho ruhelos auf ihrer Seite. Sie hatte den ganzen Tag Krämpfe und ein messerscharfer Stich in ihrem Bauch ließ sie plötzlich vor Schmerz stöhnen.

Tau hörte das Stöhnen und drehte sich um. Zokhos Gesicht sah verschwitzt und angestrengt aus und sie stützte sich auf einen Ellenbogen, ihre Hüften waren in einer flachen Grube gebettet, die sie in den weichen Sand gegraben hatte. Die Blätter, die Tau und Nani zermalmt und ihr ins Essen gerührt hatten, hatten nichts genützt und Zokhos Bauch war so rund wie eine Melone geworden. Tau wusste, dass ihre Zeit bald kommen würde. Toma wusste es auch, dass konnte sie an der Art und Weise erkennen, wie er Zokho ansah.

Wusste er Bescheid? Tau wollte sie nicht so offensichtlich anstarren. Sie und Nani fanden, dass Toma fürchterlich betrogen worden war. Toma hatte sich als ein guter Ernährer erwiesen, er erfüllte seine Rolle, doch er war ein unzufriedener Mann und schwirrte meistens wie eine verletzte Fliege um Zokho herum, die ihm seine sexuellen Freuden verweigerte, ihre Pflichten ignorierte und lieber mit Karees spielte.

Sie vermischte ein paar trockene Kräuter und ging hinüber. Zokho, die sich in einer Wehe wand, winkte ab.

»Gib sie ihm, ich brauche sie nicht.«

»Du brauchst jetzt Kraft. Sei nicht so dickköpfig. Nimm sie.«

»Nein!«

Die anderen versuchten nicht hinzuschauen. Alle wussten, dass das Paar nicht glücklich war – der geduldige Toma, die kindische Zokho. Und jetzt verhielt sie sich Tau gegenüber respektlos, die sie wie eine eigene Tochter behandelte. Und dennoch hatten diese Verständnis dafür. Es war ihr erstes Kind; Zokho verhielt sich so, weil sie Angst hatte.

»Ich lass sie hier. Nimm sie. Die Schmerzen werden noch schlimmer.«

Das alles beobachtete Karees, die vor dem Skerm ihrer Eltern saß. Ihre Mutter hatte für Zokho die Verantwortung übernommen, doch Zokho konnte sehr schwierig sein. Karees wusste, warum. Zokho hatte ihr einiges erzählt. Auf der Farm hatte sie Sachen erlebt, die die anderen nicht kannten, und Karees hörte Zokho immer wieder gern zu, wenn sie von der großen Frau erzählte, die wie eine Mutter zu ihr gewesen war und ihr zu essen gegeben hatte. Am besten aber gefielen ihr die Geschichten von dem alten Jäger und von Augen des Himmels. Sie fand sie seltsam, diese Verbindung zwischen dem Mann aus den Bergen und dem weißen Jungen, noch merkwürdiger aber war es für sie, dass Zokho mit ihm befreundet sein wollte. Mädchen spielten zwar Spiele mit Jungen, doch sie wollten nicht einfach nur so mit ihnen zusammen sein, wie Zokho gesagt hatte. Und erst recht nicht mit jemandem, der so anders war als sie. Was hatte Zokho daran so aufregend gefunden, dass sie bereit war, es sich deswegen mit Toma zu verderben – Toma, der nicht nur ein guter Jäger war, sondern auch über einen Sinn für Humor und Toleranz verfügte? Wenn sie selbst jemanden wie ihn hätte, würde sie alles tun, um ihn nicht zu verlieren.

Karees sah, wie Zokho aufstand und langsam in den Busch ging. Zokho lachte nicht. Keine andere konnte an ihrer Stelle gehen. Keine andere konnte ihren Schmerz übernehmen. Jetzt musste Zokho alleine gehen und das Baby im Busch herauspressen. Karees zog ihr Kaross fester um ihre Schultern und starrte in die Dunkelheit. Sie wartete, spitzte die Ohren, doch es war kein Schmerzenslaut zu hören, kein Zeichen von Mutter und Kind zu sehen. Es war eine Nacht, in der sie am gemeinsamen Feuer Geschichten erzählen und tanzen könnten, doch es blieb still im Lager, während sie alle auf die Rückkehr Zokhos warteten.

Die Feuer warfen ihre Lichtkreise, die Nacht wurde kalt und Tau stand von ihrer Feuerstelle auf, um nach Zokho zu schauen. Sie fand sie auf ein paar Grasbüscheln hockend, vom Schmerz gequält. Zokho hatte sich eine gute Stelle für die Geburt ausgesucht, sie hockte mit dem Rücken zu einem Dornbusch, um die lauernden Gefahren im Auge zu behalten.

»Der Schmerz bringt mich von innen um.«

Tau kniete sich hin und legte ihre Hand zwischen Zokhos Beine.

»Der Kopf ist da, es ist fast vorbei.«

»Ich kann nicht mehr pressen.« Zokho kniff ihre Augen vor Schmerz zusammen. »Es kommt nicht raus.«

»Du musst stark sein. Hol einmal tief Atem und presse dann!«

Zokho wurde von einer Wehe zerrissen.

»Los, Zokho, jetzt!«

Zokho spürte Taus tröstende Hand auf ihrer Schulter, drückte ihre Fersen ins Gras und presste mit aller Kraft zum Boden. Ein dünner Blutstrom sammelte sich an ihren Fersen und ihre Schreie zerrissen die Nacht.

»Er kommt!« Tau hielt den Kopf. »Noch einmal.«

Als der erste Atemzug seine Lungen erreichte, schrie das Baby und Tau bückte sich schnell und biss die Nabelschnur durch. Als sie ihn in den Armen hielt und aufstand, fiel das Mondlicht auf sein Gesicht.

»Ooh!«

»Was ist los, ich will ihn sehen.«

»Besser nicht, er ist tot.«

»Tot? Aber er hat doch geschrien. Er kann nicht tot sein!«

Zokho sah die Hand nicht, die sich über seine Nase und seinen Mund legte.

»Gib ihn mir!«

Tau drückte ihm zur Sicherheit die Luftröhre zu und legte ihn dann in Zokhos Arme.

Zokho starrte entsetzt ihr totes Baby an.

»Ich habe ihn getötet! Ich bin verflucht!«

»Hör auf, du dummes Mädchen. Es ist nicht deine Schuld. Du wirst mit Toma ein Kind haben und alles wird wieder gut.«

»Ich werde kein Kind von Toma bekommen! Ich habe dieses Baby lieb gewonnen, hier unter meinem Herzen. Warum kommt er tot zu mir?«

»Du wirst weitere Kinder bekommen, du bist noch jung. Hier, nimm das und reinige dich. Du wirst Toma nicht erzählen, wie weich seine Haare waren.«

Zokho weinte, während die ältere Frau mit den Händen ein Loch grub. Die anderen hätten es verstanden, vielleicht hätte sogar Toma es verstanden, wenn sie es ihm erklären würde. Sie war dazu gezwungen worden. Sie wollte es nicht tun. Sie empfand ein starkes Gefühl für das Kind; sie konnte nicht akzeptieren, dass seine kleine Seele entschwunden war. Sie berührte sein Gesicht, das von ihrer Feuchtigkeit noch warm war, und öffnete ihm die Augen, um ihn ins Leben zurückzurufen. Die Wimpern bewegten sich, doch Tau zerrte sie am Arm.

»Gib ihn her.«

»Ich glaube, er lebt, Tau.«

»Gib ihn mir, Zokho.«

»Ich will ihn dir nicht geben!«

Tau riss ihr das Kind aus den Armen.

»Geh zu Toma. Er wartet auf dich.«

Die Nacht war tief und dunkel geworden, als eine einsame Figur vor den Büschen erschien. Es gehörte sich nicht, dahin zu starren, doch die Augen schauten zutiefst enttäuscht. Es befand sich kein Baby in Zokhos Armen, nichts wölbte sich unter ihrem Umhang hervor.

»Zokho, bist du in Ordnung?« fragte Nani, als sie an ihr vorbeiging.

Zokho ging mit versteinertem Gesicht an ihr vorüber zu ihrem eigenen Skerm, wo sie sich das Blut mit einer Hand voll Wasser aus dem Straußeneibehälter von den Händen und den Beinen wusch und sich auf das Kaross neben Toma setzte, der ausdruckslos ins Feuer starrte. Es lag ein neuer, harter Zug um ihre Lippen. Sie sah ihn nicht an, als sie sagte: »Er wurde ohne Atem geboren.«

Toma saß still, während er diese Nachricht verdaute. Dann legte er seine Hand auf ihre und kroch in den Skerm.

Am Morgen kamen die Männer und die Frauen nacheinander, setzten sich an ihre Feuerstelle und trösteten das Paar.

»Du wirst noch weitere Kinder bekommen, Zokho. Tomas Samen sind stark.«

»Ja«, sagte ein anderer. »Bald wirst du einen Sohn bekommen.«

Dann kam Koerikei mit seiner Frau. Seinen Köcher mit den Pfeilen trug er bereits auf dem Rücken.

»Bist du stark genug, Zokho?« fragte er. »Wir können nicht hier bleiben, wo jemand begraben wurde. Du brauchst nichts zu tragen, Tau und die anderen helfen dir.«

6

Fünf Jahre vergingen. Roeloff auf Dorsbek trieb mit Riempie und Ratel die Schafe nach Kloots Nek zurück, als Twa ihm auf einer Stute entgegengaloppierte und wild mit den Armen winkte.

»Schnell! Vinkie ist in den Stausee gefallen.«

Roeloff jagte erschrocken los. Der See war nach dem kürzlichen Regen voll und seine viereinhalbjährige Halbschwester spielte besonders gern mit Sannas Sohn Kleintje auf dem Gras am Wasser. Drieka mochte Kleintje nicht – der so genannt wurde, weil er so klein war – und beschwerte sich fürchterlich darüber, dass ihre Tochter mit Hottentotten spielte. Seinen Vater kümmerte das nicht. Sie waren alle von Leuten wie Sanna aufgezogen worden und hatten ihre Jugend mit ihren Kindern verbracht, sagte er. Roeloff wusste, dass Drieka als Ehefrau frustriert war, und fragte sich manchmal, wo sie denn wohl aufgewachsen war, dass sie nicht wusste, wie sich das alltägliche Leben abspielte, wenn der nächste Nachbar einen Tag entfernt von einem lebte. Als man ihr an ihrem ersten Tag auf Kloots Nek ein

Gewehr in die Hand gedrückt hatte und die Männer davongeritten waren, auf der Suche nach den Schakalen, die in der vorigen Nacht die Schafe getötet hatten, musste sie eilends feststellen, dass der Mann, den sie geheiratet hatte, nicht an Wohnzimmergesprächen über weibliche Empfindsamkeiten interessiert war, sondern dass seine einzige Sorge seinen Feldern und dem Weideland für seine Tiere galt.

Willem Kloot trank kaum Alkohol und nur bei wenigen Gelegenheiten, zu denen er sich mit einem Becher Schnaps entspannte, belebte er die Küche mit seinem Lachen. Am folgenden Tag aber war er wieder der verschlossene Farmer.

Dann wurde Vinkie geboren und mit ihr etwas Weiches und Drieka fand einen neuen Zugang zu ihm. »Ich möchte mein Kind nicht von dieser Rotznase angesteckt wissen.« »Roeloff geht zu grob mit Vinkie um.« »David hat nie Zeit für seine Schwester.« Vinkie mit den Sommersprossen und den Grübchen und den sonnenhellen Haaren hatte Willem Kloots Herz im Griff. Er fing an zuzuhören.

Roeloff erreichte den See, sah Vinkie mit dem Gesicht nach unten auf dem trüben, braunen Wasser treiben und Kleintje vor Angst zittern. Er hatte sich nassgepinkelt und sagte stotternd zu seiner Mutter – die die Schreie gehört hatte und mit bebenden Schenkeln zum See gelaufen war, vor Drieka und Soela und Diena her, die gerade zu Besuch waren –, dass er nicht daran Schuld sei.

Roeloff sprang mit Hut und Jacke ins Wasser.

»Sie hat sich gerade erst umgedreht!«

Er erreichte Vinkie mit vier Zügen und legte sie über seine Schulter. Am Ufer legte er sie aufs Gras und drückte ihr mit beiden Händen fest auf die Brust. Sie rührte sich nicht.

Drieka gab Kleintje eine heftige Ohrfeige.

»Ich hab doch gesagt, du sollst mein Kind in Ruhe lassen!«

»Es ist nicht seine Schuld«, sagte Sanna und zog Kleintje an sich, der sich sofort hinter ihrem breiten Hintern versteckte.

»Nicht seine Schuld? Du Affe, willst du mir widersprechen?«

»Hört auf!« Roeloffs Stimme übertönte sie alle. Er hatte noch nie in diesem Ton mit seiner Stiefmutter gesprochen, doch ihr Zorn half niemanden und er selbst fürchtete, dass er zu spät gekommen war, um Vinkie das Leben zu retten.

Er kannte eine Methode, mit der man jemandem, der Wasser in die Lungen bekommen hatte, wiederbeleben konnte, doch er konnte sich nicht vorstellen, eine Pfeife in den After seiner Schwester zu stecken. Dann packte er Vinkie an den Fußgelenken, hielt sie umgekehrt hoch und schlug ihr auf den Rücken. Was bei Babys und Tieren funktionierte, sollte auch ihr wieder Luft in die Lungen treiben.

»Was machst du denn?« schrie seine Stiefmutter und zerrte ihn am Arm.

Er stieß sie grob zurück.

»Ich versuche, sie zum Atmen zu bringen!«

Vinkie hing umgekehrt in der Luft, sodass das Kleid über ihren Kopf fiel und ihr nackter Hintern entblößt wurde. Roeloff schlug ihr noch einmal auf den Rücken und sie hustete. Ein wenig Wasser lief ihr aus dem Mund.

»Siehst du, Tante Drieka!« sagte Diena.

Roeloff legte Vinkie ans Ufer, hielt ihren Kopf zur Seite und das Gesicht nach unten. Langsam regte sich das Leben in ihr.

»Du hast sie gerettet, Roff. Sie kommt zu sich.«

Vinkie schlug, verwirrt vom Lärm, die Augen auf.

»Alles in Ordnung, Vinkie, ich bin's, Roff. Du brauchst keine Angst zu haben. Spuck das Wasser aus.«

Er hob das matte kleine Mädchen hoch und ihr Kopf fiel zurück auf seinen Arm.

»Ich bringe sie ins Haus.«

Willem Kloot trat aus der Küche, als sie dort ankamen.

»Ich wollte Kaffee trinken, aber ihr wart nicht hier – was ist passiert?«

Drieka richtete ihren Zeigefinger beschuldigend auf Kleintje.

»Sie hat mit dem dreckigen Hottentotten am Wasser gespielt. Sie ist beinahe ertrunken.«

Sanna stellte sich schützend vor ihren Sohn.

»Er war es nicht, Grootbaas. Tinktinkies Schuh ist im Lehm stecken geblieben und ...«

»Vinkie«, korrigierte Drieka.

Sanna sah Roeloff an. Der Spitzname Tinktinkie stammte von Roeloff. Alle nannten sie so.

»Tinktinkies Schuh ist im Lehm stecken geblieben«, sagte Roeloff und ignorierte Drieka. »Sie wollte ihn holen. Es war nicht Kleintjes Schuld.«

»Was habt ihr beiden am Wasser gemacht?«

»Gespielt, Grootbaas.«

»Gespielt? Und was habe ich euch zu der Spielerei am See gesagt, wenn er voll ist?«

Kleintje sah zitternd und mit großen Augen auf zu dem riesigen weißen Farmer. Ausnahmsweise klebte ihm diesmal kein Rotz unter der Nase.

»Ich weiß nicht, Grootbaas.«

»Du weißt es nicht. Was weißt du denn überhaupt?«

»Nichts, Grootbaas.«

»Er kann nicht hören«, sagte Sanna. »Ich habe ihm gesagt, dass der See voll ist. Er rennt wie ein Strauß ohne Verstand einfach los.« Sie zerrte Kleintje hinter ihren Röcken hervor und zog ihn am Ohr, um ihm zu zeigen, dass sie verärgert war. »Aber er kann nichts dafür, dass sie ins Wasser gefallen ist. Kleintje ist faul, aber er ist nicht gemein und er mag Vinkie.«

»Und wie ist sie rausgekommen?«

Drieka hatte den Mund bereits geöffnet, doch Sanna kam ihr zuvor.

»Twa holte Roff und Roff sprang ins Wasser, ganz schnell. Wir dachten alle, sie ist tot. Doch er kehrte sie um und schlug ihr auf den Rücken und das Wasser kam heraus. Er hat seiner Schwester das Leben gerettet.«

Willem wandte sich an seinen Sohn.

»Du hast gescheit reagiert.«

Roeloff errötete ein wenig.

»Nun, steh nicht angewurzelt wie ein Baum da, Sanna«, sagte Drieka. »Zieh sie um und sieh zu, dass die Kartoffeln fertig werden. Mein Bruder und seine Frau kommen gleich.«

Roeloff bemerkte, dass Sanna ihre Unterlippe hervorschob. Sie war vor den Joubert-Mädchen beleidigt worden. Drieka hatte sie zudem einen Affen geschimpft. Sanna vergaß so etwas nicht. Morgen würde sie das Brot besonders spät aus dem Ofen nehmen, um es anbrennen zu lassen, und Drieka würde es ihr vergelten, indem sie den Arbeitern kein Fleisch aus dem Dreifußtopf gab.

Sie gingen in die Küche und Roeloff legte Vinkie in Sannas Arme.

»Ich kann sie vor dem Ofen umziehen, Sanna, gib sie mir«, sagte Diena und trat einen Schritt nach vorn. »Hilf du Tante Drieka.«

Sanna überließ ihr Vinkie und goss Wasser aus dem Kessel auf einen Lappen. »Hier, damit kannst du sie waschen, er ist schön warm.«

Roeloff beobachtete Diena, während sie sich um seine Schwester kümmerte. Ihre Augenbrauen hatte eine schöne Form, ihre Augen waren hellbraun und ihr dicker, geflochtener Zopf war einmal um ihren kleinen Kopf gewickelt. Woran lag es, dass er sie nicht attraktiv fand? Die Pickel waren verschwunden, ihre Taille war schmaler geworden und er mochte sie gern. Viel lieber als Soela. Soela war zwar die hübschere der beiden Schwestern, doch ihre Manieren entsprachen nicht ihrem Aussehen. Diena redete geradeheraus und sie war freundlich zu den Leuten auf der Farm seines Vaters. Ein bisschen zu religiös, doch das war nicht gerade ungewöhnlich. Die Missionare hatten einen ziemlich großen Einfluß ausgeübt, als sie den weiten Weg von Europa herkamen, um die Seelen der Eingeborenen zu retten, wie sein Großvater einmal gesagt hatte. Viele Farmer hielten am Sonntagnachmittag Gottesdienste für ihre Arbeiter und auf ihrer Farm hatte Diena diese Aufgabe anstelle ihres Vaters übernommen, dessen Pflicht es eigentlich war. Und das war gut so, dachte Roeloff. Ein Mann, der seinen Arbeitern keine christlichen Gefühle entgegenbrachte, konnte ihnen wohl kaum Gottes Wort näher bringen, solange er ihnen keinen freien Tag gönnte und ihnen keinen anderen Lohn zahlte als den Wein, den er ihnen gab, um sie in betrunkenem Zustand zu halten. Gott aber schlief nicht. Und die Koi-na auch nicht. Ständig verschwanden sie mit seinen Schafen; vor kurzem hatten sie ihm wieder sechs Stück geraubt.

Er spürte Soelas Blick auf seinem Rücken, als er bei Diena und Vinkie vor dem Ofen stand, und widerstand der Versuchung, sie anzuschauen. Er war sich sehr wohl der schmeichelnden Passform ihres Kleides bewusst, ihrer Kurven darunter, und der Auswirkung, die das auf ihn hatte. Es ärgerte ihn, dass sie eine solche Macht über ihn hatte.

»Ich habe mir überlegt, Roff«, sagte Willem Kloot, der an der halb offenen Küchentür stand, Kaffee trank und nach Jouberts Wagen Ausschau hielt, »ich bin zu alt für den Hengst geworden. Ich habe mir überlegt, ihn dir zu schenken.«

Roeloff war ganz Ohr.

»Boerhaan?« Es war nicht leicht, einen Zuchthengst zu bekommen, und einer wie Boerhaan war unbezahlbar. Zudem war er das Lieblingspferd seines Vaters und es gab nichts und niemanden, der Willem Kloot näher am Herzen lag als Boerhaan. Roeloff konnte es kaum glauben.

»Du bist siebzehn. Es wird Zeit, dass du ein bisschen Verantwortung übernimmst. Du wirst dich ab jetzt um die Fohlen kümmern und für die Pferdezucht verantwortlich sein.«

Drieka, die gerade Kartoffeln und Karotten schnitt, hielt mit dem Messer in der Luft inne.

»Du überlässt ihm die ganze Verantwortung und den Hengst? David eignet sich besser dazu.«

»Roff kann mit Pferden umgehen, David nicht.«

»David wird sich eine Frau nehmen. Das ist ein Anfang.«

Roeloff schaute seine Stiefmutter durch halb geschlossene Augen an. Ihre Haare waren vorzeitig ergraut, sodass sie älter aussah als achtundzwanzig, und sie war seit Vinkies Geburt nicht viel schmaler geworden. Ihr gutes Aussehen war verschwunden und ihre dünnen Lippen, die gemein und unfreundlich wirkten, ähnelten denen ihres Bruders sehr. Es überraschte Roeloff nicht, dass sie David ihm vorzog. David, der sich bei der Tante des Mädchens, das er begehrte, einschmeicheln wollte, hatte Drieka beharrlich bearbeitet, um bei Soela anzukommen, und Drieka, die als Absicherung für ihre Zukunft zumindest einen Sohn an ihrer Seite wissen wollte, hatte entsprechend reagiert. Roeloff aber gab die Hoffnung noch nicht auf. Drieka hatte keine Macht über seinen Vater; er tat letztendlich immer nur das, was er für richtig hielt.

»Jeder wird sich früher oder später eine Frau nehmen. Auf der Farm ist genug für alle da. Er gehört dir, Roff, ich möchte aber nicht, dass ihm etwas passiert oder dass du seinen Rhythmus veränderst. Er ist und bleibt die Nummer eins hier.«

»Keine Sorge, Pa.« Das neue Besitzrecht überwältigte ihn. »Er gehört wirklich mir, ganz und gar? Du wirst nicht mehr mit ihm reiten?«

»Er gehört dir. Ich werde mir eine Stute aussuchen.«

»Danke, Pa. Danke.«

»Danke mir nicht zu früh. Ich habe dir damit eine große Verantwortung übergeben.«

»Ja, Pa.«

Twa erschien vor der Küchentür.

»Meisie ist so weit, Grootbaas.« Meisie war eine der Zuchtstuten.

»Komm rein, Twa.«

Twa betrat die Küche und stand unsicher vor ihnen. Er trug den gleichen Lederschurz aus Duiker-Leder, den er anhatte, als er vor einem Vierteljahrhundert auf die Farm kam. Der einzige zusätzliche Schmuck bestand aus einem alten Hut, in dem er seine Pfeife und den Tabak aufbewahrte und der an dem Ledergürtel, der den Hodenbeutel hielt, befestigt war. Die spielerische Seite, die Roeloff gut kannte, bekamen die Frauen selten zu Gesicht.

»Wann wirst du die Kleidung tragen, die ich dir gegeben habe?«

»Morgen, Grootbaas.«

Alle wussten, dass es nie morgen werden würde. Wenn es im Winter kalt war, trug Twa zwar manchmal ein Kaross um die Schultern, doch so bald er an seinem Feuer saß, war er wieder nackt.

Willem steckte die Hand in seine Tasche und holte ein Stück Tabak heraus.

»Rauch nicht alles an einem Tag auf.«

Twa nahm den Tabak, lächelte bescheiden und sagte etwas, das nur Roeloff und Willem Kloot verstehen konnten. Er war als junger Mann auf die Farm gekommen, doch auch wenn er und Willem Kloot jahrelang zusammen gespielt und gejagt hatten, war aus Willem, dem Kleinbaas, inzwischen der Grootbaas geworden und Twa fürchtete ihn. Er und Sanna waren die Einzigen, die vom Grootbaas nie angebrüllt wurden, und obwohl er denselben Stand hatte wie die anderen Koi-na, war die ehemalige Kameradschaft nicht vergessen und manchmal konnten er und der Farmer noch gemeinsam lachen.

»Ihr beide könnt euch um Meisie kümmern«, sagte Willem Kloot zu seinem Sohn. »Ich komme später nachsehen, wie es läuft. Ich warte auf Oom Jan.«

Roeloff holte eine Petroleumlampe und ein paar alte Tücher und ging mit Twa in die Scheune. In einer Ecke war für die Geburt der Boden mit einer dicken Schicht Stroh ausgelegt worden. Die Stute war nervös und ging ruhelos umher, ihr kastanienbraunes Fell war klebrig geschwitzt und die Milch lief in dünnen Streifen herab, während sie mit dem Hinterhuf gegen ihren riesigen Bauch trat.

»Halt!« Twa fing sie ein und hielt sie fest, während Roeloff unter ihrem Schwanz nachschaute.

»Mein Vater hat mir Boerhaan geschenkt. Er sagte, er gehört jetzt mir, er wird nicht mal mehr auf ihm reiten. Hättest du das geglaubt? Dass er mir seinen Hengst schenkt?«

»Nein.«

»Er ist zu alt geworden für Boerhaan, sagte er.«

»Dieses Pferd hat den Teufel im Leib, sein Temperament hat deinem Vater gefallen. Er wird nicht zufrieden sein mit einer Stute.«

»Was meinst du, warum hat er das getan? Mein Vater schenkt mir sonst nichts.«

»Vielleicht, weil du deine Schwester gerettet hast. Und er schenkt dir viel. Mehr, als deinem Bruder. Du siehst es nur nicht, weil du dich so oft über ihn ärgerst. Was sagt David dazu?«

»Er weiß es noch nicht. Er ist weggefahren, um Holz für dieses Häuschen zu kaufen, von dem ich dir erzählt habe. Mein Vater will es hinter dem Haus aufbauen. Sie werden bald kommen, er und Oom Jan. Oom Jan will sich auch so ein Häuschen bauen.«

Twa schmunzelte. Roeloff hatte ihm von dem Farmer in Roodezand erzählt, der sich in einer Holzhütte einschloss, um sich auf einen Balken zu hocken und seine Exkremente in einen Eimer unter sich fallen zu lassen. Er fand sie seltsam, diese Aufmerksamkeit, die man seinen eigenen Exkrementen schenkte, anstatt mit einem Schub Sand alles zu bedecken. Noch seltsamer war es, dass die anderen Farmer es ihm nachmachten.

»Darf ich zugucken?«

Sie drehten sich erstaunt um zu Soela, die in der Tür stand.

»Nun, ich ...« stotterte Roeloff und wusste nicht, was er sagen sollte. Ein Mädchen bei der fohlenden Stute?

»Dein Vater sagt, ich darf.«

»Ich komme gleich wieder«, sagte Twa, nahm den Tabak, den Willem Kloot ihm geschenkt hatte, und ging zur Tür.

»Wohin gehst du? Ich brauche dich.«

»Gleich, gleich«, sagte er und war aus der Scheune verschwunden, bevor Roeloff ihn aufhalten konnte.

Meisie wieherte und Roeloff klopfte ihr beruhigend die Flanke.

»Mein Vater sagt, sie fohlen erst, wenn es dunkel ist.«

Roeloff sah sie an: Das lange Haar, das sie offen trug, reichte ihr bis an die Taille; die blauen Augen schauten unschuldig und doch lag ein herausforderndes Funkeln in ihnen. Warum war sie hier? Jetzt, wo er mit ihr allein war, konnte er sie nicht ignorieren.

»Dann fühlen sie sich am sichersten. Im Veld können sie von Raubtieren angegriffen werden und darum warten sie auf die Nacht, weil es dann ruhiger ist. Das tun sie instinktiv.«

»Sie sieht nervös aus.«

»Es ist ihr erstes Fohlen. Sie weiß nicht, wie es sein wird.«

»Hast du dir schon einen Namen ausgedacht?«

»Neizaap.«

»Hört sich wie ein Hottentotten-Name an. Mein Vater sagt, eure Pferde haben alle Hottentotten-Namen. Oegaap. Neizaap. Heißt ein anderes nicht Kakaumaap?«

»Dein Vater redet zu viel. Wir behandeln unsere Tiere mit den Hottentotten-Namen besser, als er die Menschen behandelt.«

Soela errötete. Es hatte ihr gegenüber noch nie jemand gewagt, so von ihrem Vater zu sprechen.

Meisie trat einen Eimer um.

»Es ist gleich so weit«, sagte Roeloff und wandte seine Aufmerksamkeit der Stute zu. »Vielleicht solltest du ins Haus zurückgehen.«

»Nein.«

Die Stute warf den Kopf heftig von links nach rechts und er bemühte sich, sie zu beruhigen, indem er sie in der Scheune herumführte. Kurz darauf platzte die Fruchtblase und nach dem Wasser erschien ein kleiner Huf, der von einer bläulichen Haut umgeben war. Roeloff war sich der Gegenwart Soelas in der Scheune bewusst und der Stille zwischen ihnen. Er sah, dass der Huf wieder in dem geschwollenem Fleisch verschwand. Während der Huf bei jeder Wehe abwechselnd erschien und verschwand, wurde er sich der Reaktionen seines eigenen Körpers bewusst. Er ärgerte sich über Twa. Wenn Twa hier wäre, würde die Spannung nachlassen. Eine fohlende Stute war nichts Ungewöhnliches. Doch Soelas Nähe löste andere Gefühle in ihm aus. Warum war sie in der Scheune geblieben? Wo war Twa? Rauchte er mit den Koi-na? Hockte er an irgendeinem Feuer? Er wagte es nicht, an sich herunterzuschauen, denn er fürchtete, dass Soela seinen Zustand bemerken würde.

Meisie suchte sich eine Stelle zum Hinlegen aus und fiel schnaubend auf das Stroh am Boden. Wenige Augenblicke später erschien der Huf wieder, gefolgt von einem zweiten, den Nüstern, und – langsam – dem ganzen Kopf. Meisie presste noch einmal, und ein glänzendes braunes Fohlen glitt heraus auf das Stroh; es schnüffelte, zuckte und blinzelte mit den Augen, um sich an das gelbe Licht zu gewöhnen.

Roeloff schnitt die Nabelschnur durch und rieb das Fohlen vorsichtig ab.

Meisie erhob sich mühsam vom Stroh.

»Komm, Neizaap, du auch. Steh auf!«

Neizaap bemühte sich redlich aufzustehen und nach einigen Versuchen stand er auf wackligen Beinen und suchte am Leib seiner Mutter nach Nahrung.

Roeloff wischte sich die Hände an einem Tuch ab und stand auf.

»Warum bist du in die Scheune gekommen, Soela?«

Soela spielte nervös mit einem Knopf an ihrem Kleid.

»Um zuzugucken.«

Er ging auf sie zu.

»Nein, Soela. Du bist hinter mir her.« Er hielt sein Gesicht dicht vor ihres, schlüpfte mit der Hand in ihr Mieder und berührte ihren Körper, spürte ihre Brust in seiner Hand.

Soela hielt den Atem an.

»Ist es das, was du wolltest?« Er streichelte ihre Brustwarze und spürte, wie sie sich bei seiner Berührung aufrichtete. Er wusste, das es nicht richtig war, was er tat, doch er konnte sich nicht helfen. Durch das dünne Kleid spürte er, dass ihr Herz raste. Er riss zwei Knöpfe vom Kleid und legte sein Gesicht zwischen ihre Brüste. Es fühlte sich warm an und er nahm den Geruch von Seife wahr und einen anderen, viel stärkeren Geruch. Dann, ebenso unerwartet wie seine erste Berührung gewesen war, stieß er sie wieder von sich.

»Geh jetzt. Es ist besser für dich.«

Soela sah ihn erschrocken an.

Roeloff drehte sich um und wandte sich seinen Aufgaben zu: »Du sollst gehen, sagte ich.«

Soela wollte etwas sagen, doch sie brachte kein Wort heraus.

Sie hörten ein Geräusch an der Tür und drehten sich um.

»Soela! Was zum ...«

Soela rannte an ihm vorbei nach draußen.

»Was sucht Soela hier? Was hast du mit ihr gemacht, Roff?«

»Nur das, was sie wollte.«

»Was meinst du damit?«

»Ich meine, was ich meine. Und wenn sie das nächste Mal hinter mir herkommt, zeig ich es ihr.«

Davids Faust traf ihn am Auge und er fiel auf den Boden.

»Wenn du sie berührst, bring ich dich um!« Er trat Roeloff in die Rippen und ging hinter Soela her.

Roeloff lag ausgestreckt neben Neizaap am Boden und hielt sich den Kopf. Immer wieder trafen ihn die Faustschläge und immer wieder landete er auf seinem Hintern. Als er an der Tür ein Lachen hörte, sah er auf.

»Ttt, ttt, ttt«, grinste Twa und beugte sich lachend über ihn. »Du scheinst nichts dazuzulernen. Kaum lass ich dich allein, schon greifen deine Hände nach dem, was dir nicht gehört.«

7

Roeloff und Twa standen im Schatten eines Karee-Baumes und beobachteten die Wolke aus orangefarbenem Staub, die über die Ebene hinweg auf sie zurollte. Sie waren den Spuren bis in das dichte Gestrüpp am Fuße eines Passes gefolgt und hatten an dieser Stelle, wo sich vor kurzem noch ein Feuerstelle befunden hatte, Halt gemacht. Vor zwei Tagen waren sie von Kloots Nek aufgebrochen und sie fühlten sich müde und erschöpft von der Hitze und dem brennenden Wind. Nur eine Kalebasse mit Wasser hatten sie übrig und die Pferde waren auch durstig. Der Regen vor ein paar Tagen hatte die Erde kaum durchnässt, wenn er überhaupt bis so weit in den Norden vorgedrungen war. Es sah nicht so aus.

»Sie sind wohl auf Verfolgungsjagd, so wie sie die Pferde antreiben.«

»Dein Bruder wird diesen Weg sehen.«

»Ich hoffe nicht.«

Die Reiter galoppierten zu ihnen und stiegen in einem Gewirr von Gewehren und wehenden Mantelschößen ab.

»Wir dachten, es wäre besser, wenn wir nach euch schauen. Habt ihr die Schafe gesehen?« fragte Willem Kloot.

»Es ist nicht das erste Mal, das ich Schafe suche, Pa, du hättest nicht kommen brauchen. Da drüben liegen ein paar Knochen.«

Willem hockte sich neben David hin, der bereits die Spuren an der Feuerstelle, in der noch ein paar Kohlen glühten, untersuchte.

»Scheinen eine ganze Menge zu sein.«

Willem wandte sich an Twa.

»Wie viele?«

»Fünf oder sechs.«

»Und wann sind sie hier weg?«

»Gestern.«

»Gestern?«

»Das glaube ich nicht«, sagte David. »Die Spuren sind frisch und es müssen mehr als fünf oder sechs sein. Sieht eher wie eine ganze Familie aus. Sieh dir die Fußspuren an. Die Frage ist nur, in welche Richtung sie gegangen sind. Ich glaube, wir sollten keine Zeit verschwenden.«

»Sie haben ihre Spuren gut verwischt«, sagte Roeloff. »Hier an der Feuerstelle sind sie klarer, weil sie durch die Felsen geschützt worden sind. Von hier aus wird es schwieriger werden. Außerdem ist es nicht nötig, dass wir alle hinterherreiten. Twa und ich kommen schon mit ihnen zurecht, es ist nur eine kleine Gruppe.«

Twa hatte aus den Spuren gelesen, dass die Gruppe aus mindestens fünfzehn Leuten bestand. Und die Überreste des Feuers deuteten darauf hin, dass die Jäger erst am Morgen weitergezogen waren.

»Ich bin nicht seiner Meinung«, sagte David. »Diese Spuren scheinen den Pass rauf zu führen. Glaub ihm nicht, Pa. Ich finde, wir sollten sofort aufbrechen. Sie haben schon ein Schaf gegessen. Sie sind Richtung Norden gezogen.«

»Was meinst du, Twa?« fragte Willem Kloot. »Richtung Norden?«

»Sie sind bis hierher Richtung Norden gegangen, doch von hier aus dann westlich«, sagte Twa und fing vor lauter Lügen an zu schwitzen.

»Und warum gehen sie bis hierher Richtung Norden und dann plötzlich in den Westen?« fragte David ihn skeptisch.

»Und weil sie wussten, dass wir kommen werden, haben sie versucht, ihre Spuren zu verwischen«, sprach Twa weiter, als hätte David ihn nicht unterbrochen. »Hier sind sie rauf und dann sind sie auf den gleichen Spuren rückwärts gegangen. Wenn ihr zwischen den Steinen sucht, werdet ihr den Übergang finden. Das ist die Stelle, an der sie anfingen, in den Westen zu gehen. Wenn man genau hinsieht, kann man im Sand die Striche von den Zweigen sehen, mit denen sie die Spuren hinter sich verwischt haben. Sonqua schlau, Baas. Sie wollten, dass wir denken, sie wären Richtung Norden gegangen.«

»Sie sind Richtung Norden gezogen und Roeloff weiß das genau. Da kommen sie doch her, aus dem Buschmannland. Nicht mal die Büffel halten es in dieser Hitze aus. Und sie leben da, weil sie wissen, dass ihnen keiner in das Brachland folgen wird. Sie kommen in den Hantam runter, um Schafe zu klauen. Das ist leichter als jagen.«

Roeloff wusste, dass David die Wahrheit sagte. Twa stammte aus dem verdörrten Land jenseits des gelben Flusses. Seine Familie war wegen der andauernden Trockenheit in den Süden gezogen und hatte sich hinter den Hantam-Bergen zurückgezogen, bis ihr Lager schonungslos vernichtet worden war. Woher die Männer auf den Pferden gekommen waren, wonach sie dort gesucht hatten, das wusste Twa nicht. Er hatte nur überlebt, weil er sich tot gestellt und mit dem Gesicht in der toten Asche gelegen hatte. David hatte Recht. Die Sonqua würden sich in den Norden zurückziehen, bis sie wieder Hunger hatten.

»David hat Recht. Sie sind Richtung Norden gezogen. Und die Wahrheit ist, dass ich euch nicht dabeihaben will.«

Willem Kloot war von dem langen Ritt erschöpft, seine Augen müde. »Du hast also gelogen. Und dem Buschmann gesagt, er soll lügen. Warum?«

»Ich kenne mich in dieser Gegend aus. Ich spreche !Khomani. Ihr würdet nur im Weg stehen. Ich will nicht, dass es Ärger gibt.«

»Deine Erklärung reicht mir nicht. Wenn sie eine große Gruppe sind, können sie gefährlich sein. David kann mitreiten, ein zusätzliches Gewehr kann nicht schaden.«

»Wenn er mitreitet, kann er alleine reiten. Er wird keinen kühlen Kopf bewahren.«

David schnaufte verächtlich wegen der Beleidigung.

»Er ist viel zu weich, Pa. Er überlegt sich jetzt schon, wie er mit ihnen verhandeln könnte. Diese Schafdiebe sind dumm. Sie sollten auf der Stelle erschossen werden.«

Twa ging weg und ließ sie reden. Roeloff war es nicht unbekannt, dass der alte Jäger seinen Bruder nicht mochte.

»Wollt ihr eure Schafe oder wollt ihr euch rächen? Ich verspreche euch die Schafe. Wenn ich sie finde.«

Willem Kloot staunte über diese Selbstsicherheit.

»Du bist dir deiner Sache sehr sicher. Es sind Diebe, Roff, und sie werden wieder und wieder kommen.«

»Ich weiß, doch wenn wir diese Gruppe umbringen, wird im nächsten Monat eine andere kommen, die von ihnen gehört hat. Und es wird immer schlimmer werden, bis schließlich keiner mehr übrig bleibt. Sie haben unsere Tiere genommen und uns nichts getan. Andere Farmer hatten nicht so viel Glück.«

»Deswegen müssen wir die Sache auch erledigen, um ihnen zu zeigen, dass wir es ernst meinen. Sonst hören sie nicht auf. Wir müssen uns einfach darum kümmern.«

»Ich verspreche dir die Schafe, Pa, mehr nicht.«

Willem dachte darüber nach.

»In Ordnung, Roff, ich werde dir vertrauen. Erzähl mir hinterher bloß keine großen Geschichten. Und bring die Schafe mit.«

David fuhr seinen Vater an. »Du willst sie wirklich alleine losziehen lassen? Du weißt doch, dass die beiden immer etwas anstellen.«

Willem Kloot stieg auf sein Pferd. »Komm, wir haben schon einen ganzen Tag verschwendet. Roeloff wird die Schafe holen. Auf Kloots Nek gibt es genug anderes zu tun.«

Roeloff und Twa sahen ihnen nach, als sie davonritten.

»Komm Twa, wir sollten es bald geschafft haben. Die Sonqua werden eine Weile brauchen, um mit den Schafen über den Pass zu ziehen. Wir können sie schnell einholen.«

Sie schlichen den Pass hinauf und führten ihre Pferde über die natürliche Treppe aus Steinen und Pflanzen, an Kluften und Schluchten vorüber, bis sie verschwitzt und außer Atem oben angekommen waren. Sie fanden eine flache Höhle unter einem überragenden Felsen, in der der Ruß alter Feuer und frische Spuren der kleinen Jäger zu sehen waren. Twa entdeckte Wasser für die Pferde in einem hohlen Baumstamm, an dem dunkle Streifen darauf deuteten, dass er vor kurzem schon einmal benutzt worden war.

»Sie waren hier.«

»Ich weiß. Sieh dir das an«, sagte Roeloff und zeigte auf ein paar Steine, die in einem Kreis hingelegt worden waren. »Die scharfen Kanten.«

»Scharf genug, um einem Steinbock das Fell zu zerritzen, ohne dabei Blut zu vergießen. Sie lassen solche Dinge für andere, die auch auf der Durchreise sind, zurück.«

Roeloff betrachtete die Höhle. »Hier kann man sich gut vorm Regen schützen. Twa, guck mal! Was meinst du, was ist das?«

Twa sah sich die dunklen Zeichen an der Höhlenwand an.

»Elefanten.«

»Das glaube ich auch. Sie sind alt, Twa.« Er strich mit dem Finger über den Felsen. »Sehr alt.«

»Das sage ich doch. Meine Vorfahren waren vor Tausenden von Jahren hier. Diese Höhle war einer ihrer Aufenthaltsorte. Komm her, stell dich mal hierher und schließe die Augen.«

Roeloff stellte sich zu ihm und schloss die Augen.

»Lass jetzt alles in dir los und höre zu. Spürst du, wie es zu dir kommt? Hör mit deiner ganzen Haut zu, nicht nur mit den Ohren.«

Roeloff entspannte alle Muskeln und wurde ein Teil seiner Umgebung. Er stand lange still, nahm den Geruch der Erde wahr, spürte die kühle Luft in der Höhle an seiner Haut. Es herrschte eine überwältigende Stille. Das Summen einer Biene verhallte langsam im Hintergrund, das Vogelgezwitscher klang wie Musik in der Ferne. Dann hörte er es: fröhliches Geplänkel, leises Kinderlachen, das Geklapper von Steinen, während die Männer ihre Jagdinstrumente schärften und die Frauen sich um die Feuerstellen kümmerten. Dann wurden die Stimmen leiser und es war wieder still. Langsam öffnete er seine Augen im gedämpften Licht.

»Du hast meine Ahnen besucht.«

»Ich schwöre, Twa, ich habe sie gehört.«

»Ich weiß.«

»Twa? Warum bist du auf Kloots Nek geblieben? Ich meine, du hättest weglaufen können, oder nicht?«

Es war eine unerwartete Frage. Twa nahm einen der Steine in die Hand und betrachtete ihn aufmerksam. Er antwortete nicht gleich.

»Ich war deinem Großvater etwas schuldig.«

»Er hätte dich beinahe erschossen.«

»Ich hatte auch auf ihn geschossen mit meinem Pfeil. Ich traf nicht, nur seine Tasche. Ich war vom Stich seines Gewehres getroffen. Er hätte mich für die Schakale liegen lassen oder mich töten können.«

»Und deswegen bist du geblieben?«

»Ich wollte eine Weile bleiben, um seine Schafe zu hüten – er wollte, dass ich seine Schafe hüte –, und dann wieder gehen. Welcher Sonqua möchte sich an den weißen Mann und ein Stück Land binden, wenn ihm die große weite Welt offen steht? Aber die Jahreszeiten vergingen und ich war immer noch da, ich konnte nicht gehen. Es machte mich traurig. Sonquas sind nicht gerne traurig. Also ging ich weg, kam zurück, ging wieder und kam wieder zurück. Ich nahm mir vor, für immer zu verschwinden, wenn dein Großvater wütend werden würde. Doch er wurde nie wütend. Damals war Sanna noch nicht da, sie kam später, mit deiner Mutter, und dein Großvater gab mir aus seinem Topf zu essen. Er konnte gut mit seinem Gewehr umgehen. Es gab immer Elenantilopen oder Springböcke zu essen.«

»Du bist geblieben, weil du zu essen hattest.«

»Und dein Vater war damals jung, ich wollte mehr von den weißen Leuten wissen.«

»Wie war er als Kind, Twa, kannst du dich daran erinnern?«

In Twas Blick lag ein unbestimmter Ausdruck.

»Hat er dir erzählt, woher die Narbe an seiner Hüfte stammt?«

»Oupa Harman sagte, ein wilder Büffel hätte ihn durch die Luft geschleudert, als er dreizehn Jahre alt war.«

»Nicht nur das. Er wurde durch die Luft geschleudert und getreten und der Bulle zerfetzte ihm die Hüfte, bevor dein Großvater ihn erschießen konnte. Wenn man einen Büffel nicht mit dem ersten Schuss tötet, sollte man zusehen, dass man Land gewinnt. Es gibt kein anderes Tier, das so wütend wird wie er. Dein Großvater traf ihn schlecht und wenn er kein zweites Gewehr gehabt hätte, wäre dein Vater bei seinen Ahnen. Ich erinnere mich jedenfalls, dass dein Vater blutete und vor Schreck zitterte, aber er weinte nicht. Sogar Twa würde weinen, wenn er auf den Hörnern eines Büffels gelandet wäre. Dein Vater aber nicht. Dafür war er zu groß. Ich habe ihn nur einmal weinen sehen, als sein jüngerer Bruder Stefan starb. Er war vom Pferd gefallen und hatte sich das Genick gebrochen. Danach war dein Vater nie wieder derselbe.«

»Wie meinst du das?«

»Sein Wesen änderte sich. Er ging alleine ins Veld und blieb manchmal zwei oder drei Tage lang weg. Dein Großvater schickte mich hinterher, um ihn zu suchen. Er hatte niemanden, mit dem er spielen oder reden konnte, außer den Koi-na-Kindern. Er konnte das Land und seine Tiere verstehen, sogar seine Menschen.« Twa machte eine Pause und sah ihn an. »Aber er konnte sie nie voneinander trennen. Du bist sein Sohn, was den Mut und die Sturheit angeht. Doch du hast nicht sein Wesen. Dein Vater war immer mutig, aber sein Herz ist nicht Sonqua.«

Roeloff sah zu den Pferden am Baum. Sie hatten das Wasser getrunken und schienen ein wenig von ihrer alten Kraft zurückgewonnen zu haben.

»Wir müssen weiter, sonst stehen wir hier und reden, bis die anderen verschwunden sind.«

Vom Berg aus schauten sie über die Ebene, die sich graubraun und gebrochen vor ihnen erstreckte, bis der Himmel dem Ende der Erde begegnete. Eine dunkle Linie, die sich langsam gen Norden bewegte, deutete auf die Schafdiebe.

»Siehst du sie da unten?«

»Ja.«

Die Jäger bekamen eine erste Ahnung von Gefahr, als sie die Vibrationen unter ihren Füßen spürten und sahen, wie sich die Silhouetten der Reiter aus den Büschen und den Felsen lösten und auf sie zu galoppierten.

»Koerikei, schau!« rief jemand.

Die Männer griffen nach ihren Pfeilen und Koerikei stieß in der zunehmenden Panik eine Flut von Anweisungen aus.

Die Reiter kamen mit großer Geschwindigkeit auf sie zu. Vier Männer standen mit ihren Pfeilen und Bögen bereit, während die Frauen und Kinder und Schafe in allen Richtungen davonstoben.

»Wartet, wartet! Das ist er! Augen des Himmels! Nicht schießen!«

»Ich hab euch gesagt, dass er kommen wird«, sagte Kabas böse.

»Das ist er, Limp Kao, von dem wir erzählt haben«, sagte Koerikei. »Er ist so groß wie ein Baum geworden, aber das ist Augen des Himmels! Seid vorsichtig, er hat ein Gewehr. Und achtet auf die alte Echse, die bei ihm ist!«

Auch Roeloff hatte die Jäger erkannt und war betroffen. Er hatte gehofft, dass es eine andere Gruppe wäre. Twa hatte richtig gerechnet – es waren acht Erwachsene und sechs Kinder. Er stieg von seinem Pferd und warf Twa sein Gewehr zu, um ihnen zu zeigen, dass er in Frieden gekommen war. Aufrecht und furchtlos stand er vor dem Mann, den er für den Anführer hielt.

»Ihr habt die Schafe meines Vaters gestohlen.«

Koerikei nahm den Pfeil aus dem Bogen.

»Schieß über ihre Köpfe hinweg, Twa, und hol die Schafe«, sagte er auf Holländisch.

Der Schuss hallte über die Ebene und sie sprangen zurück.

»Nun? Was habt ihr zu sagen? Steht nicht so stumm da.« Er wandte sich an Toma. »Warum seid ihr zurückgekommen und habt unsere Schafe geklaut?«

»Dein Vater hat viele Schafe.«

»Sie gehören ihm, nicht euch. Wir haben einen Preis für sie bezahlt und hart dafür gearbeitet. Ihr könnt nicht einfach auf unsere Farm kommen und die Schafe mitnehmen.«

Limp Kao betrachtete ihn aufmerksam. Augen des Himmels sah tatsächlich so aus, wie die anderen ihn beschrieben hatten: weiße Haare mit goldenen Streifen von der Sonne, Augen so tief wie der Himmel. Doch er erkannte auch die Wut und etwas anderes. Er war ein so junger Mensch und schien ungewöhnlich furchtlos zu sein.

Er ging ruhig zu ihm hin.

»Ich bin Limp Kao, Augen des Himmels.«

»Ich bin Roeloff Kloot.«

Limp Kao nickte.

»Wir hätten uns die Schafe deines Vaters nicht geborgt, wenn die Trockenheit uns nicht die Nahrung genommen und alle Tiere weggejagt hätte. Viele von unseren Alten und Kindern sind bereits gestorben.«

»Die Trockenheit betrifft uns alle, nicht nur die Sonqua. Für uns ist es sogar noch schwieriger, Weideland für die Tiere zu finden und sie am Leben zu halten. Und ihr habt sie euch nicht geborgt, ihr habt sie euch genommen. Ihr esst sie auf und dann sind sie weg und ihr könnt sie uns nicht zurückbringen. Borgen heißt, dass man sich etwas mit Erlaubnis nimmt und es später zurückgibt. Was könnt ihr uns zurückgeben? Nun? Wäre es in Ordnung, wenn ich mitten in der Nacht herkäme und mir ein Kind von euch borgen würde? Ihr habt zwölf Schafe mitgenommen! Ich bin ein Risiko mit meinem Vater eingegangen, als ich Tomas Fesseln durchschnitt und ihn gehen ließ. Das war dumm von mir! Ihr achtet mich nicht.«

»Setz dich«, sagte Limp Kao sanft. »Vielleicht können wir uns einigen.«

»Wir können uns nicht einigen, ihr habt uns nichts zu bieten. Wenn mein Vater gekommen wäre, wärt ihr alle tot.«

»Es tut uns Leid, dass du wütend bist.«

»Es tut euch überhaupt nicht Leid. Ihr würdet es morgen wieder tun. So sind Sonqua. Heute tut es euch Leid, morgen kennt ihr keine Reue. Ihr habt ein schlechtes Gedächtnis. Ein anderer hätte Toma nicht gehen lassen.«

Sie ließen die Köpfe wie ungezogene Kinder hängen. Sie wussten nicht, warum er so wütend war. Sie hatten nichts Böses getan.

»Habt ihr von dem anderen Farmer auch Schafe mitgenommen?«

Keiner antwortete ihm.

»Nun, keine Antwort ist auch eine Antwort. Nehmt euch in Acht vor diesem Farmer. Er wird euch keine zweite Chance geben. Er hat kein Gefühl für Sonqua.«

»Hat Augen des Himmels ein Gefühl für Sonqua?«

»Nur Wut und Enttäuschung. Sie haben bewiesen, dass sie undankbar sind.« Er sah sich suchend um und stellte fest, dass Twa zehn Schafe zusammengetrieben hatte. »Wo sind die anderen?«

»Hinter den Felsen«, sagte Twa. »Ich hole sie.«

Limp Kao räusperte sich höflich.

»Wenn wir dir nun versprechen, dass wir euer Land nicht betreten – versprichst du uns dann, dich nicht einzumischen, wenn wir die Schafe des anderen Farmers an eurem Land vorbeitreiben?«

Die anderen starrten ihn mit offenem Mund an.

Roeloff lachte und stieg wieder auf sein Pferd.

»Du hast Mut, alter Mann, aber das kann ich euch nicht versprechen. Ich mag diesen Farmer nicht, aber ich werde ihn nicht belügen. Und ich brauche kein Versprechen.

Wenn ihr euch wieder an unseren Schafen bedient, ist es aus zwischen uns.«

Plötzlich wurde es unruhig und man schaute entsetzt, als Zokho hinter einem Busch hervorgerannt kam.

»Zokho!« rief Toma verärgert. Sie hatten ihr gesagt, sie solle sich verstecken.

Roeloff vergaß alles, als er sie sah. Zokhos Haut hatte eine rotbraune Farbe angenommen und sie trug nur einen kleinen Lederschurz, der ihr Geschlecht bedeckte. Sie war groß geworden, ihre Beine lang und stark wie die einer Elenantilope und ihre Brüste glänzten im Licht der untergehenden Sonne.

»Zokho ...«

»Nimm mich mit, Roff.«

»Du wirst nirgendwo hingehen!« Toma ging wütend einen Schritt auf sie zu.

Roeloff konnte den Blick nicht von ihr lösen. Die geschürzten Lippen, die schrägen Augen, das kurze Haar, das mit kleinen Stücken Straußeneischale geschmückt war. Sie war so staubig wie das Veld, doch noch schöner als früher und alles, was er für sie empfunden hatte, war plötzlich wieder da. Der Klang ihrer Stimme, weich und kindlich, hatte ihm gefehlt und als er sie jetzt wieder hörte, begriff er, wie sehr er sich bemüht hatte, sie zu vergessen.

»Du hast mir gefehlt, Zokho.«

»Ich möchte wieder nach Kloots Nek zurück.«

Die anderen starrten sie schockiert an. Noch nie hatte sich eine von ihnen so benommen.

Toma starrte ihn auf dem Pferd wütend an.

»Sie gehört mir.«

»Das ist wahr, Toma.« Am liebsten würde er sie an sich reißen und mit ihr davonreiten. Und dann? Sollte er sie als Dienerin nach Kloots Nek mitnehmen und sich selbst in Dinge verwickeln, die alles umkehren und den Zorn seines

Vaters erwecken würden? Die Karoo gab nicht nach, wenn man sich nicht an die Regeln hielt.

»Es geht nicht, Kudu«, hörte er Twas Stimme hinter sich.

Roeloff beugte sich herunter und legte seine Hand an ihr Gesicht.

»Mijn Zokho.«

Ihre Stimmen erhoben sich murmelnd. Sie kannten die Worte nicht, doch sie verstanden die Geste.

»Nimm mich mit«, bat sie wieder in der Sprache, die er sie gelehrt hatte.

»Und was machen wir dann, Zokho? Du kannst dir vorstellen, was passiert, wenn du mitkommst.«

Zokho hatte Tränen in den Augen. Sie stand still, wagte es nicht, die anderen anzusehen.

Ihr Stamm sah fassungslos zu. Alles, was sie über diesen Mann gehört hatten, war wahr. Sie beobachteten, wie er und der alte Jäger die Schafe zusammentrieben und er dann, mit einem letzten Blick über die Schulter, hinter den Schafen herritt.

»Er hat wildes Blut in sich«, staunte Limp Kao.

»Ja«, nickte Koerikei. »Da war was zwischen ihnen. Jetzt wird mir vieles klarer. Warum Zokho sich so merkwürdig benimmt.«

Kurz darauf sahen sie, das ein Schaf von der kleinen Herde getrennt wurde.

»Was macht er denn jetzt?«

»Ich glaube, er lässt eins hier.«

Limp Kao schüttelte verwundert den Kopf.

»Du hattest Recht, er hat ein weiches Herz.«

»Toma tut mir Leid.«

»Toma schlägt seine Frau, Koerikei.«

»Er ist frustriert, weil Zokho nicht mit ihm schläft. Sie hat ihm seinen Stolz genommen. Ich weiß nicht, was er jetzt tun wird, nach dieser Geschichte.«

»Er wird etwas dazulernen, das wird er tun. Er wird lernen, nicht so besorgt um das Leben zu sein.«

Als es dunkel wurde, hatten die Frauen ihr Lager errichtet und arbeiteten an ihren Feuerstellen.

An Zokhos Feuerstelle wurde kein Essen vorbereitet. Toma starrte trübselig in die Flammen. Zokho lag auf der Seite in ihrem Skerm.

Er kroch durch den Eingang in den Skerm.

»Ich habe Feuer gemacht, Zokho. Zwei Abende habe ich bereits bei Kabas und seiner Familie gegessen.«

»Warum bittest du nicht seine Tochter, dir etwas zu essen zu machen? Sie würde es nur zu gern tun.«

»Ich habe mir nicht Karees ausgesucht.«

»Du solltest sie fragen, ob sie deine Frau werden möchte.«

»Ich weiß nicht, warum ich so dumm bin, bei dir zu bleiben, Zokho. Du lässt mich vor den anderen wie einen Dummkopf aussehen. Wie kann ich Karees bitten, meine Frau zu werden, wenn ich mit dir zusammen bin? Der weiße Mann ist weg. Er hat dich nicht mitgenommen. Er will dich gar nicht, Zokho. Du gehörst zu den Eidechsen und dem Staub, nicht zu ihm. Warum verstehst du das nicht? Magst du mich denn nicht, nicht mal ein bisschen?«

»Ich mag dich.«

»Was ist es dann?«

»Ich will nicht ...«

»Was willst du nicht?«

»Ich will nicht mehr mit dir zusammen sein.«

Er drehte sich um und kroch aus der Hütte.

An seiner Feuerstelle saß Limp Kao und röstete Schafsinnereien. Er sah Toma aus dem Skerm kommen. Es war respektlos, jemanden an seiner eigenen Feuerstelle, in seinem Privatraum, etwas zuzurufen, und so wartete er, bis Toma aufsah, und winkte ihn dann zu sich ans Feuer.

»Das ist mir zu viel, Toma. Hilf mir, es aufzuessen.«

Toma schaute auf das Geröstete und nahm die Portion, die ihm angeboten wurde. Es reichte kaum für den alten Mann, doch er würde ihn beleidigen, wenn er es nicht annahm.

Langsam aßen sie, bis Limp Kao schließlich das Schweigen brach.

»Zokho ist jung, du musst geduldig mit ihr sein.«

»Wie lange, alter Vater? Das Warten macht mich alt. Wir sind seit vielen Jahreszeiten zusammen. Es gibt andere, die sich freuen würden, mein Essen zu kochen und meine Kinder zu bekommen.«

Limp Kao nickte.

»Karees, zum Beispiel. Kabas hat für seine Tochter noch keinen gefunden.«

»Du interessierst dich nicht für Karees.«

Toma nahm einen Stock in die Hand und stocherte in der Glut.

»Zokho ist schwierig, alter Vater. Heute so, morgen anders. Und dickköpfig.«

»Weißt du, Toma, dieses Land«, sagte Limp Kao, lehnte sich an den Baum und schloss die Augen. »Du weißt, dass es nicht weggeht. Der Regen kommt und schenkt Leben, wir haben zu essen; dann bleibt der Regen weg und jeder Baum und jeder Grashalm leiden unter seiner Kleinlichkeit. Doch schließlich ist das Land immer noch für uns da. Großzügig. Geizig. Immer da.«

Toma nickte.

»Es ist nicht leicht, zwischen den Zähnen der Schakale und der Gunst der Götter gefangen zu sein«, sprach Limp Kao weiter. »Jemand, der die Seele des Veld versteht, weiß, dass er es nicht ändern kann. Er versucht es nicht. Er spannt seinen Bogen. Er beobachtet. Er wartet.«

Toma blieb sitzen, während die Flammen immer kleiner wurden, bis nur noch ein kleines Häufchen Asche übrig blieb. Als eine angemessene Zeit verstrichen war, stand er auf und wünschte Limp Kao eine friedliche Nacht. Sein Herz fühlte sich ein wenig leichter an, als er zu seinem Skerm ging.

Er lag ein paar Minuten in der Dunkelheit neben Zokho und legte dann seine Hand zwischen ihre Schenkel.

»Was ist das?« fragte er und zog seine Hand zurück. »Warum hast du einen Zweig vor dein Geschlechtsteil gebunden?« Er berührte ihre Taille und entdeckte das Lederband, an dem sie den Zweig befestigt hatte. »Was habe ich dir getan? Warum tust du das? Warum hältst du mich von dir fern?«

»Ich mag nicht.«

»Du bist meine Frau.«

»Ich habe Schmerzen. Und du hast mich geweckt.«

»Dich geweckt?« Er presste seine Hand zwischen ihre Schenkel und zerrte an dem Lederband. »Du bist ungehorsam. Ich werde deinen Starrsinn nicht mehr dulden. Komm her und lass mich zu dir kommen.«

Zokho stieß ihn weg.

Er schlug ihr den Zweig an den Kopf und riss sie heftig an sich. »Warum habe ich dich als Frau ausgesucht? Glaubst du, ich will nur mit dir leben?«

»Ich habe Schmerzen, sagte ich.«

»Du hast keine Schmerzen, du denkst an ihn!« Er schlug sie noch einmal, mit der flachen Hand ins Gesicht.

Zokho rollte sich zusammen wie eine Kugel. Als er gegen ihren Willen in sie eindrang, brutal und heftig, sich mit schnellen Stößen befriedigte, weinte sie lautlos und hilflos und hörte dabei die Stimmen von Tau und den anderen wie ein leises und angenehmes Hintergrundgeräusch.

Am Morgen, als Karees aufstand, um pinkeln zu gehen, sah sie Zokho aus ihrem Skerm kommen. Sie sah, wie ihre Freundin sich ihr Kaross um die Schultern legte und das Lager verließ. Sie sagte den anderen nichts, als diese Zokhos Abwesenheit bemerkten und laut darüber nachdachten, ob sie zum Sammeln fort war. Sie wusste es. Zokho hatte es ihr anvertraut. Als Roeloff sie berührte, hatten seine Augen mit ihr gesprochen.

8

Vinkie stand bei ihrer Mutter in der Küche, als Sanna mit einer Ladung Holz in den Armen von draußen hereinkam und sagte, dass ein Wagen den Weg hinaufgefahren käme.

»Wer ist es, Ma?«

»Ich weiß es nicht«, sagte Drieka, steckte eine Haarsträhne unter ihre Kappe und ging zur Tür. »Sanna, geh und sag dem Grootbaas Bescheid.«

Der Wagen fuhr vor, ein großer junger Mann mit einer dunklen Jacke stieg aus und half dann einem Mann mit einem Gehstock aus dem Wagen. Sie schauten das Haus und das Land an und richteten dann ihre Aufmerksamkeit auf die Frau und das Kind, die an der Tür standen.

»Man sagte uns, dass dies das Haus der Kloots sein dürfte.«

Drieka starrte den Mann an, der das gesagt hatte. Seine Haltung, die krummen Beine, die Art und Weise, wie er die Augen zusammenkniff, das alles kam ihr irgendwie bekannt vor. Ihre müden Gesichter und die erschöpften Pferde deuteten darauf, dass sie eine lange Reise hinter sich hatten.

»Krisjan Kloot«, sagte er und antwortete auf ihre unausgesprochene Frage. »Und Pieter, mein Enkel.«

Drieka hielt sich erschrocken die Hand vor den Mund.

»Der Name ist also bekannt«, fuhr der alte Mann fort. »Ich bin Harmans Bruder – Krisjan. Ich nehme an, wir sind am richtigen Ort angekommen.«

»Das ist Willems Haus. Ich bin Drieka, seine Frau.«

»Du bist nicht . . . «

»Lisbeth ist vor einiger Zeit gestorben. Das ist Vinkie, unsere Tochter. Es gibt zwei Kinder aus der ersten Ehe – zwei Söhne, David und Roeloff. Der eine ist bei seinem Vater, der andere ist unterwegs und sucht unsere Schafe. Sie wurden gestohlen. Aber kommt rein, ihr müsst erschöpft sein. Woher kommt ihr? Roodezand? Stellenbosch?«

»Vom Kap.«

»Ihr seid vom Kap hergekommen? Das ist eine lange Reise«, sagte sie erstaunt und beobachtete Pieter, der sich liebevoll um Krisjan Kloot kümmerte und ihm die Treppen hinaufhalf. Sie hatte ihn richtig verstanden, er hatte *Enkel* gesagt. Wie war das möglich? Sie hatte ihn für den Diener des alten Mannes gehalten. »Wie lange wart ihr unterwegs?«

»Wir haben unterwegs ein paar Tage Rast gemacht an einer Stelle, wo wir Wasser und Weide für die Pferde gefunden hatten. Dann waren wir auch eine Woche bei einer Familie in Roodezand und eine Woche in den Ceder-Bergen. Insgesamt ungefähr zwei Monate.«

»Zwei Monate! Das ist eine lange Zeit für eine Reise, vor allem in dieser unerträglichen Hitze. Ihr müsst sehr müde sein.« Driekas Gedanken über die Bedeutung dieses Besuches überstürzten sich. Wenn sie zwei Monate lang unterwegs gewesen waren, um den Hantam zu erreichen, würden sie nicht nur ein paar Tage bleiben wollen. »Ich habe gehört, es sei schwierig, mit einem Wagen über die Ceder-Berge zu kommen.«

»Sehr schwierig. Und gefährlich für eine so kleine Gruppe.« Krisjan Kloot blieb auf der obersten Stufe stehen, bis er seinen Atem zurückgewonnen hatte. »Aber Pieter ist ein guter Schütze und kann auch sonst gut anpacken. Er und Karel haben die schwere Arbeit übernommen, das Gepäck auf- und abgeladen, die Ochsen bergauf getrieben und die gebrochenen Wagenräder repariert.«

Drieka sah zum Wagen. Sie hatte keine dritte Person gesehen.

»Karel?« fragte sie.

»Karel ist seit zehn Jahren bei mir. Seine Frau starb vor zwei Jahren. Er sprang vom Wagen, als er die Koi-na am See sah. Er wollte sich mit ihnen unterhalten. Karel ist auch Koi-na. Er wird bei ihnen unterkommen, so lange wir hier bleiben.«

»Kommt bitte rein«, sagte Drieka. »Hier draußen ist es zu heiß.«

Im Haus setzte Vinkie sich auf den kleinen Stuhl am Kamin, von wo aus sie die Gäste gut beobachten konnte. Pieter war etwa so groß wie Roeloff, doch er hatte eine dunkle Hautfarbe und seine Haare wirkten wie eine merkwürdige Mischung aus Draht und Seide – sie waren nicht so starr wie die der Koi-na, doch auch nicht so glatt wie ihre. Sie wünschte, Roeloff wäre hier, um ihn zu sehen.

»Wo ist Harman?« fragte Krisjan Kloot.

Drieka stellte bestürzt fest, dass er von dem Tod seines Bruders nichts wusste. Sie suchte noch nach Worten, als ein Schatten in der Tür den Eintritt von Willem Kloot und David ankündigte.

Vinkie sah ihren Vater an und bemerkte, dass er errötete.

»Oom?«

»Ja«, sagte Krisjan und stand auf. »Du warst zwanzig Jahre alt, als ich dich das letzte Mal sah. Meine Güte, wie die Zeit vergeht.«

»Ja, das ist wirklich eine Überraschung, nach so vielen Jahren! Warum seid ihr denn im Hantam? Seid ihr auf der Durchreise?«

Krisjan Kloot lachte.

»Auf der Durchreise, mein Sohn, wohin? Ihr lebt doch am Ende der Welt. Nein, ich wollte euch besuchen.« Mit zwei Fingern strich er seinen Schnurrbart glatt, der sich an beiden Enden aufrichtete wie die Hörner eines Büffels. Er war eine beeindruckende Erscheinung. »Dein Vater und ich haben uns seit dem Tod von Emily und meiner zweiten Ehe nicht mehr gesehen. Es ist an der Zeit, dass wir uns aussprechen.«

Das Lächeln verschwand aus Willem Kloots Gesicht. Er räusperte sich.

»Ich habe eine schlechte Nachricht, Oom. Ich wusste nicht, wo ich dich erreichen konnte, und ehrlich gesagt – ach, das ist jetzt egal. Pa ist vor ein paar Jahren gestorben.«

Krisjan Kloot ließ sich in den Stuhl fallen und schloss die Augen. Als er sie wieder öffnete, wirkten sie glasig und müde.

»Vor ein paar Jahren?«

Willem sah verlegen aus.

»Vor sechs Jahren, glaube ich. Hier draußen weiß man das nicht so genau – na ja, die Jahre vergehen halt so schnell, man zählt nicht mehr mit.«

»Ich habe Pieter gesagt, dass irgendetwas nicht stimmt. Vielleicht ahnte ich es sogar, innerlich. Was hat seinen Tod verursacht?«

»Seine Lungen.«

Krisjan nickte.

»Er hatte immer Probleme mit den Lungen. Der Winter tat ihm nicht gut. Ich hätte gedacht, die trockene Luft der Karoo würde wie ein Expektorans wirken, die Lungen heilen.«

Willem sah ihn an. Das Wort kannte er nicht. Er ging das Risiko ein.

»Im Hantam kann es im Winter kalt werden. Die Leute haben ein falsches Bild von der Karoo. Stinkend heiß am Tag, klirrend kalt in der Nacht. Man kann hier genauso kranke Lungen haben wie überall sonst.«

Krisjan Kloot nickte. »Hat er sehr gelitten?«

»Pa erwähnte sein Leiden nie. Bis zum Schluss tat er so, als hätte er Husten. Seinem Enkel, Roeloff, hat er mehr erzählt als irgendeinem anderen. Wenn es jemanden gibt, der wusste, woran er litt, dann ist es Roeloff.«

Krisjan schaute David lächelnd an.
»Nicht ich«, sagte David rasch. »Mein Bruder.«
Der alte Mann sah David genau an; es schien ihm sehr wichtig zu sein, sich zu distanzieren.
»Ja, Enkel können manchmal ein wahrer Segen sein. Ich habe drei Kinder und zwölf Enkel. Pieter lebt seit letztem Jahr bei mir, nachdem Emily gestorben ist. Ich habe meine beiden Frauen durch Blasenkrankheiten verloren. Von allen ist er derjenige … na ja, man will eigentlich keinen Enkel vorziehen, aber es gibt immer einen, der ein bisschen Zeit für alte Leute hat.«
Pieter richtete den Blick auf seine Hände, die an den Handflächen und den Zeigefingern bereits große Schwielen hatten. Er sagte nichts.
Vinkie schaute ihren Vater und ihren Bruder an. Ihr Vater hatte noch kein Wort an Pieter gerichtet und David schien unbeeindruckt zu sein. Fanden sie sein Aussehen auch so merkwürdig wie sie? Redete deswegen keiner mit ihm? Pieters hellgraue Augen und seine dunkle Haut waren ungewöhnlich, doch er sah gut aus und kümmerte sich liebevoll um Oupa Krisjan. Er gefiel ihr.
Während des Abendessens herrschte eine angespannte Atmosphäre. Krisjan Kloot bemühte sich, das Gespräch in Gang zu halten und Drieka bot ihren Gästen übereifrig große Portionen Kartoffeln und Fleisch an. Nach dem Kaffee entspannte sich die Stimmung ein wenig. Krisjan Kloot berichtete von ihrer Reise: Wegen der Eingeweide eines Straußes, den sie unterwegs erlegt hatten, waren sie tagelang von einem Rudel wilder Hunde verfolgt worden und Pieter und Karel hatten in der Nacht abwechselnd die Ochsen bewachen müssen, weil die Hunde sich während des Tages verzogen, um dann in der Nacht auf die Jagd zu gehen. Um sie loszuwerden, hatten sie schließlich einen Hund erschießen und eine ausgeweidete Elenantilope zurücklassen müssen. Dann erzählte er vom Leben am Kap und sie waren

gefesselt von seinen Geschichten über Reisende, Entdecker und Menschen, die so viel Geld hatten, dass sie nichts zu tun brauchten und sich einfach die Zeit vertrieben.

Er genoss die volle Aufmerksamkeit von Willem Kloot, als er über die Farmwirtschaft redete und die zähen Merinoschafe erwähnte, die lange, feine und seidene Wolle lieferten und aus Spanien und einigen anderen Ländern per Schiff ans Kap transportiert wurden. Diese Schafe wurden nur einmal im Jahr geschoren, die Wolle sortiert in Ballen per Schiff zu den Käufern in Übersee geschickt. Willem fragte, ob es im Binnenland auch schon Merinoschafe gäbe, und Krisjan sagte, dass er von einer Familie gehört hätte, die vor mehr als fünf Jahren mit etwa fünfzig Merinos das Kap verlassen hätte, um sich in der trockenen Region nördlich von Roodezand niederzulassen. Zwar war er davon überzeugt, dass sie ihre neue Heimat inzwischen erreicht und ihre Herde vergrößert hatten, doch er glaubte nicht, dass die Farmer ihre Schafe verkaufen würden, denn es geschähe schnell, dass eine ganze Herde durch Krankheit ausgerottet wurde, und es sei schwierig, Merinos zu erwerben. Wegen ihres dicken Fells war es vor allem in den heißen Monaten problematisch, die Schafe vor Parasiten und Dreck zu schützen. Einige Farmer stutzen den Lämmern die Schwänze, um einerseits dieses Problem in den Griff zu bekommen und um andererseits die Zuchtbedingungen zu verbessern und am Körper mehr Fettansatz als am Schwanz zu bewirken. Das alles sei der Mühe wert, sagte Krisjan, denn es würden hohe Preise für die Wolle gezahlt.

Die Geschichten waren unterhaltsam und alle hörten gerne zu, auch wenn hier und da ein Wort vorkam, das keiner verstand und das sich keiner erklären ließ. Als die Lampe zu flackern begann und der Kaffee ausgetrunken worden war, sagte Willem, dass er zu Bett gehen würde. Die Gäste wurden, solange Roeloff unterwegs war, in dessen Zimmer untergebracht.

Vinkie lag schlaflos in ihrem Bettchen in dem Zimmer, das sie sich mit ihren Eltern teilte, und dachte über ihre Gäste und die Erzählungen von Krisjan Kloot nach, als sie ihre Eltern flüstern hörte.

»Er ist schwarz«, hörte sie das Raunen ihrer Mutter, »der Enkel von deinem Onkel.«

»Er hat eine von außerhalb geheiratet.«

»Eine Hottentotten-Frau?«

»Nein.«

Ein paar Minuten blieb es still.

»Und wenn die Retiefs oder die Steenkamps uns besuchen kommen? Die Leute werden über uns reden.«

»Oom Krisjan wird nicht lange bleiben«, sagte ihr Vater. »Er kann hier nichts mehr tun, jetzt wo sein Bruder nicht mehr da ist.«

Ihre Mutter behielt Recht. Als sie Kleintje am nächsten Morgen begegnete, erzählte er ihr als Erstes, dass sich die Koi-na an der Neuigkeit ergötzten. Sie hatten Pieter gesehen. Karel hatte ihnen erzählt, dass er ein Kloot war. Kleintjes Mutter hatte gesagt, dass Pieter vom Samen eines schwarzen Mannes stamme und dass es am Kap schwarze Menschen gäbe. War das wahr? War Pieters Mutter oder Großmutter schwarz?

Vinkie wusste nicht, mit wem sie darüber reden sollte, und wünschte sich, dass Roeloff da wäre. Aus der Art und Weise, wie sich ihre Eltern und David verhielten, war ihr klar geworden, dass sie sie besser nicht danach fragte. Zudem war ihr die angespannte Atmosphäre im Haus nicht entgangen. Ihr Vater war zwar nett und höflich zu seinen Gästen und unterhielt sich manchmal sogar mit Oupa Krisjan, doch alle spürten, dass er sich in seiner Gegenwart nicht besonders wohl fühlte. Morgens sah Oupa Krisjan von der Veranda aus ihrem Vater und ihrem Bruder nach, wenn sie davonritten, und dann bekam er sie erst am Abend bei Sonnenuntergang wieder zu Gesicht. Sie fragten Pieter nicht einmal, ob er sie begleiten wollte. Vinkie hoffte sehr, dass Roeloff bald zurückkommen würde, und fragte sich, warum er so lange wegblieb. Er würde wissen, was zu tun sei, um Oupa Krisjan und Pieter ein wenig aufzuheitern.

Am fünften Tag, nachdem sie angekommen waren, sah Vinkie morgens, dass Pieter die Ochsen einspannte und die Kisten, in denen ihr Gepäck verstaut war, neben dem Wagen bereit standen.

»Was machst du denn?«

Er sah auf.

»Den Wagen laden. Wir fahren heute ab.«

»Aber ihr seid gerade erst gekommen. Und Oupa Krisjan sieht müde aus. Mein Bruder wird bald zurückkommen. Er wird dir gefallen.«

»Glaubst du, dass dein anderer Bruder mir nicht gefällt?«

»Das weiß ich nicht. Aber Roeloff ist nett. Alle mögen ihn.«

»Oupa möchte aufbrechen, solange ihm die Müdigkeit noch in den Kochen steckt. Er denkt, wenn er sich erst mal hingesetzt und es sich bequem gemacht hat, wird er keine Lust mehr haben aufzustehen. Außerdem möchten wir auf dem Rückweg nicht in die Regenzeit geraten.«

Sie sah ihm eine Weile schweigend zu.

»Gibt es am Kap viele Menschen?«

»Oh, ja. Sie kommen aus der ganzen Welt mit dem Schiff. Meine Großmutter kam auch mit dem Schiff ans Kap.«

»Deine Großmutter? Du meinst Oupa Krisjans Frau?«

»Seine zweite Frau, ja, die im letzten Jahr gestorben ist.«

»Ich wusste nicht, dass wir Verwandte haben, die mit dem Schiff hergekommen sind.«

Pieter richtete sich auf und lächelte.

»Du wusstest ja nicht, dass du einen Oupa Krisjan hast, also konntest du das auch nicht wissen.«

»Mein Bruder Roeloff redet ständig davon, dass er eines Tages ans Kap reisen will. Oupa Harman hat ihm viele Geschichten erzählt, als er klein war. Er sagt, dass ihr Nachbarn habt, die nur ein paar Schritte von euch entfernt wohnen.«

Pieter lachte.

»Das ist richtig. Inzwischen hat sich aber vieles verändert. Es gibt Gebäude und Kirchen und Schulen und das Fort der Guten Hoffnung, natürlich. Unterhalb vom Devil's Hill.«

»Devil's Hill?«

»Am Kap gibt es viele Berge und Hügel. Der wichtigste ist der Tafelberg. Er wird so genannt, weil er oben ganz flach ist und sich die Wolken darüber legen. Dann gibt es den Lion's Hill, der wie ein Löwe geformt ist, und den Devil's Hill. Wenn du oben am Tafelberg stehst, kannst du über die anderen Hügel schauen und das Meer sehen.«

»Bist du schon mal raufgeklettert?«

»Ja. Unten am Berg liegen Gärten mit schönen Alleen und vielen verschiedenen Blumen und Kräutern und Obstbäumen.«

»Roff wird so enttäuscht sein, wenn ich ihm das erzähle! Er wird alles genau wissen wollen.«

»Kann er lesen?«

Vinkie strahlte.

»Das mag er am allerliebsten. Na ja, seinen Hengst mag er noch mehr, weil Boerhaan wie ein Freund für ihn ist, aber die Bücher, die er hat, liest er immer wieder.«

»Ich habe eine Zeitung aus Holland.«

»Ehrlich?«

»Und ein Buch, das ich immer mitnehme, wenn wir unterwegs sind, aber jetzt habe ich nur noch zwei Exemplare.«

»Du willst ihm ein Buch schenken?«

»Ich weiß nicht. Wird er denn gut darauf aufpassen?«

»Oh, ja! Er bewahrt seine Bücher unter dem Bett auf. Keiner darf sie anfassen. Und was steht in deinem Buch?«

»Ein paar Geschichten von den Menschen am Kap. Oupa hat es geschrieben.«

»Oupa Krisjan?«

»Ja.«

»Oupa Krisjan kann Bücher schreiben?«

»Oupa Krisjan ist ein bekannter Mann am Kap.«

»Das wusste ich nicht.«

»Dein Bruder wird sich viele Monate daran freuen. Sag ihm, er soll unbedingt ans Kap kommen. Ich werde mit ihm auf den Tafelberg steigen, wenn er uns besucht.«

Am Mittag war der Wagen voll beladen mit Wasser, Zwieback und Dörrfleisch und einem Schaf, das Willem ihnen für die Reise mitgegeben hatte. Die Familie stand im Halbkreis um die abfahrenden Gäste, als Willem seinem Onkel auf den Wagen half.

»Gute Reise, Oom.«

Willem reichte ihm eine gefaltete Decke, nachdem er sich gesetzt hatte.

»Eine zusätzliche Decke für die kalten Nächte«, sagte er.

Krisjan Kloot sah zu Willem hinunter, als er die Zügel in der Hand hatte.

»Das ist das letzte Mal, das wir uns sehen werden, Willem. Ich bin froh, dass ich gekommen bin.«

»Ich habe mich auch gefreut, Oom. Schön, dass du den weiten Weg auf dich genommen hast. Alles Gute.«

Krisjan Kloot knallte mit der Peitsche und die Ochsen zogen an und machten sich auf den langen Heimweg. Als der Wagen die Hütten erreichte, sahen sie Karel, der sich aus der Gruppe von Koi-na löste und aufsprang. Sie schauten schweigend dem grauen Planwagen nach, der langsam den Weg hinunterholperte und schließlich zwischen den Felsen verschwand.

»Ich bin froh, dass das vorbei ist«, sagte David und atmete tief aus. »Zum Glück hat niemand uns besucht.«

»Vergiss nicht, wer er ist«, sagte Willem Kloot und schaute ihn streng an. »Was er tut, ist seine Sache, nicht deine.«

Am Tag nach ihrer Abreise halfen Vinkie und Kleintje Sanna, die Wäsche zum Trocknen auf dem Gras auszubreiten, als sie am Horizont eine Staubwolke entdeckten. Aufgeregt rannte sie zu Willem und David, die auf dem Weg zum Stall waren.

»Roff und Twa kommen, Pa, guck!«

Doch Willem war so entsetzt über das Bild, das sich ihm offenbarte, dass er nicht einmal aufsah. Sie hatten Lärm gehört und waren mit schussbereiten Gewehren hinausgelaufen. Vor ihnen lag ein halbes Dutzend blutiger Lämmer mit aufgerissenen Leibern. Die Paviane hatten sich über die saure Milch in ihren Mägen hergemacht. Drei Mutterschafe lagen im Staub und bluteten aus den Bissen an Hals und Kopf. Das Geblöke war ohrenbetäubend.

Willem seufzte und richtete sich auf.

»Ja, das sind sie. Ich fass es nicht – er hat die Schafe!«

David kniff die Augen zusammen.

»Sieht nicht so aus, als hätte er sie alle.«

»Ich habe nicht damit gerechnet, dass er auch nur eines zurückbringt.«

David wollte etwas sagen, doch dann überlegte er es sich anders. Sein Vater hatte scheinbar die vergangenen Taten seines jüngeren Sohnes vergessen.

»Die Jouberts kommen zum Essen«, sagte Vinkie. »Ma sagt, wir haben genug Wasser zum Baden.«

»Seid ihr sicher? So viel hat es gar nicht geregnet«, sagte Willem.

»Doch. Ma sagt, ihr sollt euch beeilen.«

Willem seufzte. Es war schierer Luxus, ein Bad zu nehmen, und es setzte die bereitwillige Zusammenarbeit aller voraus. Die tägliche Reinigung wurde mit einem feuchten

Waschlappen erledigt; für ein Vollbad wurde die Küche zur Privatsphäre, in der die Zinnwanne spät am Abend vor den Ofen gestellt wurde, während alle anderen sich diskret in ihren abgetrennten Räumen aufhielten. Heute, wo die Jouberts zum Abendessen kommen sollten und Roeloff sich zwei Wochen lang nicht gewaschen haben würde, hatten sie dazu weder genug Zeit noch genügend warmes Wasser. Zudem konnte er sich vorstellen, dass Drieka alle Hände voll zu tun hatte und die Küche nicht räumen würde. Er wollte selbst nachschauen, wie viel Wasser sie hatten, um zu sehen, ob seine Frau Recht hatte. Trinkwasser für die Tiere war wichtiger als Baden. Sogar ihr eigenes Trinkwasser war knapp bemessen.

»Habt ihr beide nichts zu tun?« fragte Willem die beiden Kinder, die vor ihm standen.

»Kleintje hat seine Aufgaben erledigt. Wir warten auf Roff.«

»Kann Kleintje nicht selbst antworten?«

Vinkie sah Kleintje an. Kleintje sah mit großen Augen Vinkie an.

»Er kann sprechen, aber er hat Angst vor dir, Pa.«

»Warum hat er Angst? Die braucht er nur zu haben, wenn er etwas angestellt hat. Hat er etwas angestellt?« fragte Willem zynisch.

»Nein, Grootbaas«, antwortete Kleintje rasch.

»Sag deinem Vater, er soll die Lämmer holen und die Mutterschafe von ihrem Leid erlösen. Sag ihm, er soll die Schafe zerlegen und das Fleisch ins Haus bringen. Die Lämmer könnt ihr haben.«

»Ja, Grootbaas.« Kleintje lief los, um seinem Vater die erfreuliche Nachricht mitzuteilen.

Vinkie blieb stehen und hielt Roeloff und Twa im Auge, die die Schafe langsam den Hang hinauftrieben.

»Ist alles gut gelaufen?« fragte Willem, als sie angekommen waren.

»Ich kannte sie.«

»Du kanntest sie?«

Roeloff stieg vom Pferd und betrachtete das Schlachtfeld.

»Paviane?«

»Ja.«

»Einer von ihnen war der Buschmann, den ich vor Jahren befreit hatte«, sagte Roeloff.

»Was? Woher wusstest du, dass es derselbe Buschmann war?«

»Ich habe ihn noch einmal gesehen, als sie Zokho damals holten.«

»Ich dachte, Zokho ist weggelaufen.«

»Es war in der Nacht, als du geheiratest hast. Sie haben sie geholt.«

»Das hast du mir nicht gesagt.«

»Ich wollte euch den Spaß nicht verderben. Sie waren plötzlich da.«

David lächelte. »Ich habe dir gesagt, dass er mehr weiß, als er verrät. Ich wusste damals schon, dass dieses Buschmädchen nicht einfach so verschwunden ist.«

»Mehr wusste ich nicht.«

»Ist dir klar, dass das alles nicht passiert wäre, wenn du ihn damals nicht befreit hättest?« sagte Willem.

»Sie sind nicht die Einzigen da draußen, Pa. Und warum haben sie uns in dieser Nacht nicht alle umgebracht? Wegen Toma, weil ich ihn befreit hatte.«

»Du kennst seinen Namen?«

»Ich kenne sie und sie kennen mich und untereinander kennen sie sich alle. Sie teilen sich in zwei Gruppen auf und leben erst wieder zusammen, wenn es genug Nahrung für sie gibt. Wenn wir eine Gruppe umbringen, kommt die andere. Es ist besser, mit ihnen zu reden. Weil ich Toma befreit habe, konnte ich mit ihnen reden.«

»Man kann mit Buschmännern nicht reden«, sagte David. »Sie haben kein Gewissen.«

»Ich habe mit ihnen geredet und du kannst das Ergebnis ja sehen. Sie haben uns die Schafe zurückgegeben. Keiner wurde verletzt. Jetzt weißt du, warum ich dich nicht dabeihaben wollte. Du verlierst den Kopf und eine Woche oder einen Monat später werden wir noch mehr Schafe verlieren. Oder unser Leben. Wo soll das enden?«

»Wir müssen ihnen zeigen, wer der Stärkere ist«, sagte Willem.

»Nein, Pa. Solange die Trockenheit andauert und es kein Wild gibt, werden sie sich bei den Farmern Schafe holen. Wir können nur hoffen, dass es genug regnet oder dass sie sich woanders etwas zu essen suchen.«

»Woanders sind auch Leute, die wir kennen. Die Jouberts, die Steenkamps, die Retiefs und so weiter.«

»Wir können nicht für unsere Nachbarn sorgen. Sie müssen sich selbst darum kümmern.«

»Das sind nur zehn Schafe. Wo sind die anderen?«

»Sie haben sie gegessen.«

»Sie haben in zwei Tagen zwei Schafe geschlachtet?« fragte David fassungslos.

»Du sagst doch selbst immer, dass sie Wilde sind.«

»Wahrscheinlich hast du ihnen die Schafe geschenkt.«

Roeloff bemühte sich nicht, seinem Bruder zu antworten. Er war müde und schmutzig und wollte nur noch seinen Hengst versorgen und sich ins Bett legen.

»Waren sie auch diejenigen, die bei Oom Jan Schafe geklaut haben?« fragte Willem.

»Nein.«

»Woher weißt du das?«

»Ich habe sie gefragt.«

»Und du hast ihnen aufs Wort geglaubt.«

»Sie wussten, dass ich ihnen nichts tun würde, ob sie nun seine Schafe geklaut hatten oder nicht. Warum sollten sie lügen?«

»Und Oom Jan ist dir sowieso völlig egal, oder etwa

nicht?« fauchte David. »Alle Jouberts sind dir egal, außer vielleicht eine, doch die beachtet dich nicht mal.«

Roeloff sah ihn an. Dann lachte er kurz.

»Worüber lachst du so? Ist doch wahr, oder nicht?«

Roeloff fing an, Boerhaan abzusatteln.

»Sie ist nur mit dir zusammen, weil ich sie nicht will.«

David ging auf ihn zu und wollte ihm die Faust ins Gesicht schlagen, doch Willem trat rasch zwischen seine Söhne.

»Das reicht! Lieber Himmel, was ist mit euch los? Ihr habt euch wochenlang nicht gesehen, müsst euch aber gleich schlagen. Die Jouberts kommen zum Abendessen. Du weißt doch, warum sie kommen – es ist eine besondere Gelegenheit. Heute Abend findet das Verlobungsessen statt. Geh rein und wasch dich, Roff. Wir haben genug Wasser zum Baden. Du kannst zuerst baden.«

Es war eine Ehre, als Erster baden zu dürfen. Das Wasser war heiß und die Wanne sauber.

»Ich bin zu müde«, sagte er und führte Boerhaan zum Stall.

»Roeloff?«

Sein Vater sprach ihn selten mit seinem ganzen Namen an.

»Ja, Pa?«

»Wenn wir als Weiße nicht zusammenhalten, werden wir nicht lange überleben. Du kannst dich auf Oom Jan verlassen, egal wie er sich verhält. Wir sitzen alle im gleichen Boot.«

»Er ist einer derjenigen, die sich nachts in die Hütten der Koi-na schleichen.«

»Was?«

Roeloff lächelte.

»Sieh dir doch das Baby von der Dienerin genau an. Seine Haare sind glatter als deine. Sie nennen ihn sogar Klein-Jan.«

David beobachtete die Szene zufrieden. Es konnte nicht mehr lange dauern, bis sein Vater die Geduld mit Roeloff verlor.

Doch David irrte sich. Willem bewahrte die Ruhe. Er hatte nämlich niemandem verraten, dass er es bereute, Roeloff und Twa alleine losgeschickt zu haben. Damit hatte er Roeloff einer Gefahr ausgesetzt, denn er wusste, wie schnell die Jäger ihre Pfeile zur Hand hatten und dass das Gewehr einen Nachteil hatte, weil es nach jedem Schuss neu geladen werden musste. David konnte mit seiner unerbittlichen Muskelkraft im Veld überleben. Roeloff verließ sich eher auf sein Gefühl als auf seine Kraft. Sein Mut stellte eine Gefahr dar.

Am Abend saßen Willem und David steif und herausgeputzt auf der Veranda und verbreiteten einen Geruch von Haarpomade und Karbolseife. Roeloff, der mit ihnen dem Wagen der Jouberts entgegenblickte, war halb nackt und trank Schnaps.

»Geh dich waschen, Mann. Ich sag das jetzt schon zum dritten Mal«, sagte Willem Kloot. »Du stinkst. Du kannst dich nicht so vor den Joubert-Frauen blicken lassen.«

Nichts kümmerte Roeloff weniger als die Feinfühligkeit der Joubert-Frauen. Die Erschöpfung durch die Hitze und den Staub der letzten Tage hatte sich in seinem verschwitzten und dreckigen Körper ausgebreitet. Um seinen Kopf schwebten bereits kleine Wolken und er wollte nichts anderes tun, als die Augen zu schließen und einzuschlafen.

»Hast du mich verstanden?«

Roeloff schlürfte die letzten Tropfen aus dem Becher.

»Keine Angst, Pa. Ich bin in einer Minute verschwunden. Ich werde die Familie nicht blamieren.«

David erkannte den unwirschen Ton. Sobald Roeloff einen weiteren Schnaps getrunken hatte, würde er grunzen wie ein Stachelschwein.

»Noch einen?«

»Ja«, grinste Roeloff und hielt ihm seinen Becher entgegen. In dem Augenblick konnte er seinen Bruder richtig gut leiden, auch wenn er ahnte, dass er ihn betrunken machen wollte.

»Gib ihm nichts mehr zu trinken. Sie sind gleich hier. Los, verschwinde, aber schnell!«

Roeloff grinste wieder. Der Wagen tanzte wie wild vor seinen Augen und ließ ihn schwindeln. Der Schnaps wirkte sich auf eine Weise bei ihm aus, dass es ihm schwer fiel, die Gesichtsmuskeln zu kontrollieren. Er hatte große Lust, sich vor die Gäste hinzustellen und zu pinkeln.

Der Wagen hielt vor dem Haus. Elsie Joubert murmelte ein stilles Gebet, als sie Roeloff sah, der schmutzig und kaum bekleidet auf der oberen Stufe zur Veranda unsicher hin und her schwankte und nicht wusste, ob er ihnen entgegengehen oder sich ins Haus verziehen sollte.

»Hallo, Roeloff«, sagte Diena und ging auf ihn zu. »Du hast die letzten Tage also gut überstanden.«

»Bestens.« Roeloff lachte rauh und nickte Oom Jan und seiner Frau zu. »Soela.« Sein Mund verzog sich zu einem höhnischen Lächeln.

Soela errötete und ging rasch an ihm vorbei auf die Veranda, wo ihre Mutter sie ins Haus scheuchte.

»Hast du die Schafe gefunden?« fragte Joubert.

»Er hat sie gefunden, ja«, antwortete Willem Kloot ihm, als sein Sohn nicht reagierte. »Sie sind heute Nachmittag zurückgekommen. Hier, probier den mal«, sagte er, während er Schnaps in einen Becher goss.

Joubert trank einen Schluck und riss die Augen auf.

»Lieber Himmel! Das Zeug ist besser als das von Retief! Was gibt's zu feiern?«

Willem lachte.

»David und Soela. Und die Schafe.«

»Er hat sie nicht alle zurückgebracht«, sagte David.

»Wie viele wurden geklaut?«

»Zwölf. Er hat zehn zurückgebracht.«

»Und wo sind die anderen?« fragte Joubert.

Roeloff ging ins Haus, ohne ihn eines Blickes zu würdigen.

»Nimm es nicht persönlich«, sagte Willem. »Manchmal ist er halt so. Roeloff und Schnaps – das passt nicht zusammen. Die Buschmänner haben zwei Schafe aufgegessen. Aber die Hauptsache ist, dass er die anderen zurückgebracht hat.«

»Wie hat er das denn geschafft?«

»Er hat mit ihnen geredet, ob du's glaubst oder nicht.«

»Und sie haben ihm sofort die Schafe zurückgegeben?«

»Das sagt er jedenfalls. Er brauchte nicht zu schießen.«

»Das glaubst ihm doch nicht etwa, oder doch, Pa?«

»Natürlich glaube ich ihm.«

»Ich auch«, sagte Joubert. »Es gehört eine Menge Mut dazu, so draufgängerisch zu sein. Aber man darf den Wilden nicht weiter trauen, als man sie riechen kann.«

»Na ja, das ist ja ziemlich weit«, lachte David. »Einer von ihnen war der Schafdieb, den er vor Jahren hat laufen lassen. Erinnerst du dich an den Jungen, den Pa dir überlassen wollte?«

»Tatsächlich?«

»Ja, er soll ihn an dem Abend, an dem Pa geheiratet hat, noch einmal gesehen haben. Als sie das Mädchen holten.«

»Sie waren so dreist, sich das Mädchen zu holen?«

»Ja.«

Joubert trank seinen Becher mit einem Schluck aus.

»Wer hätte gedacht, dass die Karoo so klein ist? Aber er hat die Sache gut gelöst.«

Damit hatte David nicht gerechnet.

»Denkst du, man kann sie beim Wort nehmen?«

»Ich glaube nicht, dass sie auch nur einen ehrlichen Knochen im Leib haben, aber ich schätze, sie werden sich an das halten, was sie ihm gesagt haben. War es dieselbe Gruppe, die auch meine Schafe geklaut hat?«

»Er sagt nein, aber ich glaube ihm nicht. Bei den Spuren hat er uns auch belogen, weil er uns in die falsche Richtung schicken wollte.«

Joubert wandte sich an Willem. »Willem?«

Willem Kloot setzte seinen Becher an die Lippen.

»Bei Roff weiß man nie so genau, woran man ist. Bei den Spuren hat er uns belogen, weil er uns nicht dabeihaben wollte. Ich ließ ihn gehen und er hat es gut gemacht.«

»Vielleicht sollten wir sie mal aufsuchen.«

»Was hätten wir davon? Die Schafe sind längst verschwunden. Er hat ihnen ein Versprechen abgerungen.«

»Ein Versprechen?«

»Sie haben versprochen, unser Land nicht mehr zu betreten.«

»Und du glaubst ihnen.«

»Ich glaube ihm.«

Joubert lehnte sich in seinem Stuhl zurück. Kaum ein Treck-Bure legte großen Wert auf ein solches Versprechen. Vielleicht hatte David Recht. Er wollte sich später noch einmal mit ihm darüber unterhalten.

In der Küche hatten sich die Frauen um Drieka geschart und bewunderten die sechs grünen Gläser auf dem Tisch. Trotz der Gleichgültigkeit Willems hatte Drieka das Häuschen zu einem behaglichen Heim umgestaltet und das Haus der Kloots war eines der schönsten in der Karoo geworden. Den vorderen Teil des Hauses, der als Wohnzimmer diente, hatte sie mit Teppichen, einer Bank und zwei *Riempie*-Stühlen ausgestattet.

»Sie sind sehr fein, Tante Drieka«, sagte Diena. »Woher hast du sie?«

Drieka wedelte fächerartig mit der Hand vor dem Gesicht.

»Verrat es uns doch«, bettelte Elsie.

Drieka dämpfte ihre Stimme.

»Von Frederik Jantzen. Er ist einer aus der Männergruppe, die sich zusammengetan hat, um den Farmern zu helfen. Er sagt, in der Karoo sei es vor allem für Frauen schwierig und deswegen wäre es gut, den Sohn oder Ehemann zu versichern, für den Notfall. Wenn man zweimal im Jahr einen kleinen Betrag zahlt, hat man genug Geld für das Begräbnis und noch etwas zusätzlich, um die ersten Monate zu überstehen.«

»So was habe ich noch nie gehört.«

»Ich habe ihm gesagt, dass es hier genauso wenig Geld gibt wie Wasser – als ob er das nicht wüsste – und dass es nichts kostet, die Leichen in der Erde zu begraben. Wenn eine Frau es nicht schafft, mit den Hottentotten zurechtzukommen, wenn ihr Mann nicht mehr da ist, dann kann sie sich selbst gleich ein Loch graben und sich neben ihn legen. Da hilft auch kein Geld weiter.«

»Und was meinte er?«

»Er brachte dann die Gläser zum Vorschein. Ich soll mal mit meinem Mann sprechen. Die Männer würden verstehen, wovon er spricht, sagte er. Er will in einem Monat wiederkommen und wenn ich Willem überzeugen könnte, gehören die Gläser mir.«

»Und was sagt Willem dazu?«

»Ich habe es ihm nicht erzählt. Ihr wisst ja, wie er ist. Ihn dazu zu bringen, sich hinzusetzen und zuzuhören – na ja, das ist beinahe unmöglich. Also dachte ich mir, ich werde die Gläser heute Abend benutzen, und wenn Jantzen kommt, gebe ich sie ihm zurück.«

»Ich hätte Angst, sie zu benutzen, Drieka«, sagte Elsie. »Was ist, wenn eins kaputtgeht? Dann wirst du es bezahlen müssen. Und außerdem wird Willem heute Abend doch danach fragen.«

»Wenn sie ihm auffallen. Er denkt doch nur an Schafe. Und seit er von den Merinoschafen gehört hat, kann er über nichts anderes mehr reden.« Ihr fiel ein, dass sie Elsie gegenüber den Besuch von Krisjan Kloot nicht erwähnt hatte, und so lenkte sie die Aufmerksamkeit schnell wieder auf die Gläser. »Sie werden ihm nicht auffallen.«

»Diese Gläser? Natürlich werden sie ihm auffallen. Wir haben keine. Und die Steenkamps und die Retiefs auch nicht.«

»Mal sehen, vielleicht stimmt der Schnaps ihn milder. Vielleicht erzähle ich es ihm heute Abend, ihr seid ja alle dabei.«

Draußen auf dem Hof legte Soela sich ihren Umhang um die Schultern und eilte los, um Vinkie zu suchen. Die Sonne war untergegangen und hatte die Tageshitze mitgenommen. Die Luft war kühl. Dunkle Wolken kündigten Regen an. Tante Drieka hatte sie gebeten, Vinkie zum Abendessen zu rufen, und sie entdeckte sie hinter dem Stall, wo sie mit den Koi-na-Kindern spielte.

»Vinkie!«

Vinkie war entweder zu weit weg und hörte sie nicht oder sie hatte sie gehört und es war ihr egal. Soela war der Eigensinn des Mädchens nicht entgangen. Der Einzige, dem sie gehorchte, war Roeloff. Sie befand sich ständig in seiner Nähe und zusammen mit Kleintje half sie ihm mal und mal ärgerte sie ihn.

Soela lief an der Scheune entlang den Hügel hinunter. Sie hörte jemanden in der Scheune und hielt inne. Sie hatte gesehen, dass Roeloff den Kessel vom Herd genommen und damit in die Scheune gegangen war. War sie Vinkie nur deswegen rufen gegangen, weil sie gehofft hatte, Roeloff zu begegnen? Sie brauchte sich selbst nichts vorzumachen: Ihre Verlobung war eine Lüge. Sie hatte sich darauf eingelassen, weil sie Roeloff auf sich aufmerksam machen wollte, und hatte sich die Sache nicht gut überlegt. Roeloff war derjenige, in den sie sich verguckt hatte, doch er schien nicht einmal zu wissen, dass es sie gab. Sie hatte gehört, dass er dieses dahergelaufene Buschmädchen gern gehabt hatte, dieses stinkende Wesen mit dem krausen Haar. Sie glaubte das nicht. Niemals würde er sich für so etwas interessieren. Und außer ihr gab es in dieser Wildnis doch keine für ihn. Johanna Steenkamp etwa? Johanna hatte ein Loch im Gaumen und lief mit der Hand vorm Mund durchs Leben. Diena? Das konnte sich Soela nicht vorstellen.

Sie dachte an den Tag, an dem das Fohlen geboren worden war, als Roeloff sie berührt und wieder weggestoßen hatte. Nie zuvor hatte sie sich so erniedrigt gefühlt. Sie hasste ihn dafür und konnte doch nicht aufhören, an ihn zu denken. Immer wieder sagte sie sich, dass er das nicht getan hätte, wenn er sie überhaupt nicht leiden konnte. Sie gefiel ihm und er begehrte sie, doch aus Achtung vor ihr hatte er es sich verboten. Das konnte sie verstehen. Sein kaltes und gleichgültiges Verhalten ihr gegenüber aber verletzte sie. Als sie ihn am Nachmittag auf der Veranda gesehen hatte – halb nackt und von der Sonne gebräunt, seine langen Haare weich und hell, ganz anders als die struppige Matte seines Bruders oder seines Vaters, und seine Augen, die kleine Wellen des Wohlbehagens in ihrem Körper verbreiteten –, hatte sie sich durch seine verlockende Nähe bedroht gefühlt. Sie drehte sich um und schaute über den Hof. Keiner konnte sie sehen und so ging sie schnell zur Scheune.

Sie stand in der halb offenen Tür und sah ihn aus der Wanne steigen. Er war nackt, klatschnass und er hatte eine Furcht erregende Erektion.

»Komm rein, Soela«, sagte er.

Es wurde kein Wort gesprochen, keine überflüssige Geste gemacht. Hastig wurden ihre Röcke hochgeschoben und sie hielt den Atem an, als er sie gegen die Tür drückte. Dann schrie sie kurz auf und klammerte sich an ihn, während er grob in sie eindrang.

Der Anblick seines Bruder und seiner Verlobten, die übereinander herfielen wie die Hunde, traf David wie ein Blitzschlag, als er durch ein Loch in der Scheunenwand spähte. Er hatte sie vom Küchenfenster aus beobachtet, als sie in die Scheune ging, und war ihr gefolgt, um ihr zu sagen, dass sie zum Essen kommen sollte. Nicht einen Moment lang hatte er mit diesem Anblick gerechnet. Ihm wurde schlecht. Sie hatte ihm ihre Liebe versprochen und ihn gebeten, bis zur Hochzeitsnacht zu warten. Diese Worte, die sie unter dem Granatapfelbaum geäußert hatte, während sie sich einen saftigen Kern der Frucht nach dem anderen in den Mund gesteckt hatte und ihre Lippen dabei immer röter geworden waren – sie waren eine Lüge gewesen. Durch nichts unterschied sie sich von einem Tier. Er bereitete sich darauf vor, die beiden anzusprechen, doch jetzt, während er langsam zum Haus zurückging, streifte er alle Gefühle ab.

David war nicht der Einzige, der sich auf dem Hof befand. Willem Kloot hatte sich während der Unterhaltung mit den Jouberts auf der Veranda daran erinnert, dass Twas Pferd gelahmt hatte, und so ließ er seine Gäste kurz allein, um nach der Stute zu sehen. Auch er hatte gesehen, dass Soela in die Scheune ging. Er hatte sich nichts weiter dabei gedacht, bis er David wenige Minuten später an der Scheunenwand stehen sah. Auch darum hätte er sich keine Gedanken gemacht, wenn David nicht kurz darauf, das Gesicht in den Händen vergraben, an der Wand gelehnt hätte. Er wartete, bis David gegangen war, und schaute dann selbst durch das Loch in der Scheunenwand. Was er sah, raubte ihm den Atem: Sein jüngerer Sohn und Soela Joubert begingen eine Sünde. Er traute seinen Augen nicht. Soela gehörte zu David, sie feierten ihre Verlobung heute Abend. Wie konnte Roeloff so etwas tun? Seinem eigenen Bruder das antun? Und Soela? Was ging in ihrem Kopf vor? Hatte sie sich nicht David versprochen?

Sie kamen nacheinander in die Küche; erst Soela mit Vinkie, ein paar Minuten später Roeloff.

»Roff?« fragte Vinkie, als er in die Küche trat. »Hast du gesehen, was ich dir aufs Kissen gelegt habe?«

»Nein.« Er erinnerte sich vage, dass Vinkie den ganzen Nachmittag schon versucht hatte, mit ihm zu sprechen.

»Guck doch mal.«

Die beiden Familien saßen bereits am Tisch.

»Wir haben nur auf dich gewartet«, sagte Diena.

»Ja«, stimmte Drieka ihr zu. »Beeil dich.«

»Ich bin so müde, ich kann nichts essen. Ich leg mich hin.«

»Ach, komm und iss mit uns«, sagte Joubert. »Dann kannst du uns noch was von den Buschmännern erzählen.«

»Lasst ihn«, sagte Willem Kloot. »Er wird sowieso nichts zum Gespräch beitragen.«

Roeloff wünschte ihnen eine gute Nacht und ging. Hatte die Stimme seines Vaters einen merkwürdigen Unterton gehabt? Auf seinem Bett fand er die Zeitung und das Buch und er hätte Vinkie gern gefragt, woher sie sie hatte, doch er wollte nicht noch einmal in die Küche gehen. Er blätterte die Zeitung durch, staunte über die Schlagzeilen und nahm dann das Buch in die Hand. Der Name des Autors überraschte ihn. Krisjan Kloot! Er konnte es kaum glauben. Was Oupa Harman erzählt hatte, stimmte tatsächlich. Vorsichtig strich er über das feine Papier, über den Umschlag, dann schlug er das Buch auf. Er blätterte zur Inhaltsangabe und stellte fest, dass das Buch von den Reisenden am Kap handelte. Er legte sich aufs Bett und begann zu lesen, doch er war so müde, dass ihm die Augen zufielen, bevor die erste Seite zu Ende war.

Kurz darauf trat Sanna hinter die Trennwand aus Bambus, um Roeloff einen Teller Essen zu bringen, doch sie fand ihn schlafend auf dem Bett. Er hatte seine Hose noch an. Das Buch war auf den Boden gefallen. Sie hob es auf und lächelte. Sie wusste, dass es ein Geschenk des jungen Enkels war. Dieses Buch würde oft gelesen werden. Es hatte zu regnen begonnen und so deckte sie Roeloff zu. Sie strich ihm übers Haar, das noch feucht war. Das erinnerte sie an die Zeit, als er noch klein war und sie ihn abgetrocknet hatte, nachdem seine Mutter ihn gebadet hatte. Er war noch genauso schön, doch er war kein Kind mehr. Stimmte das, was man von Roeloff und Zokho behauptete? Ja, natürlich. Das Mädchen hatte alberne Vorstellungen und Roeloff hatte sich von seinem Schwanz leiten lassen. Es war gut, dass sie weggegangen war. Roeloff besaß etwas, das die Mädchen anzog wie eine Honigwabe die Bienen, und wenn seine Hände dann klebrig geworden waren, wusste er nicht mehr, wie er sie loswerden sollte, ohne ihnen die Flügel zu zerreißen. Das Leuchten auf Soelas Gesicht und die Art und Weise, wie sie Roeloff mit den Augen folgte, hatten ihr verraten, dass die beiden zusammen gewesen waren. Und das Zucken an Davids Lippen und seine aufgesetzte Heiterkeit zu Tisch hatten ihr verraten, dass er sie beobachtet hatte. Sie hatte Roeloff nicht nur etwas zu essen bringen wollen, sondern war auch gekommen, um ihn zu warnen.

Die Auswirkungen des Alkohols machten sich bei der gesamten Familie bemerkbar und keiner konnte sich erinnern, wann die Jouberts heimgefahren waren, wer die Türen verschlossen hatte oder wann sie selbst zu Bett gegangen waren.

In der Morgendämmerung klopfte es laut an der Küchentür.

»Mein Grootbaas, komm!«

»Was ist los, Hennerik?«

»Ooh, Baas, oh ...«, und dann schoss er wie ein verschrecktes Tier den Hang hinunter.

Willem zog sich eine Hose an und folgte ihm. Als er eine Gruppe von nervösen, unruhigen Koi-na vor der Scheune stehen sah, übermannte ihn eine fürchterliche Vorahnung. Dann sah er eine Lache geronnenes Blut an der Tür.

»Was zum ...«

Er atmete tief ein, um sich zu beruhigen. Er wollte nicht hineingehen. Er konnte nicht. Seine Pferde – sein Boerhaan! Er riss sich zusammen und betrat die Scheune. Ein heißer Schmerz schoss ihm durch die Brust. Boerhaans Stall war blutbespritzt und sein Pferd lag auf der Seite, seine Kehle durchschnitten, seine Augen totenstarr.

»Holt Roeloff und David!«

Hennerik eilte zum Haus.

Roeloff war zuerst da. »Was ist passiert?!« Er sah das Blut, trat dann in die Scheune. Er brachte kein Wort über die Lippen.

»Du hast mir versprochen, gut auf ihn aufzupassen«, schnauzte Willem.

Roeloff sah seinen Vater verwirrt an.

»Was soll das heißen?«

»Du warst gestern Abend betrunken.«

»Willst du damit sagen, dass ich das war?«

»Ich will damit sagen, dass die Blutspuren aus der Scheune rausführen. Hottentotten tragen keine Schuhe.«

Roeloff konnte die Anschuldigung seines Vaters nicht fassen.

»Glaubst du wirklich, ich würde meinem Hengst so etwas antun?«

»Irgendjemand hat es getan! Irgendjemand, der nicht ganz dicht im Kopf ist!« Er musterte die verängstigten Gesichter der Koi-na. »Ich möchte wissen, wer das verbrochen hat. Habt ihr etwas gesehen oder gehört, gestern Nacht oder heute Morgen?«

Die Koi-na sahen sich an.

»Sagt etwas!«

»Wir waren es nicht, Grootbaas.« Sanna sprach für alle anderen. »Das ist ein Teufelspferd. Er würde nicht stillhalten, wenn wir ihm zu nahe kämen. Man muss stark sein, um ihn zu töten.«

»Wir sollten alles durchsuchen«, sagte David, der gerade herbeieilte. »Zwei oder drei von ihnen können es gewesen sein.«

»Was hätten sie davon, Boerhaan zu töten?« fragte Roeloff.

»Was weiß ich. Du bist doch derjenige, der weiß, was in ihnen vorgeht. Vielleicht warst du es, Roff. Du warst gestern Nacht hier.«

»Wie bitte?«

»Etwa nicht?«

»Er hat sich gleich hingelegt«, sagte Willem.

»Nein, Pa. Er ist mitten in der Nacht aufgestanden, um seine Blase von dem ganzen Schnaps zu erleichtern. Ich habe selbst gesehen, dass er hier war.«

»Das ist nicht wahr, du weißt, dass du lügst!«

»Und wo warst du, dass du ihn sehen konntest?« fragte Willem.

»Im Bett. Er war so laut, dass ich aufwachte.«

»Warst du gestern Nacht hier, Roff?«

»Glaubst du, ich könnte so etwas tun, Pa?«

Willem starrte Roeloff an. Es gab eine Menge, das er hätte erwidern können – was Roeloff mit Soela in der Scheune gemacht hatte, war ihm die ganze Nacht durch den Kopf gewirbelt und plagte ihn noch immer. Wenn er Roeloff daran erinnerte, würde er seinen ältesten Sohn blamieren. David konnte sich seine Würde nur bewahren, solange er glaubte, dass keiner davon wusste, und Willem hatte nicht vor, sein Schweigen zu brechen. Doch ebenso sprachlos, wie ihn das Verhalten des einen Sohnes machte, so sehr verwirrte ihn das des anderen. David ließ es sich nicht anmerken, dass er das Mädchen, das er heiraten wollte, beim Geschlechtsverkehr mit seinem Bruder gesehen hatte, und David konnte sich sonst nicht beherrschen.

»Hennerik und Kupido, ihr durchsucht die Scheune. Sanna, geh zu den Hütten und sieh nach, ob du Kleidungsstücke oder sonst irgendetwas findest, was merkwürdig aussieht oder nicht dahin gehört. Du siehst dich auf dem Hof um«, sagte er zu David. »Roeloff und ich suchen hier.«

Vater und Sohn wechselten kein Wort miteinander, als sie das Stroh und den Stall nach Hinweisen durchsuchten. Roeloff war entsetzt, dass sein Vater ihm so bereitwillig die Schuld zuschob. Kannte er seinen eigenen Kinder denn nicht? Hatte er keine Ahnung von ihrer Wesensart? Im Stall fand er nichts und so wandte er sich dem Hengst zu. Boerhaans Fell glänzte im Morgenlicht wie Marmor. Er zog die Augenlider über die offenen Augen und wickelte dem Pferd ein altes Tuch um den Kopf, damit die Augen geschlossen blieben. Da das Blut bereits verkrustet war und Insekten sich an Nase und Ohren angesammelt hatten, wusste er, dass Boerhaan seit Stunden tot war.

»Er ist vor mindestens acht Stunden getötet worden.«

Sie hörten Geräusche hinter sich, drehten sich um und sahen Hennerik an der Tür stehen. Er hielt etwas in der Hand. Die anderen Koi-na waren nervös zurückgetreten.

»Das haben wir in der Scheune gefunden, Grootbaas.«

»Was ist das?«

Hennerik legte es auf den Boden.

Willem sah sich das Bündel an. Es war ein Lappen, den sie für die Pferde benutzt hatten. Er war Blut durchtränkt und um einen Gegenstand gewickelt.

»Was ist los?« David trat in die Scheune.

»Sieh nach«, befahl Willem Kloot Hennerik.

Hennerik kniete sich auf den Boden und wickelte den Lumpen ab. Ein Raunen durchfuhr die Koi-na – alle wussten, was das für ein Gegenstand war und wem er gehörte. Ein leiser Seufzer entfuhr Willems Lippen.

»Das Messer, das Oupa Harman dir zu deinem zwölften Geburtstag geschenkt hat, Roff.«

Roff sah auf das Messer. Er konnte es nicht glauben.

»Das war David, Pa.«

»Unverschämt!« Willem schlug ihn mit der flachen Hand ins Gesicht. »Erst lügen, und dann jemand anders beschuldigen!«

Roeloff, der durch den Schlag sein Gleichgewicht verloren hatte und hinter den Hengst gefallen war, richtete sich auf. Seine Lippe blutete und seine Hände waren mit dem Blut des Hengstes beschmiert.

»Sag Pa, warum du es getan hast!« schrie er David an.

»Du bist betrunken. Was habe ich davon, sein Pferd umzubringen?«

»*Mein* Pferd«, brüllte Roeloff. »Du hast es umgebracht, weil du mich und Soela gesehen hast! Du hast das Messer versteckt, um mir zu zeigen, dass du uns gesehen hast, und damit Pa glaubt, dass ich das getan habe!«

David schlug ihm die Faust ins Gesicht.

Roeloff griff sich die Peitsche, die an einem Haken an der Wand hing, und knallte sie über seinen Kopf. »Du willst dich mit mir schlagen?«

Der Stall war nicht groß genug und die Peitsche traf David im Gesicht.

David spürte, dass seine Wange blutete. »Du Bastard!« Er stieß Roeloff so heftig vor die Brust, dass sie beide auf den Boden fielen.

»Hört auf!« brüllte Willem. »Dein Messer ist mit Boerhaans Blut beschmiert, Roeloff! Ich brauche keine weiteren Beweise!«

»Es ist mein Messer, aber ich war es nicht!«

»Ich habe ihn dir anvertraut. Ich habe dir gesagt, du sollst auf ihn aufpassen!«

Die Worte rangen wie ein Totengeläut durch die Scheune. Dann hatte Roeloff eine Idee, wie er seine Unschuld beweisen könnte.

»Warum siehst du dir nicht unsere Steifel an? Dann wirst du sehen, wer gestern Nacht hier war.«

»Hol die Stiefel im Haus, Hennerik. Beeil dich!«

»Sag es ihm, Hennerik.« Sanna stieß ihrem Mann den Ellenbogen in die Seite.

»Was soll er mir sagen?«

Hennerik sah David an. David starrte zurück. »Nichts, Grootbaas«, stammelte Hennerik und lief zum Haus.

Twa hatte den Lärm gehört und kam zur Scheune. Er nickte traurig mit dem Kopf, als er den Hengst in einer Blutlache liegen sah. »Jetzt gibt's Ärger.«

»Hast du gestern Nacht etwas gehört, Twa?« fragte Roeloff ihn. Er wusste, dass es keinen Zweck hatte. Twa, der von ihrer Reise erschöpft gewesen war, war nach dem Essen, das Sanna ihm gebracht hatte, sofort in seine Hütte gegangen. Roeloff hatte ihm außerdem einen Becher Schnaps gegeben.

»Ich habe nichts gehört.« Twa war es beinahe peinlich, das zugeben zu müssen. Normalerweise saß er die ganze Nacht an seinem Feuer und schlief kaum.

Hennerik brachte die Stiefel in die Scheune und stellte sie vor Willem auf den Boden. Als Hennerik Roeloffs Blick vermied, wusste dieser, dass irgendetwas nicht stimmte.

Willem nahm Davids Stiefel in die Hand und sah sie sich genau an. Er fand in den Rissen nur trockene Erde und keine verdächtigen Spuren. Dann nahm er Roeloffs Stiefel in die Hand. Er wechselte einen Blick mit seinem Sohn, den Roeloff nie vergessen würde.

»Es ist wohl besser, du packst deine Sachen und verschwindest von Kloots Nek«, sagte Willem.

Roeloff nahm seine Stiefel, die sein Vater auf den Boden hatte fallen lassen. Die Sohlen war voller Blut.

»Ich war es nicht, Pa.«

Sein Vater drehte sich um und ging.

»Pa!«

Willem ging mit ausdruckslosem Gesicht auf das Haus zu.

Es wurde Roeloff gleichzeitig heiß und kalt. Er sah seinen Bruder an. Der blanke Hass in Davids Augen sagte ihm alles, was es zu sagen gab: die Rache für Soela, für die Verletzung an seinem Bein. Nie wieder würden sie sich als Brüder begegnen.

»Kleinbaas«, sagte eine Stimme hinter ihm.

Er drehte sich um. Da stand Kupido, Henneriks ältester Sohn.

»Wir wissen alle, dass du es nicht warst.«

Dann kam Vinkie aus dem Haus auf ihn zugelaufen.

»Roff, was ist denn los? Pa sagt, Boerhaan ist tot!«

»Ja. Und er sagt, dass ich es war. Dass ich mein eigenes Pferd umgebracht habe. Er hat mich rausgeschmissen.«

»Aber du warst es nicht, Pa irrt sich!«

»Er irrt sich tatsächlich«, sagte Sanna. »Erzähl ihm alles, was du mir erzählt hast, Hennerik.«

Hennerik wollte gerade etwas sagen, als er David mit einer Schaufel in der Hand auf ihn zukommen sah. David erteilte den Arbeitern ein paar Befehle und Hennerik ging.

Roeloff verließ die Scheune. Die Frauen und Kinder folgten ihm.

»Hennerik hat gestern Nacht was gesehen«, sagte Sanna, während sie neben Roeloff herging. »Dein Bruder war mit Soela in der Scheune. Sie weinte. Deswegen hat Hennerik durch das Loch geschaut und zugehört. David zerrte an ihrem Kleid und als sie sich wehrte, schlug er sie. Er sagte: ›Wenn du es mit ihm machst, dann machst du es auch mit mir.‹ Dann machte er es mit ihr. Danach, sagt Hennerik, ging Soela ins Haus zurück und dein Bruder blieb in der Scheune.«

»Hennerik hat es gesehen?«

»Ja. Geh rein und erzähl das deinem Vater. Wir können ihm alle sagen, was Hennerik gesehen hat, auch wenn Hennerik selbst Angst hat, darüber zu sprechen.«

Die Koi-na nickten.

»Es ist zu spät, Sanna. Er will es sowieso nicht glauben. Außerdem können David und ich nicht mehr zusammen auf Kloots Nek bleiben.«

Vinkie fing an zu weinen.

»Du darfst nicht weggehen, Roff. Du wirst mir fehlen. Und Pa meint es bestimmt nicht so. Ich habe niemanden mehr, wenn du weggehst.«

»Du hast deine Mutter und Sanna.«

»Ich brauche aber dich. Und wohin willst du denn gehen? Zu unseren Nachbarn?«

»Ich weiß es nicht. Vinkie, mach dir wegen mir keine Sorgen. Ich muss jetzt erst mal nachdenken. Pa hat mich rausgeschmissen, mehr weiß ich auch nicht.«

»Hast du das Buch und die Zeitung gefunden, die ich in dein Zimmer gelegt habe?«

»Ja.«

Vinkie wollte ihm von dem Besuch von Oupa Krisjan und seinem Enkel erzählen, doch es war nicht der rechte Moment und außerdem war ihr die Freude daran vergangen.

»Ich bin fertig.« Twa stellte sich vor Roeloff hin. Er hatte sich sein Kaross und den Köcher mit seinen Pfeilen umgehängt.

»Was meinst du, fertig?«

»Für unsere Reise.«

»Du hast hier zu essen, du musst hier bleiben.«

»Früher habe ich auch ohne Essen gelebt. Ich kenne dieses Land. Du brauchst jemanden, der auf dich aufpasst.«

Sein Angebot rührte Roeloff.

»Ich weiß nicht, wohin ich gehen soll.«

»Oh, doch. Wir werden in diese Richtung gehen.« Er zeigte in den Norden.

»Da oben gibt es doch nichts – außer Felsen und Sand und Skelette von toten Tieren. Und es ist zu heiß da.«

»Wir werden einen Fluss mit vielen Bäumen erreichen, wo die Tiere einem fast vor die Füße laufen. Das ist der Ort, in dem ich geboren wurde. Wir können dort leben, Kudu, wir beide.«

»Das ist jetzt nicht der richtige Augenblick für Träumereien.«

»Du hast Recht. Dies ist der richtige Augenblick für deine Freiheit. Du hast Glück, dass das alles passiert ist, wo du noch jung bist.«

»Er redet doch schon wieder Unsinn«, sagte Sanna. »Hör nicht auf ihn. Dein Vater hat es bestimmt nicht ernst gemeint. Heute schreit er, morgen hat er es wieder vergessen. Geh für ein paar Tage weg, Roff, bis er sich wieder beruhigt hat. Du kannst doch nicht nach nirgendwo ziehen. Twa ist es gewohnt, Eidechsen zu essen, du nicht.«

»Geh ins Haus, Sanna, und bring mir meine Sachen, meine Decken und meine Bücher. Und pack uns etwas zu essen ein.«

»Bist du sicher, dass du das wirklich willst?«

»Ja.«

Vinkie hatte Tränen in den Augen. Sie blieb kurz stehen, traute ihrer Stimme aber nicht, lief dann hinter Sanna her und klammerte sich an deren Röcke.

»Wir müssen alles mitnehmen, was wir unterwegs brauchen können, Twa. Hol erst mein Messer und komm dann in die Scheune und hilf mir.«

»Dein Bruder hat dein Messer.«

»Dann hol es von ihm.«

»Das tu ich nicht.« Twa schüttelte den Kopf. »Er ist vom Teufel besessen – und hat Blut gerochen. Alle wissen, dass er es war, und er weiß, dass wir es wissen.«

Roeloff nahm seine Schleuder von der Wand und legte einen großen Stein ein. Twa ging ihm nach, als er zum Stall ging, wo David und drei Arbeiter damit beschäftigt waren, den Hengst zu beseitigen.

David zuckte zusammen, als er die Schleuder sah. Er humpelte, seitdem Roeloff sie damals auf ihn gerichtet hatte.

»Das wagst du nicht!«

»Gib mir mein Messer.«

»Warum holst du es dir nicht«, forderte David ihn auf

»Ich sagte, du sollst es mir geben.«

David sah seine blauen Augen, die vor Wut dunkel geworden waren. Er wusste, dass Roeloff nicht zögern würde seine Schleuder zu benutzen. Mit dem Fuß stieß er etwas über den Boden.

»Da ist es.«

Roeloff hob das Messer auf, wischte es am Hosenbein ab und steckte es unter den Gürtel. Ohne seinen Bruder noch einmal anzusehen, ging er weg.

Sanna und zwei weitere Koi-na-Frauen brachten ihm seine Sachen, die sie in die Decken eingerollt hatten, ein Paket mit Essen und ein paar Bücher.

»Das kommt von ihm.«

»Ich will nichts von ihm mitnehmen.«

»Nimm es mit«, sagte Twa. »Wir werden es brauchen.«

Roeloff nahm das Gewehr an.

»Ist Dorsbek aufgesattelt?« fragte er Twa.

»Ja. Aber wie sollen wir das alles tragen? Das Pferd trägt die Bücher und wir gehen zu Fuß? Oder du reitest und Twa trägt die Bücher?«

Roeloff schaute den alten Jäger an. Er freute sich offensichtlich auf die unerwartete Reise.

»Gut. Ich nehme nur zwei Bücher mit und lass die anderen hier. Sanna, sag Vinkie, sie soll sie für mich aufbewahren.«

Sanna fing zu weinen an.

»Wann wirst du zurückkommen, Roff?«

»Wenn er tot ist.«

»Tot? Das ist sehr hart. Sei nicht so hart mit ihm.«

»Ich bin aus demselben Holz geschnitzt wie er, nicht wahr? Fertig, Twa?« Er schnallte die Deckenrolle am Sattel der Stute fest und prüfte, ob sie richtig saß.

»Wo soll ich sitzen?«

»Hinter mir. Du kannst auch mitlaufen, wenn du noch mehr Fragen hast.«

Twa lächelte die Leute an, die um sie herumstanden.

»Wir sind noch nicht weg und schon schnauzt er Twa an.«

Jemand reichte ihm ein Stück Tabak, ein anderer einen besonderen Stein als Glücksbringer. Dann umarmte Roeloff die Frau, die sich sein Leben lang um ihn gekümmert hatte.

»Pass gut auf Tinktinkie auf.«

Sanna wischte sich mit einem Rockzipfel die Tränen aus dem Gesicht.

»Komm bald wieder, Roff. Kloots Nek wird ohne dich ganz anders sein.«

Die Frauen weinten hemmungslos, als sie davonritten. Die Kinder liefen hinter ihnen her, bis ihre Silhouette immer kleiner geworden und schließlich zwischen den Büschen und Felsen verschwunden war.

Im Haus saß Willem am Tisch und gab sich alle Mühe, den Abschiedslärm draußen zu überhören.

Vinkie stellte sich neben ihn.

»Er war es nicht, Pa. Hennerik weiß, was passiert ist. Warum fragst du ihn nicht? Hennerik hat Angst vor David, darum sagt er dir nichts. Du kannst Roff nicht gehen lassen. Er wird nicht zurückkommen, wenn du ihn jetzt nicht aufhältst.«

Willem stand auf und verließ das Zimmer.

Vinkie wandte sich an ihre Mutter, die gerade Holz im Ofen nachlegte.

»Ma? Du hast gehört, was Sanna erzählt hat. Du musst es ihm sagen.«

Ihre Mutter verzog den Mund und stocherte rasch in der Glut.

Es war ein langer Tag. Roeloff grübelte schweigend vor sich hin und Twa hielt klugerweise den Mund, als sie zum zweiten Mal an der gleichen Felsgruppe vorüberritten. Gegen Abend machten sie an einem Karree-Baum halt und bereiteten ihr Lager für die Nacht vor.

»Du hast deinen Mut verloren, Kudu. Schlaf jetzt. Morgen ist ein neuer Tag.«

Roeloff lehnte sich mit dem Rücken an den Baumstamm und zog sich seinen Hut über das Gesicht. Seine Trauer über den Verrat lag wie ein Stein in seiner Brust. Zwar waren Brüder sich nicht immer einig und es gab Auseinandersetzungen zwischen ihnen, doch Blut war dicker als Wasser und der eine durfte dem anderen die Luft zum Atmen nicht nehmen. David hatte dafür gesorgt, dass er von Kloots Nek vertrieben wurde. Sein Vater hatte ihn verurteilt. Er war verbannt worden. Sein Leben bestand aus nichts mehr als einer züngelnden Flamme in der Wildnis und der Kleidung, die er trug. Wohin sollte er gehen? Wie sollte er überleben? Er war falsch beschuldigt und fortgejagt worden. Sein Vater glaubte, dass er zu einer derart schändlichen Tat fähig sei. Es gab nichts, was diesen Schmerz lindern würde. Selbst wenn sich sein Vater ihm zu Füßen werfen sollte und mit Tausenden von Worten seine Reue bezeugen würde, sähe Roeloff sich vielleicht als Christ dazu gezwungen, ihm zu vergeben, doch niemals würde er vergessen können, was sein Vater ihm angetan hatte. Er schaute zu Twa hinüber, der am Feuer lag. Roeloff wünschte, er wäre wie Twa, der sich einfach irgendwo hinlegen konnte. Twa machte sich keine Sorgen. Für ihn gab es keine Zukunft. Waren die Sonqua die wahren Besitzer der Freiheit?

»Ich weiß jetzt, was wir tun werden, Twa. Wir ziehen in den Süden und suchen Arbeit. Wenn wir genug Geld haben, kaufen wir uns einen Wagen und reisen ans Kap.«

»Wer wird uns diese Arbeit und dieses Geld geben? Haben wir jetzt eine Farm verlassen, um die Sklaven einer anderen zu werden?«

»Ohne Geld können wir gar nichts machen.«

»Wir brauchen kein Geld, wenn wir umkehren und zum Fluss raufziehen.«

»Ich kann nicht ewig mit dem Arsch im Wind leben.«

»Du hast schon mal mit dem Arsch im Wind gelebt, du weißt nicht, wovon du sprichst. Du bist einer von uns. Du hast nur heute nicht viel Mut. Du wirst ihn wieder finden, du wirst schon sehen. Die ganze Welt wird dir gehören.«

Der nächste Tag brach mit einem heißen Windstoß an und am Mittag gingen sie neben der Stute her, die nur noch ihre Sachen trug, weil sie sich eine Schürfwunde unter dem Sattel zugezogen hatte. Es hatte zwar in der Nacht ein wenig geregnet, doch machte sich das kaum bemerkbar, denn die Erde war ausgetrocknet und es war kein Baum und kein Schutz in Sicht.

»Wir kommen nicht besonders gut voran«, sagte Roeloff und wischte sich den Schweiß vom Nacken. »Bald müssen wir Halt machen und uns etwas zu essen suchen. Wir haben nicht mehr viele Stücke Dörrfleisch übrig.«

Twa schaute sich um.

»Wir können froh sein, wenn wir in dieser Hitze auch nur einen Klippschliefer finden.«

»Weißt du überhaupt, wie man sie fängt? Sie sind flink.«

Twa lächelte. »Du bist mit Twa unterwegs. Wenn es zwischen diesen Felsen einen Klippschliefer gibt, dann wird Twa ihn erwischen.«

Am nächsten Tag legten sie eine noch geringere Entfernung zurück, weil sie auf einen steilen Berg stießen und Twa sich weigerte, mit leerem Magen auf den Berg zu steigen, und so machten sie frühnachmittags Halt und kümmerten sich ernsthaft um ihre Nahrung. Roeloff erlegte mit seiner Schleuder einen Vogel, erkannte aber zu spät, dass es ein Aasgeier war, und weigerte sich, ihn zu essen. Twa trennte den Kopf ab, entnahm die Eingeweide und warf den Vogel samt Federn auf das Feuer. Als auch das geröstete Fleisch nicht dazu beitrug, Roeloffs Meinung zu ändern, aß Twa den Vogel alleine auf, leckte sich die Finger und rieb sich den Magen, um zu zeigen, dass er nun wieder zu Kräften gekommen war.

Am dritten Tag stiegen sie in einer Schlucht ab und fanden in einem tiefen Loch zwischen den Felsen Wasser. Sie füllten ihre schwindenden Vorräte auf. Mittags wurde die Hitze unerträglich. Roeloff zog sich das Hemd aus und band seine Haare mit einem Lederstreifen zurück.

»Hier ist es so flach, dass man bis ans Ende der Erde schauen kann. Keine einziger Hügel in Sicht. Nichts. Wir könnten schon viel weiter gekommen sein, wenn die Stute nicht diese verdammte Schürfwunde hätte. Ich hätte den Sattel prüfen müssen, bevor wir sie aufgesattelt haben. Unser Gewicht hat es natürlich schlimmer gemacht.«

»Kudu, schau!«

Roeloff drehte sich um und schaute in die Richtung, in die Twa zeigte. Er konnte nichts sehen in der Schlucht, in der sie abgestiegen waren.

»Jemand folgt uns!«

»Was?«

»Ja. Bei allem, was in mir steckt, es ist Rauch in den Augen!«

»Zokho? Bist du ganz sicher? Was sucht sie hier?«

»Sie weiß ganz genau, wohin sie geht.«

Roeloff beobachtete staunend die Figur, die sich aus der flimmernden Hitze löste. Zokho erkannte ihn und lief ihm entgegen. Wenige Augenblicke später spürte er ihre warmen Brüste an seinem nackten Oberkörper und seine Arme legten sich instinktiv um sie.

»Vor ein paar Tagen habe ich dich bei den anderen zurückgelassen. Was machst du hier, so ganz alleine?«

»Ich bin weggelaufen.«

»Weggelaufen? Warum?«

»Um zu dir zu kommen.«

»Zu mir?«

»Ja.« Ihr Kopf war rasiert worden und ihre Haare waren nun so kurz, dass sie wie ein Junge aussah. »Ich habe in deinen Augen gesehen, dass du mit mir zusammen sein willst.«

Roeloff ließ sie los.

»Ich bin der Sohn des Mannes, der deine Leute umgebracht hat.«

»Du bist Augen des Himmels.«

Er betrachtete ihren schmalen, feinen Kopf, ihren sinnlichen Mund, ihre Brüste, die in der Sonne glänzten. Es gab etwas an ihr, das ihm gefiel, es war mehr als ihre körperliche Schönheit und ihre Unschuld. Er wandte seinen Blick zum weiten Horizont und auf den Weg, den er vor sich hatte. Ich bin, wie ich bin, und Zokho ist die Frau, die ich begehre. Alles andere ist jetzt egal, dachte er.

»Zokho, was willst du jetzt tun?«

»Ich gehe mit dir, wo immer du hingehst. Ich werde dein Schatten.«

»Weil du mich magst, richtig?«

»Ja.«

»Es wird nicht leicht sein. Die Leute werden es nicht akzeptieren.«

»*Du* akzeptierst es, Augen des Himmels.«

»Ich bin immer noch Roeloff Kloot. Vergiss das nicht.«

Twa kam auf sie zu und schüttelte den Kopf über die Dummheit der jungen Leute.

»Und jetzt, Kudu? Jetzt sind wir drei Leute, die nichts zu essen haben.«

9

Wynand Roos hatte seinen Fuß auf die Schaufel gestellt, um sich auszuruhen, und wischte sich mit dem Handrücken den Schweiß von der Stirn, als er das Pferd und drei Fremde in der Ferne entdeckte.

»Sieht aus, als ob uns jemand besuchen käme.«

Neeltje unterbrach ihre Arbeit, legte ihre Hand unter den Rand ihrer Kappe vor die Augen und folgte seinem Blick. Neeltje, ein sechzehnjähriges Mädchen, das über einen gesunden Menschenverstand verfügte, war von ihrem Vater aufgezogen worden und hatte von ihm gelernt, den Haushalt zu führen und die Schafe zu versorgen, wenn es keinen anderen gab, der sich darum kümmern konnte. Außer einem einohrigen Hund, der Boet hieß und ein Geschenk von einem Händler war, hatte sie keine Freunde. Trotz des Unterrichts, für den ihr Vater einen fahrenden Lehrer engagiert hatte, waren die Hottentotten-Kinder die einzigen Menschen ihres Alters, zu denen Neeltje eine engere Beziehung hatte. Das vergangene Jahr war jedoch nicht gut gewesen, das Geld war knapp geworden und die Hottentotten hatten sich anderswo Arbeit gesucht.

»Ein Afrikander und zwei Buschmänner.«

Schweigend beobachteten sie die kleine Gruppe.

Roeloff nahm seinen Hut ab und war froh, endlich ein Ziel erreicht zu haben. Sie hatten eine fürchterliche Woche damit verbracht, die roten Ceder-Berge zu überqueren, und waren das Risiko eingegangen, das Schlangen und wilde Tiere darstellten, weil es in den Bergen einfacher war, etwas zu essen zu finden. Die Farm, die versteckt in einer Schlucht lag, war ihnen nur aufgefallen, weil sie den Rauch aus einem Schornstein hatten aufsteigen sehen. Das Farmhaus befand sich an einem windgeschützten Hang und links und rechts davon lagen mehrere grüne Felder. Während ihrer

Reise in den Süden war ihm die landschaftliche Veränderung nicht entgangen. Er fühlte sich ermutigt.

»Wir haben den Rauch in der Schlucht entdeckt. Ich bin Roeloff Kloot.«

»Wynand Roos«, begrüßte ihn der Farmer. »Das ist Neeltje. Ihre Mutter ist tot.«

Roeloff fielen die Schwielen an den jungen Händen auf, die klaren Augen. Sie erinnerte ihn an Vinkie.

»Das ist Zokho, und Twa. Wir suchen Arbeit. Wie ich sehe, ist die Einzäunung beschädigt worden. Schakale?«

»Elefanten. Zwei Stück. Sie ziehen jedes Jahr hier durch. Ich traf den einen am Rüssel, doch er stürmte davon, als wäre nichts gewesen. Wie Sie sehen, haben sie alles kaputtgemacht, den Mais und die Kürbispflanzen gefressen, die Tabakpflanzen zertrampelt.«

Roeloff drehte sich um und betrachtete den Schaden.

»Eine Mauer aus Steinen würde die Felder schützen.«

»Eine teure Angelegenheit. Wir haben keine Steine.«

»Hier in den Bergen gibt es viele Steine. Es würde eine Weile dauern, bis man genügend Steine gebrochen hat, aber mit dem richtigen Werkzeug könnte man es schaffen. Wenn sie aber nur einmal im Jahr hier durchziehen, würde es vielleicht reichen, wenn einer mit einem Gewehr Wache steht. Eine Mauer aus Steinen wäre jedoch besser. Würde gleichzeitig die Tiere schützen.«

Wynand musterte ihn. Er hatte Roeloffs Charakter bereits eingeschätzt: aufrichtig, an harte Arbeit gewöhnt. Wahrscheinlich hatte er an dem Ort, an dem er früher gewesen war, eine solche Mauer gebaut.

»Welche Arbeit würden Sie denn tun wollen?«

»Das ist egal. Einen Zaun bauen, wenn Sie das wollen. Die Felder bestellen. Twa kann die Schafe hüten und Fallen für die Schakale aufstellen. Er kann gute Fallen bauen.«

»Ein Schakaljäger.«

»Und viele andere Dinge. Ich kann auch lesen, schreiben und rechnen, falls Sie Ihre Kinder unterrichten lassen wollen.«

»Neeltje ist mein einziges Kind. Woher kommen Sie?«

»Zehn Tage nördlich von hier. Zu Pferd wären wir schneller hier gewesen, da wir aber zu dritt sind, sind wir zu Fuß gegangen. Außerdem hat die Stute eine Wunde am Rücken. Mein Vater ist Willem Kloot. Vielleicht haben Sie von ihm gehört?«

»Harmans Sohn?«

»Sie kannten meinen Großvater?«

»Mein Vater kannte ihn. Er erzählte mir oft, wie sie zusammen vom Kap hierher gezogen sind. Mein Vater wollte nicht so weit in den Norden ziehen wie die anderen und so trennte er sich von ihnen und zog Richtung Stellenbosch weiter. Dort lebten wir, bis er vor zehn Jahren starb. Ich kam hierher, weil ich eine andere Farm suchte. Ich dachte, die Erde wäre fruchtbarer hier.«

»Zumindest gibt es hier Bäume und Weide für die Schafe.«

»Ja. Wahrscheinlich ist es dort, wo Sie herkommen, schlimmer. Und wer sind die Buschmänner?«

»Twa arbeitete schon für meine Familie, bevor ich geboren wurde.«

»Und das Mädchen?«

Roeloff sah Zokho an, die neben ihm stand und sich eines seiner Hemden über ihren kleinen Lederschurz angezogen hatte. Durch die Anstrengungen der Reise war die Kluft zwischen ihnen kleiner geworden, sie waren sich näher gekommen.

»Sie gehört zu mir.«

»Sie ist also die Tochter des Alten?«

»Nein, sie gehört zu mir.«

Wynand sah ihm fest in die Augen.

»Verstehe.«

Neeltje wischte sich die Hände an ihrer Schürze ab und schaute weg.

»Ich will Ihnen auch nicht verschweigen – damit es keine Missverständnisse gibt –, dass ich einer schändlichen Tat beschuldigt werde, die ich nicht begangen habe.«

Wieder musterte Wynand sorgfältig Roeloffs Gesicht. Dann nahm er seinen Hut ab und sah über die Felder hinweg, die durch die Elefanten zertrampelt worden waren.

»Es gibt eine Menge Arbeit hier, mehr, als ich bezahlen kann. Und den beiden kann ich gar nichts zahlen. Unterkunft und Nahrung und für das Mädchen ein Kleid. Dir, ein wenig.«

»Wie viel?«

»Ein paar Reichstaler.«

»Wir bleiben ein halbes Jahr.«

»Ich lasse mich nicht gern betrügen«, warnte Wynand.

»Ich auch nicht.«

»Hinter dem Haus ist ein Zimmer, in dem der letzte Knecht gewohnt hat, und eine Hütte. Teilt die Räume unter euch auf, wie ihr wollt. Trinkwasser findet ihr in dem Regenfass. Wir haben Gräben gezogen, damit das Regenwasser oben aus den Bergen direkt auf das Maisfeld läuft. Auch wenn es viel regnet, wird das Wasser nicht verschwendet.« Er wandte sich an seine Tochter. »Neeltje, zünde das Feuer an und fang mit dem Abendessen an. Ich mach das hier alleine fertig.«

Neeltje hatte die Fassung wiedergewonnen.

»Was sollen wir heute Abend essen, Pa? Wir haben nur noch zwölf Kartoffeln und einen Kohlkopf.«

»Damit kannst du doch eine Menge anfangen. Koche alles in Salzwasser. Oder besser noch, schlachte einen alten Hahn.«

»Es wird Stunden dauern, bis der Hahn gar ist, und wir haben nur noch fünf.«

Wynand beugte sich bereits über seine Schaufel, um weiter zu arbeiten.

»Zwölf Kartoffeln, fünf Hähne. Seitdem der Lehrer ihr das Einmaleins beigebracht hat, zählt sie ständig: zwei von diesem, sechs von jenem. Jetzt geh schon und schlachte einen Hahn.« Roeloff lächelte Neeltje an.

»Schon in Ordnung. Zeig mir den Hahn, ich werde ihn schlachten.«

Neeltje strich ihr Kleid glatt und ging vor sich hinmurmelnd rasch auf das Haus zu.

Roeloff wandte sich an den Farmer und dankte ihm.

Wynand spuckte sich in die Hände, rieb sie sich und fing an zu arbeiten.

»Draußen im Regen hackt jemand Holz. Und es ist spät. Der Oubaas ist doch noch nicht zurückgekommen, oder doch?« Roeloff stand von der Bank auf und ging zur Tür, um hinauszuschauen.

Zokho richtete den Blick auf die Arbeit, die auf ihrem Schoß lag. Seitdem der Oubaas weggeritten war und ihm die Verantwortung übergeben hatte, fand Roeloff keine Ruhe und machte sich Sorgen um das Mädchen, das drei Tage alleine im Haus wohnte. Worüber machte er sich Sorgen? Sie, Zokho, hatte die Nächte unter dem Sternenhimmel allein verbracht. Hatte das Fauchen eines Leoparden gehört. Die Augen der Hyänen in der Nacht leuchten sehen. Frauen fürchteten sich vor anderen Dingen, vor der Stille fürchteten sie sich nicht. Sie fürchteten, dass ein Mann nicht zu ihnen zurückkehren würde. Dass sie ihn verlieren würden. Neeltje war mutig. Das leere Haus machte ihr nichts aus. Zokho wusste, was sie plagte.

»Es ist Neeltje, die das Holz hackt. Wie starrköpfig sie doch ist, sich in diesem Wetter nach draußen zu begeben.«

Zokho sah ihn an, als er sich die Jacke anzog und zur Tür ging. Sie nahm sich viel Zeit, einen Knopf so anzunähen, wie Neeltje es ihr gezeigt hatte. Das schlechte Licht strengte ihre Augen sehr an. Der Farmer hatte ihnen eine Lampe gegeben, doch sie hatten nicht viel Öl und die kleine Flamme zitterte wie ein alter Mann, der sich seiner Schritte nicht sicher war. Sie stand auf und beobachtete sie eine Weile von der Tür aus. Sie konnte nicht verstehen, was sie sagten, doch das regelmäßige Krachen der Axt klang entschlossen. Sie schloss die Tür und betrachtete ein paar Minuten lang die Schatten an der Wand.

Roeloff stand mit seinen Stiefeln draußen im Schlamm und sah zu, wie die Axt ins Holz fuhr. Neeltje wusste, dass er dort stand, doch sie sah nicht auf. Ihre langen Haare klebten ihr am Rücken und das nasse Kleid betonte ihre starken Arme.

»Es regnet in Strömen, Neeltje, warum hackst du denn jetzt Holz?« Ihr Starrsinn ärgerte ihn irgendwie.

»Ich habe kein Holz für den Ofen; im Haus ist es kalt.«

»Du wirst dir den Tod holen bei dem Wetter. Warum hast du es mir heute Nachmittag nicht gesagt? Ich sagte doch schon, dass du kein Holz zu hacken brauchst – Twa oder ich können das tun. Und dein Vater hat mich gebeten, diese Dinge zu erledigen.«

»Mein Vater war früher manchmal eine Woche lang weg. Drei Tage sind wenig.«

»Er hat dich früher eine Woche lang allein hier gelassen?«

»Wie sollte er denn sonst mit anderen Farmern handeln?« Sie war nass bis auf die Haut, hackte aber ununterbrochen weiter.

»Komm, lass mich das machen. Geh rein.«

»Ich bin fast fertig«, antwortete sie, hielt inne und stieß das gehackte Holz mit dem Fuß weg.

Er trat einen Schritt näher.

»Ich habe gesagt, ich mache das.«

Es lag an der Autorität in seiner Stimme, an der Art, wie er ihren Arm berührte. Sie gab nach.

»Morgen werde ich genügend Holz für den ganzen Winter hacken.«

Sie ließ die Axt fallen und ging weg.

»Neeltje!«

In ihrem Zimmer hinter dem Haus saß Zokho nackt auf der Kokosfasermatratze und hörte, wie er diesen Namen rief. Das Hacken hatte aufgehört und sie hörte nur noch den Trommelschlag des Regens auf der harten Erde draußen. Sie ging zur Tür und sah Neeltje nach, die entschlossen auf das Haus zuging. Roeloff folgte ihr mit einer Ladung Holz auf den Armen. Das Spiel funktioniert wie bei den Tieren, dachte sie. Ein Löwe zog seinen Kreis und schnüffelte und zog einen Kreis und schnüffelte, bis die Anziehung so stark war, dass das Weibchen sich nicht mehr wehrte. Durch das gemeinsame Leben mit ihm hatte sie sich selbst besser kennen gelernt. Sie hatte Toma gemocht – schließlich waren sie vom selben Stamm –, seine Frau aber wollte sie nicht sein. Sie begehrte Roeloff, doch sie fürchtete die Unterschiede zwischen ihnen, die nach und nach größer geworden waren. Sie fühlte sich von ihren widersprüchlichen Gefühlen zerrissen. Sie mochte Neeltje und fürchtete sie. Neeltje hatte ihr gezeigt, wie man Tee und Kaffee kochte und die Wäsche stopfte, und sie hatte Neeltje gezeigt, wo man Wurzeln, Beeren und Honig im Veld finden konnte. Sie hätte sich gefreut, wenn sie mit dem weißen Mädchen über Roeloff so sprechen könnte, wie sie es mit Karees getan hatte; Neeltje aber stellte keine Fragen und sagte nichts. Sie war sich ihrer Macht nicht bewusst.

Jetzt wurde wieder Holz gehackt, lauter und schneller. Zokho stieg ins Bett und zog das Schafffell hoch bis ans Kinn. Wie lange wollte er da draußen bleiben? Wo lag die Grenze seiner Fürsorge?

Als er klatschnass hereinkam und das Wasser an ihm herunterströmte, stand sie auf, zog ihm die Kleider aus und presste sich an ihn, um ihn zu wärmen.

»Mijn, Augen des Himmels?«

Er küsste sie auf den Mund und legte sich neben sie unter das warme Schafffell.

»Dein, Rauch in den Augen.«

Zokho fühlte sich wohl in seinen Armen, doch ihr Herz war schwer. Er sagte die Wahrheit, soweit er sie kannte, doch er wusste von seinen Sehnsüchten ebenso wenig wie die Farmerstochter.

»Die Elefanten!« Twa kam durch die Tabakpflanzen zu ihnen gehumpelt. »Ich habe zwei bei den Felsen am Bach gesehen.«

Wynand schaute Roeloff an.

»Das sind die, von denen ich dir erzählt habe. Sie sind wieder da. Was hast du da oben gemacht, Twa? Das ist ein ganzes Stück weit weg.«

»Er sucht Strauße«, sagte Roeloff. »Er hat Lust auf Wildfleisch. Wir brauchen nicht zu warten, bis die Elefanten herkommen; Twa und ich können sie vertreiben. Ich kenne mich mit Elefanten zwar nicht gut aus, aber es scheint mir doch besser zu sein, als hier auf sie zu warten.«

»Das stimmt.«

Sie nahmen Dorsbek, ritten los und näherten sich den riesigen Tieren gegen den Wind. Sie entdeckten die beiden Elefanten: ein herrlicher Bulle, dessen Zähne bis fast an den Boden reichten, und eine abgemagerte Kuh, die ein loses, faltiges Fell und tief eingesunkene Augen hatte. Aus einer alten Wunde in ihrem Rüssel tropfte Eiter. Wynands Waffe hatte ihr Ziel doch erreicht, dachte Roeloff, denn die Elefantenkuh litt an der Infektion und würde bald sterben.

Eigentlich hatten sie vorgehabt, über die Köpfe der Elefanten zu schießen und sie durch den Lärm in den Norden zu vertreiben, doch Roeloff war von der Treue des Bullen zu seiner Kuh gerührt.

»Schieß!« flüsterte Twa.

Roeloff wusste, dass er die Kuh erlösen würde, wenn er sie tötete, doch er brachte es nicht fertig. Und zudem wusste der Bulle, dass sie sich auf dem Felsbrocken befanden.

Während sie die Tiere beobachteten, wurde die Kuh zunehmend schwächer. Dann tat der Bulle etwas, das sie überraschte. Er versuchte sie wie bei einer spielerischen Paarung zu besteigen, tat es aber nicht ganz. Er versuchte es etwa eine Stunde lang immer wieder und die Kuh leistete keinen Widerstand, bis ihr Kampf gegen das Gift mit einem Aufschlag endete, der die Erde erbeben ließ. Sie brach zusammen und es stieg eine Wolke aus orangefarbenem Kalk in die Luft auf. Ein letztes Schnaufen hallte durch die Berge. Dann legte sich der Staub und die Stille der Ceder-Berge kehrte wieder zurück.

Roeloff und Twa hockten so still wie die Aasgeier da. Das Tier war intelligent: Es hatte sein Gefühl offenbart und seine Kuh nicht verlassen. Es hätte sie von ihrem Felsbrocken herunterstoßen und zertrampeln können. Stattdessen ging es zögernd zu der Kuh auf der Erde und versuchte sie mit dem Rüssel und seinen Zähnen wieder aufzurichten. Ihr Körper aber war zu schwer und sie hörten ein lautes Krachen, als der tote Körper auf die Erde zurückfiel und der linke Stoßzahn des Bullen direkt an der Lippe abbrach und unter der Kuh liegen blieb.

»Schieß jetzt, Kudu. Schieß auf Ein-Zahn!«

»Nein.«

Der Elefant hatte seine Kuh verloren und dann den Stoßzahn. Eine blutige Wunde, durch die sein Gesicht schief wirkte, blieb zurück. Roeloff beobachtete den Bullen, der nun ein Büschel Gras abriss und es der Kuh unbeholfen ins Maul stopfte. Als auch das sie nicht ins Leben zurückrief, blieb er trauernd neben ihr stehen. Die ruhige und einsame Geste wirkte beeindruckend in der Stille. Roeloff war von der Trauer gerührt. Schließlich riss der Bulle einen Busch heraus und legte ihn auf die Kuh, um dann den Ort mit Staub zu bedecken.

Roeloff vermied den Blick des kleinen Jägers, weil er fürchtete, dass dieser ihn auslachen würde. Twa konnte über alles lachen, vor allem über das Unbehagen anderer. Roeloff erinnerte sich an den Morgen, an dem er draußen im Veld vergessen hatte, seinen Stiefel auszuschütteln, bevor er ihn anzog. Kaum hatte er seinen Fuß in den Stiefel gesteckt, war er von einem Skorpion gebissen worden, der sich dort versteckt hatte. Twa hatte sich vor Lachen gekrümmt, während Roeloffs Fußgelenk und Fuß rasch anschwollen. Als er mit dem Lachen aufgehört hatte, hatte er den Schwanz des Skorpions am Körper abgetrennt und mit dem Stachel die Haut um den Biss kreuz und quer angeritzt. Dann hatte er aus dem Skorpionkörper einen Brei gemischt und diesen auf die Wunde geschmiert. Die Schwellung und der Schmerz hatten nachgelassen, jedoch erst, nachdem Twa sein Vergnügen gehabt hatte.

»Die Sonne geht unter«, sagte Roeloff. »Gehen wir.«

»Und was wird aus ihm?«

»Er wird hier bleiben.«

»Der Oubaas hat gesagt, wir sollen ihn erlegen.«

»Er wird nicht zur Farm kommen. Ich glaube, er wird sich eine Herde suchen.«

»So alte Bullen schließen sich nicht einer Herde an. Ich kenne die Elefanten. An dem Fluss, an dem ich lebte, gab es viele Elefanten. Leg ihn um – du verschwendest unsere Zeit. Er wird wütend sein, wenn er doch kommen sollte.«

»Nein. Wir können die Einzäunung bewachen. Morgen früh werde ich das Elfenbein holen. Bis dahin haben die Aasfresser alles abgeräumt.«

»Du hast Mitleid mit ihm.«

»Er ist so majestätisch, dass man ihm nichts antun darf.«

»Majestätisch?« Twa schüttelte verwundert den Kopf. »Von uns wäre keiner übrig geblieben, wenn wir darüber nachgedacht hätten, wie ›majestätisch‹ die Tiere sind. Wir bringen kein Tier ohne Grund um, nur wenn wir etwas zu essen brauchen, aber der Oubaas wird sich ärgern, wenn dieser Bulle die Farm zerstört. Du bist kein wahrer Jäger, Sonqua.«

»Wie du meinst. Und ich bin kein Sonqua.«

Twa spürte, dass Roeloff verstimmt war.

»Du musst nicht alles, was Twa sagt, so ernst nehmen. Wir haben überlebt, weil du so zielsicher mit deinem Gewehr umgehst, natürlich bist du ein Jäger.«

Wynand freute sich darüber, dass sie sein Schießpulver nicht verschwendet hatten, doch mit der Entscheidung Roeloffs, den Bullen nicht umzubringen, obwohl er sich direkt in ihrer Nähe befunden hatte, war er nicht einverstanden.

Abwechselnd standen sie Wache an der Einzäunung, doch es geschah nichts in der Nacht. Am Morgen holte Roeloff sich einen Kürbis und machte sich alleine auf den Weg zu dem Felsbrocken. Der Bulle stand immer noch trauernd neben dem leblosen Körper. Die Aasfresser trauten sich nicht näher, am Himmel aber wimmelte es von Aasgeiern, die Schakale heulten und die Hyänen schlichen in Position, um an dem Kampf um den Kadaver teilzuhaben.

Roeloff ging langsam auf den Elefanten zu und legte, etwa zehn Schritte von ihm entfernt, den Kürbis auf die Erde. Er wusste, dass er ein Risiko einging; der Elefant fühlte sich verletzt. Und doch verriet sein Verhalten ihm, dass ihm nichts geschehen würde.

Die schwarzen Augen blickten ihn an.

Roeloffs Herz hämmerte. Er war so nahe, dass er an den Ohren des Elefanten die Kerben und Risse erkennen konnte. Wenn der Bulle sich plötzlich umdrehte, würde er quer durch die Luft geschleudert werden und auch sein Gewehr würde ihn nicht mehr retten können, falls der Elefant ihn angreifen sollte.

Der Elefant streckte den Rüssel aus und roch am Kürbis. Dann zerbrach er mit einem sanften Fußtritt die Schale, schlang den Rüssel um den Kürbis und steckte sich diesen ins Maul. Danach streckte er seinen Rüssel wieder aus und Roeloff blieb das Herz beinahe stehen. Jetzt würde das wuchtige Muskelpaket ihn zu Boden schleudern. Er wartete auf den Angriff, das Blut rauschte in seinen Ohren. Der Angriff bestand aus einer Welle stinkenden Atems und den feinen Haaren am Rüssel, die sanft über Roeloffs Gesicht strichen. Diese Geste überraschte ihn so sehr, dass er die Augen öffnete. Der Rüssel schwebte über seinem Kopf. Der Elefant schnaufte leise und besprühte sich mit Staub. Er wedelte mit den Ohren, richtete seinen Blick in die Ferne und schritt dann majestätisch an Roeloff vorbei in die Richtung, aus der er gekommen war.

Sie hatten eine gute Ernte eingebracht und Wynand saß müde am Tisch und wartete auf das Essen, das Neeltje ihm bringen wollte. Die Tagesarbeit lag hinter ihm und er stützte die Arme auf den Tisch und überlegte, was seine Tochter wohl zum Abendessen gekocht hatte. Das Abendessen war jeden Tag eine Überraschung für ihn; mal gab es einen festen Haferbrei mit zwei weich gekochten Eiern, mal Mais und Kohl oder Bohnen mit Reis. Manchmal stand sie so lange über die Töpfe gebeugt, dass er einschlief, bevor das Essen fertig war. Heute Abend jedoch war er hellwach und dachte über den bevorstehenden Handel mit Kürbissen und Tabak bei den Farmern in Roodezand nach. Es gab keinen Zweifel daran, dass Roeloff zu der neuen Glückssträhne eine Menge beigetragen hatte.

Für einen Moment fiel sein Blick auf die glänzenden Perlen, die Neeltjes Kleid schmückten. Er hatte Neeltje und Zokho in der Küche lachen und reden hören, während sie die Perlen aus Straußeneierschalen mit Harz auf alles Mögliche geklebt hatten. Er hatte nicht gewusst, dass seine Tochter sich für solche Dinge überhaupt interessierte, doch wenn er es sich recht überlegte, gab es noch andere Dinge, die ihm an seiner Tochter unbekannt gewesen waren, Dinge, die er erst bemerkte, seitdem der junge Kloot bei ihnen war: die leichte Röte auf ihren Wangen, das ordentlich gebürstete Haar, das sie sonntags offen trug, und einmal hatte er gesehen, dass sie am Fenster stand und Roeloff dabei zuschaute, wie er sich am Wassertrog wusch, weil er sich unbeobachtet glaubte. Wynand hatte nichts gesagt; man würde sehen, was geschah. Doch das halbe Jahr, das Roeloff hatte bleiben wollen, war vorbei und das beschäftigte sie alle. Neeltje sähe es gern, wenn er bliebe. Wynand sähe es gern, wenn er bliebe. Was der Junge mit dem Buschmädchen tat, nachdem er abends seine Tür hinter sich geschlossen hatte, war seine Sache. Er war ein fleißiger Arbeiter und er war zuverlässig. Alles andere war unwichtig.

»Ich werde morgen nach Roodezand aufbrechen«, sagte Wynand.

»Ja, ich habe gesehen, dass du packst. Wie lange wirst du bleiben?«

»Nicht länger als eine Woche.«

»Wir müssen fast alle Vorräte auffüllen, Pa. Wir haben keinen Zucker mehr, keinen Kaffee, kein Mehl, keine Bohnen – so gut wie gar nichts mehr, seit Stoffel sich nicht mehr blicken lässt. Ich weiß nicht, was mit ihm los ist, dass er einfach wegbleibt. Wir haben schon seit Wochen keinen Reis mehr.«

Wynand lächelte. Es war merkwürdig, dass ein Mädchen, dass geschickt mit Gewehren und Schaufeln umgehen konnte, es nicht bemerkt hatte. Der fahrende Händler, der weiche Lippen hatte und stotterte, war verwirrt. Er hatte Roeloff auf dem Hof gesehen und den Mut verloren. Wenn Stoffel nachgefragt hätte, hätte er erfahren, dass Roeloff mit einer anderen zusammen war, doch er hatte nicht nachgefragt.

»Außerdem brauche ich Stoff, Pa.«

»Stoff? Wozu?« Nie zuvor hatte sie ihn darum gebeten.

»Ich trage jetzt seit drei Jahren die gleichen Kleider. Ich habe die Nähte ausgelassen und noch einmal ausgelassen, aber sie sind einfach zu klein. Sie haben Flicken an den Ellenbogen und die Säume sind zerrissen. Ich brauche wenigstens ein Kleid, das mir richtig passt. Für besondere Gelegenheiten.«

Wynand sah sie völlig überrascht an.

»Für besondere Gelegenheiten? Bei uns gibt es doch gar keine besonderen Gelegenheiten.«

»Na ja, dann eben nicht für besondere Gelegenheiten, sondern für den Alltag. Hier«, sagte sie und stellte ihm den Teller auf den Tisch.

Er sah sich das Essen auf dem Teller an.

»Woher kommt das Fleisch?«

»Roeloff hat einen Strauß geschossen. Twa hat ihn zerlegt, Zokho hat das Fleisch gekocht. Ich habe vier Kartoffeln in dem Hühnerfett, das wir noch übrig hatten, gebraten.«

»Beteiligen sich jetzt alle an der Zubereitung meines Abendessens?«

»Nein, Pa, aber ich fand es nett von ihnen, dass sie an uns dachten. Wenn es dir schmeckt, gibt es das morgen auch.«

Er riss sich ein Stück von dem Fleisch ab und steckte es sich in den Mund. Es war an einem Spieß oder ähnlichem dunkelbraun gegrillt worden, das erkannte er an der Asche, die hier und da noch zu sehen war – ein bisschen zu wild für seinen Geschmack, aber lecker. Neeltje stand neben ihm und wartete auf sein Urteil.

»Es ist lecker.«

Sie atmete auf. »Gar nicht schlecht, nicht wahr, Pa?«

»Nein.«

Sie stellte ihren eigenen Teller auf den Tisch, setzte sich und fing an zu essen.

»Wenn uns das schmeckt, dann können wir vielleicht auch andere Sachen essen und brauchen nicht alle Hühner zu schlachten. Immer nur Kürbis und Kartoffeln zu essen ist langweilig. Zokho sagt, dass Schildkröten gut schmecken. Und man kann später den Panzer benutzen.«

Wynand sah von seinem Teller auf.

»Ich möchte nichts auf meinem Teller haben, das mit dem Bauch auf dem Boden rumkriecht, Neeltje.«

»Ich sag ja nur, Pa.«

»Sagen kannst du es ja. Aber mehr auch nicht.«

Sie aßen eine Weile schweigend.

»Und welchen Stoff möchtest du haben? Vielleicht sollten wir einfach Faans Frau fragen, ob sie den Stoff kaufen und dir ein Kleid nähen kann.«

»Wir möchten es selbst machen.«

»Ihr?«

»Ich und Zokho. Ich habe gesagt, ich werde ihr zeigen, wie es geht.«

»Das Mädchen kommt aus dem Busch. Was weiß sie denn von Armlöchern und Ärmeln? Und du hast noch nie ein Kleid genäht. Wahrscheinlich werdet ihr den Stoff verhunzen.«

»Ich habe zwar noch nie ein neues Kleid genäht, aber die alten habe ich oft umgenäht. Auseinandergetrennt und alles wieder zusammengenäht. Sieh doch selbst.« Sie stand auf. »Es sieht aus wie neu, wenn man nicht unter die Achseln schaut.«

Wynand sah seine Tochter an, die sich vor ihm drehte und stolz auf ihre Handarbeit war. Seine Zuneigung zu ihr wurde ihm bewusst. Was würde er ohne sie tun? Sie war seine rechte Hand, sein Leben. Seine verstorbene Frau Sara und deren Starrsinn lebte durch sie weiter. Doch Neeltje wurde erwachsen und er spürte, dass sie sich von ihm löste. Es machte ihn traurig, dass sie ihre erste Liebe jemandem schenkte, der sie nicht erwidern konnte.

»Und so geschmückt, dass wir dich nicht übersehen könnten, selbst wenn wir es wollten. Ihr verschwendet eure Zeit, ihr beiden. Ich sehe dich kaum noch draußen.«

»Du brauchst mich nicht mehr so häufig, Pa, seit er da ist. Wir arbeiten im Haus. Du bekommst jeden Abend pünktlich dein Essen. Ist dir nicht aufgefallen, dass deine Hosen alle geflickt worden sind? Ich kann mich jetzt um solche Dinge kümmern.«

Er musterte sie aufmerksam.

»Du weißt, dass sie nicht ewig hier bleiben. In zwei Wochen ist seine Zeit um.«

Sie schaute auf ihren Teller.

»Du kannst ihn bitten zu bleiben.«

»Das ist richtig. Ich kann ihm mehr zahlen, das würde ihm gefallen. Aber würde es etwas nützen? Wenn er bliebe?«

»Was meinst du?«

»Er ist nicht allein. Er ist mit dem Mädchen hergekommen.«

Neeltje wurde rot.

»Pa!«

»Ich sag ja nur. Es ist genau dasselbe wie damals, als Stukje starb und Stoffel dir den Hund schenkte. Erinnerst du dich? Wie du dich dabei fühltest?«

»Wegen Stukje oder wegen Stoffel?«

»Na ja . . . «

»Ich verstehe nicht, warum du jetzt mit mir darüber sprichst.« Sie stand auf. Ihre Wangen glühten. »Das Fleisch tut dir nicht gut, wir werden es nicht nochmal essen.«

Er sah ihr nach, als sie sich hastig hinter die Trennwand verzog. Sein Kopf fiel müde zur Seite und ein paar Minuten später hatte er ihn auf die Arme gelegt und war eingeschlafen.

Roeloff saß auf einem Felsen hinter der Koppel und schleuderte ein paar Steine, die Boet ihm wieder zurückbrachte.

Er hatte seine Schleuder eine Weile nicht mehr benutzt und war mit dem Hund spazieren gegangen, um in Ruhe nachdenken zu können. Es war alles glatt gegangen während der Abwesenheit Wynands – sie erwarteten ihn bald zurück und Neeltje ging es gut. Es gab nichts anderes mehr zu tun, als sich zu entscheiden, was er tun wollte, wenn seine Zeit auf der Farm von Roos verstrichen war. Er schaute zur Sonne, die zur Hälfte hinter dem Horizont verschwunden war und den Himmel mit lila und rosa Streifen wie einen Brustkorb aussehen ließ. Er dachte an seine Halbschwester Vinkie. Hatte sie ihn schon vergessen? Beobachtete auch sie den Sonnenuntergang? Er dachte an andere Zeiten, an andere Sonnenuntergänge. An seinen geliebten Oupa Harman. Was hätte dieser ihm jetzt geraten? Sich an seine Pläne zu halten oder sich eine Alternative zu suchen. »Manchmal hast du dir etwas vorgenommen, Roff, und der Allmächtige hat etwas anderes mit dir vor. Vertue deine Zeit nicht mit Grübeleien über das, was hätte sein können. Suche dir eine Alternative.« Es war leicht gewesen, Wynand Roos zu sagen, er würde ein halbes Jahr bleiben. Das halbe Jahr war vorbei, doch sie waren noch nicht so weit. Wenn er ein weiteres Jahr bliebe, könnte er noch mehr sparen, und wenn er dann das Elfenbein verkaufte, hätten sie genug, um sich einen Ochsenwagen und Vorräte zu kaufen. Dann könnten sie in dem Wagen leben, bis sie ein eigenes Stück Land gefunden hätten.

»Kudu?«

Er drehte sich um.

»Was ist, Twa?«

»Zokho erbricht seit Stunden. Sie sieht schlecht aus.«

Roeloff ging mit Twa zu ihrem Zimmer zurück. Draußen kniete Zokho.

»Was ist los, Zokho?«

Statt einer Antwort erbrach sie noch einmal. Er schöpfte Wasser in einem Becher und reichte ihn ihr.

»Du hast zu viel von dem Fleisch gegessen.«

Sie schüttelte mit dem Kopf, um ihm zu zeigen, dass es nicht daran lag, und legte ihre Hand auf ihren Bauch.

»Was?«

»Ja.«

»Woher weißt du das?«

»Ich weiß es.«

»Zokho, du kannst doch überhaupt nicht wissen, wie es ist, ein Baby zu bekommen. Ist dir klar, was du da sagst?«

»Ich habe schon mal eins bekommen.«

»Du hast ein Baby bekommen?«

Twa hörte sich das Ganze an.

»Was ist los, Kudu? Du dachtest, es entstehen Kartoffeln, wenn du mit Zokho schläfst?« Er lachte und ging, damit sie sich aussprechen konnten.

»Du hast ein Baby bekommen?«

Sie sah ihn mit wässrigen Augen an und begriff, dass sie es ihm nicht hätte sagen sollen.

»Ja.«

»Das hast du mir nie erzählt. Wann war das?«

»Nachdem Toma mich bei euch abgeholt hatte.«

»Es war Tomas?«

Sie wusste nicht genau, wie sie ihm darauf antworten sollte. Sie dachte, er würde sich darüber ärgern, dass sie ein Baby bekommen würde, und hatte nicht damit gerechnet, dass er sich ärgern würde, weil sie schon einmal eins bekommen hatte.

»Nein.«

»Von wem dann?«

»Deinem Bruder.«

Es war, als hätte sie ihn ins Gesicht geschlagen.

»Von meinem Bruder? Wie soll ich das verstehen?«

»Möchtest du lieber eine Lüge hören, Augen des Himmels? Erinnerst du dich an den Tag in der Scheune? Als ich weinte und mein Kleid zerrissen war?«

»Du hast es mir nie erzählt. Warum hast du mir nicht gesagt, dass du ein Baby von ihm bekommen hast?«

»Und wie reagierst du jetzt darauf? Wann hätte ich es dir erzählen sollen? Als du bei unserem Lager warst? Als wir uns in der Wildnis begegneten?«

»Als wir über Toma sprachen. Als ich dir erzählte, was zwischen mir und meinem Bruder vorgefallen war und warum ich weggegangen war. Jedenfalls früher, Zokho, früher als heute.«

Sie sah auf ihre Füße. Nie zuvor hatte er so zornig mit ihr gesprochen.

»Wo ist das Kind?«

»Er lebte nicht.«

Roeloff drehte sich um.

»Lass mich nicht allein.« Sie zerrte ihn am Arm.

Er riss sich los.

»Es ist lange her, heute ist alles anders!« rief sie ihm nach.

Er schien sie nicht zu hören und ging weg.

Die Dunkelheit brach auf bedrückende Weise herein, es war eine mondlose Nacht in den Bergen. Zokho wartete geduldig darauf, das Knirschen seiner Stiefel auf dem Weg zu hören, und als es so aussah, als würde er nicht heimkehren, blies sie die Flamme in der Lampe aus und ging ins Bett. Sie hatte sich nicht an den Rat der alten Leute gehalten. *Erzähle dem, der dich ernährt, niemals alles.* Sie hatte geglaubt, die Ängste einer Frau zu kennen. Sie hatte sich geirrt. Eine Frau konnte ihren Mann durch die Vergangenheit verlieren.

Als sie Roeloff am frühen Morgen hereinkommen hörte, machte sie die Augen zu.

»Zokho, bist du wach?«

Sie bewegte sich, als hätte sie fest geschlafen.

»Zokho, Zokho.« Er umarmte sie und streichelte ihre weiche Haut. »Es tut mir Leid. Wir werden dieses Baby bekommen und das andere vergessen. Es war nicht deine Schuld.«

Zokho schmiegte sich in seine Arme und wischte sich leise die Tränen am Schafffell ab.

Später am Morgen stand er auf, machte Feuer und setzte Kaffeewasser auf. Er wärmte sich die Hände über dem Kessel, als Zokho herausstürmte, die Hand vor den Mund gepresst. Er hörte, dass sie sich hinter dem Zimmer erbrach. Er hatte sich noch nicht an den Gedanken gewöhnt, dass er Vater werden würde und was er angerichtet hatte. Er hatte sein Blut mit dem ihren vermischt und sie würden ein Kind bekommen. Einen Bastard. Einen Menschen, der seinen Namen tragen würde.

»Mir ist übel«, sagte sie, als sie zurückkam.

Er gab ihr einen Becher Kaffee.

»Trink ihn, er wird dich aufbauen.«

»Bei dem Geruch wird mir schlecht. Ich möchte keinen Kaffee.«

Er nahm den Becher für sich und folgte ihr ins Zimmer.

»Ich werde Wynand Roos fragen, ob wir sechs Monate oder ein Jahr länger bleiben können. Wir sind noch nicht so weit. Erst recht nicht, wenn das Baby da ist.«

»Gefällt es dir hier?«

»Wir haben ein Dach über dem Kopf. Und er mischt sich nicht ein. Das wird nicht überall so sein.«

»Und seine Tochter?«

»Neeltje?«

»Du empfindest etwas für sie?«

Ihre Frage überraschte ihn.

»Wie bitte?«

»Ich sehe, wie sie dich ansieht. Du tust eine Menge für sie.«

»Es ist nicht schlimm, wenn ich etwas für sie tue, Zokho. Sie ist alleine.«

»Sie hat ihren Vater.«

»Ihr Vater ist ihr Vater, mehr nicht. Sie hat niemanden, mit dem sie reden kann. Ich habe Mitleid mit ihr.«

»Dein Mitleid wird zu anderen Dingen führen. Bald hast du Mitleid mit ihr, weil sie keinen Ehemann hat. Und dann? Ich habe auch keinen Ehemann.«

»Ich kenne dich gar nicht so, Zokho. Ich dachte, du magst Neeltje.«

»Ich mag sie, doch sie besitzt eine Macht über dich. Sie wird sich zwischen uns stellen. Du erkennst es nur nicht. Wozu brauchen wir eine Farm? Wir können draußen in der freien Welt leben. Wir werden essen und schlafen und so leben, wie meine Leute es tun.«

»Das ist doch Unsinn, Zokho. Wenn wir einen Wagen hätten, wär das etwas anderes. Aber wie sollen wir ohne Geld ein paar Ochsen kaufen? Dem Farmer gehören vier und ihre Kraft reicht in den Bergen kaum aus. Als ich sagte, dass wir ans Kap ziehen würden, hatte ich keine Vorstellung davon, wie schwierig diese Reise ist, ich dachte nur an das Abenteuer. Aber es ist nicht nur ein Abenteuer, Zokho. Wir können uns nicht einfach treiben lassen. Verstehst du? Ich besitze nichts. Du wirst ein Baby bekommen. Wir brauchen Geld.« Er trank einen Schluck Kaffee und setzte sich neben sie aufs Bett. »Und was Neeltje betrifft, sie ist für mich wie eine Schwester. Du brauchst dir keine Sorgen zu machen.«

»Sie geht dich also nichts an.«

»So wie du redest, sorgst du dafür, dass sie mich etwas angeht. Hör auf damit, sonst verdirbst du das, was dich von anderen trennt. Ich habe dich gewählt, Zokho. Keine andere.«

»Du möchtest nicht mit ihr Hochzeit spielen?«

»Nein. Aber ich fühle mich wie ein Bruder von ihr. Sie ist Afrikander, wie ich.«

Wynand stützte sich auf seine Schaufel und hielt sein Gesicht dem Regen entgegen. Am Nachmittag hatte es plötzlich einen Wetterumschwung gegeben und über ihm hingen die Wolken wie dunkle Trauben am Himmel.

»In diesem Jahr wird der Winter heftig. Es hat keinen Zweck, im Regen weiter zu arbeiten, lass uns reingehen. Ich möchte mit dir besprechen, wie wir einen Stall bauen können für die Schafe.«

Roeloff strich sich die nassen Haare aus der Stirn.

»Ich habe auch etwas zu besprechen.«

Im Haus saß Neeltje mit einer Handarbeit auf dem Schoß vor dem Ofen und Boet soff Wasser aus einem alten Eimer, der neben der Tür unter einer undichten Stelle im Dach stand.

»Es riecht nach Kaffee.« Wynand rieb sich die Hände, um sie zu wärmen. »Komm rein, Roff.«

Roeloff stand verlegen an der Tür und wartete darauf, dass ihm jemand einen Stuhl anbot. Das Haus war nicht so vornehm wie sein Elternhaus. Es hatte keine Wände und keine Türen, sondern war durch Stellwände aus Bambus in Zimmer aufgeteilt worden. Doch es zog nirgends, es war warm und strahlte eine ähnlich behagliche Atmosphäre aus. Der Gedanke schoss ihm durch den Kopf, dass er gerne in einem Haus mit einer solchen Küche leben würde; mit dem Korb voller Kartoffeln und Zwiebeln, dem Dörrfleisch, das an der Wand hing, dem Tisch, an dem Wynand sein Gewehr reinigte und seine Mahlzeiten einnahm, mit der wortlosen Kommunikation zwischen Vater und Tochter. Sie fühlten sich eng verbunden und er sehnte sich in diesem Augenblick nach einer solchen Verbindung.

»Ich habe mir gedacht, dass du früher reinkommst. Setz dich, Roff.«

Roeloff brauchte sie nicht anzusehen. Sie hatte gebadet, die Feuchtigkeit hing noch in der Luft und es roch angenehm. Er hatte sie noch nie so gesehen, so weich und schutzlos. Auf ihrem feuchten Haar tanzte das Licht des Feuers. Eine echte Frau, hätte sein Großvater gesagt. Eine Frau, die ausdauernd ist und starke Nerven hat und deren Schönheit nicht auffällt, sondern sich langsam entfaltet, wie eine Raupe, die zum Schmetterling wird.

»Hat mein Vater dir gesagt, dass er die Schafe umweiden will?«

»Ja.«

»Was hältst du davon?« Sie stand auf und stellte drei Kaffeebecher auf den Tisch. »Er möchte hinter dem Haus die Büsche rausreißen und die Steine wegräumen und dort einen Stall bauen.«

»Ja, genau«, sagte Wynand und nahm sich den ersten Becher Kaffee. »Die Stelle ist höher gelegen. Da wird die Erde, wenn es regnet, nicht so lehmig.«

»Ich habe meinem Vater schon gesagt, dass es zu lange dauern wird, bis die Stelle geräumt ist. Man könnte die Zeit ebenso gut dafür nutzen, den Schafen dort, wo sie jetzt stehen, einen Unterstand zu bauen. Wir brauchen sowieso einen geschützten Ort für sie, vor allem für die Mutterschafe und ihre Lämmer, aber auch, um die anderen vor dem Regen zu schützen.«

Roeloff stand zwischen den beiden.

»Ich glaube, dass beides seine Vor- und Nachteile hat. Vielleicht sollten wir erst mal sehen, ob sich das Stück Land da hinten nicht auch für ein weiteres Feld eignet, dann könnten die Schafe bleiben, wo sie jetzt sind.« Er wandte sich an Wynand. »Schafe sind und bleiben Schafe, selbst auf einem Hügel werden sie sich doch in den Schlamm stellen.«

»Das kann sein.«

»Es wäre natürlich besser, wenn sie einen Unterstand hätten. Im vergangenen Jahr haben wir zwanzig Stück verloren, weil es zu kalt war.«

Wynand nickte.

»Ich dachte halt, dass das Stück Land da hinten für die Schafe besser geeignet sein könnte. Ich habe sechs Merinoschafe gekauft. Sie sind anders als die Schafe, die ich jetzt habe. In ihren Fellen setzt sich alles Mögliche fest.«

»Ich glaube, es ist zu steil da.«

»Vielleicht habt ihr Recht. Es ist kein Problem, einen Unterstand an der Stelle zu bauen, an der die Schafe jetzt stehen, wir haben das Holz dafür. Außerdem brauchen wir so oder so eine größere Scheune als Lager. Wie groß sollte der Unterstand deiner Meinung nach sein, wenn wir die Schafe da lassen, wo sie sind?«

»Achtzig mal zwanzig, würde ich sagen. Wir brauchen mindestens dreißig Pfähle, je sechs Fuß lang und sechs Zoll dick, fünfhundert Fuß für Sparren, Balken und Pfosten, Rahmen und Türen, die breit genug sind, damit man den Mist mit der Schubkarre rausholen kann.«

»Es wird nicht leicht sein, das Holz dafür zu finden.«

»Wir werden wahrscheinlich nach Stellenbosch fahren müssen. Ich habe gehört, dass es dort viel Holz gibt. Außerdem schlage ich vor, dass wir in der Scheune für das Getreide einen Heuschober bauen, damit wir unten mehr Lagerplatz haben.«

Eine Weile besprachen sie das Für und Wider ihrer Pläne. Dann gab es nichts weiter zu sagen. Schweigend hörten sie ein paar Minuten lang dem Wind zu, der an der Tür rüttelte.

»Du wolltest auch etwas mit mir besprechen?« fragte Wynand.

»Ja.«

Neeltje merkte, dass es sich um eine persönliche Angelegenheit handelte und so wünschte sie ihnen eine gute Nacht und ging.

»Es geht um unsere Arbeit auf der Farm.« Roeloff hatte seinen Hut auf die Knie gelegt und zupfte zerstreut an seinem Rand, während er weitersprach. »Wir wollten nur ein halbes Jahr bleiben, doch jetzt habe ich meine Ersparnisse zusammengerechnet. Sie reichen nicht aus, um all das zu kaufen, was wir brauchen, um über die Berge zu trecken. Wenn wir uns einig werden und wenn du unsere Arbeitskraft brauchst, dann könnten wir noch ein halbes Jahr bleiben.«

»Ich habe gehofft, dass du es dir anders überlegst, Roff. Wir freuen uns, wenn ihr bleibt. Ich schlage Folgendes vor: Du bekommst den gleichen Lohn wie jetzt, aber ich gebe dir zwölf Schafe dazu ...«

»Zwölf Schafe?«

»Und ein Stück Land, um die Herde zu vergrößern.«

Das war mehr, als Roeloff erwartet hatte. Er nahm seinen Becher in die Hand, stellte fest, dass er leer war, und stellte ihn wieder auf den Tisch.

»Das ist ein großzügiges Angebot.«

»Ich stelle eine Bedingung: Du wirst zwei Jahre lang bleiben müssen. Das ist ein guter Tausch. Du arbeitest zwar für mich, hast aber deine eigene Schafherde und ein Stück Land. Du kannst damit machen, was du willst, so lange du hier bleibst. Wenn deine Herde groß genug ist und du nach zwei Jahren weiterziehen willst, ist das für mich in Ordnung.«

»Zwei Jahre sind lang genug, um uns etwas aufzubauen, und wer weiß, was dann geschieht.«

»Abgemacht?«

»Abgemacht.«

Sie reichten sich die Hand.

»Wir werden sehen, wie wir das mit dem Holz machen«, sagte Wynand. »Und wenn du an eurem Zimmer ein Stück anbauen willst oder in die Nähe des Stück Landes ziehen willst, das ich dir geben werde ...«

»Ich brauche nur eines und zwar innerhalb des kommenden Monats. Ich brauche einen Pfarrer.«

Hinter der Trennwand fiel etwas auf den Boden.

»Alles in Ordnung, Neeltje?«

»Ja, Pa.«

Wynand musterte Roeloff aufmerksam.

»Ich werde Zokho heiraten«, sagte Roeloff.

Wynand fuhr sich mit der Hand durch die Haare. Eine Minute lang sagte er nichts.

»Du hast es dir gut überlegt?«

»Es gibt nichts, das ich mir überlegen müsste.«

»Du wirst die Folgen zu spüren bekommen, wenn ihr ans Kap zieht. Hier kannst du so was verstecken. Dort wird es anders sein. Sie alle besitzen Sklaven. Ein Weinfarmer, den ich kenne, besitzt zwanzig Sklaven, die in Stellenbosch für ihn arbeiten. Sogar Stoffel reist mit einem Sklaven durchs Land.«

Roeloff wusste, dass er noch mehr dazu zu sagen hatte.

»Die Buschmänner nehmen die unterste Stellung in dem ganzen Haufen ein. Sie werden am wenigstens geachtet. Dann spielt es keine Rolle mehr, dass du der Enkel von Harman Kloot bist. Wenn du Zokho heiratest – und versteh mich nicht falsch, ich mag das Mädchen –, legst du dich für den Rest deines Lebens fest. Die Leute werden nicht mehr sehen, wer du bist, sondern nur, was du getan hast. Barnard Brink hat 1796 seine Hottentotten-Dienerin geheiratet. Sie erlauben ihm nicht, ihre Kirche zu betreten, nicht mal zum Abendmahl. Sicherlich, nach einiger Zeit haben sie sein Getreide wieder gekauft und es geht irgendwie weiter, aber er ist ein einsamer Mensch geworden, er hat keine Freunde. Und wenn es Kinder gibt, ist es zu spät. Es geht mich nichts an, was du tust, aber ich bitte dich, es dir vorher gründlich zu überlegen.«

Roeloff rutschte nervös auf seinem Stuhl hin und her. Er wusste, dass er mit seiner Bitte die Standpauke herausgefordert hatte. Sein Vater hätte ihm dasselbe gesagt, ebenso sein verstorbener Großvater und sogar Twa, der selbst Sonqua war. Roeloff stand auf und wartete höflich an der Tür.

»Es gibt keine richtige Lösung für Zokho und mich. Wenn ich sie nehme, verfolgt mich der Hass meiner Leute, wenn ich sie nicht nehme, verliere ich meine Lebensfreude.

Außerdem spielt es keine Rolle mehr, was ich mir wünsche. Wir bekommen ein Kind.«

Wynand sah ihn an. Für einen so jungen Menschen, wie Roeloff es war, schien er fest entschlossen zu sein. Er zweifelte keinen Augenblick an Roeloffs Überzeugung. Er hoffte nur, dass Neeltje ihr Gespräch nicht überhört hatte.

10

»Soela! Komm jetzt endlich aus deinem Zimmer raus!«

Soela wiegte das Baby in ihren Armen und versuchte es zu trösten. Sie hörte die lauten Schritte Davids in der Küche, dann bot Sanna an, ihm sein Essen aufzutragen. Sie wusste, dass er das nicht zulassen würde. Kein anderer außer Soela selbst hatte ihm sein Essen zu bringen. Er arbeitete draußen und nicht im Haus und seine Frau, nicht die Dienerin, hatte sich um ihn zu kümmern. Sie bereitete sich darauf vor, dass er gleich ins Zimmer stürmen würde, um sich mit ihr zu streiten.

Sie legte das Baby an ihre schmerzende Brust und sah sich hilflos um, ohne zu wissen, wonach sie suchte. Drieka und Willem waren zu Besuch bei Soelas Mutter, die sich ein Bein gebrochen hatte, und waren noch nicht zurückgekehrt. Sanna war die einzige andere Person, die sich noch im Haus aufhielt, doch sie ging David so oft wie möglich aus dem Weg.

»Soela!«

»Ich komm gleich.«

Sie hörte seine Schritte vor der Tür, dann stand seine bedrohliche Gestalt auf der Schwelle.

»Wie lange soll ich auf mein Essen warten? Du hattest den ganzen Tag Zeit, dich um das Kind zu kümmern.«

»Sie weint, ich kann nichts dafür.«

»Leg sie hin und bring mir mein Essen.«

Soela nahm das Baby mit in die Küche, wo Sanna gerade einen Kürbis anschnitt. »Sanna, nimm sie mir bitte ab.«

Sanna nahm das schreiende Baby in ihre Arme. Sie hatte Soela früher zwar nicht ausstehen können, doch nun tat sie ihr Leid und sie entdeckte angenehme Seiten an dem Mädchen, das, wie sie wohl wusste, mit ihrem Auftreten den Ärger zwischen den Brüdern verursacht hatte. Sie konnte die Wortwechsel zwischen Soela und David ebenso wenig überhören, wie sie die Hiebe und die blauen Flecken übersah, die er ihr mit dem Rücken seiner Faust zufügte. Soela büßte für ihre Sünde doppelt und dreifach. Sanna drückte Bessie fest an sich und klopfte ihr auf den Rücken. Das Baby stieß auf und legte sich dann ruhig an Sannas weichen Busen.

»Nimm das Kind und leg sie ins Zimmer!«

Soela entging die Grausamkeit in seiner Stimme nicht. Hastig nahm sie Sanna das Baby ab.

»Wir werden es nie genau wissen, nicht wahr, Soela?« Er folgte ihr ins Zimmer.

»Was denn?« Sie legte das Baby aufs Bett.

»Ob es sein oder mein Kind ist. Das wissen wir nicht, oder?«

Er hatte es nie zuvor laut ausgesprochen, doch jetzt war es da, war es ihr ins Gesicht geschleudert worden, das unausgesprochene Übel zwischen ihnen.

»*Wissen* wir es?«

Es befand sich niemand im Haus, der sie hätte schützen können, und so bereitete sie sich auf einen Streit vor.

»Warum sagst du so was? Es ist dein Kind.«

Er schlug ihr mit der flachen Hand durchs Gesicht und sie fiel nach hinten auf das Bett.

»Sie sieht aus wie er! Wie er!«

Soela kauerte auf dem Bett.

»Steh auf!«

Sie setzte sich langsam auf und hielt sich die Hand vors Gesicht.

»*Das* ist unser Problem. Es wird immer unser Problem sein. Das, was *du* getan hast. Wie du mich beleidigt hast!«

»Warum hast du mich denn überhaupt geheiratet? Du hättest mich in Ruhe lassen sollen.«

Er lachte.

»Dich in Ruhe lassen? Du wirst es büßen, Soela Joubert. Du wirst meine Kinder zur Welt bringen, du wirst meine Wäsche waschen und mein Essen kochen und du wirst es mit einem freundlichen Lächeln tun, sonst erzähle ich deinem Vater, was du mit dem Pferdeschlächter angestellt hast. Und jetzt heb dein Kleid hoch.«

»Ich blute.«

»Heb es hoch!« Er presste seine Leisten an ihr Gesicht. »Zieh meine Hose aus!«

Ihre Hände knöpften nervös seine Hose auf und er stieß sie zurück aufs Bett. Er warf ihr den Rock über den Kopf und zerrte an ihrem Schlüpfer.

»Nimm dieses Ding da weg!«

Sie erstickte beinahe unter dem Baumwollstoff, reichte mit der Hand zwischen ihre Beine und zog die Binde weg.

Er lag schwer auf ihr, seine Hände waren grob und sie schloss gedemütigt die Augen. Sie wollte ihm nicht die Freude bereiten zu weinen. Sie fühlte sich wie ausgetrocknet, innerlich gestorben. Selbst wenn er es täte, bis sie das Bewusstsein verlöre, würde es ihr nichts ausmachen.

Wenige Minuten später war er fertig. Er stand auf und ging aus dem Zimmer.

Vor der Tür stand Sanna, hörte das Baby verzweifelt weinen und überlegte sich, ob sie sich einmischen durfte. Sie klopfte. Sie erhielt keine Antwort. Sie klopfte noch einmal und öffnete dann vorsichtig die Tür. Bessie lag schreiend und mit hochrotem Gesicht neben Soela, die auf der blutbefleckten Decke kauerte. Auf dem Boden lag eine blutige

Binde, die die weißen Frauen trugen, und wirkte hässlich, entblößend.

Soela brach in Tränen aus.

»Du musst es seinem Vater sagen, *Kleinnooi*. So kannst du nicht weitermachen. Schau mal, wie du aussiehst. Eines Tages wird er dich noch umbringen.«

»Ich habe was Böses getan, Sanna, ich kann es seinem Vater nicht erzählen.«

»Nein, Kleinnooi, du hast nichts Böses getan. Ich weiß, was du getan hast.«

Soela sah auf.

»Sanna weiß alles. Du warst mit seinem Bruder in der Scheune. Du hast dich vergessen.«

»Ja.«

»Alle vergessen sich, wenn sie mit Roff zusammen sind, sogar das Buschmädchen, das hier war, hat sich vergessen. Er hat diese Anziehungskraft.«

»Ich dachte, er mag mich.«

»Ich weiß. Und du hast nichts Böses getan. Du hast dich zu ihm hingezogen gefühlt, du konntest nichts dafür. Aber jetzt darfst du nicht mehr an ihn denken, er ist weg. Jetzt musst du dich um diese Angelegenheit selbst kümmern.«

»Er will es meinem Vater erzählen.«

»Und ist das so schlimm? Wenn er es deinem Vater erzählt, wirst du dir ein Mal die Vorwürfe anhören müssen. Was kann dein Vater denn anderes tun? Er wird einen Tag lang rumbrüllen und sich dann wieder um seine Schafe kümmern. Es kann gar nicht schlimmer sein als das, was David dir antut.«

Soela ließ sich von Sanna trösten. Der säuerliche Geruch, der aus ihrem großen Busen aufstieg, erinnerte sie an die Frau, die sich um sie und ihre Schwester Diena gekümmert hatte, als sie noch klein waren. Es war eine glückliche Zeit gewesen, als ihr Vater sich noch nicht schuldig gemacht hatte und ihre Mutter noch nicht zu allem schwieg. Die schweren Arme, die sich um sie legten, nahmen ihr ein wenig von ihrer Angst.

Willem Kloot und Drieka kamen nach Hause, als alle bereits schliefen.

Und am nächsten Morgen während des Frühstücks fragte Willem nach seiner Enkeltochter.

»Die Sonne ist aufgegangen, aber alle schlafen noch. Was ist denn in diesem Haus los? Wo stecken die anderen, Sanna?«

»Kleinnooi fühlt sich nicht wohl.«

»Was fehlt ihr?«

»Ich weiß es nicht.«

»Du sagst das so, als wäre es etwas Schlimmes«, sagte Drieka.

»Also, was ist los?« fragte Willem noch einmal.

»Das muß Grootbaas sie selbst fragen. Komm, Vinkie, ich habe dir die warmen Brotkrusten aufgehoben, die du so gerne magst.«

»Wo ist David?« fragte Willem.

»Weggegangen. Er will nicht, dass sie das Zimmer verlässt.«

»Was soll das heißen?«

»Er hat gesagt, sie soll im Zimmer bleiben.«

Willem sah seine Frau an.

»Das gefällt mir nicht. Sieh mal nach, was mit ihr los ist, Drieka.«

Drieka klopfte an die Schlafzimmertür und betrat dann das Schlafzimmer ihrer Nichte. Es war dunkel im Zimmer und Soela lag mit dem Baby in den Armen auf dem Bett.

»Soela! Was ist mit deinem Auge los?«

Soela hatte sich noch nie über Davids Misshandlung beschwert, weil sie glaubte, dass das ihre gerechte Strafe sei. Diesmal aber war David zu weit gegangen. Froh, dass sie sie endlich loswerden konnte, erzählte sie Drieka ihre ganze Geschichte.

Drieka hörte ihr zu und ging dann nach draußen, um Willem zu unterrichten.

Als David am Abend nach Hause kam, saß Willem am Küchentisch und wartete auf ihn.

»Setz dich.«

David sah erst seinen Vater, dann seine Stiefmutter an.

»Ist irgendwas passiert?«

»Du weißt ganz genau, was passiert ist. Was hast du Soela angetan?«

»Wer sagt, dass ich ihr was angetan habe? Hat Soela gesagt ...«

»Hör auf. Was hast du ihr angetan?«

David verzog verächtlich den Mund. »Nichts, was ein Mann nicht mit seiner Frau tun darf.«

»Du hast sie geschlagen«, warf Drieka ihm vor.

Er sah seine Stiefmutter an und lächelte.

»Wer hat dich um deine Meinung gebeten?«

»Was sagst du da?« fragte Willem Kloot, wütend über den herablassenden Ton Davids. »Wie kannst du es wagen, so mit meiner Frau zu sprechen?«

»Sie ist deine Frau, nicht meine.« David stand auf. »Was ich mit meiner Frau mache, geht euch nichts an.«

Willem stand auch auf und stellte sich ihm in den Weg.

»Sie ist das Kind eines anderen Mannes und dies Haus gehört mir. Solange du dich hier aufhältst, wirst du dich anständig benehmen, sonst ...«

»Was sonst, Pa? Wirst du mich dann rausschmeißen, wie deinen anderen Sohn?«

Willems Faust traf ihn genau zwischen die Augen und er fiel auf den Boden.

David stand auf.

»Du bist alt geworden, Pa«, grinste er. »Wenn ich du wäre, würde ich mir überlegen, wen ich mit der Faust schlage.«

Willem griff sich einen Becher vom Tisch und warf damit nach David. »Halt deinen Mund!« David fing den Becher aus der Luft und warf ihn zurück. Er traf Willem damit an der Schulter und zwar so heftig, dass dieser sich setzte. Er konnte das, was gerade geschehen war, nicht fassen.

»Nun«, sagte Drieka, als David das Haus verlassen hatte. »Er hat gegen seinen Vater die Hand erhoben. Wo soll das hinführen?«

Willem antwortete ihr nicht. Er war in Gedanken ganz woanders, bei einem Morgen, der längst vergangen war, bei einem toten Hengst und einem zu Unrecht beschuldigten Sohn. Vielleicht hatte er damals schon geahnt, dass Roeloff es nicht gewesen war, doch er war wütend auf ihn gewesen, weil er ihn mit Soela in der Scheune gesehen hatte. Er hatte die Beweise akzeptiert, doch tief innerlich wusste er, dass Roeloff so etwas niemals tun würde. Seine Wut hatte die Versöhnung unmöglich gemacht. Und dass Roeloff sich geweigert hatte, die Buschmänner, die ihre Schafe gestohlen hatte, zu bestrafen. Er hatte einen seiner Söhne auf Kosten des anderen in Schutz genommen. Davids Gefühle hätten keine so wichtige Rolle spielen dürfen. Soela liebte David nicht und die Folgen waren nicht zu übersehen – alle litten darunter, vor allem das Kind, das mit seinem ältesten Sohn keinerlei Ähnlichkeit hatte.

Willem war verzweifelt. Seit David und Soela so unglücklich waren, gab es auf Kloots Nek keine Harmonie mehr und er vermisste Roeloff. Wo war er? Kümmerte Twa sich um ihn? Willem betete selten, doch jetzt bat er Gott darum, Roeloff und den alten Jäger zu beschützen und sie nach Kloots Nek zurückzubringen.

Als Elsie hörte, was geschehen war, schickte sie einen Hottentotten als Boten und ließ David und Soela ausrichten, dass sie sofort zur Farm der Jouberts kommen sollten. Sie trafen am nächsten Tag kurz vor dem Mittagessen ein.

Nachdem Joubert sich von dem Schock über das Aussehen seiner Tochter erholt hatte, sprach er das an, was ihnen auf dem Herzen lag.

»Wir haben gehört, dass ihr Schwierigkeiten hattet.«

David legte seine Hände auf die Knie. Seit der letzten Woche hatte sich sein Verhalten geändert. Seinem Vater brachte er zwar keinen großen Respekt entgegen, Joubert aber vertraute er überhaupt nicht. Soelas Auge war blau und geschwollen und seine Misshandlung war nicht zu leugnen.

»Es war meine Schuld.«

Soela legte die Gabel auf den Teller. Sie hatte noch nie gehört, dass er einen Fehler zugab. Elsie und Jan sahen sich an.

»Ich habe die Nerven verloren. Ich gebe zu, dass ich meine Hand gegen sie erhob. Es wird nicht wieder vorkommen.«

Das überraschende Geständnis nahm den Jouberts den Wind aus den Segeln.

»Es kann einem die Hand ausrutschen.« Joubert kannte die Gebrüder Kloot recht gut. Er wusste, dass die Wesensart des jüngeren sein Verhalten berechenbar machte, an der Aufrichtigkeit des anderen jedoch zweifelte er. David neigte nicht dazu, ehrliche Geständnisse abzulegen. »Was hat Soela getan?«

»Ich würde es nur schlimmer machen, wenn ich euch alles erzähle.«

»Erzähl es uns trotzdem. Wenn sie etwas falsch gemacht hat, müssen wir wissen, was es war, damit es nicht noch einmal passiert. Man sollte seine Hand nicht ohne Grund gegen seine Frau erheben.«

»Deswegen tut es mir ja auch Leid. Ich hätte so etwas nie getan, doch ich war zutiefst betroffen. Ich dachte ...«

»Betroffen?«

Soela stand auf.

»Du willst es ihnen erzählen? Nach alldem, was du getan hast?«

»Setz dich«, befahl Joubert ihr.

»Seht ihr? Ich kann nicht mit ihr reden. Seit jenem Abend.«

»Welchem Abend?«

»Ich möchte es euch nicht sagen.«

»Soela?« Es war das erste Mal, das Elsie etwas sagte. »Gibt es etwas, das wir wissen sollten?«

Soela senkte den Blick und antwortete nicht. Sie wusste jetzt, warum David so bereitwillig zugegeben hatte, sich falsch verhalten zu haben.

»Könnte einer von euch uns jetzt bitte erzählen, was los war?« fragte Joubert ungeduldig.

»Es geschah an dem Abend unserer Verlobung, als ihr alle zum Abendessen bei uns wart. Soela war mit ihm in der Scheune.«

Elsie wusste nicht genau, was er meinte.

»Ja, und mit wem?«

»Sie war mit Roeloff in der Scheune«, betonte David.

»Und was haben sie in der Scheune gemacht?«

»Egal«, unterbrach Joubert mit rotem Kopf. »Soela, ist das wahr? Meine Tochter, die ich mit dem Wort Gottes erzogen habe? Du warst mit seinem Bruder in der Scheune?«

Soela blickte auf ihre *Veldskoen* herunter. Ich brauche neue Schnürsenkel, dachte sie. Davids Stiefel waren für den Besuch blank geputzt worden. Wenn man ihn dem Aussehen seiner Füße nach einschätzen würde, hätte man einen guten Eindruck von ihm. Sie hatten eine normale Größe, ganz anders als sein Körper. Sollte sie verraten, was sie wusste? Sollte sie ihre Verbindung ganz zerstören?

»Aber Soela bedeutet mir viel«, hörte sie David sagen. »Ich habe sie trotzdem geheiratet. Ich habe mein Versprechen gehalten.«

»Ist das, was David sagt, wahr?« fragte Joubert noch einmal.

»Ja.«

Es herrschte ein langes Schweigen.

»Tja, das ist eine schöne Bescherung. Wenn ich es nicht mit eigenen Ohren gehört hätte, würde ich es nicht glauben. Ich weiß nicht, was ich dazu sagen soll, außer dass es uns Leid tut, dir diese Schande gemacht zu haben«, sagte Joubert.

Elsie richtete ihren Blick auf David. Die Farbe war ihr aus dem Gesicht gewichen.

»Es war also sehr großzügig von dir, nicht wahr, David, die Ehre meiner Tochter zu retten?«

»Sie hat uns entehrt«, sagte Joubert.

»Ich rede jetzt. Meine Tochter hat gegen Gottes Gebote verstoßen. Wer von euch darf sie verurteilen?«

Die beiden Schwestern sahen sich an. Es kam selten vor, dass ihre Mutter überhaupt etwas sagte, doch wenn sie es tat, wagte ihr Vater keinen Widerspruch.

»Ich denke, Soela sollte ein paar Tage bei uns bleiben. Bis sie sich erholt hat. Sie braucht jetzt mit dem Baby sowieso Hilfe.«

»Ich kann ohne sie nicht leben«, sagte David und seine Stimme hörte sich zum ersten Mal unsicher an. »Drieka und Sanna können ihr zur Hand gehen. Mehr Hilfe braucht sie nicht.«

»Er hat Recht«, sagte Joubert. »Es tut ihm Leid, dass ihm die Hand ausgerutscht ist. Und Soela ...«

Elsie warf ihm einen bösen Blick zu.

»Ja, und Soela? Hat sie es verdient? Soela wird eine Woche bei uns bleiben, damit sie sich erholen kann und vielleicht wird David es schaffen, ihr dann zu vergeben. Soweit ich das beurteilen kann, büßt sie für die Sünde, die sie begangen hat.«

David sah die Frau mit den kalten Augen und dem strengen Gesichtsausdruck an, die ihm gegenüber saß. Er hatte nicht damit gerechnet, dass das Treffen so enden würde, dass man Soela keine Vorwürfe machte und dass Elsie Joubert ihm gnadenlos befahl, ohne seine Frau heimzukehren.

»Mein Vater wird das nicht verstehen. Ich habe ihm das alles verschwiegen.«

Elsie schenkte ihm ein Lächeln.

»Dann ist es an der Zeit, dass du es ihm erzählst. Dann kann es auch nicht mehr zwischen euch stehen, wenn sie zurückkommt.«

David rechnete damit, dass Joubert ihm zur Hilfe eilen würde, doch der Farmer sagte nichts. David bekam zum ersten Mal mit, wer wirklich der Herr in diesem Hause war. Er setzte seinen Hut auf und stand auf.

»Ich komme in einer Woche wieder.«

»Wir werden auf dich warten«, sagte Elsie. »Gehe in Frieden.«

Während der ersten Tage ging Soela ihren Eltern geflissentlich aus dem Weg, schämte sich, dass sie sie in eine derart peinliche Situation gebracht hatte, und war doch froh, nicht länger befürchten zu müssen, dass sie die Wahrheit herausfänden. Sanna hatte Recht behalten: Ihr Vater konnte seine Enttäuschung am ersten Tag nicht verbergen und hielt ihr eine Standpauke über die Sittlichkeit in der Ehe. Dann wurde er zugänglicher, verzieh ihr und erfreute sich an seiner Enkeltochter. Soelas Mutter erwähnte den Vorfall nicht wieder.

Nach ein paar Tagen hatte Soela sich daran gewöhnt, wieder in ihrem Elternhaus zu leben und ihre Zeit mit ihrer Schwester zu verbringen, die ihr amüsante Geschichten über das unbeholfene Werben des neuen Knechts Lourens erzählte.

Nach einer Woche kam David und brachte ein Faß Butter und zehn Stück Seife mit.

»Ich möchte Soela abholen«, sagte er zu seiner Schwiegermutter, die auf der Veranda saß und Erbsen schälte. »Mein Vater lässt euch grüßen. Die Butter ist von ihm. Die Seife habe ich mitgebracht.«

»Danke. Komm, setz dich«, sagte sie und deutete auf den Stuhl neben sich. »Hattest du eine gute Fahrt?«

»Ja. Ich habe meinem Vater versprochen, dass wir zurückkommen, bevor die Sonne untergeht.«

»Soela möchte hier bleiben.«

»Was soll das heißen?« fragte er, während ihm das Blut in den Kopf stieg.

»Sie will nicht mit dir zurückfahren.«

Das höfliche Lächeln verschwand aus seinen Augen.

»Das kann sie doch nicht alleine entscheiden. Wer wird für mein Kind sorgen? Ich werde Bessie nicht aufgeben.«

»Sie hat mir erzählt, dass du etwas anderes gesagt hast, dass Bessie nicht dein Kind ist.«

»Ich war wütend. Ich habe einfach das gesagt, was mir gerade einfiel, ich wollte sie verletzen. Wo ist Oom Jan? Ich möchte mit ihm sprechen. Ist Soela im Haus?«

Elsie schob sich ein Kissen im Rücken zurecht.

»Jan ist bis morgen Abend unterwegs. Soela und Diena haben sich mit dem Baby hingelegt, diese Hitze macht uns allen zu schaffen. Wenn du willst, kannst du auf sie warten, aber Soela wird nicht mit dir mitfahren. Ich treffe in dieser Angelegenheit die Entscheidungen und ich habe Soela versprochen, dass sie hier bleiben kann.«

David unterdrückte seinen Ärger.

»Du redest ihr ein, dass sie sich von ihrem Mann trennen soll?«

»Das wäre nicht richtig. Ich sage ihr nur, dass sie auf sich selbst achten soll.«

»Was achten?«

»Ihr Gefühl. Und sie hat im Moment kein gutes Gefühl. Sie empfindet keine Zuneigung für dich. Sie braucht mehr Zeit.«

»Wenn ich jetzt gehe, werde ich nicht wiederkommen.«

»Du wirst wiederkommen, weil du eine Frau brauchst und sie einen Mann.«

Er war verwirrt.

Elsie sprach weiter: »Wenn du dich selbst wirklich änderst …«

»Ich brauche mich nicht zu ändern.«

»… und dich ihr und dem Baby gegenüber anders verhältst, werde ich mit ihr reden.«

»Das ist zu viel verlangt.«

»Was ist zu viel verlangt? Du bist eine Woche ohne sie ausgekommen, du wirst es noch eine Woche aushalten können.«

»Entschuldige bitte, aber das wird sie wohl entscheiden müssen. Ich möchte es von Soela persönlich hören, dass sie hier bleiben möchte.«

Elsie sah ihm in die Augen.

»Ich habt schon viel verloren, David. Beide. Ihr könnt nicht so weitermachen, wie ihr angefangen habt. Wenn sie jetzt schon mitfährt, wird es nicht lange dauern, bis die Schwierigkeiten wieder anfangen.«

»Und in einer Woche wird es anders sein?«

»Ein Monat wäre besser, aber das wirst du wohl kaum akzeptieren. Ihr braucht beide Zeit, um nachzudenken. Soela wird es sich vielleicht anders überlegen und freiwillig nach Kloots Nek zurückkehren und es wäre doch besser, wenn sie freiwillig käme, oder nicht?«

»Ein Mann kann nicht so lange ohne eine Frau leben.«

»Eine Frau kann nicht mit einem leben, der glaubt, er sei Gott.«

Er konnte das Haus nicht ungebeten betreten und er konnte Soela nicht von der Veranda aus rufen. Wenn Oom Jan hier gewesen wäre, hätte er vielleicht eine Chance gehabt. Er zwang sich noch ein paar Minuten, höflich zu bleiben, verabschiedete sich dann und fuhr los.

Elsie sah dem Wagen nach, der langsam den Hügel hinunterrollte, und rief dann einen Diener, der nachsehen sollte, ob ihre Töchter aufgestanden waren. Sie hatte bereits entschieden, dass Soela nach Kloots Nek zurückkehren würde. Mit dem Kind brauchte sie einen Mann und Elsie wollte nicht riskieren, dass der neue Knecht sein Interesse an Diena verlor. Außerdem würde David aus der Situation etwas gelernt haben und er würde Kloots Nek eines Tages erben.

»David wird dich nächste Woche abholen«, sagte sie, als Soela auf die Veranda trat.

»Er war hier?«

»Ja.«

Soela setzte sich neben ihre Mutter.

»Du hättest mich rufen sollen, Ma. Ich wollte ihm selbst sagen, dass ich nicht zurückgehe. Ich habe ihn noch nie geliebt. Es hat keinen Zweck.«

Elsie stellte die Schüssel mit den Erbsen ab.

»Glaubst du, ich hätte deinen Vater geliebt, als ich ihn heiratete? Mein Vater hat es arrangiert. ›Er sorgt dafür, dass du ein Dach über dem Kopf hast und Eltern leben nicht ewig‹, sagte er. Dein Vater ist ein unnachgiebiger Mann, kein Mann, den ich mir selbst ausgesucht hätte, und ich verfluchte meinen Vater, weil er meine Zukunft plante, als sei ich eine Zuchtstute, und ich verfluchte meine Mutter, weil sie es zuließ. Ich dachte, es gehöre mehr dazu, eine Ehefrau zu werden, ich dachte, ich würde ein neues Gefühl haben. Als du und Diena geboren wurdet, hatten wir uns schon die ganze Farm und die Verantwortung dafür aufgehalst. Man gewöhnt sich an alles und dann macht es einem nichts mehr aus. Du lagst noch in den Windeln, als meine Mutter an den Lungen erkrankte und starb. Acht Wochen später starb mein Vater.« Elsie stellte sich die Schüssel wieder auf den Schoß. »Da war ich froh, dass ich geheiratet hatte. Ich wäre sonst alleine gewesen.«

»Du möchtest, dass ich zu David zurückkehre.«

Elsie sah ihre Tochter an.

»Wenn du glaubst, dass er etwas dazugelernt hat. Es ist nicht leicht, alleine für ein Kind zu sorgen und außerdem wird Diena auch bald heiraten.«

Soela sah auf ihre gefalteten Hände in ihrem Schoß.

»Hast du mit der Zeit gelernt, Pa zu lieben?«

»Was ist Liebe? Du und Diena wurdet geboren. Er hält uns alle zusammen. Wenn das Liebe ist, dann habe ich es gelernt.«

»Und deine Gefühle, Ma?«

Elsie lachte leise.

»Gefühle sind dazu da, sich selbst zu mögen. Vergiss das nicht. Alle anderen Gefühle steigen einem in den Kopf und versprechen das Unmögliche.«

Soela kehrte nach Kloots Nek zurück. David hielt Wort und erwähnte den Vorfall nicht wieder. Eines Nachmittags kam er mit drei Margeriten in der Hand herein, nahm ihr vor Drieka die Kappe ab und steckte ihr die Blumen ins Haar. Soela war sprachlos. Es war überhaupt nicht seine Art, so etwas zu tun, und es deutete auf Gefühle, die sie ihm nicht zugetraut hatte. Vielleicht habe ich ihn doch falsch eingeschätzt, dachte sie.

Seine liebevolle Geste hatte sie berührt und am nächsten Nachmittag legte sie ihre Tochter ins Bett und stellte sich dann vor den Spiegel. Mit Bessies Tuch wischte sie den Schweiß zwischen ihren Brüsten weg und betupfte sich mit Veilchenduft. Es war unerträglich heiß im Haus, im Veld war es noch schlimmer. Sie wollte den Männern draußen einen Becher Wasser bringen. Die Margeriten waren für sie ein Zeichen des Neuanfangs gewesen. Sie wollte seine Geste erwidern, ihm zeigen, dass sie seine Bemühung schätzte. Zuerst war sie froh, dass sie ins Bett gehen und ungestört schlafen konnte, doch jetzt, nach ein paar Wochen war sie sich seiner und ihrer eigenen Bedürfnisse bewusst geworden und hatte sich gefragt, ob er sie nicht mehr attraktiv fand. In der vorigen Nacht hatte sie sich ein schönes Nachthemd angezogen und sich zu ihm hingedreht, er aber war einfach ins Bett gefallen und eingeschlafen.

Sie betrachte sich noch einmal im Spiegel. Ihr Brüste waren schwer von der Milch des Babys und sie konnte es nicht ausstehen, wenn sich ihr Kleid an der Taille hochzog, doch sie hatte sich ausgiebig die Haare gebürstet, sodass sie glänzten und wie Seide an ihrem Rücken herabfielen. Sie gefielen ihr und sie setzte sich keine Kappe auf. Sie holte einen Becher, trat auf den Hof, füllte den Becher aus dem Wasserfass und ging zum Schafstall. Als sie an der Scheune vorbeiging, trat Willem Kloot heraus und klopfte sich den Staub von den Schultern. Die Leute sagten, dass er sich seit der Verbannung seines jüngeren Sohnes verändert hätte, dass er von morgens bis abends arbeiten und wie ein Buschmann rauchen würde, um die Erinnerung an das, was er getan hatte, zu verdrängen. Soela aber hatte eine andere Seite an ihm kennen gelernt und sie mochte ihn. Der Vater war anders als seine Söhne. Sie hatten sie beide betrogen.

»Ich wollte euch gerade Wasser bringen. Ist David noch unten?«

»Als ich vor ein paar Minuten ging, war er jedenfalls noch da.«

Soela folgte dem Weg an den Hütten vorbei bis zum Schafstall. Sie schaute über das Veld hinweg und suchte die Schafe, doch ihn konnte sie nicht finden. Sie wollte gerade umkehren, als sie Katrijn, die hochschwangere Küchendienerin, mit einem raschen Blick über die Schulter hinter den großen Felsbrocken auf den See zugehen sah. Soela sah ihr nach, bis sie verschwunden war. Sie fragte sich, wohin Katrijn wohl gehen mochte. Eine innere Stimme riet ihr, ihr nicht nachzulaufen. Wenige Minuten später kam David aus der Scheune und verschwand in die gleiche Richtung. Der Becher fiel Soela aus der Hand. Jetzt wurde ihr plötzlich alles klar. Ihr wurde übel.

Als Soela ins Haus trat, stand Sanna in der Küche und erkannte an den verkniffenen Lippen Soelas, dass sie Davids Geheimnis entdeckt hatte. Sanna hatte das Mädchen mehrmals gewarnt und ihr gesagt, sie solle den Kleinbaas in Ruhe lassen, Katrijn aber hatte sich nicht aufhalten lassen. Sanna ahnte, das etwas Fürchterliches passieren würde.

Zum Abendessen trat David gut gelaunt in die Küche.

»Was gibt es zu essen?« Er nahm das feuchte Tuch, das Sanna ihm entgegenhielt, wischte sich das Gesicht und die Hände ab und setzte sich.

»Kürbis und Reis«, sagte Vinkie.

»Ich war heute Nachmittag unten am See«, sagte Soela plötzlich. »Ich habe dich gesucht, weil ich dir einen Becher Wasser bringen wollte. Ich dachte, ich hätte dich gesehen, aber ich muss mich geirrt haben. Es war Katrijn. Immer wenn man sie sucht, liegt sie unter einem anderen Mann. Der liebe Himmel allein weiß, wer der Vater des Kindes ist, das sie in ihrem Bauch trägt.«

Willem Kloot hielt mit dem Löffel auf halbem Wege zum Munde inne und sah seinen Sohn an. Die gute Laune war aus Davids Augen verschwunden.

»Was ist, wollt ihr nichts mehr essen? Bring ihnen noch was, Sanna«, sagte Soela. »Und eine Extraportion für den Kleinbaas, er muss bei Kräften bleiben.«

Sanna, die am Ofen stand, drehte sich um und bat Soela wortlos zu schweigen.

»Oder nicht?« Soela blickte David direkt in die Augen.

David sagte nichts. An dem Abend kam er nicht ins Bett.

Zwei Wochen später sagte Sanna, dass Katrijns Baby in der Nacht geboren worden war und sie deswegen an dem Tag nicht arbeiten würde. Soela versuchte sich auf ihre Aufgaben zu konzentrieren, dachte aber ständig an Katrijn. Am Nachmittag ging sie zur Hütte. Die Dienerin lag im Dunkeln auf einer Kokosfasermatratze, das Baby lag an ihrer Brust. Katrijn war zwar eine hübsche Hottentottenfrau, doch Soela hielt sie für gerissen und hasste sie. Stille Wasser sind tief; obwohl sie noch so jung war, hatte sie bereits zwei Kinder.

Katrijn war überrascht, als Soela in die Hütte trat. Sie legte dem Baby schnell eine Decke über den Kopf. Soela beugte sich vor und zog die Decke zurück. Die Hautfarbe und das glatte Haar schrien ihr ins Gesicht. Sie sah das Mädchen, das auf der Matratze lag, an und riss ihr die Decke weg.

»Raus!«

Katrijn lag mit entblößtem Oberkörper da und versuchte sich aufzurichten.

Soela schlug ihr einmal durchs Gesicht und dann wie wild auf sie ein.

»Nein, Kleinnooi, nein ...«, schrie Katrijn.

»Verschwinde! Komm nie wieder her!«

Katrijn hielt das Baby in ihren zitternden Armen und versuchte den Schlägen auszuweichen. An ihrem Schenkel rann Blut herunter.

»Was ist hier los?« brüllte David hinter ihnen.

Soela ließ die Hand fallen.

»Du hast mit dieser Hure geschlafen!«

David schlug ihr mit der Faust ins Gesicht.

»Willst du noch eine?«

Soela sah ihn mit einem fassungslosen Ausdruck an. Ihr Gesicht war wie taub. Er hatte sie vor der Dienerin geschlagen. Sie konnte vor Tränen nichts mehr sehen und auf ihren Lippen schmeckte sie ihr eigenes Blut.

»Ich hasse dich!« schrie sie.

Seine Faust traf sie mitten zwischen die Augen und brach ihr das Nasenbein. Aus ihrem Mund rann Blut. Soela fiel wie ein Bündel auf den Boden. David packte sie an den Haaren und zerrte sie wie einen Sack Kartoffeln zur Tür heraus. Draußen fiel ihr Kopf mit einem Schlag auf die Erde. Unter ihrem Ohr bildete sich eine Blutlache.

»Jetzt bist du auf Kloots Nek, Soela Joubert. Deine Mutter kann dir hier nicht helfen.«

II

Neeltje saß mit dem Rücken an einen Felsen gelehnt und sonnte sich. Sie hatte die Stiefel ausgezogen und sie neben sich gestellt. Wenn es geregnet hatte, kletterte sie gern in den Schluchten und an den Felsen in den Bergen herum. Diese Stelle war einer ihrer Lieblingsorte, denn sie war windgeschützt. Sie vertraute Boet ihre Geheimnisse an. Auch wenn Boet ihre Worte nicht verstand, so wedelte er doch beim Klang ihrer Stimme mit dem Schwanz.

»Was meinst du, Boet? Wird es ein Junge oder ein Mädchen?«

Boet sah sie kurz an und schloss seine Augen dann wieder.

Sie lächelte und genoss die Wärme, die von den Zehen in die Beine stieg und ihr bis ins Herz kroch. Es ging ihr gut. Vielleicht lag das daran, dass die Pflanzen nach dem Regen so gut wuchsen oder dass ihr Herz beim Anblick Roeloffs schneller schlug, wenn er mit bloßem Oberkörper und seiner Hose, die mit einem um die Taille geschlungenen, doppelten Lederband gehalten wurde, auf den Feldern ihres Vaters arbeitete. Er trug immer noch dieselbe Hose, die er anhatte, als sie hergekommen waren, und Zokho hatte sie an den Knien nicht geflickt. Eines Tages würde sie auseinanderfallen und Roeloff mit nichts anderem als seinen Stiefeln vor ihnen stehen.

Als ein Schatten über sie fiel, öffnete sie die Augen.

»Zokho! Du hast mich erschreckt.«

»Dein Vater ist vom Pferd gefallen. Roff ruft dich.«

»Was?«

»Er sagt, du sollst dich beeilen.«

Neeltje zog die Stiefel an und rannte los. Zokho, die im neunten Monat schwanger war, folgte ihr etwas langsamer. Im Haus eilte sie zu ihrem Vater, der auf seinem Bett lag. Roeloff beugte sich gerade über ihn.

»Was ist passiert?«

»Wir waren mit den Pferden unterwegs. Als ich mich umdrehte, weil ich ihm etwas sagen wollte, fiel er plötzlich vom Pferd.«

»Hat das Pferd gescheut?«

»Nein. Wir waren gerade noch nebeneinander hergeritten, im nächsten Augenblick fiel er einfach auf die Erde.«

»Er bewegt sich nicht.«

»Ich habe die Knochen abgetastet, er hat sich nichts gebrochen, aber er atmet flach.«

»Und wenn er ganz aufhört zu atmen?«

»Das wird er nicht.«

»Und wenn doch? Was ist, wenn er nicht wieder aufwacht?«

»Ich glaube nicht, dass wir uns darüber jetzt den Kopf zerbrechen sollten.«

»Aber ich mache mir Sorgen. Ich hab nur ihn. Es darf ihm nichts passieren.«

Roeloff hätte sie gern beruhigt, sagte aber nichts. Er wusste nicht genau, was Wynand fehlte, und er wollte nichts Falsches sagen. Zudem verwirrte ihn sein Gefühl. Ein Gefühl, das er bisher nur für Zokho empfunden hatte.

Er wusste nicht, wie das möglich sein konnte. Er fühlte sich stark zu Zokho hingezogen; bei Neeltje aber verspürte er das Bedürfnis, ein Teil ihres Lebens zu sein und sie zu beschützen. Er wollte ihr die Angst nehmen. Er wusste, dass sie ihn gern mochte. Er wusste zwar nicht, woher er das wusste, doch in den vergangenen Wochen war er vorsichtig mit ihr umgegangen, viel vorsichtiger als früher.

»Er hat die Schlafkrankheit«, sagte Zokho. »Er wird ein paar Tage schlafen.«

»Kennst du ein Heilmittel?«

»Es gibt eine Pflanze, die hilft, aber ich habe sie hier noch nicht gesehen.«

»Buchu?« Neeltje beschrieb ihr die Pflanze und ihre Heilwirkungen.

»Ich kenne Buchu. Aber das hilft in diesem Fall nicht.«

Abwechselnd saßen sie an Wynands Bett, kühlten ihm das Gesicht mit einem feuchten Tuch und versuchten ihn zu Bewusstsein zu bringen. Am Abend bewegten sich seine Augenlider und es sah aus, als würde er aufwachen.

Zokho war gerade bei ihm. Obwohl es am Abend kalt geworden war, hatte Zokho sich von Neeltje nichts zum Anziehen geben lassen, weil sie sich in ihrem Zustand in der Kleidung nicht wohl fühlte. Roeloff war das peinlich und es gefiel ihm nicht, wenn sie mit nackten Brüsten und nacktem Bauch umherging. Das war einer der Gründe, warum sie es tat. Sie wollte ihn ärgern. Sein Verhalten ihr gegenüber war zwar genau wie früher, doch hatte sie das Gefühl, dass sich irgendetwas verändert hatte. Der Oubaas musste wieder gesund werden. Wenn er sterben sollte, würde Roeloff ein überwältigendes Mitleid für das Mädchen empfinden. Sie ging in die Küche, um Neeltje Bescheid zu geben.

»Dein Vater scheint aufzuwachen.«

Neeltje kochte das Abendessen für sie drei und für Twa. Sie ließ alles stehen und liegen und eilte zu ihrem Vater. Als sie sah, dass er sich ein wenig bewegt hatte, brach sie in Tränen aus.

»Lass das, du verärgerst die Götter«, sagte Zokho. »Und wenn er aufwacht, wird er glauben, dass er krank ist.«

Neeltje wischte sich die Tränen mit einem Zipfel ihres Kleides ab.

»Pa? Hörst du mich?«

Er schlug die Augen auf und schloss sie wieder.

»Er kann mich hören. Er kann mich hören, Zokho. Wo ist Roff? Wir müssen es ihm sagen.«

»Hier«, sagte Roff und trat zu ihnen. »Das Schlimmste scheint überstanden zu sein.«

»Meinst du? Einen Tag entfernt von hier gibt es einen Arzt, in Dissels Vlei. Er heißt Otto Lieberband, ein Deutscher. Wenn es meinem Vater nicht bald besser geht, könnten wir ihn bitten, herzukommen und nach ihm zu sehen. Das würde er für meinen Vater tun. Pa kannte ihn gut, als er noch jünger war.«

»Vielleicht geht es deinem Vater morgen früh so gut, dass er uns sagen kann, was er braucht.«

»Hoffentlich.«

»Ich kann bei ihm bleiben, wenn du willst«, sagte Zokho. »Ich kann hier auf dem Boden schlafen.«

»Du brauchst dein Bett, Zokho. Es ist bald so weit, nicht wahr?«

»Ja.«

Als Neeltje am nächsten Morgen aufstand, lag ihr Vater mit offenen Augen auf seinem Bett und schaute sich um.

»Pa? Du bist wach.« Sie setzte sich auf den Bettrand. »Du bist gestern vom Pferd gefallen. Seitdem hast du geschlafen. Kannst du sprechen?«

Wynand konnte nicht sprechen. Seine Glieder fühlten sich schwer an und er konnte seine Zunge im Mund nicht bewegen.

»Keine Sorge, Pa, du wirst wieder gesund werden. Gestern hast du noch tief geschlafen, heute bist du schon wach. Mach dir bitte keine Sorgen. Ruh dich einfach aus. Ich werde Roeloff fragen, ob er Oom Otto holen kann. Er wird wissen, was zu tun ist.«

Roeloff und Zokho kamen ins Haus und sie erzählte ihnen, dass ihr Vater aufgewacht war.

»Das ist eine gute Nachricht, Neeltje«, sagte Roeloff.

»Aber er kann nicht sprechen und er kann seine Beine nicht bewegen.« Sie sah, dass Zokho ihre Hand auf ihren Bauch gelegt hatte. »Ist bei dir alles in Ordnung, Zokho?«

»Ja. Ich habe gestern zu viel gegessen, ich habe Bauchschmerzen.«

»Bist du sicher?«

»Ja.«

»Ich glaube, wir sollten Oom Otto holen, Roff. Pa kann seine Arme und Beine nicht bewegen. Könntest du das bitte machen?«

»Wo wohnt er?«

»Jan Dissels Vlei.«

Roeloff zögerte.

»Ich weiß nicht, wo das liegt. Ich habe die Gegend hier nicht erkundet, bevor ich auf die Farm kam. Außerdem«, sagte er und schaute Wynand an, der auf dem Bett lag, »wird sich jemand um deinen Vater kümmern müssen. Kennst du jemanden hier in der Nähe, der uns helfen kann? Er muss gewaschen und umgebettet werden.«

»Nein. Wir sind die einzigen, die hier in den Ceder-Bergen leben. Vielleicht die Witwe Reijnhardt, Tante Marta. Sie ist wie ein Moskito hinter Pa her. Sie wohnt auch in Jan Dissels Vlei. Sie würde bestimmt sofort kommen.«

»Dann muss ich also nach Jan Dissels Vlei fahren. Kannst du mir sagen, wie ich dort hinkomme?«

Neeltje krauste die Stirn und dachte nach.

»Tante Marta wird nicht mit einem fremden Mann mitfahren.«

»Dann wirst du mitkommen müssen. Ich weiß, dass sich das nicht gehört, aber es geht nicht anders. Wie lange wird es denn dauern?«

»Wenn wir morgen früh aufbrechen, können wir übermorgen zurück sein.«

Roeloff schaute Zokho an.

»Du musst fahren«, sagte Zokho.

»Und das Baby?«

»Es wird nicht so bald kommen.«

Roeloff wandte sich an Wynand Roos. »Sollen wir den Arzt holen, Oom?«

Wynand blinzelte mit den Augen.

»Wir werden auch die Wit ... «

Neeltje trat ihm auf den Fuß.

»Das braucht er nicht zu wissen«, flüsterte sie. »Sonst wird er ganz krank. Wir brechen morgen früh auf, Pa. Zokho bleibt bei dir im Haus und Twa wird sich um alles andere kümmern.«

»Er kann auch gut schießen«, fügte Roeloff hinzu. »Wir werden nicht lange weg sein.«

Am Abend packte Neeltje ein paar Sachen für die Reise ein.

»Werdet ihr alleine zurechtkommen, Zokho, du und Twa?«

»Ja.«

»In dem Topf ist noch Suppe. Gib ihm morgen früh die Suppe. Du und Twa könnt das Fleisch essen.«

»Dein Vater wird seinen Mund nicht aufmachen, wenn er weiß, was er essen soll.«

»Sag es ihm nicht.«

Zokho sah zu, wie Neeltje ein paar Stücke Dörrfleisch und ein Brot in ein Tuch wickelte.

»Werdet ihr morgen Abend wieder hier sein?«

Neeltje sah auf.

»Übermorgen. Warum, hast du Angst?«

»Nein.«

»Was ist es dann?«

»Ich denke, dass – ich denke, dass es sehr still hier sein wird.«

»Das ist es doch nicht, Zokho. Was ist los?«

Zokho sah auf ihre Hände.

»Während der Reise wird etwas passieren.«

»Was?« Neeltje ging zu Zokho und legte ihr die Hände auf die Schultern. »Was redest du da, Zokho? Was wird passieren?«

»Ich weiß es nicht. Ich fühle es nur, hier unter meinem Herzen.«

Neeltje lachte.

»Das ist das Baby. Du hast neulich selbst gesagt, dass es sich in dir bewegt. Was soll uns schon auf der Reise passieren? Ich bin in meinem Leben schon zweimal über die Berge gefahren.«

Zokho sagte nichts mehr.

Roeloff und Twa kamen in die Küche.

»Twa wird morgen ganz früh mein Pferd aufsatteln. Wir werden zusammen auf einem Pferd reiten, die Stute wird nämlich bald fohlen. Und das Pferd deines Vaters bleibt hier, damit Twa die Schafe zusammentreiben kann. Ich habe ihm gesagt, dass er sich um alles kümmern muss. Er und Zokho können das zusammen machen.«

»Ist das in Ordnung, Twa?« fragte Neeltje.

Twas Gesicht verzog sich zu einem Lächeln.

»Twa macht das schon.«

Am nächsten Morgen stand Zokho früh auf und half Roeloff und Neeltje. Sie sah ihnen nach, als sie noch vor der Morgendämmerung auf einem Pferd losritten. Ihr Herz war schwer. Die Reise zu dem Arzt würde alles verändern.

Neeltje hatte sie gebeten, das Haus gut zu heizen und ihren Vater mit der Suppe zu füttern. Sie ging in die Küche zum Ofen. Als sie sich bückte, um ein Stück Holz aufzuheben, schoss ihr ein Schmerz durch den Bauch. Das Baby lag tiefer und in ihrem Bein spürte sie einen Krampf. Nachdem er nachgelassen hatte, ging sie hinter die Trennwand, um sich um den Oubaas zu kümmern. Er schlief noch, öffnete aber seine Augen, als sie zu ihm ans Bett trat. Sie betrachtete ihn in dem dunklen Raum; er war hilflos, ihr ausgeliefert. In seinem eigenen Bett könnte sie ihm einen Sack über das Gesicht legen und ihn erwürgen. Ihm die Hand auf Nase und Mund pressen, so wie Tau es bei dem Baby gemacht hatte. Zokho hatte es gesehen und so getan, als wüsste sie es nicht. Es wäre vorbei, wenn seine Augen nach hinten rollten. Sie könnte sich die Schafe nehmen und zu ihren Leuten zurückkehren. Sie würden ihre Vergangenheit vergessen und sie wieder aufnehmen.

Boet, der am Fußende von Neeltjes Bett gelegen und gedöst hatte, stand auf und leckte Zokho am Fuß. Sie bückte sich, streichelte ihn und schämte sich für ihre Gedanken.

»Du bist ein hässlicher, struppiger Hund«, sagte sie, während sie ihm über das Fell strich. »Kannst du in Zokhos Herz schauen?«

Der Hund leckte ihr noch einmal voller Zuneigung den Fuß. Es überraschte und verblüffte sie immer wieder, dass die weißen Menschen so viel für ein Tier empfinden konnten. Boet war Neeltjes Hund, sie behandelte ihn beinahe wie einen Menschen und fütterte ihn sogar von ihrem Teller. Auf Kloots Nek hatte Roeloff zwei Hunde gehabt und jetzt mochte er Boet ebenso gern wie Neeltje.

»Du bist ein Dummkopf, Zokho«, schalt sie sich selbst. »Warum weinst du denn, du dummes Mädchen? Er wartet nur, bis dein Bauch wieder leer ist, damit er dich spüren kann. Sei stark. Er gehört dir.«

Sie fütterte den Oubaas, strich seine Decken glatt, ging dann in ihr Zimmer und legte sich in das Bett, in dem Roeloff vor einer knappen Stunde noch gelegen hatte. Sie blieb den ganzen Vormittag liegen und weinte im Schlaf.

Am Nachmittag wurde sie durch einen dumpfen Schmerz geweckt. Sie stand auf und wollte sich draußen etwas Wasser holen. Kaum hatte sie die Tür erreicht, als ihr ein messerscharfer Schmerz durch den Bauch schoss. Sie blieb stehen. Den Schmerz erkannte sie, es war die erste Wehe. Sie sah sich in dem Zimmer um, das sie mit Roeloff teilte – da war der kleine Klapptisch, das Horn mit dem Schießpulver und sein zweites Gewehr. Seine Kleidung und die Bücher hatte er ordentlich auf ein Sims gestapelt. Seine Gegenwart war in dem Zimmer überall sichtbar. Doch wo war er? Wo war er, wenn sie ihn an ihrer Seite brauchte? Er ritt mit der Tochter des Oubaas über irgendwelche Berge und sie war alleine. Sie hatte gesagt, er solle den Arzt holen, und sie hatte es so gemeint, denn sie hoffte, dass der Oubaas wieder gesund werden würde, gleichzeitig aber hatte sie damit gerechnet, dass er mehr Rücksicht auf sie und das Baby nehmen würde. Wer sollte ihr jetzt helfen? Sie war alleine. So wie immer. Als sie bei ihren eigenen Leuten war, hatte Tau ihr wenigstens geholfen und auch die anderen hatten ihr beigestanden. Sie fehlten ihr jetzt. Karees mit ihren vielen Fragen – es hatte Spaß gemacht, mit ihr zu reden. War Karees inzwischen mit Toma zusammen? Und Limp Kao? Gab es ihn noch? Wo befanden sie sich gerade? Hinter dem Hantam oder in dem Land der großen Trockenheit jenseits des gelben Flusses? Das war weit, weit entfernt von hier. Sie begann zu weinen, erst zaghaft, dann legte sie sich die Hände vors Gesicht, schluchzte und sehnte sich nach den vertrauten Gerüchen und Feuerstellen ihres Stammes. Dann trieb sie eine heftige Wehe zurück ins Bett.

Die Reise nach Jan Dissels Vlei verlief glatt und ohne besondere Vorkommnisse. Einmal machten sie am Ufer des Olifant-Flusses Halt, um etwas zu essen und sich die Beine zu vertreten. Roeloff erzählte ein wenig von seiner Schwester Vinkie und dem Leben auf Kloots Nek. Neeltje sagte, wie einsam sie es ohne Geschwister in den Ceder-Bergen fand. Doch das Gespräch entwickelte sich nicht weiter. Sie waren sich der Gegenwart des anderen zu sehr bewusst.

Neeltje kannte den Weg zur Farm der Witwe Reijnhardt, die in einem abgelegenen kleinen Haus in einem staubigen Tal zwischen Büschen und Felsen lebte.

Als sie das Haus erreichten, teilte eine Koi-na-Dienerin ihnen mit, dass die Witwe am Tag zuvor zu einem Besuch bei ihren Verwandten aufgebrochen wäre. Sie wollte ein paar Tage dort bleiben.

»Der ganze weite Weg umsonst«, sagte Neeltje niedergeschlagen.

»Ach was. Es gibt ja noch den Arzt. Hoffentlich ist er zu Hause.«

Otto Lieberband war zu Hause, als sie dort ankamen. An der Seite seiner Frau humpelte er ihnen entgegen, um sie zu begrüßen. Ein Besuch stellte eine gern gesehene Abwechslung für die Leute dar, selbst wenn der Arzt mehr Gäste empfing als andere, weil sie seine Hilfe in Anspruch nahmen.

»Neeltje! Das ist aber eine Überraschung. Und wie ich sehe, hast du inzwischen geheiratet.«

Neeltje wurde rot.

»Nein, Oom, ich habe nicht geheiratet. Das ist Roeloff Kloot. Er lebt bei uns auf der Farm.«

Roeloff schüttelte dem Arzt die Hand und wurde seiner Frau Johanna vorgestellt.

»Kommt rein, kommt rein. Kloot ist der Name? Ich kenne einen Kloot am Kap. Warum habt ihr es so eilig? Johanna und ich haben am Horizont die Staubwolke gesehen und gesagt, dass der Reiter wohl in einer wichtigen Angelegenheit kommt.«

Sie gingen mit dem Ehepaar ins Haus, wo Johanna gleich das Kaffeewasser aufsetzte.

»Mein Vater ist vom Pferd gefallen und hat einen Tag lang seine Augen nicht mehr geöffnet. Inzwischen ist er aufgewacht, aber er kann sich nicht bewegen und nicht sprechen und sein Gesicht ist schief. Die Lippe hat sich nach oben gezogen. Wir wollten Sie bitten, ihn auf der Farm zu untersuchen.«

»Das würde ich gern tun, aber mit meinem Bein geht das leider nicht. Ich kann keine langen Reisen unternehmen. Martinus hat einen Balken auf meinen Fuß fallen lassen und jetzt kann ich nicht mehr lange sitzen, weder auf einem Pferd noch im Wagen. Aber ich glaube, ich weiß, was deinem Vater fehlt. Er hat einen Schlag erlitten, doch es hört sich so an, als sei das Schlimmste überstanden.«

»Meinen Sie wirklich?«

»Ich habe mit ähnlichen Fällen zu tun gehabt. Die ersten Tage sind die gefährlichsten – bis man wieder aufgewacht ist. Hat er es gemerkt, als es passiert ist? War jemand bei ihm?«

»Ja, ich«, sagte Roeloff. »Ich weiß nicht, ob er es bemerkt hat: Wir sind nebeneinander geritten, plötzlich fiel er auf die Erde und dann klopfte sein Herz sehr langsam.«

Lieberband nickte.

»Und jetzt ist er wieder bei Bewusstsein.«

»Ja.«

»Das ist gut, dass das so schnell ging.«

»Ich glaube, dass seine rechte Körperhälfte stärker ist als die linke.«

Otto Lieberband sah Neeltje an.

»Dein Vater arbeitet zu viel, das ist das Problem. Ich habe ihm damals schon gesagt, dass die Einsamkeit zu schwer zu ertragen ist da in den Bergen. Sie bringt einen zum guten

Schluss unter die Erde. Man braucht Frau und Kind. Kinder bringen Leben ins Haus. Bist du verheiratet, Junge?«

»Nein«, antwortete Neeltje, bevor Roeloff etwas sagen konnte. »Sie glauben also, dass ich mir keine Sorgen machen soll? Dass Pa wieder gesund wird?«

»Er schwebt nicht mehr in Lebensgefahr. Ich werde dir ein Medikament mitgeben und eine Salbe, mit der du ihn massieren kannst, am meisten aber braucht er Ruhe. Er sollte sich eine Weile nicht um die Farm kümmern. Bestimmt wird er wieder so gesund und stark wie eh und je. Ich werde Stoffel bitten, mir zu sagen, wie es ihm geht, wenn er euch das nächste Mal besucht hat. Er war vor kurzem bei uns. Er sagte, er hätte euch seit einiger Zeit nicht mehr gesehen, und wollte das demnächst nachholen.«

»Er ist ohne ersichtlichen Grund weggeblieben.«

Otto sah zu Roeloff hin.

»Bestimmt hatte er seine Gründe dafür. Aber zurück zu deinem Vater. Er wird wieder gehen und sein normales Leben fortführen können. Ich werde sehen, dass ich ihn besuche, sobald es meinem Bein besser geht.

»Danke.«

»Bleibt doch zum Abendessen, ruht euch gut aus, dann könnt ihr morgen früh zurückreiten.« Er wandte sich an Roeloff. »Am Kap habe ich einen Kloot kennen gelernt, vor etwa zehn Jahren. Hab seine Tochter nach einem Schlangenbiss behandelt. Ich erinnere mich daran, weil er keinen Arzt finden konnte, der bereit war, ihr zu helfen. Aber ihr seid sicher nicht verwandt.«

»Mein verstorbener Großvater hatte einen Bruder, der am Kap lebte. Krisjan.«

»Krisjan?«

»Ja.«

»Was für ein Zufall. Der alte Mann damals hieß auch Krisjan, aber er kann nicht mit dir verwandt sein. Es wollte ihm nämlich niemand helfen, weil er mit einer Sklavin verheiratet war und seine Tochter hatte eine dunkle Hautfarbe. Aber sie sah nicht wie ein Kaffer aus. Sie hatte ganz glatte Haare, nicht mal eine Nadel hätte darin gehalten und ihre Gesichtszüge waren nicht anders als deine oder meine. Trotzdem war sie so schwarz wie die Nacht. Eine attraktive Frau.«

»Die Frau von Krisjan Kloot war eine Sklavin? Sind Sie ganz sicher?« Er dachte an den Besuch von Oupa Krisjan auf Kloots Nek.

»Das sagten jedenfalls die Leute. Sie kam von Ceylon ans Kap, mit einem Schiff. Die Leute regten sich nicht nur darüber auf, dass er mit ihr zusammen war und sie gemeinsame Kinder hatten, sondern dass er außerdem seinen christlichen Glauben abgelegt und ihre merkwürdigen Bräuche angenommen hatte. Aber, wie gesagt, das war vor zehn Jahren und es gibt viele Kloots am Kap. Krisjan ist auch kein ungewöhnlicher Name.«

»Hatte er einen ungewöhnlichen Beruf? War er Farmer?«

»Ein Schriftsteller, meine ich. Er schrieb Bücher.«

Roeloff begann zu lachen.

»Roff?« Neeltje schaute ihn besorgt an.

»Alles in Ordnung, Neeltje«, sagte er und lachte weiter. »Ich glaube, wir sollten das Angebot des Arztes annehmen und bald schlafen gehen, damit wir morgen früh zurückreiten können.«

Die Elefanten gingen langsam bis zu einer Felsgruppe, an der sie wie auf Kommando stehen blieben. Die Kühe, die von der Flucht vor ihren Verfolgern unruhig und erschöpft waren, gingen ein Stück weiter und warteten dann auf ihre Kälber, denen es schwer fiel, mit ihnen Schritt zu halten und daher wütend trompeteten. Die drei Bullen beobachteten sie, insbesondere eine junge Kuh, die in der Brunft war. Geduldig fraßen sie die Zweige von den Büschen, bis einer sich ohne Vorwarnung von den anderen trennte und direkt auf die junge Kuh zulief. Die Kuh bemerkte ihn, drehte sich rasch um und rannte, von einer orangefarbenen Staubwolke umgeben, davon. Da sie schneller lief als er, hatte sie ihn bald abgeschüttelt, ging dann in einem großen Bogen zurück zu den Kühen und Kälbern, die ihr entgegenkamen, trompeten, die Zähne aneinanderstießen und ihre Köpfe liebevoll an ihrem rieben. Kaum hatte sie sich ausgeruht, verfolgte der zweite Bulle sie und so wechselten sich die Bullen in ihrem Spiel stetig ab. Die Kuh lief immer weiter weg und es gelang ihr jedes Mal, ihren Verfolger abzuhängen.

Roeloff und Neeltje hatten vor einer Weile der Felsgruppe gegenüber Halt gemacht, damit das Pferd sich ausruhen konnte und sie selbst etwas essen konnten. Von ihrem Versteck aus beobachteten sie das Spiel der Elefanten.

»Sie haben merkwürdige Rituale«, flüsterte sie. »Sieh mal. Die Bullen stehen alle links, die Kühe rechts. Die junge Kuh weiß, dass sie jetzt erst mal ihre Ruhe hat.«

Dann hörten sie plötzlich von links hinten ein tiefes Grollen und bemerkten, dass die Kühe nervös und die Bullen unruhig wurden. Das Geräusch näherte sich, dann nahmen sie einen strengen, säuerlichen Geruch wahr und wenige Minuten später trat ein riesiger Bulle, der in der Brunft war, zwischen den Felsen hervor. An seinem wuchtigen Kopf tropfte an beiden Seiten eine dickflüssige Substanz herunter, sein Penis war schleimig und hinterließ eine Urinspur. Sein linker Stoßzahn war abgebrochen und er lief mit wedelnden Ohren direkt zu den Kühen hin.

»Ein-Zahn!«

Neeltje, die neben ihm saß, erstarrte.

»Hab keine Angst«, sagte er und nahm ihre Hand. »Der Wind kommt nicht aus unserer Richtung.«

»Du kennst ihn?«

Er spürte ihren Pulsschlag in seiner Hand.

»Das ist der, den wir gehen ließen, Twa und ich.«

»Er sieht sehr erregt aus.«

Sie beobachteten erstaunt die Kühe, die sich um ihn scharten, ihre Köpfe an seinem Hinterteil rieben und zu seiner Begrüßung reichlich urinierten. Ein-Zahn aber ließ sich von ihnen nicht aufhalten und ging direkt auf die junge Kuh zu. Jetzt verhielt die Kuh sich anders. Sie trennte sich von der Gruppe, doch sie lief bei weitem nicht so entschlossen davon wie zuvor. Ein-Zahn lief schneller. Sein Penis hing so weit heraus, dass er beinahe auf der Erde schleifte. Er holte sie ein und legte seinen Rüssel auf ihren Rücken, bis sie stehen blieb. Er strich ihr mit seinem Kopf und dem Stoßzahn über das Hinterteil, stellte dann seine Vorderbeine auf ihren Hintern und lehnte sich zurück, sodass sich sein Gewicht auf die Hinterbeine verlagerte. Sein gebogener Penis schlängelte sich, fand die Vulva und der Bulle stieß den etwa vier Fuß langen Muskel in die Vagina der Kuh. Eine Weile standen sie so ineinander verkeilt, dann löste sich der Bulle von ihr, wobei er einen Fluss aus Sperma verströmte.

Die Kuh brüllte laut und ihre Familie lief zu ihr und wedelte wie zum Trost mit den Rüsseln. Sie roch das Sperma auf der Erde und stieß ein paar grollende Töne aus. Die anderen Kühe traten dicht an sie heran, um sie zu beruhigen, dann trennte sie sich von ihrer Gruppe und stellte sich neben den Bullen.

Neeltje, deren Hand fest von Roeloffs umschlungen war, spürte plötzlich seinen Pulsschlag, seine Körperkraft. Dann löste sich sein Griff. Er drehte sich um und sah sie an.

»Neeltje ...«

»Du brauchst es mir nicht zu sagen.«

»Ich muss, ich möchte dir sagen, wie ich mich fühle. In mir ist ein Gefühl für dich entstanden, aber ich habe Zokho mein Wort gegeben. Ich empfinde auch etwas für sie und sie wird mein Kind zur Welt bringen. Wenn ich könnte, ich würde dein Mann werden. Du brauchst einen Mann, Neeltje, jemanden, der für dich sorgt, der dir Kinder schenkt.«

Neeltje hatte von diesen Worten geträumt, doch sie hatte nicht geglaubt, dass sie sie jemals hören würde.

»Wolltest du mir sagen, dass du für zwei Frauen etwas empfindest?«

»Ich wollte dir sagen, wie ich mich fühle. Dass ich dich sehr gern mag. Ihr beide bedeutet nicht dasselbe für mich.«

»Nicht dasselbe? Ein Mann begehrt zwei Frauen?«

»Nicht gleichzeitig. Aber bei der einen sehnt er sich nach der anderen.«

»Es wäre besser, wenn du nichts gesagt hättest.«

»Ich wollte es dir nur sagen. Zokho und ich waren beide auf Kloots Nek, wir...«

Neeltje wollte ihm nicht mehr zuhören. Hals über Kopf floh sie aus ihrem Versteck auf das offene Veld hinaus. Der Wind fing ihren Geruch ein und es war ein lautes Trompeten zu hören, als die Leitkuh ihre Herde warnte und einer der jüngeren Bullen loslief.

»Neeltje!«

Sie rannte blind weiter.

Roeloff griff nach seinem Gewehr, in seinem Magen ballte sich die nackte Angst. Er schoss in die Luft und der Elefant, der sich bereits dicht hinter Neeltje befand, machte trotz seiner hohen Geschwindigkeit kehrt. Für einen Moment schien er zu glauben, dass er tot sei, dann trampelte er in einer Staubwolke zurück zur Herde.

»Du hättest zu Tode getrampelt werden können!« brüllte er. »Weißt du nicht, wie gefährlich sie sind?«

Sie musste einsehen, wie töricht sie sich verhalten hatte, und sie drehte sich zitternd vor Angst um, sodass er ihre Tränen nicht sehen konnte.

Er sah auf ihren bebenden Rücken, den geflochtenen Zopf, der ihr bis zur Taille reichte. Er ließ seine Waffe fallen und drehte sie heftig zu sich um.

»Neeltje.«

Neeltje schluchzte hemmungslos und vergrub ihr Gesicht an seiner Schulter.

»Neeltje, Neeltje, o Gott...«

Er umarmte sie lange, streichelte ihre Haare, spürte ihre geschwungene Taille, ihre starken Schultern. Dann erschien plötzlich Zokhos strahlendes und katzenartiges Gesicht vor ihm.

»Es tut mir Leid. Das hätte ich nicht tun dürfen.«

Neeltje zitterte, weil sie ein ihr völlig unbekanntes, starkes Gefühl empfand. Als Roeloff sich so unerwartet von ihr löste, wurde ihr kalt und sie fühlte sich zurückgestoßen. Sie sah ihm nach, als er sich umdrehte und das Pferd aufsattelte.

»Wir müssen weiter. Dein Vater wartet auf uns.«

Widerspruchslos stellte sie ihren Fuß in seine gefalteten Hände und stieg auf. Roeloff schwang sich vor sie in den Sattel. Sie presste die Nase an seinen schweißnassen Rücken und weinte lautlos in sein Hemd.

12

Twa hockte vor seiner Hütte am Feuer und erhitzte in einem Blechbecher Wasser für einen Kaffee, als Zokho mit den Händen auf dem Bauch aus ihrem Zimmer trat. Er wollte ihr etwas zurufen, doch dann fiel ihm auf, wie langsam und beschwerlich sie hinter den Büschen verschwand. Sollte das Baby etwa jetzt geboren werden? Er hatte es geahnt, dass sie es bekommen würde, solange die anderen nicht hier waren. Sie hatte den ganzen Tag geschlafen und ihm nichts zu essen gegeben und er wusste, dass es in der Küche in einem Topf Fleisch für ihn gab. Er fragte sich, ob sie sich um den Oubaas im Haus gekümmert hatte. Er selbst wollte es nicht unbedingt tun. Egal was den alten Mann zu einem Stein hatte werden lassen, er wollte sich nicht anstecken.

Seit einigen Wochen musste Twa, nachdem er in der Hocke gesessen hatte, eine Weile langsam gehen, bis seine Schritte wieder ihren gewohnten Rhythmus fanden. Er stand auf und rieb sich die steifen Beine.

»Du wirst alt, dünner Mann. Bald wirst du dich zu deinen Ahnen gesellen.« Er lachte kurz. »Und was wird dann aus Kudu? Er möchte dem Hasen in seiner Falle nicht schaden und ihn dennoch zum Abendessen kochen. Wann wird er lernen, dass man das eine aufgeben muss, um das andere zu bekommen?«

Plötzlich hörte er ein Blöken im Stall und sah auf. Er dachte sofort an Paviane, griff nach dem Gewehr und feuerte einen Schuss in die Luft ab. Dann humpelte er langsam zum Stall. Doch dort war alles in Ordnung.

Als er die Lämmer sah, hatte er eine Idee. Was hatten sie sich eigentlich dabei gedacht, ihn alleine mit Zokho zurückzulassen? Er würde verhungern, wenn er sich auf dieses faule Mädchen verließ. Der Oubaas besaß viele Schafe und Roeloff würde es nicht sofort merken. Er suchte sich ein Lamm aus, lockte es aus dem Stall heraus und führte es an eine Stelle, die ein Stück vom Haus entfernt war. Er grub ein Loch, hielt das Lamm darüber und durchschnitt ihm mit einer kräftigen Bewegung die Halsschlagader. Es dauerte nicht lange, bis das Tier mit dem weichen Fell still auf der Seite lag. Er zerlegte und weidete es aus, vergrub die Innereien und ging dann mit dem Fleisch zu seiner Hütte zurück. Dort grub er eine flache Grube und zündete ein Feuer an. Er legte die Hälfte des Fleisches auf die Glut und versteckte den Rest. Drei Stunden später lag er, vom Marihuana beruhigt und mit vollem Magen, vor seiner Hütte und schlief fest.

Am nächsten Morgen wachte er mit schmerzenden Beinen auf und wusste sofort, dass irgendetwas nicht in Ordnung war. Es war zu ruhig. Er tastete nach dem Gewehr und humpelte zum Stall. Mit dem Anblick, der sich ihm bot, hatte er nicht gerechnet. Das Tor stand offen und alle Schafe waren verschwunden, bis auf ein altes Muttertier, das tot auf der Seite lag und in dessen blutbeflecktem Fell ein halbes Dutzend Pfeile steckte. Er konnte es nicht fassen. Die ganze Herde! Wie dreist war es von ihnen, nur ein totes Tier zurückzulassen. Ein dringendes Bedürfnis sich zu entleeren erinnerte ihn an seine eigene Schandtat. Er musste dafür sorgen, dass die Knochen verschwanden. Allerdings war ein gestohlenes Lamm im Vergleich zu der ganzen Herde das geringste Übel. Wo sollte er die Herde wiederfinden?

Dann erinnerte er ich an Oubaas, der alleine in seinem Bett lag. Hatten sie auch ihn umgebracht? Zokho? Warum war sie nirgendwo zu sehen? Wo war sie? Er wusste nicht, wo er anfangen sollte.

Er lief zu ihrem Zimmer und klopfte laut an die Tür.

Es dauerte ein paar Minuten, bis Zokho sie öffnete. An ihrer schmalen Figur erkannte er sofort, dass das Baby geboren worden war.

»Es ist etwas Furchtbares passiert.«

»Mir auch«, wimmerte sie leise.

»Was?«

»Es gibt kein Baby.«

»Kein Baby?« Er musste sich um wichtige Dinge kümmern und hatte jetzt keine Zeit für ihre Launen. »Was soll das heißen, es gibt kein Baby, wo ist es?«

Zokho setzte sich aufs Bett. »Es ist tot.«

»Tot? Das glaub ich dir nicht.«

»Ich habe ihn verloren.« Sie begann zu weinen. »Ich weiß es genau hier«, sagte sie und zeigte auf ihr Herz, »er gehört mir nicht mehr.«

»Wovon sprichst du eigentlich?«

»Augen des Himmels. Er wird nicht zurückkommen.«

»Das ist doch Quatsch, du dummes Mädchen. Natürlich kommt er zurück. Wo sollte er denn sonst hingehen? Und was hat das alles mit dem Baby zu tun? Was willst du eigentlich? Reicht es nicht, dass er mit dir zusammenlebt?«

Sie weinte lauter.

»Hör auf! Wo hast du das Kind gelassen?«

»Ich weiß es nicht.«

Twa hatte noch nie eine Frau geschlagen, doch bevor er wusste, was er tat, fuhr seine Hand ihr durchs Gesicht und sie fiel vom Bett.

»Also wo?«

Sie war auf der Hut.

»Da hinten.«

»Zeig es mir.« Er zog sie hoch und dachte in diesem Augenblick nicht mehr an die Schafe.

Zokho trug nur ihren Lederschurz, als sie mit ihm in die Kälte nach draußen ging. Das Baby lag in ein Stück Schaffell gewickelt neben dem Zweig, der das Grab von Neeltjes Mutter kennzeichnete.

Twa kniete sich hin und schlug das Schaffell auf. Die Nabelschnur war von der Nachgeburt nicht abgetrennt worden und das Baby war blutbeschmiert. Er hob das Baby vom Boden auf und legte sein Ohr an sein Herz. Das Schaffell hatte es vor der Kälte geschützt.

»Du kannst froh sein, dass es nicht tot ist, sein Herz klopft noch. Deine Gleichgültigkeit hat es nicht umgebracht.«

»Die Toten werden uns verfluchen, wenn wir ihnen das Kind wieder abnehmen.« Sie trat einen Schritt zurück und wollte mit dem Baby nichts zu tun haben.

»Er war nicht tot. Nimm ihn jetzt und durchtrenne die Nabelschnur.«

»Nein.«

»Ich werde es nicht noch einmal sagen.«

Zokho nahm ihm das Baby ab, biss rasch die Nabelschnur ab und verband den Nabel mit einem Lederband, das sie sich vom Arm wickelte. Als sie das erledigt hatte, legte sie das Baby auf die Erde.

»Er braucht Milch von dir.«

Sie zögerte.

»Ich warne dich, Zokho.«

Sie nahm das Baby wieder an sich und legte es an ihre Brust.

Twa seufzte erleichtert. Er fühlte sich erschöpft.

»Jetzt müssen wir uns um das andere kümmern. Hast du heute Nacht irgendwas gehört? Die Schafe sind alle verschwunden.«

»Ich habe nichts gehört.«

»Wann hast du dich zuletzt um den Oubaas gekümmert?«

»Gestern.«

»Gestern? Und wenn er jetzt tot ist?«

Zokho starrte ihn abweisend an.

»Was dann, Zokho? Sie haben gesagt, wir sollen uns um ihn kümmern.«

Sie ging auf das Haus zu.

»Ich werde nachsehen, dann gehe ich.«

»Du gehst? Was soll das heißen? Du kannst nicht gehen, wo willst du denn hin? Du gehörst hierher, zu ihm und deinem Kind.«

»Er will mich nicht mehr. Ich habe ihm gesagt, dass ich nicht hier bleiben möchte, aber das interessiert ihn nicht. Nur deswegen ist das alles passiert.«

»Was ist passiert? Er wollte doch den Arzt holen.«

»Er will die andere.«

»Wirklich, Zokho«, sagte er, während er hinter ihr her humpelte und sich bemühte, mit ihr Schritt zu halten. »Ich weiß nicht, warum er überhaupt mit dir zusammen ist. Du denkst dir einfach etwas aus. Du bist selbst Schuld an allem. Hast du wirklich gedacht, er heiratet dich? Nur weil du sein Kind bekommst? Du bist noch dümmer, als ich dachte. Und wenn er erst hört, was du getan hast.«

»Das ist mir egal. Ich werde weggehen.«

»Wenn du gehst«, sagte er und trat mit einem Schritt vor sie, »nimmst du sein Kind nicht mit. Du wirst ihn bei mir lassen.«

»Ich will das Kind nicht mitnehmen. Sie kann ihn und das Kind ruhig haben. Ich habe doch gesehen, wie sie ihn anschaut. Er denkt, ich merke es nicht, wenn er nervös wird in ihrer Gegenwart. Sie kann sich um das Baby kümmern. Es sieht sowieso nicht so aus wie ich. Ich werde zu meinen Leuten zurückgehen.«

Twa sah sie verächtlich an.

»Nicht mal eine Schlange würde von dem wegkriechen, was ihr Eigenes ist. Ich finde dich verachtenswert, Zokho. Und deine Familie ist auch komisch, dich immer wieder zurückzunehmen, wenn du mal wieder weggelaufen bist. Du benimmst dich wie ein Kind. Vielleicht braucht er eine Frau.«

Mehr konnte Zokho nicht ertragen.

»Geh doch selbst zum Oubaas. Ich will nicht mehr.«

Twa sah ihr wütend nach, als sie zu ihrem Zimmer zurückging. Dann zuckte er mit den Schultern und ging auf das Haus zu. Er hoffte, den Oubaas dort nicht mit einem Pfeil in der Brust vorzufinden. Er öffnete die Tür und sah sich um. Seit dem vorigen Morgen war kein Feuer mehr gemacht worden. Im Haus war es kalt und in der abgestandenen Luft hing ein unangenehmer Geruch. Er stand still und ließ die Atmosphäre auf sich einwirken, sah den Topf vor dem Feuer, die Krümel auf dem Tisch und die Kartoffeln, die auf dem Boden lagen; wahrscheinlich, weil der Hund den Topf umgestoßen hatte. Er nahm sich zusammen.

»Ich bin's, Twa«, rief er Wynand Roos zu. Als er hinter die Trennwand trat, wurde ihm schlecht, doch er war auch erleichtert. Der Oubaas lebte noch, seine Laken und Decken aber stanken nach Urin und Kot. Twa wäre am liebsten umgekehrt und aus dem Zimmer herausgerannt, doch der Mann im Bett sah so hilflos aus, dass er ihm Leid tat. Er hielt sich die Nase zu, trat einen Schritt zurück und dachte nach. Als er sich einen Plan zurechtgelegt hatte, ging er vorsichtig auf das Bett zu. Er begann am Fußende, rollte Wynand Roos auf die Seite, zog ihm die schmutzige Wäsche aus und das dreckige Laken vom Bett. Das brachte er nach draußen und weichte es in einem Eimer Wasser ein. Dann wusch er Wynand Roos mit einem feuchten Tuch. Während er mehrmals nach draußen zum Wasserfass gehen musste, um das Tuch auszuspülen, verfluchte er Zokho und ihre Ahnen.

»Tja und jetzt, du alter Dummkopf, wo willst du eine trockene Decke hernehmen? Der alte Mann zittert wie ein Klippschliefer.«

Er holte sich die Decken von Neeltjes Bett und machte es dem alten Mann so bequem wie möglich. Danach zündete er in der Küche das Feuer an, wartete, bis das Wasser kochte, machte Kaffee, richtete Wynand Roos ein wenig auf und hielt ihm den Becher Kaffee an die Lippen, wobei die Hälfte verschüttet wurde. Als Wynand wieder Farbe ins Gesicht bekommen hatte, ging Twa zu Zokho zurück.

Sie ärgerte sich darüber, dass er sie nicht in Ruhe ließ.

»Ich schlafe. Was willst du?«

»Ich weiß, dass du schläfst. Und das Baby weint immer noch. Hast du es nicht gefüttert?«

Zokho antwortete ihm nicht.

»Ich habe mich um den Oubaas gekümmert. Er lag in seinem eigenen Dreck. Wie willst du es ihnen erklären, wenn sie zurückkommen und merken, dass du dich nicht um ihn gekümmert hast? Wenn er wieder sprechen kann und ihnen sagt, was du getan hast? Ich habe ihn gewaschen. Die schmutzigen Decken liegen in einem Eimer. Wasch sie, damit sie trocken werden, bevor die beiden heute Abend kommen. Du musst dich darum kümmern, ich gehe jetzt nämlich.«

»Wohin gehst du?«

»Die Schafe suchen. Wenn die beiden kommen, bevor ich wieder da bin, musst du ihnen erzählen, was passiert ist.«

»Du willst mich hier alleine lassen?«

Twa lachte.

»Du hast dich doch mit dem Teufel verbunden, Zokho, wovor fürchtest du dich? Du kannst dich vor Augen des Himmels fürchten und vor seiner Reaktion, wenn er herausfindet, dass du seinen Sohn umbringen wolltest. Und ich werde es ihm erzählen, wenn du nicht tust, was ich dir sage. Geh rein und gib dem Oubaas etwas zu essen. Und kümmere dich um das Baby.«

Zokho sah ihn herausfordernd an.

»Ich meine es ernst, Zokho, tu, was ich dir sage. Twa ist zwar alt, aber er wird dich finden. Dann wirst du dir wünschen, dass ein Löwe dich vorher gefunden hätte.«

Er mochte Zokho gern, lieber sogar, als sie ahnte. Sie erinnerte ihn immer an seine Schwester, Scheue Kleine Schildkröte. Sie waren beide gleich mutig und frech. Zokho fühlte sich verletzt, sie wollte sich rächen. Das konnte er verstehen. Doch er konnte auch den anderen verstehen. Wie würde Zokho reagieren, wenn sie wüsste, wer er war? Sie, die manchmal vergaß, ihm etwas zu essen zu kochen, und ständig eine Ausrede fand.

In dem Moment, in dem Roeloff das Haus sah, wusste er, dass etwas nicht in Ordnung war. In den Ceder-Bergen wurde es rasch dunkel und da die Dämmerung gerade angebrochen war, konnte er die Umrisse des Hauses noch erkennen, doch er entdeckte keine Menschenseele und keine Tiere.

»Aus dem Schornstein steigt kein Rauch auf. Hoffentlich ist alles in Ordnung.«

»Es sieht so ruhig aus.«

Sie erreichten den leeren Stall und sahen das tote Mutterschaf.

»Ein Überfall.«

Neeltje erstarrte.

»Oh, mein Gott, Pa! Komm bitte mit ins Haus, Roff.«

Vor Twas Hütte blieben sie stehen.

»Sieh dir das an. Knochen.«

Roeloff hatte sie bereits gesehen.

»Twa!« rief er den Jäger.

Er erhielt keine Antwort.

Sie liefen zu dem Zimmer, in dem er wohnte. Neeltje wartete vor der Tür auf ihn.

»Neeltje!«

Sie trat in das dunkle Zimmer hinein und sah etwas auf dem Bett liegen.

»Sie hat das Baby bekommen ...«, flüsterte Neeltje.

Roeloff schlug das Kaross auf und starrte das rosafarbene Baby an. Sein Nabel war wund und sein Gesicht so nass, als hätte es sich in den Schlaf geweint.

»Ein Sohn.« Seine Stimme klang heiser. »Ich bin Vater geworden.«

»Er ist wunderschön, Roff. Seine Haare haben die gleiche Farbe wie der Mond, beinahe silbern.« Sie legte ihren Finger in die kleine Hand. Die Hand schloss sich sofort um ihren Finger. Sie beugte sich herunter und nahm ihn auf die Arme.

»Wo ist seine Mutter?«

»Bestimmt ist sie im Haus, bei meinem Vater.«

Roeloff sah in der kleinen Wandnische nach, in der Zokhos Perlen und Lederbänder immer gelegen hatten. Sie war leer. »Ihre Sachen sind weg.«

»Zokho würde niemals weggehen und ihr Baby allein lassen.«

»Das hat sie aber getan.«

»Lass uns ins Haus gehen, vielleicht ist sie da. Hoffentlich ist Pa nichts geschehen.«

»Erzähl ihm nicht, dass die Schafe weg sind, Neeltje. Wir wissen ja nichts Genaues. Er darf sich jetzt nicht aufregen. Was machen wir mit dem Baby?«

»Ich nehme ihn mit und ziehe ihn warm an. Denkst du, dass Twa es gewesen sein könnte – vielleicht hat er einen Überfall vorgetäuscht und die Schafe selbst mitgenommen?«

Er stand mit einem Schritt vor ihr.

»Sag so etwas nie wieder, Neeltje. Twa ist nicht so. Wo sollte er denn mit den Schafen hin? Ich dachte, du würdest ihm vertrauen.«

»Und die Knochen vor seiner Hütte?«

Er ließ sie los.

»Ich weiß es nicht, aber er wird es mir erklären. Wahrscheinlich ist er auf der Suche nach den Dieben. Twa hat noch nie etwas von mir gestohlen. Ich werde seinen Spuren nachgehen.«

Sie gingen in die Küche. Im Haus war es kalt und es roch unangenehm. Das Feuer brannte nicht mehr und es war nicht zu übersehen, dass hier weder gekocht noch geputzt oder sonst etwas getan worden war. Bevor sie hinter die Trennwand traten, zündete Roeloff die Lampe an, die auf dem Tisch stand.

»Pa!«

Wynand schloss erleichtert die Augen.

»Wir sind wieder da und wir haben eine gute Nachricht für dich. Ich muss aber erst mal wissen, ob bei dir alles in Ordnung ist. Sieht so aus. Oom Otto sagt, dass du wieder gesund werden wirst. Er konnte nicht mitkommen, weil sein Bein verletzt ist, doch er wird bald kommen, um nach dir zu sehen. Er hat uns ein Medikament gegeben, damit du wieder zu Kräften kommst.«

Dann fielen ihr die Decken auf dem Bett auf. Ihr Vater bemühte sich angestrengt etwas zu sagen.

»Ist alles in Ordnung?«

Er blinzelte mit den Augen.

Das Baby begann zu weinen.

»Du wunderst dich sicher über das Baby. Diese Zokho, ich werde ihr den Hals umdrehen, wenn ich sie sehe. Wo ist sie? Hat sie dir etwas zu essen gegeben?«

Er schüttelte verneinend den Kopf.

»Wer hat dein Bett frisch bezogen?«

Er schaute zum Fenster.

»Twa?«

Ihr Vater nickte.

»Hat er dir auch etwas zu essen gegeben?«

Das mühsame Gespräch strengte Wynand Roos an und er schloss erschöpft die Augen.

»Der Arzt meinte, du solltest dich ausruhen und dir keine Sorgen machen«, sagte Roeloff. »Twa und ich schaffen es schon. Oom Otto kennt diese Krankheit. Du musst nur daran glauben, dass du wieder gesund und munter sein wirst.« Er wandte sich an Neeltje. »Ich werde Feuer machen, das Baby ist hungrig. Meine Güte, hörst du, wie es schreit?«

»Du musst die Kuh melken, wir brauchen Milch für das Baby.« In der Anwesenheit ihres Vaters wollte sie ihre Sorge, dass auch die Kuh gestohlen worden war, nicht laut aussprechen.

Roeloff war froh, dass er ein paar Minuten für sich hatte, um über die Ereignisse nachzudenken. Ein Sohn. Zokho. Die Schafe. Wenn Zokho wirklich verschwunden war, hatte er es so weit kommen lassen. Sie hatte ihn gewarnt und ihn gebeten, mit ihr wegzugehen. Ihre Befürchtungen hatten sich bewahrheitet: Er hatte sie in Gedanken betrogen. Doch das war erst geschehen, nachdem sie darüber gesprochen hatten. Nun hatte sie den Strich gezogen und ihr Verhalten war ihm unbegreiflich. Eine Mutter, die ihr eigenes Kind alleine zurückließ. Dafür gab es keine Rechtfertigung, außer wenn die Diebe sie gefangen genommen hatten. Er musste es herausfinden.

Die Kuh stand mit ihrem schweren Euter unruhig im Stall. Sie war nicht gemolken worden und muhte erfreut, als er sich ihr näherte. Er war froh, dass die Schafdiebe den Stall übersehen hatten. So hatten sie wenigstens Milch. Er stellte einen Eimer unter das große Euter und machte sich an die Arbeit. Rasch füllte sich der Behälter mit schaumiger Milch.

Als die Kuh gemolken war, klopfte er ihr liebevoll auf den Rücken und führte sie aus dem Stall auf die Weide hinter dem Haus.

Er brachte die Milch in die Küche. Neeltje hatte warmes Wasser in eine Schüssel gegossen und wusch gerade das Baby, das ohrenbetäubend schrie. Er sah ihr zu, als sie das Baby abtrocknete, es in weiche Flanelltücher wickelte und ihm aus der Hälfte eines alten Handtuchs eine Windel umlegte.

»Morgen werde ich mir etwas anderes einfallen lassen, damit er sich nicht losstrampeln kann aus seinen Sachen. Hast du Milch mitgebracht?«

»Ja.«

»Womit soll ich ihn füttern?«

Daran hatte er noch gar nicht gedacht. Sie hatten zwar Milch, aber keine Flasche, mit der sie das Baby füttern konnten.

»Hast du vielleicht ein Medizinfläschchen?«

»Wir haben letztes Jahr Tropfen gekauft bei Stoffel. Ich sehe mal nach.«

»Beeil dich. Er ist vom Schreien schon ganz rot im Gesicht und hat Hunger. Ich werde irgendetwas über die Flasche ziehen.«

»Was denn?«

»Irgendetwas, in das wir ein Loch stechen und es dann über den Flaschenhals ziehen können.«

»Und was könnte das sein?«

»Vielleicht ein weiches Stück Leder. Aber sieh erst einmal nach, ob du eine Flasche hast.«

Neeltje verschwand hinter der Trennwand und brachte ihm dann mehrere Fläschchen. Er suchte ein Fläschchen aus und sah sich den Deckel dazu an.

»Hier werde ich ein kleines Loch reinstechen. Du musst den Deckel nur fest verschließen, damit die Milch ihm nicht ins Gesicht läuft.«

»Der Deckel ist zu hart für seinen kleinen Mund.«

»Für heute Abend muss das reichen. Morgen wird er ein richtiges Fläschchen bekommen. Neeltje?«

»Ja?«

»Ich wäre dir sehr dankbar, wenn du dich heute Nacht um ihn kümmern könntest, wenn es geht. Ich muss Zokho suchen.«

»Keine Sorge, es wird mir ein Vergnügen sein. Wie soll er denn heißen?«

»Harman.«

Sie betrachtete das Baby in ihren Armen.

»Harman.« Zärtlich sprach sie seinen Namen aus. »Harman passt gut zu ihm. Klingt stark.«

»Mein Großvater hieß Harman. Du wirst dich also um ihn kümmern, heute Nacht?«

»Ja.«

Er sah sie und das Kind in ihren Armen noch einmal an. Sein Wunsch war in Erfüllung gegangen, wenn auch ganz anders, als er es sich vorgestellt hatte.

»Also, gute Nacht. Hier ist die Flasche. Mach die Milch nicht zu warm und verdünne sie mit einem Schluck Wasser.«

Sie lächelte.

»Ich mach das schon.«

Das Baby war vom Weinen erschöpft eingeschlafen. Sie legte es hin und kochte ihrem Vater etwas zu essen. Als sie gerade ihren Vater gefüttert hatte, wachte das Baby auf. Sie setzte sich mit dem Säugling in den Armen auf ihr Bett und hielt ihm die Flasche an den Mund. Der Deckel fühlte sich fremd an und er drehte sich weg und weinte. Die Milch lief ihm über das Gesicht. Sie wusste nicht, was sie tun sollte. Wenn sie ihn nun gar nicht füttern konnte? Aus lauter Verzweiflung knöpfte sie sich das Kleid auf. Ihre Brüste waren klein und die Brustwarzen hart. Sie war bereit, alles zu versuchen. Sie legte das Baby an ihre Brust. Es saugte gierig und löste ein merkwürdiges Gefühl in ihrem Bauch und ihren Brüsten aus. Doch der Säugling würde bald bemerken, dass ihre Brüste keine Milch hergaben, und so tröpfelte sie sich die Milch über die Brust, bis das Baby sie aufsaugte. Sie hatte keine Ahnung, ob es Sinn machte, ob es zu viel oder zu wenig Milch war oder ob er sich daran verschlucken konnte. Doch dann funktionierte es und sie hielt die Flasche über ihre Brust und ließ die Milch langsam hinuntertröpfeln. Schließlich schloss Harman die Augen und schlief ein. Sie betrachtete das weiche Haar und den kleinen Mund, der noch an ihrer Brust lag. Es war das erste Mal, dass sie ein Baby in ihren Armen hielt.

»Du bist wunderschön, Harman«, sagte sie leise. »Gerade erst einen Tag alt und schon ein Herz gestohlen.«

In der Nacht konnte sie kaum schlafen. Sie wusste nicht, wohin sie Harman legen sollte – neben sich, auf sich oder in ihre Arme. Und er wachte immer wieder auf und musste gefüttert werden.

Als sie am nächsten Morgen die Wäsche aufhängte, kam Roeloff, die Stute am Zügel führend, zurück.

»Hast du sie gefunden?« fragte Neeltje.

»Ich habe ihre Spuren gefunden. Was die Schafe betrifft, habe ich aber keine gute Nachricht. Die Schafdiebe haben die Herde geteilt und sind in unterschiedliche Richtungen gezogen, um uns zu verwirren und um schneller voranzukommen. Twa ist der Gruppe gefolgt, die in die nordwestliche Richtung zieht. Ich habe dir doch gesagt, dass er ihnen nachgehen wird. Die kleinere Gruppe zieht gen Osten. Sie können natürlich auch wieder umgekehrt sein und sich hier in der Nähe aufhalten.«

»Und wohin willst du jetzt?«

»Erst suche ich Zokho, danach reite ich in den Norden. Wie geht es deinem Vater?«

»Heute Morgen hat er ein bisschen Suppe gegessen. Ich glaube, wir werden ihn in wenigen Tagen wieder sprechen hören.«

»Das ist gut. Und Harman? Hoffentlich hat er dir nicht zu viele Umstände gemacht. Konntest du ihn füttern?«

Sie wurde rot.

»Ging es nicht gut?«

»Er wollte die Flasche nicht nehmen.«

»Wie hast du es denn geschafft?«

»Na ja, ich ... du wirst dir etwas anderes einfallen lassen müssen, wenn du wiederkommst. Ich komm schon zurecht. Sein Nabel ist ein bisschen geschwollen und entzündet, aber er hat gut geschlafen. Er hat alle paar Stunden Hunger.«

Roeloff lächelte.

»Hört sich an, als sei er gierig. Er hat den gleichen Mund wie seine Mutter, nicht wahr? Und ihre Augen?«

Neeltje bückte sich, wrang die Wäsche aus und hängte sie über einen Ast.

Er merkte, dass er das Falsche gesagt hatte.

»Neeltje?«

»Warum willst du sie holen, wenn sie lieber bei ihren eigenen Leuten leben will? Vielleicht fühlt sie sich hier nicht wohl.«

»Ich möchte wissen, warum sie gegangen ist und warum sie Harman allein gelassen hat. Es kann ja sein, dass die Schafdiebe sie mitgenommen haben.«

Neeltje trocknete sich die Hände an der Schürze ab.

»Daran habe ich noch gar nicht gedacht. Wie lange wirst du unterwegs sein?«

»Ich weiß es nicht. Bis ich die Schafe gefunden habe.«

»Komm rein, ich packe dir etwas zu essen ein.«

Er folgte ihr ins Haus. Harman lag in eine Decke gewickelt auf einer Unterlage aus gefalteten Wäschestücken auf dem Küchentisch. Roeloff betrachtete das schlafende Baby und staunte über das Wunder, das er und Zokho geschaffen hatten. Sein eigen Fleisch und Blut. Wem war er ähnlich, seinem Vater oder seiner Mutter? Hatte er auch etwas von dem Mann geerbt, dessen Namen er trug?

»Wie viel soll ich dir einpacken?«

»Genug für drei Tage. Vielleicht auch vier.«

»So lange?«

»Wenn ich die Schafe finde – du weißt ja, wie lange es dauert, sie zurückzutreiben.«

Neeltje stand in der Küchentür und sah ihm nach. Seit er auf die Farm gekommen war, hatte sich ihr Leben geändert. Sie war kein zufriedener Mensch mehr.

Roeloff ritt in nördlicher Richtung durch das Veld. Zu Beginn konnte er den Spuren leicht folgen, am Mittag aber hatte er sie auf dem steinigen Boden verloren. Den Nachmittag verbrachte er damit, Zokhos Spur zu suchen, doch es war zwecklos. Entweder war ihm etwas entgangen oder aber Zokho hielt ihn zum Narren. Vielleicht hatte sie sich sogar in der Nähe versteckt, beobachtete ihn und lachte ihn seiner Unfähigkeit wegen aus. Er könnte es sich leicht machen, sich selbst einreden, dass er alles getan hatte, was er tun konnte, sie gehen lassen, nur die Schafe suchen und dann nach Hause reiten. Doch das brachte er nicht fertig. Er wollte ihr in die Augen sehen, wenn sie ihm sagte, warum sie sich so verhalten hatte; er wollte es aus ihrem eigenen Mund hören. Er musste sich selbst überzeugen, dass er keinen Fehler begangen hatte.

Er dachte an Neeltje. So starrköpfig und doch so warmherzig. Und wie liebevoll sie sich um seinen Sohn kümmerte. Wie war das alles möglich? Gab es eine Kraft, die ihn in die Ceder-Berge und auf die Farm von Wynand Roos getrieben hatte? Warum empfand er etwas für zwei Frauen? Mit Zokho war er aufgewachsen, doch Neeltje war diejenige, die wusste, was in seinem Afrikanderherz vorging.

Dann entschied er sich, weiterzureiten und keine Zeit mehr zu verschwenden. Er brach in Richtung Hantam auf, in die Nähe seines Geburtsortes. Hinter den Bergen wollte er die Sonqua dann suchen. Wenn Zokho vorhatte, zu ihnen zurückzukehren, würde er ihr vielleicht unterwegs begegnen. Wenn nicht, konnte er die Sonqua zumindest fragen, ob sie wussten, wer ihre Schafe gestohlen hatte.

Er ritt den ganzen Tag im gleichmäßigen Schritt weiter und machte nur einmal Halt, um dem Pferd eine Pause zu gönnen. Nichts hielt ihn auf und so hatte er am Abend eine beachtliche Entfernung zurückgelegt. Bei einer Baumgruppe machte er Halt, zündete ein Feuer an, aß Dörrfleisch und trank Wasser. Ohne Twa fühlte er sich fremd in der nächtlichen Stille, wo nur die Raubtiere der Nacht ihm Gesellschaft leisteten. Mit dem Rücken an einen Baum gelehnt und mit seinem Gewehr zwischen den Knien schlief er jedoch bald ein. Einmal wachte er auf, sah vier Augenpaare in der Dunkelheit leuchten und warf einen Stein in ihre Richtung. Mit klappernden Hufen verschwanden die nächtlichen Beobachter. Er legte ein Stück Holz auf das Feuer und schlief wieder ein.

Am zweiten Tag erreichte Roeloff spät nachmittags die Hantam-Berge. Als er über einer Baumgruppe Rauch aufsteigen sah, wurde ihm klar, dass er sich in der Nähe einer Lagerstätte befand. Um zu verhindern, dass das laute Hufklappern seines Pferdes auf der harten Erde die Menschen dort erschreckte und verscheuchte, stieg er vom Pferd und ging die letzte Meile zu Fuß. Twa hatte oft behauptet, dass man beinahe über einen Sonqua stolpern könne, ohne ihn zu bemerken, weil er sich so gut an seine Umgebung anpasse.

Als er näher herangekommen war, hörte er sie singen und klatschen. Er hoffte, den richtigen Stamm gefunden zu haben.

Doch er war nicht so vorsichtig gewesen, wie er geglaubt hatte, denn ein Kind, das am Rande der Stätte spielte, lief plötzlich hinein und warnte die anderen vor ihm. Die Musik setzte aus und die Gruppe verstummte.

»Augen des Himmels!«

Er hatte den richtigen Ort gefunden.

Die anderen, die ihn noch nie gesehen hatten, beobachteten erschrocken, wie ein großer Mann, der in den sonnenwarmen Farben der Karoo gekleidet war und lange helle Haare hatte, die über seine breiten Schultern fielen, mit ausholenden Schritten auf sie zukam.

Dann erst entdeckte er die Skerms auf dem offenen Platz hinter einem Baum. Er hatte noch nie zuvor eine so große Gruppe gelbhäutiger Jäger gesehen. Er erkannte ein paar der Gesichter.

Koerikei löste sich aus der Gruppe.

»Augen des Himmels. Dein Besuch ehrt uns.«

Roeloff begrüßte ihn und nickte den anderen zu.

»Du fragst dich, warum ich hier bin.«

»Wir haben keine Schafe. Wir halten uns an unser Versprechen, dein Land nicht zu betreten.«

»Ich weiß.

»Was bringt dich her, Augen des Himmels?« Toma trat einen Schritt vor. Er war nicht so geduldig wie die anderen, die darauf warteten, dass erst der Gast etwas sagte.

Roeloff sah den jungen Jäger an.

»Ich suche Zokho.«

Damit hatten sie nicht gerechnet.

»Zokho? Warum suchst du sie? Sie ist vor langer Zeit weggelaufen.«

»Sie kam zu mir.«

Ihre Stimmen erhoben sich im Chor.

»Zu dir?« fragte Koerikei.

»Es gibt ein Kind. Sie ließ es allein, nur wenige Stunden alt.«

Die anderen sahen sich skeptisch an.

»Ihr beide? Ein Kind?« Das war ja unglaublich.

»Es ist tapfer von dir hierher zu kommen, nachdem du dir eine von unseren Leuten genommen hast«, sagte Toma.

»Ich nahm sie mir nicht. Sie kam zu mir, freiwillig.«

»Und verließ dich wieder, wie sie gekommen ist. Das ist Zokho.«

Ein alter Mann aus der Gruppe kam auf ihn zu gehumpelt. Roeloff erkannte die gebeugte Figur von Limp Kao.

»Du erinnerst dich an Limp Kao?« fragte Koerikei. »Er ist blind, doch er kann weiter blicken als die meisten anderen hier. Er erzählt uns, alter Vater, dass Zokho bei ihm war. Es gibt ein Kind. Jetzt ist sie weggelaufen.«

Limp Kao nickte.

»Komm, setzen wir uns«, sagte Koerikei. »Das wird ein langer Tag. Lass uns reden.«

Roeloff fiel auf, dass sie im Kreis um eine Person herumgestanden hatten, die auf dem Boden lag. Er betrachtete sie genauer und sah, dass es ein junges Mädchen war, hochschwanger, und über sie beugte sich ein Mann, der mit Fellen bekleidet war und Rankgewächse um seine Fußgelenke gewickelt hatte.

»Ich habe euch unterbrochen.«

»Eine Heilzeremonie. Sie ist vorbei. Dieses Mädchen ist Tomas Frau. Sie ist von bösen Geistern besessen. Toma hat nicht viel Glück mit seinen Frauen. Auch diese hat den Kopf voller Teufel.«

Roeloff sah Toma an.

»War die Zeremonie erfolgreich?«

Toma antwortete nicht.

»Wir werden morgen wissen, ob der Heiler ihre Krankheit angenommen hat«, sagte Koerikei. »Wenn nicht, werden wir es noch einmal im neuen Mond versuchen. Komm, setzen wir uns mit Limp Kao an mein Feuer. Du bist an einem guten Tag gekommen; wir haben eine Elenantilope erlegt.«

Der Platz leerte sich und die Leute kehrten an ihre Feuerstellen zurück.

Er saß mit Koerikei, Tau und Limp Kao an ihrem Feuer und aß mit ihnen Fleisch, das der Jäger ihm, auf die Spitze eines Stocks gesteckt, reichte. Die Keule war perfekt gebraten, das Fleisch löste sich vom Knochen. Er war so hungrig, dass er sogar eine Puffotter gegessen hätte, wenn ihm eine angeboten worden wäre. Er nahm das höfliche Verhalten seines Gastgebers wahr, die Ruhe der anderen. Koerikei teilte erst und nahm sich selbst das kleinste Stück. Roeloff staunte über die Harmonie unter diesen Menschen, die ein so eng miteinander verbundenes Leben führten. Er hatte Fragen, empfand es aber als aufdringlich, diese zu stellen.

Nach dem Essen reichte Tau ein Straußenei herum, aus dem jeder einen Schluck Lehmwasser trank.

»Ich habe schon lange nicht mehr so gut gegessen«, sagte Roeloff ehrlich. »Ich danke euch.«

Koerikei beschäftigte sich mit kleinen Ästen an der Feuerstelle und versuchte nicht zu zeigen, wie sehr ihn das freute. Sie saßen sich am Feuer gegenüber. Roeloff betrachtete ihn genau. Seine Füße starrten vor Dreck und waren so rissig wie die Füße von Twa. Koerikei aber war um viele Jahre jünger und sein sehniger Körper glänzte im Feuerschein. Seine Bescheidenheit beeindruckte Roeloff. Koerikei fand freundliche Worte für seine Frau und schien die Dinge sorgfältig abzuwägen, bevor er etwas sagte. Ein guter Charakterzug, hätte sein Großvater gesagt. *Ein Mann, der dahinbraust wie der Wind, macht überflüssigen Lärm, doch derjenige, der seine Worte abwägt, hat mit Sicherheit Wichtiges zu sagen.*

»An unseren Feuern wird oft von dir erzählt, Augen des Himmels«, sagte Limp Kao schließlich. »Wir sind nie zuvor einem Menschen wie dir begegnet.«

Koerikei lächelte. Er stimmte dem alten Vater zu.

»Wir reden oft von dem, der den Wind in den Augen trägt und den Regen in seinem Herzen; wie er, nach allem, was geschehen war, uns doch ein Schaf seines Vaters gab. Wir sagten, er sei klug. Und gerecht. Der weiße Mann behandelt uns nicht sehr freundlich. Jeden Tag drängt er uns weiter und weiter weg, zur Sonne hin. Wir haben nichts dagegen, wenn er sich ein Stück von unserem Land nimmt, aber er will die Früchte aus der Erde und ihre Tiere und uns soll nichts mehr bleiben. Wir sind schon hoch hinauf gezogen. Das alles hier war unser, bevor er mit seinen Gewehren herkam. Wohin sollen wir gehen? Die Götter geben das Wasser, sie geben die Tiere, aber sie erschaffen nicht noch mehr Land. Bald werden wir am Ende der Erde hinunterfallen.«

Roeloff nahm sich ein Stück Tabak und zerbröckelte ihn auf einem trockenen Blatt, das er glatt strich und zusammenfaltete. Er zündete es an und reichte es dem alten Mann.

Limp Kao zog den Rauch tief in die Lungen.

»Uns gehört nichts und wir wollen nur in Frieden leben. Wir könnten nicht überleben, wenn wir uns nicht einigten. Nichts teilten. Wenn du eine Antilope hast, esse ich bei dir. Morgen, wenn ich etwas habe, isst du bei mir. Du sagtest einmal, sich etwas auszuleihen hieße, sich mit Zustimmung etwas zu nehmen. Danach gibst du es zurück. Wir haben darüber gesprochen. Ich frage dich, Augen des Himmels, wer ist der wahre Leihgeber aller Dinge? Wer nimmt sie zurück? Mit einem vollen Bauch ist leicht reden, doch was würdest du tun, wenn du der Eigentümer wärst und wir die Eindringlinge, die dich bestehlen?«

»Ich würde mir selbst treu bleiben.«

Limp Kao dachte darüber nach. »Dir selbst treu zu bleiben, wenn ein Gewehr auf dein Herz gerichtet ist, ist gefährlich.«

»Das ist wahr, aber du kannst nicht ändern, wer du bist. Mein Großvater erzählte mir einmal von der Freiheit. Er sagte, ich solle mich in Acht nehmen vor einem Menschen, der sagt, er könne sie mir geben. Wer das sagt, spricht von einer neuen Art, dich in Ketten zu legen.«

Limp Kao nickte.

»Er war weise, der Vater deines Vaters. Freiheit kommt von hier drinnen.« Er berührte seine Brust. »Ohne sie stirbst du.« Er zog ein letztes Mal an dem Tabak und gab ihn dann Roeloff zurück. »Lass uns jetzt über Zokho sprechen. Du hast einen weiten Weg hinter dir. Was wirst du tun, wenn du sie findest?«

»Meine Frage stellen und gehen.«

»Wie lautet deine Frage?«

»Warum sie es getan hat.«

»Ihre Antwort wird dir nicht gefallen, Augen des Himmels. Zokho hat die Gunst der Götter verloren, ihr Geist ist nicht mehr rein. Doch wenn sie es getan hat, dann nur, um sich selbst zu schützen. Unser Verhalten ist für andere schwer zu verstehen. Eine Mutter, die Zwillingen das Leben schenkt, muss sich entscheiden, welches von ihnen überleben soll. Ein Kind mit einer Behinderung wird begraben, um ihm Leid zu ersparen. So verlangt es das Gesetz im Veld.«

»Welche Rechtfertigung gibt es dafür, ein Kind allein zu lassen, wenn sein Vater nicht da ist, um es zu schützen?«

»Keine. Ich weiß nicht, warum sie es getan hat. Der Schakal versteht die Faulheit der Riesenschlange nicht, doch er geht ihr trotzdem aus dem Weg. Vergiss es und vergiss Zokho. Folge dem Rat deines Vaters Vater.«

Sie saßen lange schweigend am Feuer. Wie auf eine unausgesprochene Übereinkunft hin standen ein paar Leute von ihren Feuerstellen auf, versammelten sich in der Mitte der kreisförmig aufgestellten Skerms und legten eine neue Feuerstelle an.

»Sie wollen dir zu Ehren eine Vorstellung geben«, sagte Koerikei. »Die Jäger werden uns mit ihren Geschichten unterhalten. Toma und Gau haben die Elenantilope erlegt, sie werden anfangen. Du wirst hören, wie Toma beinahe von ihren Hörern durchbohrt wurde. Er ist der beste Geschichtenerzähler und er hat viele Narben, die das beweisen.«

Roeloff saß am Feuer seiner Gastgeber und ließ sich von dem heiteren Treiben mitreißen. Die Geschichten wurden tanzend und spielend erzählt und die Jäger ahmten auch die verängstigten Tiere nach, indem sie sich auf die Erde warfen und sich qualvoll krümmten. Das Fest dauerte bis in die frühen Morgenstunden und die Kinder rannten zwischen den Feuerstellen hin und her.

Am nächsten Morgen erwachte er von der Wärme an seinem Rücken. Er lag zwischen Limp Kao und Koerikei.

»Ich möchte euch danken, Koerikei und alter Vater. Ich muss aufbrechen, bevor die Sonne zu hoch am Himmel steht.«

»Du wirst nicht mit uns jagen?« fragte Koerikei.

»Sie warten zu Hause auf mich. Aber ich habe eine letzte Frage.«

Die Jäger warteten.

»Wisst ihr vielleicht, wer Schafe gestohlen haben mag . . . « Er berechnete rasch den Fußweg bis an den Ceder-Berg. ». . . etwa fünf Tage in dieser Richtung?« Er wies in den Süden.

»Unsere Leute halten sich zwischen dem Hantam und dem großen Fluss auf. Wir waren es nicht.«

»Ich weiß. Aber wisst ihr nicht, wo ich sie suchen könnte? Gibt es da unten in der Gegend Sonqua?«

Auf Koerikeis Gesicht breitete sich ein warmes Lächeln aus.

»Sonqua sind überall, Augen des Himmels. Manchmal stehst du direkt vor ihnen und weißt nicht einmal, dass sie da sind.«

Roeloff erkannte die Bedenken des Jägers.

»Ich will ihnen nichts tun, Koerikei. Ich habe deinen Leuten noch nie etwas getan. Ich möchte nur die Schafe zurückholen.«

Koerikei betrachtete seine Füße, dann sah er langsam auf.

»Wir wissen von einer Gruppe auf den roten Bergen.«

Koerikei meinte die Ceder-Berge. Roeloff spürte, wie die Hoffnung in ihm stieg.

»Es sind viele Berge und sie sind hoch. Es wird Tage dauern, bis ich sie finde.«

»Du musst bis ans andere Ende reiten. Wenn du von oben Grasflächen und Bäume siehst und merkst, dass die Landschaft anders ist, weißt du, dass du sie gefunden hast.«

Roeloff stieg auf sein Pferd.

»Danke.«

»Du willst ganz sicher nicht länger bleiben? Wir haben nicht weit entfernt von hier Springböcke gesehen. Mit deinem Gewehr können wir einen schießen und für viele Tage genug zu essen haben.«

Roeloff lächelte.

»Ich werde wiederkommen, dann gehen wir jagen. Wenn ich unterwegs etwas finde, schieße ich zweimal, damit ihr wisst, dass ich etwas erlegt habe.«

Tau reichte ihm ein Straußeneigefäß.

»Ihr braucht es nicht?«

»Nein.«

Roeloff wusste, dass sie log, nahm es aber respektvoll an.

»Gute Reise, Augen des Himmels. Wenn du Regen siehst, sag ihm, er soll hierher kommen.«

»Danke. Und dank dir, alter Vater.«

Dann galoppierte er rasch davon. Der Aufenthalt hatte ihn erfrischt, sein Pferd war ausgeruht und er hatte es eilig, die Schafe zu finden und nach Hause zurückzukehren. Er ritt an einem alten Weg vorüber, dem er früher einmal mit Twa zusammen gefolgt war, und ein Gefühl der Sehnsucht kam in ihm auf. Er war weniger als eine Stunde entfernt von dem Ort, an dem er geboren wurde. Seine Gedanken wanderten zu seiner Familie, den Menschen, die auf Kloots Nek lebten, dann verdrängte er sie, wie er es so oft tat.

Es war später Nachmittag, als er neben ein paar Dornbüschen Halt machte, um sich auszuruhen und etwas zu essen. Warum dieser Ort ihn angezogen hatte, wusste er nicht, doch er bemerkte eine frische Markierung im Sand, als wäre etwas aus der Erde gehoben und wieder vergraben worden. Er betrachtete die Stelle genauer und sah, dass dort jemand gehockt hatte; die Fersen waren tief in den Sand gedrückt worden, die Fußspuren waren schmal und klein.

Er kniete sich hin und schaufelte den Sand mit den Händen weg. Wenige Minuten später hob er ein Straußenei heraus, das durch die Einbettung in der heißen Erde warm war. Ein winziges Loch oben in dem Ei war mit einem Pfropfen aus trockenem Gras zugestopft worden. Die Jäger vergruben in der Karoo überall in Straußeneiern Wasser für Durchreisende.

»Du warst also hier und hast etwas getrunken.«

Er vergrub das Ei wieder und stand auf. Er hätte gern ein Zeichen seiner Anwesenheit zurückgelassen, entschied sich aber dagegen. Sie würden glauben, dass das Wasser vergiftet worden war, und es lag nicht in seiner Absicht, eine lebensrettende Tradition zu behindern.

Wo bist du Zokho? Bist du hier?

Er ging ein paar Schritte, untersuchte den Boden und fand Spuren, die zu einigen Sträuchern kaum sechshundert Fuß von ihm entfernt führten. Sein Herz hämmerte in seiner Brust.

»Zokho!«

Er erhielt keine Antwort, hörte nur den leisen Flügelschlag eines Aasgeiers in der Luft.

Er näherte sich der Stelle, an der er ihr Versteck vermutete. Es war anders als damals, als er ihr im Veld allein begegnet war. Damals hatte er ein wildes Verlangen empfunden und Zokho war ihm entgegengelaufen. Jetzt gab es nichts als Distanz und Schuld.

Er erreichte den Strauch und schaute dahinter. Sie war nicht da. Er ging zu einem zweiten, kleineren Strauch und fand sie zusammengekauert, mit dem Kopf zwischen den Knien. Wenn er sie nicht gesucht hätte, wäre er an ihr vorbeigegangen, so gut passte sie sich ihrer Umgebung an.

»So. Hierher hat dein Weg dich also geführt.«

Sie stand auf und ging weg, ohne ihn zu beachten. Das Kaross hatte sie sich um die Taille gebunden und an ihrem flachen Bauch verriet kein äußeres Zeichen, dass sie vor kurzem ein Baby geboren hatte. Nur aus ihren Brüsten, groß und birnenförmig, rann Milch.

Er folgte und ging neben ihr her. »Ich rede mit dir.«

Sie ging weiter.

Er trat mit einem Schritt vor sie.

»Warum bist du weggelaufen? Hast unser Baby zurückgelassen?«

Sie kratzte mit ihrem Stock im Sand.

»Ich rede mit dir, sieh mich an!«

Der Stock fiel ihr aus der Hand und sie schaute auf. Verärgerung oder Verletzung in ihrem Blick hätte ein Gefühl ausgedrückt, doch sie sah ihn an, als würde sie ihn zum ersten Mal sehen.

»Du hast nichts dazu zu sagen?«

Sie löste ihr Kaross an der Taille und warf es sich über die Schultern, verhüllte ihre Brüste und verschloss sich vor ihm.

»Ich habe dir gesagt, dass ich nicht auf der Farm bleiben möchte.«

»Und das ist ein Grund, unser Kind allein zu lassen?«
»Das und anderes.«
»Was ist das andere?«
»Du weißt sehr wohl, was das andere ist.«
»Du hast unser Baby bekommen. Du hast es allein gelassen. Es hätte ihm sonst was passieren können. Welche Mutter tut so was?«
In ihre Augen schlich sich ein herausfordernder Blick.
»Worüber beschwerst du dich? Du wolltest die Tochter des weißen Mannes, jetzt kannst du sie haben. Zokho war zum Heiraten nicht gut genug.«
»Dass du dich über mich ärgerst, hat damit nichts zu tun. War er dir egal?«
»Ich will ihn nicht! Ich habe ihn in der Nacht, in der er geboren wurde, ausgesetzt. Unter einen Baum, für die Schakale! Dein Krüppel hat ihm das Leben gerettet!«
Die Worte fuhren wie ein Stich in sein Herz und er zuckte zusammen: »Schakale? Was meinst du?«
»Frag Twa. Er wird dir bestimmt gern erzählen, wie er das Kind am nächsten Tag ins Leben zurückrief.«
Roeloff sah sie an. Er war sprachlos. Die Zokho, die er kannte, war kindlich und unschuldig, es gab nichts Böses in ihr.
Er stieg auf sein Pferd. Die Verbindung, die zwischen ihnen bestanden hatte, war hier draußen gestorben, durch ihre Taten, ihre Worte. Sie hätte ebenso gut ihre Hände um sein Herz legen und es zum Stillstand bringen können. Es gab kein Gesetz, das das wieder gutmachen konnte. Kein Gesetz der Sonqua und kein anderes. Er hatte mit ihr nichts mehr zu tun. Selbst wenn es ihm Leid tat, er konnte daran nichts ändern.
»Jetzt habe ich dich verletzt. Bist du zufrieden?«
Er war immer noch sprachlos.
Zokho zog das Kaross fester um sich und ging an ihm vorbei, um ihren Weg fortzusetzen.

Er saß im Sattel und beobachtete sie, die sich wie ein einsamer Steinbock in der Wildnis auskannte. Das war der Unterschied zwischen ihnen. Nicht die Tatsache, dass sie Sonqua war, dass ihre Götter nicht seine waren, sondern dass sie weggehen konnte. Ohne Eile. Frei. Der alte Vater hatte Recht, er verstand es nicht. Er wollte es nicht verstehen.

»Leb wohl, Rauch in den Augen«, sagte er leise zu sich selbst.

Das Kaross wurde immer kleiner in der Ferne. Als sie mit dem Veld eins geworden war, drehte er um und ritt gemessen dem Wind entgegen, der seine Augen trocknete.

13

Neeltje wartete sechs Tage, bis er mit den Schafen zurückkehrte und zehn weitere Tage, bis er das erste Mal wieder aus seinem Zimmer herauskam nach einer Krankheit, die durch kein anderes äußeres Zeichen zu erkennen war als Schweigen. Von Twa, der zwei Wochen früher zurückgekehrt war, wusste sie, dass Zokho gegangen war und nicht wiederkommen würde, doch sie hatte ihn nicht nach weiteren Einzelheiten gefragt. Twa wusste mehr, als er verriet, denn er hatte Roeloff auf seinem Weg zurück von den Hantam-Bergen getroffen. Sie ahnte, dass Roeloff von einem inneren Schmerz zerrissen wurde.

Sie stand mit Harman auf den Armen in der Küche und behielt gleichzeitig ihren Vater im Auge, der auf einem Stuhl neben der Tür saß und sich ein Paar Schuhe aus Leder anfertigte. Die Lähmung hatte seine Beine geschwächt, sodass er noch nicht lange stehen konnte, doch er konnte wieder sprechen und seine Arme waren so kräftig wie zuvor. Seit ein paar Tagen kümmerte er sich um die vielen Dinge, für die ihm sonst keine Zeit blieben: Er machte Schuhe, reinigte seine Gewehre, reparierte die Planen für den Wagen und so weiter.

»Pa, fühlst du dich stark genug, um Harman eine Weile zu halten? Roeloff ist gerade draußen, ich muss mit ihm reden. Und Twa soll für heute Abend ein Huhn schlachten. Unsere Hühner haben sich so vermehrt, dass wir jetzt mehr Hühner als Schafe besitzen. Ich kann Harman aber auch hinlegen, wenn du ihn nicht halten willst.«

»Ich kann ihn halten.«

Sie legte ihm das Baby in die Arme und schaute ihnen einen Augenblick lang zu. Sie hätte nicht gedacht, dass ihr Vater so liebevoll zu ihm sein würde; schließlich war Harman ein Bastard und gehörte nicht zur Familie.

»Sag ihm, dass ich ihn sprechen will.«

»Jetzt nicht.«

»Warum nicht?«

»Er hat noch nicht mal seinen Sohn besucht. Er soll kommen, wenn er sich dazu bereit fühlt.«

»Ich möchte mit ihm über die verlorenen Schafe reden.«

»Dann musst du warten.«

»Zokho kommt nicht zurück?«

»Das habe ich doch gesagt.«

»Und Harman?« Er betrachtete das Kind in seinen Armen. »Soll er ohne eine Mutter aufwachsen? Wann wird sein Vater sich um ihn kümmern? Er sieht Roeloff sehr ähnlich. Ich finde bei ihm überhaupt keine Ähnlichkeit mit Zokho.«

»Natürlich. Sein Mund und seine Augen. Die Augen sind genauso schräg wie ihre.«

»Seine Haare und seine Hautfarbe sind eindeutig Kloot. Ich glaube, er wird ein starker Junge werden. Er schreit so laut, dass er den Teufel aufwecken kann.«

»Bist du sicher, dass du ihn halten kannst, Pa? Ich komm gleich wieder und nehm ihn dir ab.«

Sie strich ihre Schürze glatt, steckte sich eine Haarsträhne unter die Kappe und ging nach draußen. Ihr Vater hatte sich zwar noch nicht ganz wieder erholt, doch er hatte, bis auf ein leichtes Schleppen der Zunge, seine Sprache wieder gefunden. Er konnte sprechen und hatte jede Menge Fragen. Sie hatte ihm von dem Schafdiebstahl berichten müssen, als Roeloff und Twa nacheinander mit vierzig der ursprünglich sechzig Schafe zurückgekehrt waren. Die Gruppe, die in den Osten gezogen war, hatten sie nicht aufgespürt. So hatten sie nur die Schafe zurückbringen können, denen Twa gefolgt war, und die anderen, die Koerikei am Ende der roten Berge vermutet hatte. Sie hatte ihrem Vater auch erklären müssen, dass Zokho weggegangen war, warum Harman bei ihnen im Haus blieb und warum sie sich um ihn kümmerte. Doch sie konnte ihm nicht sagen, warum Roeloff seinen Sohn nicht aufsuchte. Von Twa wusste sie zwar, dass er nach Harman fragte, mehr aber auch nicht.

Der Sommer hatte begonnen und in der Luft lag der Duft der Blumen, die unten am Bach blühten. Zum Säen war es beinahe zu spät, doch sie war froh, dass er sich mit irgendetwas draußen beschäftigte. In der vergangenen Woche hatte sie ihn kaum gesehen.

Sie folgte dem Weg zum Stall, stellte ihren Fuß auf die unterste Sprosse und beobachtete, wie er ein paar hundert Fuß von ihr entfernt die Saat in die Erde streute. Er hatte abgenommen und seine langsamen Schritte wirkten traurig. Als er kurz darauf spürte, dass jemand hinter ihm stand, blickte er auf.

Sie winkte ihm zu.

Er winkte zurück und säte wieder.

Sie war enttäuscht und ging zum Hühnerstall, um ein Huhn fürs Abendessen auszusuchen. Dann wurde sie wütend. Sie kehrte zurück und stellte sich neben Roeloff, der auf dem Boden kniete und die Saat mit Erde bedeckte.

»Roeloff Kloot.«

Er sah auf.

»Du bist seit zwei Wochen wieder hier und du hast deinen Sohn weder gesehen noch nach ihm gefragt. Ist er dir egal geworden, seit seine Mutter verschwunden ist?«

Ihr Angriff überraschte ihn.

»Ich habe gehört, dass es ihm bei dir gut geht.«

»Er braucht seinen Vater und sein Vater braucht ihn. Es ist an der Zeit, dass sein Vater das hinter sich lässt, was ihn aufhält, und endlich wieder zu leben anfängt. Was vorbei ist, ist vorbei.«

»Sein Vater braucht an seine Verantwortung nicht erinnert werden.« Er wandte sich ab und stampfte die Erde viel fester als zuvor. »Und gib Acht, dass du deinem Schicksal nicht vorauseilst.«

»Ich habe keine Angst vor meinem Schicksal.«

»Nicht?«

Sie schwiegen beide. Plötzlich begriff sie, was er gemeint hatte.

»Bereite dich darauf vor. Ich werde vor dem Winter zu dir kommen.«

Das Blut stieg ihr ins Gesicht.

»Du musst bald nach Roodezand fahren, um Vorräte einzukaufen«, sagte sie hastig und versuchte ruhig zu bleiben. Sie brauchten tatsächlich Vorräte, doch sie war nicht deswegen hergekommen. »Wir haben fast kein Salz und keinen Zucker mehr. Und ich brauche Nadeln und Garn und ein Stück Stoff. Wenn ich weiterhin meine Kleider für Harman zerschneide, habe ich bald keines mehr zum Anziehen.«

Sein Mund verzog sich zu einem Lächeln, das seine Augen nicht erreichte.

»Das wäre vielleicht gar nicht schlecht. Man sagt, eine Frau, die mehrere Lagen Baumwollstoff trägt, würde das gleiche Schicksal erleiden wie derjenige, der seinen Kopf in den Sand steckt. Und wir dürfen nicht vergessen, dass Harman ein Bastard ist.«

Neeltje hob herausfordernd ihr Kinn an.

»Es wird ein Bastard aus ihm, wenn du ihn zu einem machst.«

»Nein, Neeltje, die Hälfte seines Herzens ist die eines Buschmannes und das wird immer so bleiben. Du musst dir deiner Gefühle ganz sicher sein. Wie wirst du dich fühlen, wenn er dich mit den Augen seiner Mutter ansieht?«

»Er ist dein Sohn, er wird auch mein Sohn sein.«

Roeloff richtete sich auf. Er sah ihr so tief in die Augen, dass ihr bei seinem Blick schwindelte.

»Ich werde in zwei Wochen nach Roodezand fahren. Wenn ich zurückkehre, komme ich dich am Abend besuchen.«

»Und es gibt keine Erinnerungen und Gespenster, die deine Seele in ihrem Bann halten?«

»Kein lebendes Wesen kann mich in seinem Bann halten. Du empfindest etwas für mich, Neeltje? Du hast meinen Sohn zu dir genommen. Wirst du auch mich nehmen?«

Neeltje hätte am liebsten geweint vor Glück. Am Morgen noch hatte sie schlaflos in ihrem Bett gelegen und sich gefragt, wann seine Trauer um Zokho aufhören würde; nun wollte er sie in zwei Wochen am Abend besuchen. Ihr Wunsch war erfüllt worden.

»Ich empfinde etwas für dich, ja.«

»Ein wenig?«

»Mehr als ein wenig. Sieh mal! Eine Staubwolke bei den Höhlen. Es ist ein Wagen! Jemand kommt hierher. Vielleicht ist es Stoffel.«

Roeloff kniff die Augen zusammen.

»Es ist nicht der Händler, es ist eine Frau.«

»Die Witwe Reijnhardt. Ach, du liebe Güte. Sie kommt her.«

»Ja, und? Mag dein Vater sie nicht?«

»Er genießt ihre Gesellschaft, doch sie ist nicht sein Typ, wie du gleich sehen wirst.« Sie sah Twa bei einer Gruppe von Sonqua stehen, die die Schafe gestohlen und später auf der Farm Arbeit gesucht hatten, und rief ihm zu: »Geh zum Haus, Twa, und warte da auf mich.«

Der Wagen kam neben ihnen zum Stillstand. Marta Reijnhardt stieg in einer Wolke aus Röcken und Unterröcken auf den Rücken eines jungen Sklaven, der auf Händen und Füßen niederkniete. Sie war eine korpulente Frau und hatte einen ausladenden Busen, der dekoriert war mit einem Regenbogen aus bunten Taschentüchern, die sie sich in den Ausschnitt ihres Kleides gesteckt hatte; ihre Augen sahen hart und neugierig aus und über ihrer Lippe lag ein dichter Flaum. Der Hut passte zu ihrem Kleid und auf ihrer Stirn lagen zwei Locken ihrer übermäßig pomadisierten Haare.

»Neeltje!« Sie klopfte dem Sklaven mit ihrem Spazierstock auf die Schulter, um anzudeuten, dass er wieder aufstehen konnte. »Wie ich mich freue, dich zu sehen. Otto hat Recht, du bist groß geworden. Er ist auch mein Arzt, weißt du. Als ich hörte, dass du erst bei mir und dann bei Otto Lieberband warst, bin ich sofort zu ihm gefahren. Er erzählte mir, dass dein Vater krank ist.«

»Wie geht es dir, Tante Marta? Das ist Roeloff Kloot.«

Roeloff trat einen Schritt vor und reichte ihr die Hand.

Marta Reijnhardt sah ihn an und einen Augenblick lang glaubte Neeltje, dass sie Roeloff mit ihrem Spazierstock auf die Schulter klopfen würde.

»Otto hat von dir erzählt. Du hast Verwandte, die am Kap leben? Und, noch nicht verheiratet, Neeltje?«

Neeltje wurde rot.

»Er arbeitet hier, Tante Marta. Er geht Pa zur Hand. Hattest du eine gute Reise?«

»Ja. Ich habe einen neuen Kutscher, Agt. Er versteht Holländisch und konnte meinen Anweisungen folgen.«

»Agt?«

»Agt tenen. Er hat acht Zehen. Die zwei großen wurden ihm abgehackt, nachdem er seinem vorigen Besitzer abgehauen war.«

Neeltje vermied den Blick auf die Zehen des Sklaven. Sie hatte zwar schon schwarze Menschen gesehen, doch keiner von ihnen hatte eine so glänzende Haut gehabt wie dieser Junge. Und er sah gut aus. Sie hatte geglaubt, dass die Gesichtszüge aller Sklaven grob und ihr Haar kraus sei. Agt hatte ein so feines Gesicht wie alle weißen Menschen, seine Haut aber war schwarz. Neeltje war erstaunt, dass sich Marta Reijnhardt mit einem Kind als alleinigen Begleiter auf eine so lange und gefahrvolle Reise begab.

»Ich sage Pa Bescheid, dass du hier bist. Roeloff kann dir mit dem Gepäck helfen.«

»Wie geht es ihm inzwischen?«

»Beinahe wieder gesund. Ich gehe schon mal vor, Tante Marta.«

Im Haus nahm sie ihrem Vater das Baby ab, wickelte es in eine Decke und legte es in Twas Arme.

»Bring ihn in Roeloffs Zimmer. Er ist satt und hat eine frische Windel um, es wird ihm also nichts fehlen.«

Twa verließ mit Harman die Küche.

»Marta Reijnhardt ist hier, Pa. Sie möchte uns besuchen.«

»Was?«

»Otto hat ihr von deinem Unfall erzählt. Als wir nach Jan Dissels Vlei geritten sind, haben wir auch bei ihr Halt gemacht, aber sie war nicht zu Hause.«

»Wahrscheinlich wird man bald sogar in Graaf-Reinet wissen, dass ich krank bin, wenn das so weitergeht. Ich habe keine Lust, höflich zu sein. Warum hast du Harman mit Twa weggeschickt?«

»Sie wird endlos viele Fragen stellen und ich möchte sie ihr jetzt nicht beantworten müssen.«

»Warum nicht?«

»Ich muss dir etwas erzählen.«

»Was?«

»Später. Sie braucht jedenfalls erst einmal nichts wissen.«

»Was willst du mir denn erzählen?«

»Da ist sie. Versuch doch, ein bisschen freundlicher auszusehen, Pa.«

Marta Reijnhardt trat in die Küche und erfüllte das Zimmer mit dem Duft ihres Parfüms.

»Wynand!« begrüßte sie ihn überschwenglich. »Ich habe gehört, dass du krank bist. Wie geht es dir? Kannst du sprechen?«

»Ich kann sprechen, Marta, ziemlich gut sogar, und meine Ohren sind auch ganz in Ordnung. Und warum trägst du diesen Duft, der nach Tod und Blumen riecht?«

Neeltje war die Unfreundlichkeit ihres Vaters peinlich.

»Du bist noch der Alte«, lachte die Witwe herzlich und beugte sich vor, um ihn zu umarmen. »Ich seh schon, dass du meine Pflege nicht brauchen wirst, ein so starker Mann wie du es bist. Aber ich habe Trockenpfirsiche und Zwieback mitgebracht. Die haben dir das letzte Mal gut geschmeckt.«

»Ich muss Twa noch was sagen«, sagte Neeltje und ging zur Tür. »Ich brauche ein Huhn fürs Abendessen. Mach es dir bequem, Tante Marta, ich komme gleich und koche Kaffee.«

»Wie oft willst du denn noch rausgehen und mit Twa über das Huhn fürs Abendessen sprechen?« fragte Wynand.

Neeltje lächelte. Sie wusste, dass ihr Vater, auch wenn er sich über die Witwe beschwerte, die Unterhaltungen mit ihr genoss. Die äußere Erscheinung Marta Reijnhardts gefiel ihm zwar nicht, doch sie war schlagfertig und nett und die einzige Frau, die es wagte, ihm zu widersprechen. Ihrem Vater konnte ihre Gesellschaft keineswegs schaden.

»Heute ist Sonntag, Pa. Wir essen jeden Sonntag Huhn. Und Tante Marta ist hier.«

Während sie zum Wagen ging, den Roeloff und Agt abluden, fragte sie sich, wie lange Tante Marta wohl bleiben wollte und was sich in den vielen Gepäckstücken versteckte, die am Boden aufgereiht worden waren. Sie mochte Tante Marta ganz gern. Die Witwe brachte ihr immer etwas mit, wenn sie zu Besuch kam. Die Bürste und den Kamm, die sie ihr das letzte Mal mitgebracht hatte, benutzte sie jeden Tag.

»Ich habe Twa gebeten, Harman in dein Zimmer zu bringen, Roff. Du wirst dich in den nächsten Tagen um ihn kümmern müssen. Es ist sowieso höchste Zeit, dass ihr beiden euch kennen lernt. Ich werde ihn aber füttern und seine Windeln wechseln, nur so lange ich Pa nichts erzählt habe, und die Witwe hier ist – verstehst du?«

»Ja. Wann willst du es ihm erzählen?«

»Wenn sie wieder weg ist. Bevor du nach Roodezand fährst. Er wird ein paar Dinge brauchen und ich auch. Ich habe Harman aus meinen alten Kleidern etwas zum Anziehen genäht, aber ich brauche mehr Stoff und Stecknadeln und Kleinigkeiten für ihn.«

»Denkst du, er wird uns seine Zustimmung geben?«

Sie sah ihn überrascht an.

»Für Pa bist du so etwas wie ein Sohn. Du hast eine Menge Arbeit in die Farm gesteckt.«

»Ich meine Harman. Seine Mutter ist Sonqua. Die Leute werden darüber reden.«

»Du hast noch nicht gesehen, wie gern Pa ihn hat. Er versteht nicht mal, warum ich Harman in dein Zimmer bringen ließ. Man könnte meinen, er sei sein Enkel.«

Roeloff legte seine Hand auf ihre.

»Du wirst es nicht bereuen, dass du mich nimmst, Neeltje. Ich besitze nicht viel, aber meine Hände und mein Herz gehören dir.«

14

»Mein Gott, das Kind schreit den ganzen Tag«, schimpfte David. »Man kann bei dem Krach nicht klar denken. Kannst du sie nicht mal beruhigen?«

Elsie sah ihren Schwiegersohn an. David hatte mit Jan in der Scheune bereits ein paar Schnäpse getrunken und seine Schikanen schienen kein Ende zu nehmen. Das Mehl, das Soela sich auf ihr Gesicht gestäubt hatte, verhüllte die gelben und grünen Schatten unter ihren Augen nicht.

»Gib sie mir«, sagte Joubert. »Was fehlt meiner Kleinen denn? Komm zu deinem Oupa.«

Soela reichte ihm Bessie.

»Doch nicht über den Tisch«, brüllte David.

»Ich geb sie dir, wenn wir gegessen haben«, sagte Soela und setzte das Kind wieder auf ihren Schoß.

Elsie sah David an. »Vielleicht solltest du etwas essen, damit du dich beruhigst.«

»Ich würde ja gern, aber wir scheinen auf jemanden zu warten.«

»Ja. Wir warten auf Lourens.«

»Der Knecht isst mit uns an einem Tisch?«

»Ja.«

»Aah«, sagte David und grinste Diena an, die neben ihm saß. »Lourens wurde zum Essen eingeladen. Pa, möchtest du Weihnachten mit einem Knecht an einem Tisch sitzen?«

»Hör auf«, sagte Willem Kloot. Schon die Fahrt zu den Jouberts war unangenehm verlaufen, weil Soela, verletzt und gekränkt, kein Wort gesagt und David zu viel geredet hatte. Die Dreistigkeit seines Sohnes und das Leiden seiner Schwiegertochter machten ihm zu schaffen.

»Benehm ich mich daneben?«

»Du hast zu viel getrunken.«

»Das ist dein anderer Sohn, Pa. Er ist derjenige, der keinen Alkohol verträgt. Erinnerst du dich an ihn? An das, was er getan hat?«

Im Zimmer wurde es still.

»Lieber Himmel, ich habe schon wieder was Falsches gesagt.«

»Ich würde jetzt damit aufhören, wenn ich an deiner Stelle wäre«, drohte Willem Kloot.

Drieka erkannte den Ton in der Stimme ihres Mannes. Der Tag würde kein gutes Ende nehmen, wenn David sich weiterhin so unverschämt benahm.

Es klopfte an der Tür.

»Komm rein, komm rein«, rief Joubert, froh, das Gespräch unterbrechen zu können. »Du kennst die anderen alle, Lourens. Setz dich. Dort auf den Stuhl zwischen Diena und Soela. Wir haben schon auf dich gewartet.«

»Ich wollte schnell etwas fertig machen. Und dann war auch schon die Sonne hinter dem Hügel verschwunden. Ich hatte kaum Zeit, mich zu waschen.«

»Du siehst gut aus«, sagte Elsie, die ahnte, dass er seinen Kopf gerade erst in den Wasserbehälter gesteckt hatte, weil sie ein paar Wassertropfen in seinem Bart entdeckte. Sie betrachtete ihre Töchter, die ihr gegenübersaßen. Dienas Wangen waren rot geworden und auch Soela hatte wieder etwas Farbe im Gesicht. Sie konnte gut verstehen, warum sie den jungen Lourens attraktiv fanden. Er war ein Junggeselle. In ihrer Nachbarschaft gab es keine Junggesellen, von Hennie, dem behinderten Enkel Pietie Retiefs, einmal abgesehen. Zudem interessierte sich Lourens für das, was Frauen beschäftigte: Neulich hatte er Diena über die Schulter geschaut, während diese eine Steppdecke nähte und bestickte. Er hatte gesagt, dass er seiner Mutter gern eine schenken würde. Und ein Mann, der an seine Mutter dachte ... eine bessere Einschätzung seines Charakters gab es nicht. Diena wusste, dass er bei Jan bald um ihre Hand anhalten wollte.

»Gut, jetzt sind ja alle hier – sitzt du gut, Lourens?« fragte David.

Lourens, der von dem Ärger unter den Kloots nichts ahnte, hatte gerade mit Diena gesprochen und die Frage nicht ganz gehört.

»Wie bitte?«

»Ich fragte, ob du da gut sitzt. Neben meiner Frau.«

Lourens sah die anderen an.

»Ja.«

»Das ist gut. Welches Stück von dem Schwein hättest du denn gern?« Er hielt das Messer über die gebratene Keule.

»Schneide es einfach auf«, zischte Willem.

Bessie, erschrocken durch den Ton in der Stimme ihres Großvaters, fing wieder an zu weinen.

»Ich kümmere mich um sie, Soela. Iss erst mal«, sagte Elsie. »Du siehst müde aus.«

»Wir möchten niemanden beim Essen stören«, sagte David. »Es ist Soelas Kind. Sie wird sich darum kümmern.«

»Nimm du sie doch«, platzte Soela heraus. »Tu doch selbst was, anstatt andere herumzukommandieren.«

Alle starrten auf ihre Teller. Sie hatten Soela nie zuvor auf diese Weise mit ihrem Mann sprechen hören.

David kniff die Augen zusammen. »Du bist aber mutig«, grinste er. »Warum bist du nicht so, wenn wir alleine sind?«

»Jetzt reicht's«, sagte Willem. »Ich möchte kein Wort mehr hören. Was ist eigentlich mit dir los?«

»Nichts, Pa – was soll los sein?«

Elsie hob Bessie von Soelas Schoß und setzte sich. Willem tat ihr Leid. Das Verhalten seines Sohnes war ihm peinlich, das wusste sie. David war unverschämt und beleidigte seine Frau und behandelte den Knecht herablassend. Wie er ihn gefragt hatte, welches Stück vom Schwein er gern hätte. Für wen hielt er sich eigentlich? Er selbst war ein

Schwein. David spürte, dass sie ihn beobachtete, und sah auf. Ihr giftiger Blick ließ keinen Zweifel daran, dass die zarte Verbindung, die zwischen ihnen entstanden war, nicht mehr existierte.

Es herrschte eine angespannte Atmosphäre während des Abendessens, die Gesichter sahen bedrückt aus und das Gespräch verlief stockend. Es war nicht die feierliche Veranstaltung, die die Jouberts sich vorgestellt hatten, als sie die Kloots eingeladen und das Schwein geschlachtet hatten, das sie eigens für diese Gelegenheit gekauft und gefüttert hatten. Sie hatten nicht nur Weihnachten feiern wollen, sondern auch die Neuerungen in ihrem Haus, das Zimmer, das Joubert angebaut hatte, und die Türen, die er aus dem Holz angefertigt hatte, das er persönlich in Stellenbosch geholt hatte.

»Das war's dann«, sagte Joubert nach dem Essen und stand von seiner Bank auf. »Wir werden den Branntwein auf der Veranda trinken, in dieser Hitze kann man ja kaum atmen.«

Die Frauen waren nur zu froh, sie loszuwerden. Sie eilten hin und her, deckten den Tisch ab, kochten Kaffee und hofften alle, dass eine andere zu reden anfangen würde. Als Soela ins Zimmer ging, um Bessie ins Bett zu legen, eröffnete Drieka das Gespräch.

»Jetzt weißt du, wie es ist. Und es war harmlos im Vergleich zu der Art und Weise, wie er sie zu Hause behandelt. Es wird immer schlimmer.«

»Warum hat sie blaue Flecken im Gesicht?«

»Es ging um die Dienerin, Katrijn, die ein Baby bekommen hat. Soela ging zu ihr. Sie hat David ein paar Wochen zuvor mit Katrijn gesehen und ihm vorgeworfen, dass er der Vater ihres Kindes sei. Vor der Dienerin hat er sie geschlagen und sie an den Haaren aus der Hütte gezerrt. Als Willem dazukam, war schon alles vorbei und Soela bewusstlos.«

»Ich habe noch nie jemanden gehasst«, sagte Elsie. »Man darf nicht hassen, so befiehlt es der Herr. Aber er löst ein fürchterliches Gefühl in mir aus – ich mag ihn einfach nicht mehr ansehen. Ich weiß nicht, warum ich seinen Charakter nicht früher erkannt habe.«

»Du wusstest es, Ma«, sagte Diena. »Du wolltest sie nicht zu ihm zurückgehen lassen, erinnerst du dich? Du dachtest, er würde sich ändern. Wir haben es alle gehofft, Soelas wegen, auch wenn wir nie darüber gesprochen haben.«

»Er ist gefährlich, Elsie, und er wird immer schlimmer«, sagte Drieka. »Es muss etwas geschehen. Willem ist die ganze Sache leid. Er hat keinen Einfluss auf David und du weißt ja, dass seine Gesundheit ihm zu schaffen macht. Außerdem glaubt er, er sei schuld.«

»Wie meinst du das?«

»Wegen Roeloff. Er glaubt, dass David seine gerechte Strafe ist.«

»Ich habe nie geglaubt, dass Roeloff den Hengst getötet hat.«

»Er war es nicht«, sagte Diena.

»Woher weißt du das?« fragte Elsie.

»Sanna hat gesagt, dass Hennerik David und Soela in der Scheune gesehen hat.«

»Ich dachte, Roeloff wär mit Soela in der Scheune gewesen.«

»Das war vorher. Später, als wir in der Küche saßen und Roeloff schon schlief, waren David und Soela dort. Er zwang sie. Als Soela weinte, schlug er sie und sagte, dass er sie damit an ihre Sünde erinnern wollte. Später sah man ihn allein in die Scheune gehen. Hennerik hatte Angst, etwas zu sagen.«

»Wusstest du das, Drieka?«

»Ich habe es später herausgefunden.«

»Hast du es Willem erzählt?«

»Was hätte das genützt? Roeloff war weg. Und es ist auch so schon schlimm genug. Neulich hat David sogar die Hand gegen seinen Vater erhoben.«

»Es wäre gut für Willem, wenn er es wüsste. Das ist es, was an ihm nagt. Wenn er wüsste, dass Roeloff es nicht war, dann könnte er versuchen, die Sache zu regeln. Er könnte das Kommando bitten, Roeloff zu suchen, um alles in Ordnung zu bringen. Willem muss seinen Fehler wieder gutmachen. Wahrscheinlich weiß er tief innerlich, dass Roeloff es nicht war. Roeloff war immer sein Liebling, wie Harman mir erzählte. Der Junge erinnerte ihn an Lisbeth.« Der Name der ersten Frau Willem Kloots war ausgesprochen, bevor sie es verhindern konnte.

Drieka wurde ein wenig rot.

»Warum hat er ihn dann dauernd beschimpft? Nichts, was Roeloff tat, war für ihn gut genug.«

»Wer weiß? Manchmal tut man etwas, was man selbst nicht versteht. Warum verhält dein Bruder sich so, wie er es tut?«

»Wie meinst du das?«

»Ist egal.«

»Ich möchte wissen, was du meinst.«

»Es tut mir Leid, Drieka. Ich hätte das nicht sagen sollen. Vergiss es einfach. Ich wollte nur sagen, dass wir alle Fehler machen. Wir haben keinen Streit. Du musst Willem erzählen, was du weißt, dafür ist es nicht zu spät.«

»Ich weiß nicht, ob er dann etwas unternehmen würde. Du kennst ihn ja.«

»Egal, ob er etwas unternimmt oder nicht, es wird ihn beruhigen. Sein Schuldgefühl frisst ihn auf. Ich geh jetzt zu Soela.«

Soela lag in ihrem alten Zimmer neben Bessie auf dem Bett.

»Ich habe dich seit Oktober nicht gesehen, Soela. Du hast uns nicht wissen lassen, wie es euch geht.«

»Du siehst ja, wie es uns geht, Ma.«

»Ich sehe die blauen Flecken in deinem Gesicht. Was hat er getan, dich mit der Faust geschlagen?«

Soela antwortete nicht.

»Es ist zu viel Hass entstanden. Er kann die Vergangenheit nicht vergessen«, sagte Elsie.

»Ich habe den Preis für die Vergangenheit bezahlt. Immer wieder. Was ich getan habe, quält mich nicht mehr.«

Elsie war keine Frau, die ihre Gefühle offen zeigte. Sie stand am Fußende des Bettes und musterte ihre Tochter. Soela war verändert: An ihrem Kleid fehlte ein Knopf und ihre Haare, die sie sonst ordentlich bürstete und zu besonderen Gelegenheiten offen trug, waren heute zu einem schmutzigen, gelben Zopf geflochten worden und mit einem alten Haarband gebunden. Sie nahm das dicke Haar in die Hand und strich mit ihrem Finger an dem Zopf entlang.

»Es tut mir Leid, dass ich dich zurückgeschickt habe.«

»Es ist nicht deine Schuld.«

»Doch. Du wolltest nicht zurück. Ich habe an eure Zukunft gedacht, an deine und an Bessies, doch es gibt keine Zukunft. Du wirst früh sterben, wenn du bei ihm bleibst. Du wirst ihn um deiner selbst wegen verlassen müssen.«

In Soelas Augen erschien ein kleiner Hoffnungsschimmer.

»Habe ich dich richtig verstanden, Ma?«

»Heute verbringst du das letzte Mal eine Nacht mit ihm. Du wirst nicht nach Kloots Nek zurückkehren. Morgen wird er alleine heimfahren.«

»Ich brauche nicht zurückfahren? Nie wieder?«

»Nein.«

»Oh, Ma!« Soela umarmte ihre Mutter.

»Du und Bessie könnt bei uns bleiben. Wir können dir alle helfen. Es gibt nur eine Bedingung.« Sie legte ihrer Tochter die Hände auf die Schultern und sah ihr in die Augen. »Lourens wird bei deinem Vater um Dienas Hand anhalten. Ich möchte nicht, dass du dich da einmischst.«

»Ma …«

»Deine Schwester wird sich einen Ehemann nehmen. Diena war noch nicht verheiratet. Du hattest bereits eine Gelegenheit.«

»Ma, ich verstehe nicht, warum du mir das sagst. Ich wusste von Anfang an, dass Lourens und Diena zusammen sind. Ich freue mich für sie, sie passen gut zueinander.«

»Gut. Ich wollte es dir nur sagen. Diena hat dir immer die Dinge gegeben, die sie sich selbst wünschte. Doch diesmal wird es nicht so sein, Soela. Lourens wird ihr gehören. Gut. Heute Nacht können wir es nicht vermeiden; sie werden hier übernachten. Die Männer werden sich bis zum Umfallen betrinken und dann sofort einschlafen. Es kann dir also nichts geschehen. Morgen früh wird dein Vater mit ihm reden.«

»Und wenn Pa nicht deiner Meinung ist?«

»Dein Vater wird tun, was ich ihm sage. Geh früh zu Bett und geh ihm aus dem Weg.«

Der Abend verlief so, wie Elsie es vorausgesagt hatte. Die Männer betranken sich, bis sie auf der Veranda umkippten. Sie wusste nicht, wann sie zu Bett gingen, doch kurz nach Mitternacht wachte Elsie aus ihrem unruhigen Schlaf auf. Der Mond leuchtete nicht, die Luft war stickig und schwül und ein paar Minuten lang lag sie still und fragte sich, was sie geweckt hatte. Dann hörte sie es, ein Schlurfen. Sie drehte sich zu ihrem Mann hin, doch Jan lag nicht neben ihr. War er es, der sich mit jemandem auf der Veranda stritt? Sie stand auf und ging auf den Zehenspitzen zur Tür. Es war ruhig. Sie legte sich wieder ins Bett und wälzte sich unruhig hin und her, bis sie schließlich einschlief.

In der Morgendämmerung wurde sie durch die Schreie, die aus dem Nachbarzimmer drangen, aus dem Schlaf gerissen.

»… und ich werde es ihnen sagen!« hörte sie Soela schreien.

Sie sprang aus dem Bett und lief in den Flur. Willem Kloot stand mit dem Gewehr in der Hand vor der geschlossenen Schlafzimmertür. Ihr Ehemann und Diena standen auch dort.

»Mach auf!« befahl Jan Joubert.

»Denkst du, ich habe es nicht gesehen? Wie du ihm schöne Augen gemacht hast? Und mich willst du nicht?« Sie hörten, wie er sie ohrfeigte, dann schlug etwas schwer an die Wand.

Dann Soelas Stimme, laut und schrill.

»Pferdemörder! Du konntest es nicht ertragen, dass er besser war als du!«

Einen Moment lang herrschte Ruhe, dann zersplitterte Glas. Jan und Willem sahen sich an und stemmten ihre Schultern an die feste Holztür. Die Tür gab plötzlich nach und die Männer stolperten über Soela, die direkt hinter der Tür auf dem Boden lag, ins Zimmer.

»Haltet euch raus!« schnauzte David seinen Vater und Joubert an.

Willem schaute auf Soela herab, die bewusstlos zu seinen Füßen lag. David hielt sie an ihrem Zopf gepackt.

»Lass sie los«, sagte Willem.

David riss an dem Zopf und Soelas Kopf schlug an seinen Stiefel. Aus ihrem Mund rann Blut.

»Lass sie los! Und geh einen Schritt zurück!«

David hob den Spiegel auf, den er Soela auf den Kopf geschlagen hatte.

Willem richtete sein Gewehr auf ihn. »David!« Seine Stimme klang wie ein Schuss, der über ihre Köpfe pfiff.

»Tu das nicht, Mann!« Joubert zerrte an seinem Arm.

David riss den zerbrochenen Spiegel mit beiden Händen in die Luft. Er trat einen Schritt vor, um seinen Vater zu schlagen.

Willem schoss ihm mitten ins Herz.

Durch den Schuss wurde David an die Wand geschleudert, wo er mit einem dumpfen Aufschlag landete. Seine Füße rutschten in seinem eigenen Blut bis an Soelas Kopf. Es war still, dann begannen die Frauen hysterisch zu schreien und zu weinen. Willem Kloot beugte sich entsetzt über die Leiche, sein Gewehr, das noch qualmte, in der Hand.

»Ich habe ihn erschossen. Ich habe meinen Sohn erschossen.«

»Es ist nicht deine Schuld, Mann. Du hattest keine andere Möglichkeit«, tröstete Jan Joubert ihn.

Das Gewehr fiel Willem aus der Hand. Er drehte sich um und verließ das Haus.

Als Pietie Retief die Nachricht hörte, sagte er, es läge ein Strick um Kloots Nek. Man könne Blutsverwandte nicht wie einen Knochen für die Hunde vor die Tür werfen und erwarten, dass der Allmächtige sich damit zufrieden gäbe. Wer wüsste denn, ob Roeloff nicht von den Löwen aufgefressen worden wäre, man hätte nie wieder etwas von ihm gehört. Es läge ein Fluch auf Kloots Nek. Wer würde der Nächste sein? Und ein Vater, der seinem eigenen Sohn das Leben nahm? Damit konnte kein Mensch leben. Es war noch nicht vorbei; der Tod klopfte immer dreimal an die Tür. Er bot ihnen seinen Sarg an, doch Davids Beine waren zu lang. Joubert nahm die Sache in die Hand und entfernte das Brett am Fußende des Sarges, sodass die brüchigen Lederstiefel herausragten. Hennie, der Enkel, wusste zu berichten, dass sich Willem, als der Feldmarschall die Zeugen verhören wollte, in seinem Zimmer verbarrikadiert hatte und eine Aussage verweigerte.

»Ich habe oft gesagt, dass dieser Junge seinen Vater umbringen wird. Du wirst sehen, dass ich Recht habe, Hennie«, sagte Pietie Retief traurig, »es wird keinen Frieden geben, bis er die Sache mit Roff in Ordnung gebracht hat.«

15

Roeloff stand nackt in einer Wanne Wasser vor der Tür seines Zimmers und schrubbte sich mit einem groben Lappen und einem Stück Karbolseife. Twa kam um die Ecke und lachte über seine gründliche Körperpflege.

»Wohin willst du gehen, Kudu, dass du dich so herausputzt wie ein Leopard?« Er hatte längst die Standpauke vergessen, die Roeloff ihm gehalten hatte, weil er sich eines der Lämmer geschlachtet hatte.

»Da drüben steht Wasser. Warum wäschst du dich nicht mal? Es könnte dir gefallen.« Er wusste, was der Jäger vom Waschen hielt und sagte es nur, um ihn zu ärgern.

»Warum soll ich mich wie ein weißer Mann waschen? Der Sonqua ist faul, sagt der weiße Mann. Er arbeitet nicht, er schwitzt nicht. Der weiße Mann ist nicht faul. Er arbeitet, er schwitzt. Er muss sich waschen.«

Roeloff lachte.

»Was hältst du davon?« fragte er und zeigte auf seine Kleidung.

Twa sah sich die neue Hose an, die an einem Haken hing, und das weiße Hemd. Roeloff hatte in Roodezand das Elfenbein verkauft und Vorräte, Decken, Sachen für das Baby und Tabak gekauft.

»Neeltje wird dich nicht wiedererkennen. Und du lässt deinen alten Freund heute alleine essen, diese Rücksichtslosigkeit der jungen Leute.«

Roeloff ließ seinen Körper an der Luft trocknen und kämmte sich die Haare, die ihm bis auf die Brust reichten.

»Mein Messer, bitte, Twa, da drüben.«

Twa fuhr mit dem Finger an der Klinge entlang und reichte ihm das Messer.

Roeloff hielt sich die Haare hinter dem Kopf zusammen und schnitt mit dem Messer durch die dicke Mähne. Er schüttelte sie kurz aus, bis sie ihm locker auf die Schultern fielen. Er zog die dunkle Hose, das weiße Hemd, die neuen Stiefel an und band sich die Haare mit einem Lederband zusammen. Mit seiner äußeren Erscheinung zufrieden, zog er die Jacke über. Er hatte nie zuvor eine Jacke besessen; diese war groß, damit er sich nicht wieder eine kaufen brauchte, und die Farbe war passend für eine Hochzeit und für Beerdigungen.

»Du siehst wie ein Chief aus.«

»Glaubst du, der Oubaas wird einverstanden sein?«

»Warum sollte er nicht einverstanden sein mit jemanden, der ein so schönes Bild von sich zaubern kann? Er wird dir nicht nur seine Tochter geben, sondern auch die Farm. Dann bekommt Twa ein Zimmer, wie du es hast, und zwei Frauen. Hier in den Ceder-Bergen ist es im Winter kalt. Man braucht zwei Frauen, damit man sich zwischen die beiden legen kann.«

»Keine Sorge. Wenn wir das nächste Mal nach Roodezand fahren, suchen wir dir eine Frau.«

Neeltje stand am Fenster und sah ihn auf das Haus zukommen. Wochenlang hatte sie gewartet, jeden Tag voller Vorfreude. Sie kannte keinen, der so schön und stark war wie er. Seine Haare, die dieselbe Farbe hatten wie reifer Mais, die nachtblauen Augen, die grau wurden, wenn er traurig war. Ihre Gefühle hatten ihr den Kopf verdreht, den Schlaf geraubt und ihre Vernunft ausgeschaltet. Sie fühlte sich leicht. Sie brauchte nicht zu essen und steckte dennoch voller Energie. Roeloff gehörte ihr; sein Duft, seine Haut, alles. Sie hätte nicht geglaubt, dass ein Mann ein so starkes Verlangen in ihr wecken könnte.

Er klopfte an die Tür und trat in die Küche.

»Da bin ich, Neeltje. Zu Besuch.«

»Du siehst ... schick aus, Roeloff. Deine Kleidung ist sehr fein. Hast du den ganzen Laden von Roodezand gekauft?«

»Beinahe«, lachte er, steckte die Hand in seine Hosentasche und holte zwei grüne Seidenhaarbänder heraus. »Die sind für dich. Ich verstehe nicht viel von Frauensachen, aber ich glaube, sie werden gut zu deinen Haaren passen.«

»Für mich?« Die liebevolle Geste rührte sie. Er hatte ihr ein Geschenk mitgebracht.

»Sie kommen aus Übersee und fühlen sich weich an.«

»Sie haben wahrscheinlich so viel wie ein Päckchen Bohnen gekostet.«

Er musste über ihren Sinn für das Praktische lächeln.

»Ein Päckchen Bohnen besitzt man an einem Tag und am nächsten sind sie verschwunden. Die Haarbänder kannst du immer tragen. Leg sie nicht weg. Trage sie für mich, Neeltje.«

»Sie sind wunderschön. Danke.«

»Ist dein Vater hier?«

»Er hat früher gegessen und ist jetzt mit Harman im Zimmer. Er wird sich nachher für eine Weile zu uns setzen, bevor er sich hinlegt. Wir werden hier in der Küche bleiben, wenn du nichts dagegen hast. Es gibt keinen anderen Raum.«

»Ich habe nichts gegen die Küche.«

Der kleine Raum war warm und gemütlich und der Geruch nach gebratenem Fleisch erinnerte ihn plötzlich an Zuhause.

»Wie lange darf ich zu Besuch bleiben? Es ist sehr gemütlich hier, ich könnte die ganze Nacht bleiben.«

»Pa sagte, bis die Kerze runtergebrannt ist. Die Kerze wird eine Weile brennen, ich habe eine neue angezündet.«

»Du riechst gut, Neeltje.«

Sie errötete.

»Die Witwe hat mir ein Stück Seife geschenkt. Sie hat sie selbst gemacht, mit Äpfeln. Können wir jetzt essen?«

»Und das Kleid? Es steht dir gut.«

»Es gehörte meiner Mutter. Mein Vater hat es für mich aufbewahrt. Ich habe es noch nie getragen.«

»Du trägst es heute Abend.«

»Ja.«

»Kanntest du deine Mutter?«

»Sie ist bei meiner Geburt gestorben. Pa hat mich aufgezogen. Pa und eine Hottentotten-Dienerin. Und du? Twa hat mir erzählt, dass deine Mutter starb, als du sechs Jahre alt warst.«

»Sie wurde von einer Puffotter gebissen.«

»Wie furchtbar. Erinnerst du dich an sie?«

»Ich erinnere mich an ihre Haare. Ich habe sie gern berührt. Wenn sie gebadet hatte, durfte ich manchmal vor dem Ofen ihr Haar bürsten, oder ich sah ihr zu, wenn sie sie sich bürstete. Und ihr Geruch, daran erinnere ich mich auch.«

»Es wäre schön, wenn ich meine Mutter gekannt hätte. Wüsste, wie sie ausgesehen hat. Ich habe keine Erinnerung an sie.«

»Mütter sind anders als Väter. Nachdem mein Vater wieder geheiratet hatte, bekam ich eine Schwester, Vinkie. Als ich dich zum ersten Mal sah, erinnertest du mich an sie. Du hast mir gleich gefallen.«

»Du mir auch. Auf eine besondere Weise?«

»Wie eine Schwester.«

»Und Zokho?«

Das Lächeln verschwand langsam aus seinen Augen.

»Ich dachte, wir brauchen nicht über Zokho sprechen.«

»Nach heute Abend nicht mehr. Bedeutete sie dir viel?«

»Ja.«

»Ist es aus zwischen euch?«

»Sie lebt weiter durch Harman.«

»Ich weiß. Aber, hier drinnen«, sagte sie und zeigte auf sein Herz, »ist es aus?«

»Du stellst schwierige Fragen, Neeltje. Ich werde es Zokho nie verzeihen können, was sie getan hat.«

»Das ist keine Antwort.«

»Es wird noch eine Weile wehtun, aber ich habe dich. Ich empfinde etwas für dich, ich möchte, dass du meine Frau wirst. Du wirst mir dabei helfen, es zu vergessen.«

»Du bist ehrlich.«

»Ich habe Fehler gemacht. Ich hoffe, mit dir weniger Fehler zu machen. Gut, Neeltje, jetzt bin ich bereit, mich von deinem Essen beeindrucken zu lassen. Was hast du da gekocht?«

»Lammbraten und Kartoffeln, und später gibt es Zwieback.«

»Du hast den ganzen Tag in der Küche gestanden.«

»Nein. Den Zwieback habe ich gestern gebacken, gekocht habe ich heute Nachmittag.« Sie ging zum Ofen, schaute in den Topf und freute sich, dass die Kartoffeln so kross geworden waren. »Setz dich, ich werde dir etwas auftun.« Sie hatte die Teller poliert und die Löffel geputzt, Roeloff aber war so hungrig, dass er es nicht bemerkte. Er aß alles auf, was sie ihm gegeben hatte, und säuberte zum Schluss seinen Teller mit einem Stück Brot.

»Das war sehr lecker. Ich wusste nicht, dass du so gut kochen kannst.«

»Du hast doch schon oft von dem gegessen, was ich gekocht habe.«

»Aber nicht so. Das war ein besonderes Essen. Das Fleisch war genau richtig und die Kartoffeln auch. Du hast etwas dazugetan, glaube ich.«

»Marta Reijnhardt hat uns Gewürze mitgebracht, als sie hier war. Ich habe etwas Pfeffer dazugetan. Und Minze.«

Wynand kam hinter der Trennwand hervor.

»Seid ihr mit dem Essen fertig?«

»Ja. Setz dich zu uns, Pa. Schläft Harman?«

»Er hat gerade die Augen zugemacht.«

»Ich habe gesehen, dass er einen Zahn bekommt«, sagte Roeloff. »Es freut mich, dass er bei euch sein darf. Und ich danke euch dafür. Alleine hätte ich es nicht geschafft.«

»Wir freuen uns auch darüber. Das Haus ist nicht mehr so still. Und Pa hat einen guten Grund, jeden Morgen aufzustehen.«

Sie saßen ein paar Minuten am Tisch und schwiegen.

»Ich besuche Neeltje heute Abend«, sagte Roeloff plötzlich zu Wynand Roos.

»Ich weiß.«

»Und ich möchte um ihre Hand anhalten. Ich habe nicht mehr anzubieten als das Versprechen, dass ich sie lieben und schützen werde; es wird ihr an nichts mangeln.«

»Da bin ich mir sicher. Und sie wird an deiner Seite glücklich werden, auch wenn sie nicht mehr besitzt als das Kleid, das sie trägt. Neeltje war noch nie so glücklich wie jetzt.«

»Wir müssen noch über Harman sprechen. Seine Mutter ist Sonqua, sein Vater ein Afrikander.«

Wynand musterte den jungen Mann, der sein Schwiegersohn werden sollte. Er würde die Schwierigkeiten in seinem Leben meistern. Er hätte sich keinen besseren Ehemann für seine Tochter wünschen können.

»Er ist aus dem Bauch seiner Mutter zu uns gekommen, Roff, er gehört zu uns. Er wird es da draußen nicht leicht haben. Die Schwierigkeiten werden beginnen, wenn er älter ist, doch er gehört zu dir und Neeltje. So wie sich Neeltje um ihn kümmert, könnte man meinen, sie hätte ihm das Leben geschenkt. Wo ist seine Mutter?«

»Sie ist zu ihren Leuten zurückgekehrt.«

»Sie wird ihn nicht irgendwann abholen?«

»Nein.«

Wynand nahm sich einen Zwieback von dem Teller, den Neeltje auf den Tisch gestellt hatte. Sein Gesichtsausdruck wurde ernster.

»Wir sind jetzt alle eine Familie, Roff. Du und Neeltje habt meinen Segen und ich möchte, dass du dieses Haus als dein Zuhause betrachtest. Wenn ihr verheiratet seid, könnt ihr euch hinten am Hügel ein Haus bauen, falls ihr alleine leben wollt, oder das Haus vergrößern. Ihr braucht euch kein neues Heim suchen.«

»Ich hatte nicht vor, dich alleine zu lassen. Neeltje würde mich dann wahrscheinlich gar nicht heiraten.«

»Neeltje wird dir überallhin folgen. Und vielleicht willst du weiterziehen, dir eine eigene Farm suchen. Diese wird eines Tages dir und Neeltje gehören und den vielen Enkelkindern, die bald kommen werden. Es wäre schön, wenn ihr viele Kinder bekommt.«

»Danke. Die Kinder werden es hier gut haben.« Er sah Neeltje an. »Wenn wir genügend Zeit und Geld haben, möchte ich mit dir für ein paar Wochen ans Kap reisen. Ich habe mir vorgenommen, die Gegend zu besuchen.«

»Ich weiß nicht, ob ich das für eine gute Idee halte«, lächelte Wynand. »Vielleicht wollt ihr dann nie wieder zurückkommen. Ich war mit Neeltjes Mutter da. Es ist wunderschön und inzwischen sicherlich weiter aufgebaut worden. Sie haben Häuser da, wo die Leute hingehen, sich setzen und etwas trinken und andere Menschen kennen lernen, die aus dem Binnenland oder aus anderen Siedlungen kommen, Matrosen und Händler und viele andere, die ans Kap reisen.« Er sah Roeloff an. »Ihr braucht nicht lange warten. Wir haben ein paar Wochen frei nach der Ernte. Ich gebe euch den Wagen und die Ochsen. Ihr beiden könnt ans Kap reisen und euch am Meer besser kennen lernen.«

»Das ist ein großzügiges Angebot«, sagte Roeloff. »Aber wer soll solange hier arbeiten?«

»Ich schaffe das schon mit den Koi-na. Twa kann sich um die Schafe kümmern.«

Roeloff sah Neeltje an.

»Was hältst du davon, Neeltje?«

»Ich möchte Pa nicht so lange alleine lassen.«

»Warum sprichst du von mir, als wäre ich nicht hier?« fragte Wynand.

»Und Harman?«

»Wir nehmen ihn mit.«

»Oder ihr lasst ihn hier.« Wynand stand auf. »Twa und ich können uns um ihn kümmern. Na ja, ihr könnt das jetzt besprechen. Es gibt sicher eine Menge, was ihr zu besprechen habt. Ich lege mich hin – bevor die Kerze runtergebrannt ist.«

»Ich muss gehen, wenn sie aus ist?«

»Ja«, grinste Wynand und verschwand hinter der Trennwand. »Aber Neeltje weiß, wo die anderen sind.«

Roeloff legte ein dickes Stück Holz in den Ofen.

»Ich mag deinen Vater.«

Neeltje ging das Herz auf. Sie hatte alles, was sie brauchte: einen Mann, den sie begehrte, und einen zufriedenen Vater.

»Ich bin froh, dass ihr euch gut versteht.«

Er setzte sich neben sie auf die Bank.

»An welchem Tag wollen wir heiraten, Neeltje? Es gibt keinen Grund zu warten. Wie wäre es im Juni, zu Beginn des Winters?«

»Der Winter fängt in vier Wochen an.«

»Du hast bis dahin nicht genug Zeit, alles vorzubereiten?«

»Mehr als genug. Es gibt nicht viel vorzubereiten. Wir werden nur ein paar Leute einladen.«

»Du bist glücklich, Neeltje?« fragte er und nahm ihre Hand.

»Ja.«

»Vielleicht solltest du dich lieber da drüben in den Sessel deines Vaters setzen«, sagte er und legte ihre Hand auf ihren Schoß. »Ich kann mich in deiner Nähe nicht beherrschen.«

»Kannst du mir etwas vorlesen, Roff?«

»Du hast Bücher?« fragte er und wunderte sich, dass er sie nicht schon früher danach gefragt hatte.

»Ich habe eins von Stoffel geschenkt bekommen. Er hatte es von einem Engländer, der herkam, um Afrika zu erforschen. Am Kap hatte er aber Pech und verlor sein Geld. Er tauschte das Buch ein gegen eine Lampe und Decken. Es war kein guter Handel, meinte Stoffel, doch der Buchumschlag gefiel ihm und es war so dick, dass es für einen ganzen Winter reichte.« Sie holte das Buch und reichte es ihm.

»Er hat Recht, der Umschlag ist schön. Das war ein großzügiges Geschenk von Stoffel. Überhaupt war Stoffel großzügig, Neeltje, er hat dir den Hund und das Buch und so weiter geschenkt.«

»So ist er halt.«

»Kein Mann verhält sich ohne Grund so. Ich wusste gar nicht, dass du Unterricht hattest.«

»Pa meinte, ich sollte auf alle Fälle lesen und schreiben lernen. Er zahlte ein Jahr lang für den Unterricht.«

»Wirst du mir ein paar Seiten vorlesen?«

»Manche Wörter sind schwierig. Ich spreche sie wahrscheinlich nicht richtig aus. Warum liest du uns nicht etwas vor?«

»Du fängst an. Da drüben.«

Sie setzte sich in Wynands Sessel, der neben dem Ofen stand.

»Von Anfang an?«

»Ja«, sagte er und lehnte sich zurück. »Lies langsam.«

Sie schlug das Buch auf und begann zu lesen. Es war ein holländisches Buch, eine Geschichte, die von Händlern und Gewürzen und spanischen Königen handelte, und sie las langsam und verhaspelte sich bei den fremden Namen. Es war, bis auf die Melodie der Wörter und das Knistern des Feuers im Ofen, sehr still im Haus. Dann drang seine Stimme weich und bittend an ihr Ohr.

»Zieh dein Kleid hoch.«

Es kam so unerwartet, dass sie glaubte, sich verhört zu haben und weiterlas.

»Zieh dein Kleid hoch, Neeltje«, sagte er noch einmal.

Sie hatte sich nicht verhört. Sie zog den Saum ihres Kleides wenige Zentimeter hoch.

Er stand auf und kam zu ihr.

»Höher.«

Sie sah ihn an. »Nein.« Ihr war plötzlich heiß geworden und in ihrem Körper regten sich merkwürdige Dinge.

Er kniete sich zu ihren Füßen hin.

»Lies weiter, Neeltje, hör nicht auf. Erzähl mir die Geschichte von dem Kaiser.«

»Es gibt gar keinen Kaiser. Das ist ein Abenteuer auf dem Meer.«

»Lies einfach weiter. Egal, was es ist.«

Die Wörter stolperten ihr über die Zunge, trocken und zusammenhanglos, ohne eine Bedeutung zu haben. Der Abend hatte eine träumerische Atmosphäre angenommen, von der sie sich mitreißen ließ.

Er berührte sie am Fußgelenk, die weiße Haut ihrer Wade.

Das Buch fiel ihr aus den Händen.

»Was soll das?« Sie gab ihm eine Ohrfeige. »Geh in dein Zimmer, du brauchst Ruhe! Soll ich meinen Vater wecken?«

»Schon gut, Neeltje«, sagte er und stand mit einem hochroten Gesicht auf. »Du brauchst deinen Vater nicht wecken und schick mich bitte noch nicht in mein Zimmer.«

Als Wynand am nächsten Morgen die Küche betrat, schlief Neeltje in seinem Sessel, auf dem sie gesessen hatte, als er am vorigen Abend gegangen war, und Roeloff lag mit dem Kopf auf seinen Armen auf der Bank.

Wenige Wochen später fand die Hochzeit statt: ein gutes Abendessen mit einem Pfarrer und einer Hand voll Farmer, die wegen des Lammbratens und des leckeren Gebäcks von Marta Reijnhardt gekommen waren.

Als die Regenzeit im August zu Ende war, nahmen Roeloff und Neeltje das Angebot Wynands wahr und reisten ans Kap. Vier Wochen vor Weihnachten kehrten sie zurück – mit einem Wagen voller Spitzen und Stoffe und Wäsche und Porzellan und Gewürzen und Stühlen und Werkzeugen und so vielen Büchern, dass sie sich mehrere Winter lang daran erfreuen sollten, und Roeloff war bereit, ein neues Leben anzufangen. Er hatte alles gesehen, was er hatte sehen wollen, und das gehalten, was er sich selbst versprochen hatte: Oupa Harmans Bruder aufzusuchen. Krisjan Kloot war gestorben, doch er hatte Maria gefunden und deren Sohn Pieter, der ihm die Zeitung und das Buch geschenkt hatte. Er hatte des Rätsels Lösung gefunden. Krisjan Kloot war verheiratet gewesen mit einem Sklavenmädchen aus Ceylon, das bei ihm gearbeitet hatte, seit seine erste Frau gestorben war. Ihre gemeinsame Tochter Maria, ein Mischling mit glatten Haaren, hellen Augen und einer braunen Hautfarbe, hatte den Stammbaum noch dunkler eingefärbt, indem sie Stefan Cornelius heiratete, der selbst das Mischlingskind eines Holländers und einer Hottentotten-Frau war. Maria hatte zwei Brüder und einige Neffen und Nichten, die so blond waren wie die Kloots, doch diese waren nach Stellenbosch gezogen, weil sie mit ihren dunkelhäutigen Verwandten nichts zu tun haben wollten. Ihr Verhalten sei nicht ungewöhnlich, hatte Pieter ihm erzählt. Es gab Afrikander, die eine Koi-na-Frau oder eine Sklavin heirateten, doch da diese Ehen nicht von allen Familienmitgliedern akzeptiert wurden, führten sie häufig zu Entfremdungen. Mischehen und Mischlingskinder rissen Familien auseinander.

An einem regnerischen Morgen im Juni des folgenden Jahres reinigte Wynand sein Gewehr, sattelte sein Pferd und ritt nach Jan Dissels Vlei. Er hatte sich von seinem Schlaganfall erholt, nur manchmal verspürte er noch ein Zucken im Bein.

»Ich habe Neeltjes Mutter bei der Geburt verloren, Otto«, sagte er, als er das Haus des deutschen Arztes erreicht hatte. »Ich möchte nicht, dass meiner Tochter etwas geschieht.«

Otto Lieberband ließ die Pferde einspannen und machte sich sofort mit Wynand auf den Weg zur Farm. Sie hatten kaum einen halben Tag dort verbracht, als Neeltje, mitten in einem Sturm, die ersten Wehen verspürte.

Wynand saß mit Harman in der Küche und lauschte dem Tosen und Donnern des Himmels und dem Regen, der auf das Dach prasselte. Es gab nichts, das er tun konnte, außer zu warten und genügend Kaffee und Wasser zu kochen. Bei einem Kratzen an der Tür drehte er sich um.

»Oubaas?«

»Ist noch nicht so weit, Twa. Möchtest du Kaffee? Komm rein, es ist nass draußen.«

»Ta!« Harman krabbelte von Wynands Schoß herunter.

Twa trat ein und hob ihn hoch.

Harman zeigte mit seiner patschigen Hand zur Tür.

»Es regnet, du kannst nicht raus.«

Harman sah ihn mit großen Augen an.

»Regen«, sagte Twa noch einmal.

Harman sah ihm auf die Lippen und wiederholte das Wort.

Twa lachte laut auf.

»Ganz der Vater. Morgen geht Twa mit dir zum Fluss und sucht dir eine Schildkröte.«

»Du bringst ihm nur Unsinn bei«, sagte Wynand. »Den ganzen Tag schnattert er wie ein Truthahn. Er kann noch nicht mal seine eigene Sprache sprechen.«

»Er wird wie sein Vater«, lachte Twa.

Was soll's, dachte Wynand. Twa war ein lieber Mensch, er mochte Harman gern und Roeloff unterstützte ihn, indem er mit dem Kind nur !Khomani sprach.

Plötzlich hörten sie einen Schrei im Schlafzimmer und sahen auf. Roeloff kam in die Küche, um heißes Wasser für den Arzt zu holen.

»Ist alles in Ordnung?« fragte Wynand.

Auf Roeloffs Stirn stand der Schweiß. Seit ein paar Stunden eilte er hin und her, holte heißes Wasser und Handtücher und musste feststellen, dass diese Situation anders war als diejenigen, die er mit den fohlenden Stuten in der Scheune erlebt hatte. Heute handelte es sich um seine Frau. Es war ihr erstes Kind. Sie hatte beinahe jede Minute eine Wehe und ihre Schmerzen nahmen zu. Er selbst wurde immer panischer. Er hatte noch nie von einem Mann gehört, der sich bei seiner Frau im Zimmer aufhielt, wenn sie ein Kind bekam, doch Neeltje hatte darauf bestanden und er war der Einzige, der Otto Lieberband zur Hand gehen konnte.

»Oom Otto meint, es sei bald so weit.«

Wynand sagte nichts. Er dachte an eine Nacht, die achtzehn Jahre zurücklag. Damals hatte es nicht geregnet und seine Frau war gestorben, bevor sie ihr Kind in den Armen halten durfte. Heute war es anders, redete er sich ein. Neeltje war stark. Sie sah aus wie ihre Mutter und war so zäh wie ihr Vater. Es würde alles gut gehen. Sie saßen dicht beieinander und tranken zahllose Becher Kaffee: er auf der Bank mit Harman auf dem Schoß und Twa am Boden neben dem Ofen. Eine Stunde später drang ein lauter Schrei durch die Stille.

Roeloff kam in die Küche.

»Es ist ein Mädchen!«

»Und Neeltje, wie geht es ihr?«

»Neeltje geht es bestens. Sie hält Beatrix in den Armen und möchte ihrem Pa seine Enkeltochter zeigen.«

Zehn Tage nachdem Otto Lieberband angekommen war, saß er mit Wynand im Wohnzimmer und trank vor seiner Abfahrt etwas zum Abschied.

»Danke, dass du hergekommen bist und dich um Neeltje gekümmert hast. Ich werde das nicht vergessen. Ich habe zwei Schafe auf deinen Wagen laden lassen.«

»Das war nicht nötig, trotzdem danke ich dir. Ich werde also gleich fahren, Wynand. Deine Neeltje kommt mit dem Baby gut zurecht. Du bist Großvater geworden. Und du hast einen guten Schwiegersohn bekommen.«

»Ja. Man weiß nie, wen der Allmächtige einem über den Weg schickt. Neeltje ist glücklich mit ihm. Und du hast ja gesehen, was er alles geschafft hat – unsere Schafherde ist trotz des Diebstahls größer geworden, wir haben ein Dutzend Arbeiter und die Ernten sind gut.«

»Vergiss deinen eigenen Anteil nicht daran, Wynand. Ohne dich gäbe es hier gar nichts.«

»Das mag sein. Aber als ich krank war, hat er sich um alles gekümmert. Im vergangenen Jahr auf der Hochzeit hast du deinen Branntwein in der Küche getrunken. Heute sitzen wir in einem Wohnzimmer, das er gebaut hat. Das, das Gästezimmer und das Zimmer hinten am Haus für die beiden.«

»Er ist geschickt, das muss ich zugeben. Und ganz verrückt nach Neeltje. Und wie sieht's bei dir aus, he? Wie wäre es mit der Witwe, Mann? Ich glaube, sie ist um den Hals herum etwas schlanker geworden. Sie ist nicht schlecht und sie mag Neeltje und Harman.«

»Wir brauchen nicht zwei Frauen in unserem Haus und ich bin zu alt, um mich an eine neue Frau zu gewöhnen. Man wird immer eigenwilliger, wenn man älter wird.«

»Das kann sein, aber es ist noch nicht zu spät. Vielleicht wird Neeltje nicht für immer bei dir sein.«

Der Ton seiner Stimme ließ Wynand aufhorchen.

»Wie meinst du das?«

»Ich habe Stoffel getroffen. Er hat mir eine interessante Geschichte erzählt.«

»Er war seit der Hochzeit nicht mehr hier. Wo ist er eigentlich?«

»Er reist umher und hört so manches. Der Feldmarschall wurde auf eine Farm gerufen, die etwa eine Woche entfernt von hier liegt, im Norden. Ein kaltblütiger Mord, Notwehr, wie manche behaupten. Es heißt, dass der Ärger begann, weil einer der Söhne einen Hengst umgebracht hatte und von der Farm gejagt worden war. Er war zu Unrecht beschuldigt worden, wie sich herausstellte. Das Kommando sucht ihn jetzt.«

»Warum?«

»Der Vater ist krank. Er möchte seinen Sohn sehen.«

»Und das erzählst du mir erst jetzt?«

»Du hattest genügend andere Dinge im Kopf, Neeltje, das Baby. Ich war mir nicht sicher.«

»Und jetzt bist du dir sicher?«

»Nein.«

Wynand trat ans Fenster und sah hinaus. Ein paar Minuten lang sagte er nichts.

»Er ist es. Er sprach davon an dem Tag, als er herkam. ›Ich möchte Ihnen nicht verschweigen, dass ich einer Tat beschuldigt werde, die ich nicht begangen habe.‹ Ich glaubte ihm. Ich hätte ihm alles geglaubt, was er sagte, weil er mir von Anfang an gefiel. Er hätte es mir nicht erzählen brauchen, er hätte mir kaum etwas erzählen müssen. So war es auch mit dem Buschmädchen, Harmans Mutter. Er machte kein Hehl aus seinen Gefühlen. Seine Augen und seine Offenheit, das war es, was mich zu ihm hinzog.«

»Was willst du jetzt tun?«

»Es ist sein Vater. Ich muss es ihm sagen.«

Otto kam zu ihm und klopfte ihm auf die Schulter.

»Du hast dich an ihn gewöhnt, ich weiß. Er wird gehen und wieder zurückkommen. Und wenn nicht – na ja, mein Freund, so ist das Leben. Du kennst den Mann, den deine Tochter geheiratet hat. Vielleicht wird Neeltje mit ihm mitgehen, aber sie wird ihren Vater nicht vergessen.«

16

›Das Leben ist manchmal merkwürdig, Neeltje. Vor fünfzig Jahren wurde Willem Kloot irgendwo in diesen Bergen in einem Wagen geboren. Heute sind wir die Eltern, hier draußen in der Nacht, und erleben dieselben Gefahren und Anstrengungen.«

Neeltje starrte über das Feuer hinweg in die Dunkelheit. Der Mond leuchtete und die Silhouette der Bergspitzen war deutlich zu erkennen. Die Nacht war wie geschaffen für ein Paar, Roeloff aber befand sich in einer grüblerischen Stimmung. Seit er gehört hatte, dass sein Vater krank war, war er still und nachdenklich geworden. Er hatte ihr gesagt, dass er nicht wisse, was ihn auf Kloots Nek erwartete oder wie lange er dort bleiben würde, und dass sie entscheiden müsse, ob sie mit Harman und Beatrix daheim bleiben oder ihn begleiten wolle. Er könne es verstehen, wenn sie mit den Kindern nicht durch die Wildnis reisen wolle. Sie brauchte nicht lange zu überlegen. Ihr Vater war wieder gesund und er hatte ihr zugeredet mitzufahren. Beatrix drückte ihr Gesicht an das Mieder ihrer Mutter und Neeltje legte den Säugling an ihre Brust.

»Was denkst du, Neeltje?«

»Pa sagt, wir kommen auf die Welt, um zu lernen.«

»Was soll ich aus dieser Sache lernen? Erst werde ich weggejagt, dann kehre ich heim, weil er stirbt, nachdem ich vier Jahre von meiner Familie getrennt war? Was soll ich deiner Meinung nach daraus lernen?«

Sie staunte immer wieder über die Logik der Männer. Sie konnten Häuser bauen und ihre Familien ernähren, doch wenn es sich um eine Herzensangelegenheit handelte, um eine Sache, die sie mit den Händen nicht berühren konnten, dann verstanden sie gar nichts mehr.

»Gott ist nicht verantwortlich für die Situationen, in die wir uns selbst bringen. Ist denn nichts Gutes aus der Situation entstanden?«

»Was denn?«

»Du hast einen Sohn. Du hast mich kennen gelernt.«

Er sah sie verblüfft an.

»Du hast die Trauer ertragen«, sagte sie dann. »Sie hat dich stark gemacht. Vielleicht musstest du dich auf etwas anderes vorbereiten. Trauer schärft die Sinne, sagt Pa. Vielleicht musstest du die Farm deines Vaters verlassen, um dich darauf vorzubereiten, sie zu übernehmen.«

»Kloots Nek übernehmen?«

»Ja.«

»So habe ich das noch nicht gesehen.«

»Männer können nur die greifbaren Dinge sehen.«

In seinen Augen erschien ein Lächeln.

»Sei vorsichtig, Neeltje, sonst nehm ich dir das Baby von der Brust und zeige dir, was Männer können.«

»Du hältst eine Menge von dir selbst, Roeloff Kloot.«

Er lachte und sie freute sich darüber.

»Liebst du mich, Neeltje? Du sagst es mir nie.« Er beugte sich zu ihr und küsste sie auf den Hals.

Liebte sie ihn? Brauchte sie die Luft zum Atmen? Sie würde ihn über alle Berge Afrikas begleiten, um in seiner Nähe zu sein, um ihn mit seinen Kindern zu erleben.

»Ja.«

»Ich weiß, dass es dir schwer fiel, deinen Vater allein zu lassen. Mir fiel es auch schwer.«

Ein paar Minuten lang starrten sie friedlich ins Feuer.

»Die ersten Tage werden schwierig sein, Roff, dein Elternhaus wird dir fremd sein. Bereite dich auf das Schlimmste vor.«

»Ich werde nervös, wenn ich daran denke, dass ich ihn bald wiedersehe. Er hat mir gefehlt, mehr, als ich mir eingestehen wollte. Ich habe die Gedanken an ihn immer verdrängt, aber jetzt, wo wir beinahe da sind, kann ich es kaum erwarten. Hoffentlich ist nichts passiert. Und du, Neeltje, wie fühlst du dich? Morgen erreichen wir Leekenberg und wenn wir diese Berge da hinter uns gebracht haben, sind wir auf Kloots Nek.«

»Mir geht's gut. Ich freue mich darauf, deinen Geburtsort bald kennen zu lernen. Wie wirst du ihnen Harman erklären?«

»Harman ist, wie er ist. Er hat Zokhos Blut in seinen Adern.«

Sie empfand ein merkwürdiges Gefühl, als er ihren Namen erwähnte. Die Erinnerungen an das Mädchen waren ständig gegenwärtig in den schrägen Augen ihres Sohnes und dem blauen Mal auf seinem Rücken, das bei einigen Kindern der Koi-na und Sonqua vorkam. Es bestand kein Unterschied in ihrem Gefühl zu den beiden Kindern. Beatrix hatte sie selbst auf die Welt gebracht, Harman jedoch war nackt und allein, als ein Teil des Mannes, den sie liebte, zuerst in ihr Leben getreten.

»Ich meinte, was wirst du sagen, wenn sie dich fragen?«

»Wenn sie fragen, werde ich ihnen antworten. Wo ist Twa eigentlich? Er ist vor einer Weile verschwunden.«

»Ist dies nicht die Gegend, aus der er stammt?«

»Die Sonqua haben keinen festen Aufenthaltsort, sie ziehen hin und her. Seine Leute treffen sich einmal im Jahr an dem großen Fluss im Norden. Ich war noch nie dort. Als wir Kloots Nek verließen, wollte er dorthin, aber ich wollte nicht. Stell dir vor, Neeltje, wenn wir damals zum Fluss gezogen wären, hätte ich dich nie kennen gelernt. Vieles wäre anders geworden. Es hätte Harman nicht gegeben.«

»Jetzt freust du dich über deine eigene Weisheit.«

»Mag sein. Hinter diesen Bergen da drüben, da wurde Twas Lager vernichtet. Jan Joubert, dem Nachbarn, gehört die Farm, die jenseits der Berge liegt.«

Harman steckte seinen Kopf durch eine Öffnung in der Plane des Wagens.

»Ta?«

»Twa ist nicht hier«, sagte Roeloff auf !Khomani.

Harman zog sich zurück.

»Er wird über die Kisten klettern, wenn er nicht müde ist. Er kann eine Weile bei uns sitzen. Er fühlt sich ausgeschlossen, alleine im Wagen.«

»Hebst du ihn raus?« Neeltje nahm dem schlafenden Säugling die Brust aus dem Mund und knöpfte ihr Kleid wieder zu.

»Harman?«

Harmans Gesicht erschien in der Öffnung. Dem Ton in der Stimme seines Vaters entnahm er, dass er bei ihnen sitzen durfte.

»Pa?«

»Möchtest du zu uns kommen?«

Bevor Roeloff sich versah, stellte sich Harman auf seine stämmigen Beinchen und ließ sich in die Arme seines Vaters fallen. Er war groß für seine achtzehn Monate und Roeloff verlor beinahe das Gleichgewicht.

»Langsam«, sagte Roeloff und setzte sich mit dem Jungen ans Feuer. »Willst du deinem Vater das Rückgrat brechen?« Sein Sohn war ein Frechdachs und besaß die blonde Widerstandsfähigkeit eines Kloots; die schräggestellten Augen verliehen seiner äußeren Erscheinung asiatische Züge. Er liebte das Abenteuer und der Höhepunkt des Tages war der Moment, in dem Twa ihn morgens abholte und mit ihm ins Veld ging. Twa kümmerte es nicht, wie Harman aussah, und so kehrte er abends häufig zerzaust und schmutzig heim, zeigte ihnen aber glücklich und zufrieden eine Heuschrecke oder eine Schildkröte, die er gefunden hatte.

Kurz darauf war Harman zwischen den Beinen seines Vaters eingeschlafen und Roeloff stand auf, um ihn im Wagen ins Bett zu legen.

Neeltje stand mit dem Baby in den Armen auf.

»Ich gehe schlafen. Wir müssen morgen früh aufstehen. Glaubst du, dass mit Twa alles in Ordnung ist?«

»Ich weiß es nicht. Die Salbe, die Otto ihm gegeben hat, hilft seinem Bein nicht. Ich bleibe draußen und warte auf ihn.«

»Komm nicht zu spät ins Bett.«

Roeloff ging gar nicht ins Bett. Er lehnte die ganze Nacht mit dem Rücken an einem Wagenrad und wartete auf Twa. Ab und zu nickte er ein. Je näher sie dem Hantam gekommen waren, desto stiller war Twa geworden. Sein runzeliges Gesicht, das sonst immer lächelte, wirkte verschlossen und eingefallen und seine schwarzen Augen leuchteten nicht. In der Morgendämmerung spürte Roeloff seine Gegenwart und dann erkannte er den Jäger, der über das Veld auf ihn zuhumpelte. Twas Verhaltensweise verriet ihm, dass etwas nicht in Ordnung war.

»Du schläfst nicht, Kudu.«

»Ich habe auf dich gewartet.«

Twa sagte nichts. Es lagen noch glühende Kohlen in dem Feuer und er stieß sie mit den Zehen zusammen und setzte sich.

»Du siehst aus, als hättest du ein Gespenst gesehen.«

»Die Geister meiner Familie. Dort drüben liegt der Ort, an dem es geschah. Als die Pferde kamen und die Gewehre qualmten und meine Frau und unser ungeborenes Kind und alle anderen Mitglieder meiner Familie getötet wurden.«

Es sprudelte aus ihm heraus: sein Leben mit den Ein-qua, die Zeit, die sie am großen Fluss im Norden verbracht hatten. Twa hatte in seinem Leben viele Geschichten erzählt, doch seine Familie hatte er selten erwähnt. Roeloff sah den kleinen Jäger an. Er wirkte plötzlich sehr alt. Eine Frau? Ein ungeborenes Kind? Er hatte sich Twa noch nie in der Rolle eines verheirateten Mannes vorgestellt, hatte ihn noch nie so leidenschaftlich sprechen gehört. Er fand keine Spur des sonst so spöttischen Tones in Twas Stimme.

»Wir waren in die Berge gezogen, weil wir Strauße und Springböcke suchten. Ein Teil unserer Leute lebte damals hier, hinter den Bergen. Man sieht dort in den Höhlen heute noch den Ruß von ihren Feuern. Ich hatte mir eine Frau genommen, unser Kind war unterwegs. Ich hatte eine Schwester, die so jung war wie du, als dein Vater dich wegjagte. Wir lebten von der Gnade der Götter und holten uns nur dann etwas vom weißen Mann, wenn wir nichts zu essen hatten. Wir brachten niemanden um.« Er senkte den Blick und starrte in die Glut. »Wir lagen an unseren Feuern und schliefen, als die Reiter kamen und uns, die wir mit den Köpfen auf der Erde lagen, erschossen.«

Roeloff sagte nichts.

»Mich trafen sie ins Bein. Sie dachten, sie hätten mich umgebracht. Ich stellte mich tot. Mit geschlossenen Augen lauschte ich. Es waren nur drei Leute, aber sie erinnerten mich an Hyänen, die eine frische Beute gefunden hatten.« Er schwieg und sah vom Feuer auf. »Du bist einer von ihnen, Kudu. Ich habe dir den Hintern abgewischt, du hast mir den Bauch gefüllt. Warum haben sie das getan?«

Roeloff konnte seine traurigen Augen nicht ertragen.

»Angst, Twa. Vor dem Unbekannten. Sonqua stehlen ihre Tiere. Nicht genügend Land.«

»Dieses Land reicht bis ans Ende der Erde. Es ist groß genug für uns alle.«

»Groß genug für die Sonqua. Die Sonqua besitzen keine Tiere. Wenn ein Farmer kein Weideland besitzt, kommt er um.«

»Seine Tiere sind ihm wichtiger als Menschen?«

»Sie sind ihm wichtiger als alles andere, wichtiger auch als seine Familie. Wenn er keine Tiere besitzt, besitzt er gar nichts und die Familie stirbt.«

Twa holte seinen Tabak hervor und sprach weiter.

»Als sie verschwunden waren, zählte ich die Leichen. Meine Schwester, Scheue Kleine Schildkröte, war nicht dabei. Sie hatten sie mitgenommen. Wir hatten von anderen gehört, dass der weiße Mann, wenn er eine Gruppe von Sonqua tötet, die Kinder mitnimmt und sie auf seiner Farm arbeiten lässt.«

Roeloff senkte den Blick, weil er nicht wollte, dass Twa die Scham in seinen Augen erkannte. Sein Vater und Jan Joubert hatten Zokho auf dieselbe Weise mitgenommen.

»Als ich also auf der Farm deines Großvaters lebte, hatte ich das Gefühl, dass ich ihm etwas schuldig war, weil er mir das Leben gerettet hatte, aber ich wusste auch, dass ich keine Ruhe finden würde, bis ich Scheue Kleine Schildkröte gefunden hatte. Manchmal verschwand ich für ein paar Wochen und suchte sie. Es vergingen viele Jahre und ich suchte und suchte, doch ich fand Scheue Kleine Schildkröte nicht.« Er schwieg einen Augenblick und stopfte seine Pfeife. »Dann, eines Tages, bestimmt erinnerst du dich an den Tag, an dem Zokho auf Kloots Nek eintraf und ich glaubte, die Götter würden mir übel mitspielen.«

»Wie meinst du das?«

»Ihre schrägen Augen und ihre Hautfarbe erinnerten an meine Schwester.«

Roeloff spürte, dass sein Herz schneller klopfte.

»Ich dachte, ihr hättet alle die gleiche Hautfarbe und die gleichen Augen.«

»Die weißen Menschen sehen auch nicht alle gleich aus, Kudu, warum sollten wir alle gleich aussehen? Unsere Hautfarben sind so unterschiedlich wie die Farben der Sonne. Die Morgensonne, die hell ist, und die Nachmittagssonne, die weit reicht. Und unsere Augenfarbe wird geprägt durch den Ort, an dem wir geboren wurden. Je nachdem, ob wir da oben oder da hinten geboren wurden, wo die

Sonne morgens aufgeht, ist die Haut über unseren Augen entweder dicker oder dünner.«

»Es handelt sich hier um eine ernste Angelegenheit, Twa.«

Twa sah ihn an. »Ich habe Zokho nach ihrer Mutter gefragt. Ihre Mutter stammte nicht aus dem Stamm, mit dem sie zusammenlebte. Sie war von den Leuten, die sie vor langer Zeit mitgenommen hatten, weggelaufen und war dann den anderen begegnet. Sie wurde später die Frau einer der Jäger.«

»Soll das heißen, dass sie ...«

»Zokhos Mutter war Scheue Kleine Schildkröte.«

Roeloff war wie erstarrt.

»Weißt du, was das bedeutet? Das bedeutet, dass du Zokhos Onkel bist. Mein Sohn, Harman ...« Er brachte seinen Satz nicht zu Ende. Wenn Twa ihm die Wahrheit gesagt hatte, dann hatten sein Vater und Jan Joubert Harmans Großmutter umgebracht an dem Tag, an dem sie das Lager vernichtet und Zokho mitgenommen hatten. »Warum hast du mir das nicht früher erzählt?«

»Ich habe es nicht mal Zokho erzählt. Sie weiß nicht, dass ihre Mutter und meine Schwester dieselbe Person war.« Er nahm einen tiefen Zug an seiner Pfeife. »Wir müssen es geheim halten, Kudu. Ich habe es dir nur erzählt, weil ich denke, dass du dich und deinen Sohn besser verstehen kannst, wenn du es weißt.«

Roeloff lachte kurz.

»Ich verstehe viele Dinge, Twa. Die Welt ist nicht so unschuldig, wie wir glauben.«

»Du wirst ihm von seiner Mutter und seinem krüppeligen Großvater erzählen?«

»Harman wird seine Wurzeln kennen, wenn er groß wird.«

Sie saßen eine lange Zeit schweigend nebeneinander, bis das erste Licht über die Hügel drang.

»Es ist bald so weit, Augen des Himmels. Ich habe dich nach Hause begleitet, du bist in Sicherheit. Wenn der große Schlaf mich holt, musst du mich hierher bringen, in die Berge. In die zweite Höhle, neben den Eingang.«

Roeloff wurde traurig. Twa hatte ihm erzählt, dass die Sonqua es in ihren Knochen spürten, wenn sie sich dem Ende ihrer Reise näherten. War Twa nach Kloots Nek mitgekommen, um dort zu sterben? Der Gedanke war ihm unerträglich.

»Du wirst nirgendwo hingehen. Wer sonst soll Harman beibringen, wie man mit Pfeil und Bogen umgeht?«

Twas Gesicht verzog sich zu einem schelmischen Lächeln.

»Er hat das wilde Blut von Twa in seinen Adern, er wird es sich selbst beibringen. Er ist anders als deine anderen Kinder, Kudu, und du wirst noch viele Kinder bekommen. Pass gut auf ihn auf.«

»Er wird so aufwachsen, wie sein Vater aufgewachsen ist.«

»Sein Vater?« Twa schmunzelte. »Wer ist sein Vater? Sein Vater ist weiß, aber er besitzt das Herz des kleinen Jägers.«

Als Neeltje in der Ferne das Haus und die Bäume entdeckte, schlug ihr Herz höher. Es führte ein langer Weg dorthin, der von Karee-Bäumen und spitzen Felsen umgeben war. Der Wagen rollte langsam über die verdörrte Lehmerde und wirbelte orangefarbene Staubwolken auf. Sie konnte sich vorstellen, dass ihre Kinder auf dem Rasen links am Berghang spielten. Rechts von ihnen lag eine ausgedörrte, staubige Weide, die von einer baufälligen Mauer aus Steinen umgeben war, dahinter die Ställe und die Scheune, die zu dem strohgedeckten Haus am Hang führten. Vor und neben dem Haus standen vier Wagen.

»So viele Wagen und Pferde. Das sieht nicht gut aus. Twa?« rief Roeloff dem Jäger zu, der hinten im Wagen saß. »Wir sind da. Wir sind auf Kloots Nek. Komm setz dich zu uns, vorn auf die Bank.«

Pietie Retief saß mit Jan Joubert und anderen auf der Veranda, als Hennie ihn auf die Staubwolke aufmerksam machte.

»Das Kommando?«

»Es ist ein Wagen. Es könnte, es könnte ...«

»Wer könnte es sein, Mann?« Retief stieß seinem Enkel den Ellenbogen in die Seite.

»Ich kann ihn nicht erkennen.«

»Es könnte Roeloff sein«, sagte Joubert. »Lange, blonde Haare.«

»Roeloff? Ich fasse es nicht. Sagtest du Roeloff?«

»Eine Erbschaft lockt den Teufel her.«

Der alte Mann sah ihn schief an.

»Unsinn! Sein Vater hat das Kommando nach ihm suchen lassen. Sie haben ihn gefunden. Es überrascht mich aber, dass er herkommt. Wenn ich auf die Weise davongejagt worden wäre wie er, dann würde ich nicht herkommen. Habe immer schon gesagt, dass er ein guter Mensch ist.« Er stand auf und ging zur Treppe. »Ich möchte euch alle daran erinnern, dass wir uns auf seiner Farm befinden.«

Joubert nahm seine Pfeife in die Hand und stopfte sie.

»Was soll das heißen? Drieka ist doch da.«

»Er ist sein Sohn.«

»Die Ehefrau ist zuerst an der Reihe.«

»Nicht, wenn sie seine zweite Frau ist. Die Kinder sind zuerst dran. Kloots Nek gehört Roeloff und Vinkie.«

»Na ja, noch weilt Willem unter uns. Wir sollten jetzt nicht darüber reden.«

Retief sagte nichts. Er kannte Jan Joubert gut. Joubert malte sich bereits aus, wie er zwei Farmen bewirtschaften würde, und für Diena und Lourens suchte er ein Haus.

Die Frauen im Haus hörten von Roeloffs Ankunft und eilten hinaus. Sanna war diejenige, die nicht an sich halten konnte und Roeloff freudig entgegenlief, um ihn zu begrüßen.

»Roff!«

Als der Wagen angehalten hatte, stieg Roeloff aus. Während der Reise hatte er seine Arbeitskleidung getragen, doch kurz vor der Ankunft hatte er seine Jacke übergezogen. Er machte eine gute Figur in seinen Stiefeln und mit den langen Haaren und alle starrten ihn an.

»Du bist wieder hier!« Sanna umarmte ihn. »Lass dich anschauen, du bist reich geworden!« Sie schaute zu dem Mädchen im Wagen. »Wer ist das?«

»Meine Frau Neeltje und Beatrix und Harman.«

»Du bist verheiratet?«

»Ja. Und das sind meine Kinder. Es sind so viele Leute hier, Sanna, was ist los? Und keine Tiere auf der Weide. Wo sind die Schafe?«

»Er hat sie mitgenommen. Die Pferde auch.«

»Joubert?«

»Ja.«

»Und die vielen Leute?«

Sanna sah ihn an. Ihr Blick sagte mehr als viele Worte.

»O nein ... «

»Er ist schwer krank. Oubaas Retief und sein Enkel haben den ... haben den ... «

»Den Sarg mitgebracht?«

»Er ist nicht mehr derselbe wie früher. Die Krankheit hat ihn ausgezehrt.«

»Ist das Vinkie, die dort neben Drieka steht? Sie ist groß geworden.«

»Das ist sie. Sie nimmt es sehr schwer.«

»Und was ist aus David geworden?«

Sanna nickte traurig.

»Dein Vater erschoss ihn.«

»Was?«

»Am zweiten Weihnachtstag. David wachte morgens vom Teufel besessen auf, er schlug Soela in ihrem Elternhaus, mit einem Spiegel auf den Kopf. Dein Vater mischte sich ein, bevor er sie umbringen konnte. Als sich herausstellte, dass sie … na ja, du wirst das alles noch hören. Das Kind, das neben Diena steht, ist Bessie, Soelas Tochter. Diena ist inzwischen verheiratet. Mit Kleinbaas Lourens, das ist der Mann, der neben Oubaas Retief steht.«

»Und Soela?«

»Sie sitzt den ganzen Tag am Fenster und starrt hinaus. Spricht kein Wort. Diena kümmert sich um sie. Es ist traurig, was hier passiert ist, Roff. Nachdem du weggegangen warst, wurde dein Vater anders und nach Davids Tod ging es erst recht bergab. Ich bin froh, dass du wieder hier bist.«

Neeltje saß auf der Bank auf dem Wagen und musterte die voluminöse Koi-na-Frau, die mit Roeloff sprach. Sannas Haut hatte eine ähnlich blassgelbe Farbe, wie die Farmarbeiter ihres Vaters sie hatten, und sie hatte sich ein rotes Tuch um den Kopf gebunden. Neeltje fand sie auf Anhieb sympathisch und reichte ihr Beatrix vom Wagen herunter.

»Willkommen daheim, Roeloff. Wie schön, dich zu sehen.«

Roeloff drehte sich um und begrüßte Jan Joubert, der zum Wagen gekommen war. An Jouberts Aussehen hatte sich nur sein Körpergewicht verändert. Sein Lächeln, das von einem dichten Bart verhüllt wurde, erreichte seine Augen kaum.

»Danke, danke. Das ist Neeltje, meine Frau. Wynand Roos ist ihr Vater. Das ist Harman, mein Sohn, und meine Tochter, Beatrix. Hallo, Oom Piet, Hennie.«

Pietie Retief schüttelte ihm herzlich die Hand.

»Willkommen, willkommen. Bist du gekommen, um zu bleiben?«

Er verstand die Frage richtig.

»Ich weiß es nicht.«

»Schön, dass du wieder hier bist, Mann. Seit du und der Buschmann weggegangen seid, ist es hier immer stiller geworden.«

Roeloff lächelte. Man konnte sich stets darauf verlassen, dass Pietie Retief die Dinge bei ihrem Namen nannte.

Dann sagte Joubert: »Du weißt, dass dein Vater krank ist?«

»Ja.«

»Drieka hat alle Hände voll zu tun, seit er krank geworden ist. Diena und Lourens sind hier eingezogen, um ihr behilflich zu sein.«

»Das ist nett von ihnen.«

Dann traten die Frauen zu ihnen und alle redeten gleichzeitig, während sie auf die Veranda gingen. Elsie hatte sich kaum verändert, nur ihre Lippen schienen schmaler geworden zu sein, Diena aber überraschte ihn. Sie hatte sich die Haare kurz geschnitten und war schwanger. Drieka hatte zugenommen und es lagen dunkle Schatten unter ihren Augen. Vinkie, die so rasch wie eine Sonnenblume gewachsen war, lächelte ihn schüchtern an. Die Verlegenheit dauerte jedoch nur wenige Sekunden, dann warf sie sich in seine Arme.

»Roff!«

»Wie geht es dir, Tinktinkie?«

»Du hast mir so gefehlt, so gefehlt.« Sie umarmte ihn. »Oh, Roff«, sagte sie und brach in Tränen aus.

Er hielt sie für eine Weile in seinen Armen, dann ließ er sie los und stellte den anderen seine Frau vor.

Die Küche sah genauso aus wie früher: der schwere Tisch, die Bänke, der Wandschrank, in dem das Geschirr und die Gewürze standen. Ein Teller mit Zwieback. Die Gewehre und das Horn mit dem Schießpulver hingen am gleichen Haken an der Wand. Der Ofen, in dem winters wie sommers ein Feuer brannte, die polierten schwarzen und silbernen Töpfe und Kessel, die die herrlichsten Düfte verströmten. Doch bevor er den Geruch von Lammbraten und frischem Brot wahrnahm, hatte er den Gestank von faulendem, lebendigen Fleisch gerochen. Er erinnerte sich gut an den Fäulnisgeruch während der Beerdigung seines verstorbenen Großvaters.

»Das Kommando hat uns nicht mitgeteilt, dass sie dich gefunden haben. Wir hätten sonst etwas vorbereitet«, sagte Drieka.

»Sie haben mich nicht gefunden. Ich habe es in den Ceder-Bergen gehört, von dem Arzt, der Beatrix ans Licht der Welt geholfen hat.«

»Wir freuen uns, dass du wieder hier bist«, sagte Pietie Retief noch einmal. »Auch wenn der Anlass dazu traurig stimmt. Bereite dich innerlich auf einen Schock vor, bevor du zu ihm gehst, mein Sohn.«

Roeloff nickte. Seit er mit seiner Frau und den Kindern die Küche betreten hatte, wusste er nicht recht, was er als nächstes tun sollte. Diena kam ihm entgegen.

»Ihr könnt dein altes Zimmer nehmen, Roff. Lourens und ich haben nichts dagegen umzuziehen, jetzt, wo du wieder hier bist.«

»Ich möchte euch keine Umstände machen. Wir können im Wohnzimmer schlafen.«

»Da liegt dein Vater. Es ist wirklich in Ordnung, Lourens und ich wollten sowieso zurückfahren, ihr könnt dein Zimmer nehmen. Komm, Neeltje, ich zeige dir, wo es ist.«

Neeltje verließ die Küche hinter Diena und Vinkie, die von Harman und dem Baby hingerissen zu sein schien. Roeloff warf einen Blick in die Runde, atmete dann tief ein und ging ins Wohnzimmer.

Es herrschte ein unbehagliches Schweigen, nachdem er gegangen war. Jemand rührte in seiner Tasse, die Bank knarrte, doch keiner sagte ein Wort. Der verlorene Sohn war heimgekehrt. Seine Ankunft mit dem Wagen und den Pferden, mit seiner Frau und den Kindern hatte sie wie ein unerwarteter Sturm überrascht und keiner wollte der Erste sein, der seine Meinung dazu aussprach.

»Seine Frau sieht Vinkie sehr ähnlich«, sagte Joubert schließlich. »Habt ihr das gesehen? Er hat eine gute Wahl getroffen. Von ihrer Familie habe ich noch nie etwas gehört.«

»Und wem sieht der Junge ähnlich?« fragte Drieka. »Seine Augen. Sie sehen irgendwie merkwürdig aus. Als hätte ich sie schon mal gesehen.«

»Sie sind überhaupt nicht merkwürdig«, sagte Retief. »Er sieht wie Roeloff aus.«

»Na ja, ich glaube jedenfalls nicht, dass Neeltje seine Mutter ist.«

Alle schauten zu Drieka hin. Das war ein gefährliches Gesprächsthema.

Elsie schwenkte die Bibel vor ihrem Gesicht hin und her. »Misch dich nicht in fremde Angelegenheiten ein, Drieka. Oom Retief hat Recht. Er sieht wie sein Vater aus. Mehr gibt es dazu nicht zu sagen.«

Die anderen sahen Elsie an und nickten.

»Er sagte, er weiß nicht genau, ob er hier bleiben wird«, sagte Jan Joubert.

Drieka rührte den Kaffee um. »Er wird hier bleiben. Er wird die Farm nicht aufgeben.«

Pietie Retief räusperte sich höflich. »Sie gehört ihm, oder nicht? Er darf sie gar nicht aufgeben.«

Joubert und Drieka warfen sich einen Blick zu. Sie waren von zu vielen Ohren umgeben. Später konnte er unter vier Augen mit Oom Retief reden. Die Leute sollten keinen falschen Eindruck gewinnen. Schließlich wusste er, dass der alte Mann nichts für sich behalten konnte.

Im Wohnzimmer stand Roeloff nervös an der Tür. Die Vorhänge waren der Hitze wegen zugezogen worden und der Fäulnisgeruch hatte sich mit dem Duft der weißen Blumen vermischt. Man hatte das Bett ans Fenster gestellt und ihm stockte der Atem, als er die hagere Figur seines Vaters darin liegen sah. Das starke Gesicht wirkte eingefallen und grau. Nur der dichte Haarwuchs deutete darauf hin, dass Willem Kloot nicht sehr alt war.

Er betrachtete das ruhige Gesicht, das vom Sterben gezeichnet war. Er hatte schon einmal beobachtet, dass die Gesichtszüge eines sterbenden Mannes stärker hervortraten. Es gab kein Gebet, mit dem er seinen Vater zurückrufen konnte. Er stand an der Schwelle zu dem Unbekannten, das auf ihn wartete.

Sein Vater schlug die Augen auf. Er schwieg lange, dann erkannte er ihn.

»Roeloff…«

Roeloff kämpfte um seine Beherrschung. »Ich bin hier, Pa.« Er ergriff die knochige Hand, die sich kalt anfühlte.

»Du bist … gekommen…«, brachte er mühsam hervor.

»Sag nichts, Pa. Es strengt dich zu sehr an.«

Willems Gesicht verzog sich, sodass seine Augen wie dunkle Höhlen wirkten.

»Es tut mir Leid…«

»Es braucht dir nicht Leid zu tun. Mir tut es Leid. Es tut mir Leid, dass du dich so oft über mich ärgern musstest.«

Willem standen die Tränen in den Augen.

»Ich … war im Unrecht.«

Roeloff weinte hemmungslos. Er spürte den Druck an seiner Hand, als sein Vater ihm mit letzter Kraft etwas zu sagen versuchte.

»Vinkie … die Farm …«

Roeloff beugte sich zu ihm, um ihn besser verstehen zu können.

»Kümmer dich … um sie.«

Roeloff wartete darauf, dass er weiterredete, doch Willem Kloot sagte nichts mehr.

»Pa!«

Er hörte ein leises Keuchen, dann rollten die Augen seines Vaters nach hinten. Roeloff spürte, wie sein Vater langsam den letzten Atem ausstieß, und sah seine bewegungslose Hand auf dem Laken liegen. Er ging nicht zu den anderen in die Küche. Er wurde wütend, wütend wegen der Ungerechtigkeit, wütend auf Gott. Warum ließ er zu, dass ihm der Vater genommen wurde, jetzt, wo er nach vielen Jahren zurückgekommen war? Er hatte seinen Vater schon einmal verloren. Er saß am Bett, legte die Hände vors Gesicht und weinte und eine überwältigende Trauer stieg in ihm auf - er weinte um die verlorene Zeit, um den Großvater, den er geliebt hatte, um den Bruder, der ihn verraten hatte, um das Kind, das man alleine gelassen hatte, als seine Mutter hinausgetragen wurde. Er hatte diese Kindheitserinnerung immer verdrängt, sich den Schmerz nie eingestanden. Seit Jahren trug er den Schmerz in sich, wortlos und schlafend. Jetzt verschaffte der Schmerz sich mit einem tiefen Schluchzen Gehör.

Als die anderen ins Zimmer traten, lag Roeloff weinend neben der Leiche. Pietie Retief ging zu ihm, um ihn zu trösten.

»Beruhige dich, Roff. Es ist schwer, aber er hat nur auf dich gewartet. Ihr habt euch versöhnt.«

Roeloff weinte an seiner Schulter weiter.

»Er war immer so stark, Oom Retief. Wie kann er einfach gehen? Ich hatte nicht viel von meinem Vater.«

»So ist das Leben, mein Sohn. Es gibt nur wenige Momente des Glücks.«

»Ich habe ihn geliebt. Das hat sich auch damals nicht geändert.«

»Und er liebte dich. Das war es, was ihn krank machte. Nachdem du weggegangen warst, war er nie wieder derselbe. Er wusste, dass er einen Fehler gemacht hatte, dass du das Pferd nicht getötet hattest. Das Pferd hat den ganzen Ärger verursacht. Man sollte das über Brüder vielleicht nicht sagen – möge Gott seiner Seele Frieden geben –, doch du warst derjenige, den er am meisten liebte, das Kind deiner Mutter. Er hat Lisbeths Tod nie verwunden.«

Sanna brachte den Frauen eine Wanne Wasser, um die Leiche zu waschen, und Roeloff bemerkte mit einer gewissen Distanz, dass Jan Joubert die Führung übernommen hatte. Er fühlte sich wie benommen und konnte kaum nachdenken. Neeltje hatte Recht behalten, er hätte sich darauf vorbereiten müssen, doch er hatte sich wieder einmal mit dem Schlimmsten nicht befassen wollen und alle anderen schienen weiter gedacht zu haben als er.

Er ging durch die Küche nach draußen und folgte dem Weg zum See. Es tröstete ihn ein wenig, die vertrauten Gesichter von Hennerik, Kupido, Kleintje und den anderen Koi-na zu sehen. Sie wussten nicht recht, ob sie ihm ihr Mitgefühl aussprechen oder ihn in Ruhe lassen sollten. Wenige Minuten später hatte er die Stelle erreicht, an der er damals seine Schwester aus dem lehmigen Wasser gezogen hatte. Es schien eine Ewigkeit zurückzuliegen: Sein Vater, der Hengst, sein Bruder. Der Gedanke an David fiel ihm zwar noch schwer, doch seine Wut ließ langsam nach und es setzte sich Erbarmen an die Stelle seines Schmerzes.

»Roff?«

Er drehte sich um.

»Ma ruft dich. Die Leute wollen wissen, wo du bist.«

»Setz dich, Tinktinkie.«

Ihr Gesicht hellte sich ein wenig auf.

»Keiner nennt mich noch Tinktinkie.«

»Bist du dafür zu groß geworden?«

»Nein. Wirst du wieder weggehen, Roff?«

»Nein.«

»Du willst auf Kloots Nek bleiben?«

»Ja.«

Plötzlich weinte sie und legte ihren Kopf an seine Schulter.

Er umarmte sie lange und ließ sie sich ausweinen. Er erinnerte sich an die Stimmen und das Schreien von Drieka und Sanna und Diena, die herbeigeeilt waren, als er Vinkie aus dem Wasser geholt hatte. An jenem Tag hatte er seiner Stiefmutter widersprochen. Jetzt war alles ruhig. Ein Stück Treibholz ragte aus dem trüben, braunen Wasser heraus, an den Bäumen regte sich kein Blatt. In wenigen Stunden würden sie seinen Vater begraben. Ihn der Dunkelheit und der Stille übergeben. Er würde Willems Stimme nie wieder hören.

Er stand auf und sie legte ihre Hand in seine.

»Ich wusste, dass du zurückkommen wirst.«

»Woher wusstest du das?«

»Pa hat es mir gesagt.«

Langsam gingen sie zum Haus zurück.

In der Küche wimmelte es von Menschen, deren Gesichter er erkannte, und einigen, denen er zum ersten Mal begegnete. Es hatten sich sechs weitere Familien am Hantam niedergelassen. Die Leute sprachen ihm leise ihr Mitgefühl aus, umarmten ihn und gingen der Reihe nach ins Wohnzimmer, um dem Toten die letzte Ehre zu erweisen. Neeltje saß am Küchentisch und fütterte Harman. Roeloff setzte sich mit Vinkie zu ihr und hörte Jan Joubert zu, der am anderen Ende des Tisches saß und Piet Retief gerade erzählte, dass er vor kurzem Schafe verloren hatte. Roeloff wartete, bis er fertig war.

»Ich glaube, wir sollten die Beerdigung lieber morgen früh halten, als bis übermorgen damit zu warten.«

Joubert sah ihn verblüfft an.

»Wir rechnen mit mehr Leuten, Roff. Und der Feldmarschall muss die Todesursache feststellen. Es ist üblich, drei Tage zu warten.«

»Ich könnte einen Boten zum Feldmarschall schicken. Mein Vater lag hier – nun, wir können die Leiche in dieser Hitze nicht so lange aufbewahren. Wenn es nicht schon dunkel wäre, würde ich es jetzt gleich tun.«

Im Zimmer wurde es still. Der neue Herr hatte gesprochen. Und sein Vorschlag war unvorstellbar.

»Jetzt gleich?«

»Ich will niemanden vor den Kopf stoßen, aber der Geruch ...«

»Es ist noch nicht zu spät, Mann«, sagte Pietie Retief. »Hennerik und Kupido können die Lampen halten. Das Loch ist ausgehoben.«

»Das gehört sich nicht«, sagte Joubert.

»Ach was, ein Mann braucht keine langen Gebete und Feierlichkeiten, wenn er sein Leben richtig gelebt hat. Ich bin dabei, Roff, wenn du es so machen willst. Hennie kann uns helfen.«

Alle sahen Pietie Retief an. Es stand kein Schnaps auf dem Tisch, er sprach also im nüchternen Zustand. Es war unerhört: eine Beerdigung bei Nacht, keine Totenwache, die Trauergäste noch nicht alle versammelt.

»Das ist nicht richtig, Roeloff. Du meinst das nicht ernst, oder?« fragte Joubert.

Roeloff wandte sich an Drieka.

»Ich würde es tun, wenn meine Stiefmutter damit einverstanden ist.« Es war das erste Mal, dass er sie so nannte. Es blieb nicht unbemerkt.

Drieka putzte sich mit ihrem Taschentuch die Nase.

»Nun, es ist zwar nicht üblich, aber vielleicht hat Roeloff Recht.« Sie putzte sich noch einmal die Nase. »Vielleicht macht es in dieser Hitze auch Sinn.«

Es war ein ungläubiges Murmeln zu hören.

»Gut, dann ist es entschieden«, sagte Roeloff. »Wir tun es jetzt. Oom? Hennie?«

Joubert sah von seiner Schwester zu Roeloff. Roeloff hatte hoch gepokert. Drieka hatte sich darauf eingelassen: Die Machtverhältnisse waren festgelegt worden.

Für die anderen Trauergäste war das ein gesuchtes Fressen. Sie würden noch monatelang darüber reden.

Eine Stunde später trugen Roeloff, Hennie und Joubert den Sarg im Dunklen zu dem Grab, das auf dem Familienfriedhof neben Oupa Harmans Grab ausgehoben worden war. Im Lampenschein und Mondlicht, umgeben von den fassungslosen Gesichtern der Trauergäste, betete Roeloff um Frieden für die Seele seines Vaters. Dann ließen sie den Sarg ins Grab hinabgleiten. Das Heulen eines Schakals in der Ferne gab dem Begräbnis eine schaurige Note.

Neeltje, die bei den Kindern geblieben war, stand mit Harman an der Küchentür. Von weitem beobachtete sie die Lichtkegel der Lampen und hörte die Stimmen. Sie nahm ihren Sohn in die Arme.

»Dein Vater ist wieder daheim«, sagte sie und drückte ihn an sich. »Du und Beatrix werdet hier aufwachsen.«

Am nächsten Morgen stand Roeloff früh auf und ging leise an den Trauergästen, die am späten Abend angekommen waren und im Wohnzimmer schliefen, vorbei in die Küche. Sanna war bereits dort.

»Guten Morgen, Sanna. Es duftet nach Kaffee.«

Ihr Gesicht strahlte, als sie ihn sah.

»Ich wusste, dass du früh aufstehen würdest. Es gibt Kaffee und Brot. Alles schon fertig.«

Er setzte sich auf die Bank und sie stellte ihm einen Becher Kaffee hin und reichte ihm zwei dicke Scheiben frisches Brot, auf dem die hellgelbe Butter schmolz.

»Die Leute trauern um deinen Vater. Aber sie freuen sich auch, weil du wieder hier bist. Wir freuen uns sogar über den Buschmann.«

Roeloff lächelte.

»Twa mag es nicht, wenn man ihn so nennt. Er ist Sonqua. Du hast gut auf Vinkie aufgepasst, Sanna.«

»Ihre Mutter hat sich um sie gekümmert. Na ja, Sanna auch ein bisschen. Sie hat dich nicht vergessen. Hat ständig von dir gesprochen. Sie hat sich mit ihrem anderen Bruder nicht so gut verstanden. Und als er … na ja, lass uns nicht darüber reden.«

Die Erwähnung seines Bruders löste gemischte Gefühle in ihm aus.

»Wie reagierte mein Vater, nachdem es passiert war?«

Sannas Gesicht verzog sich bei der Erinnerung daran. Sie nahm sich einen Becher Kaffee und setzte sich neben ihn.

»Es war eine traurige Zeit auf Kloots Nek. Dein Vater bestrafte sich selbst. Sprach mit niemandem, weder mit seiner Frau noch mit Vinkie oder den Leuten, die herkamen, um ihn zu verhören. Mit der Beerdigung wollte er nichts zu tun haben. Grootbaas Joubert regelte das alles.«

»Grootbaas Joubert scheint auch eine Menge anderer Dinge geregelt zu haben.«

»Er schickte Kleinnooi Diena und Kleinbaas Lourens her, als dein Vater krank wurde. Man sagt, sie sollten Kloots Nek übernehmen.«

»Und Soela? Kommt sie manchmal her? Ich habe sie nicht bei der Beerdigung gesehen.«

»Sie bringen sie nie mit. Bessie kommt manchmal mit Kleinnooi Diena. Die Kleinnooi mag sie gern, alle mögen sie gern, vor allem der Großvater.« Sanna sah ihn mit traurigen Augen an. »Aber irgendetwas stimmt da nicht, Roff. Das Kind spricht kaum, keiner hat sie jemals lachen hören. Man sagt, sie hat zu viel mitansehen müssen.«

»Was?«

»Ihre Mutter und ihr Vater, sie haben sich wegen ihr gestritten, Roff, ständig. Er hat gemeine Dinge gesagt.«

»Mein Bruder?«

»Ja. Er hat das Kind nicht akzeptiert. Man hat darüber geredet.«

»Was hat man gesagt?«

Drieka betrat die Küche und Sanna sprach nicht weiter.

Roeloff stand auf.

»Ich gehe raus und seh mir den Stall an. Das Brot war lecker, Sanna.«

Er holte Twa bei seiner Hütte ab und ging mit ihm zum Stall, um zu überprüfen, seit wann sich die Schafe nicht mehr dort aufgehalten hatten und wie viele es gewesen waren. Der Stall wirkte verlassen und verfallen. In der Mauer fehlten ein paar Steine und die Torpfosten waren ganz verschwunden.

»Was meinst du, Twa? Wie lange sind sie schon nicht mehr hier?«

Twa tat es gut, wieder auf Kloots Nek zu sein. Die alten Koi-na-Arbeiter hatten ihn willkommen geheißen und die Vergangenheit auf sich beruhen lassen. Er war mit dem Kleinbaas fortgezogen. Das verschaffte ihm ein hohes Ansehen und es spielte keine Rolle mehr, dass er ein Sonqua war. Und obwohl er viel geraucht und ihnen viele Geschichten erzählt hatte, hatte er Zokho nicht erwähnt. Das war allein Kudus Angelegenheit. Seine Lippen würden niemandem verraten, dass Harman ein Mischlingskind war. Er kniete sich auf sein gesundes Bein und musterte den trockenen Schafmist. In seinem Kopf machten sich zwar die Folgen der Feier gestern Abend mit den Koi-na bemerkbar, doch es ging ihm viel besser, seit sie zurückgekehrt waren.

»Es ist lange her. Siehst du«, sagte er und zerrieb die Knödel zwischen den Fingern. »Staub.«

»Wie viele waren es?«

Twa lachte und hielt sich sofort den Kopf.

»Das ist eine schwierige Frage, Kudu. Ich bin Twa, kein Zauberer.« Er musterte die Spuren, humpelte von einem Ende des Stalls bis zum anderen, bückte sich und schüttelte den Kopf.

»Schwer zu sagen«, meinte er schließlich. »Aber vor sechs Monden waren es mindestens fünfhundert.«

Roeloff lachte. Als er Twa kennen gelernt hatte, hatte der Jäger auf eine ungewöhnliche Weise gezählt. Er hatte bei eins angefangen, bis zehn gezählt, dann wieder bei eins angefangen und schließlich die Summe verdoppelt. Zwar hatte er Twa inzwischen beigebracht, wie man richtig zählte, doch manchmal benutzte er dennoch seine alte Methode, was dazu führte, dass die Berechnung überhaupt nicht stimmte. Fünfhundert konnte ebenso gut fünfzig oder hundert bedeuten.

»Fünfhundert! Als wir weggegangen sind, waren es vier. Die Herde kann unmöglich so groß geworden sein.«

Twa schüttelte den Kopf über sein Unwissen.

»Deswegen sage ich doch fünfhundert. Die Spuren reichen bis an die Mauern heran. Sie standen dicht zusammengedrängt.« Er schwieg ein paar Sekunden, um der folgenden Aussage das nötige Gewicht zu verleihen. »Hennerik sagt, dass er etwa fünfzig von diesen dicken Wollschafen gekauft hatte.«

»Merinos? Wo sollte er sie gekauft haben? Hier oben gibt es nicht viele von diesen Schafen.«

Er ging zurück und begegnete vor dem Haus Joubert, der Diena und Lourens verabschiedete. Sie wollten mit Bessie nach Hause fahren. Er betrachtete das Kind, das er bisher kaum gesehen hatte. Sie war knapp vier Jahre alt und ein zurückgezogenes kleines Mädchen mit großen blauen Augen und langen, beinahe goldenen Haaren.

»Hallo Bessie. Fährst du jetzt nach Hause?« Ihre Augen, die sehr ausdrucksvoll waren, faszinierten ihn.

Sie sah ihn neugierig an, sagte aber nichts.

»Sie spricht nicht gerade viel, Roff«, sagte Diena. »Sie wird sich erst an dich gewöhnen müssen.«

Roeloff streckte die Hand aus und streichelte ihre Haare. Sie fühlten sich weich und seidig an. Ein eiskalter Wind blies ihm durchs Herz. War er nach Kloots Nek zurückgekehrt, um für seine Sünden zu büßen? War es das, was Sanna ihm hatte sagen wollen?

»Bis später, Diena. Vielleicht komme ich heute Nachmittag. Mach's gut, Lourens.«

Als der Wagen den Hügel hinabrollte, wandte er sich an Joubert.

»Gut, dass ich dich hier draußen alleine antreffe. Ich habe gehört, dass unsere Schafe bei dir auf der Farm sind.«

»Dein Vater konnte sich nicht um sie kümmern. Es war leichter, sie in meiner Nähe zu haben.«

»Dafür danke ich. Ich möchte nachher mit Hennerik und Twa losreiten und sie holen. Auch die Pferde. Ich glaube, sie sind auch bei dir?«

»Sieht aus, als hättest du dich entschieden, hier zu bleiben.«

»Ja. Und ich möchte so bald wie möglich mit dem anfangen, was es hier zu tun gibt. Wie ich höre, hatten wir auch Merinoschafe. Insgesamt müssten es etwa fünfhundert sein.«

Joubert lachte.

»Wenn jemand dir das erzählt hat, war er wahrscheinlich betrunken. Es sind viel weniger. Die meisten wurden von den Schakalen gefressen oder sind an irgendeiner Krankheit verendet. Aber da wir gerade besprechen, was wohin gehört, sollten wir Drieka dabei nicht vergessen. Ich muss mich um ihre Interessen kümmern. Ich bin ihr Testamentsvollstrecker. Wenn du nicht zurückgekommen wärst ... nun, du weißt, was ich damit sagen will. Kloots Nek hätte ihr gehört.«

Roeloff lächelte. Endlich war es offen ausgesprochen worden.

»Pa respektierte dich und du warst ihm behilflich, Oom Jan. Dafür bin ich dir dankbar, aber ich bin dir nichts schuldig. Du bist der Testamentsvollstrecker deiner Schwester, nicht der meines Vaters. Tante Drieka soll ihren Anteil bekommen. Tante Drieka und Vinkie, kein anderer.«

Jan Joubert bewahrte die Haltung.

»Und was wäre dieser Anteil?«

»Sie kann hier leben, so lange sie möchte. Wenn sie noch einmal heiratet, nun, das ist dann etwas anderes. Kloots Nek wird in der Familie bleiben.«

Jan Joubert steckte die Hände in die Hosentaschen und schaukelte leicht vor und zurück.

»Dafür, dass du gerade erst zurückgekommen bist, nimmst du den Mund recht voll. Man braucht seine Freunde hier in der Karoo.«

»Das stimmt – wenn man welche hat.«

Am Nachmittag traf Roeloff früher als Joubert auf dessen Farm ein.

Diena begrüßte ihn und bat ihn ins Haus. »Möchtest du Soela besuchen, während du auf Pa wartest?«

»Ja«, sagte er, ein wenig verunsichert. Er wollte sie zwar gerne sehen, doch hatte er auch ein ungutes Gefühl dabei.

Diena bot ihm einen Sessel im Wohnzimmer an und verschwand. Er war seit Jahren nicht hier gewesen und sah sich neugierig um. Jan Joubert war reicher geworden. Auf dem Boden lag ein Teppich, neben den Sesseln standen Tischchen und an der Wand hing ein in Eichenholz gerahmter Spiegel über einer hübschen Vitrine, die handgeschnitzte Schubladen hatte. Auf der polierten Vitrine standen, wie Soldaten aufgereiht, sechs Gläser neben einer passenden Schale, eine Straußeneischale, auf die braune Tiere gemalt worden waren, und eine Vase mit getrockneten Blumen. Die Riempie-Stühle, die am Fenster standen, sahen teurer aus als die, die er von Kloots Nek kannte. Er fragte sich, wer das Straußenei bemalt und das Zimmer gestaltet hatte.

Dann fiel sein Blick auf eine Kiste, die unter einem Tisch stand. Er sah sie sich genauer an, das alte Holz und den Deckel ... *eine Holzkiste mit einem grünen Deckel ... die Unterlagen der ersten Siedler*. Sie sah aus wie die Kiste, von der sein Großvater gesprochen hatte. Warum stand sie in Jouberts

Haus? Hatte sein Vater Joubert gebeten, sie aufzubewahren, oder hatte der Farmer sie sich einfach genommen?

Er spitzte die Ohren und versuchte herauszufinden, in welchem Teil des Hauses sich Soela befand. Er wusste nicht genau, ob er sie im Vertrauen nach der Herkunft der Kiste fragen sollte. Vielleicht war sie nach der Hochzeit anders geworden. Er hörte ein Geräusch hinten im Haus und kniete sich rasch neben den Tisch. Was er vorhatte, gehörte sich nicht, man schnüffelte nicht in anderer Leute Sachen herum, doch er musste es einfach wissen. Er holte ein kleines Messer aus seiner Tasche und steckte die Spitze in das Schloss der Kiste. Es war verrostet, öffnete sich aber mit einem leisen Klicken.

Die Kiste war seit Jahren nicht geöffnet worden; auf dem kleinen Bündel in der Kiste lag eine dicke Staubschicht. Vorsichtig strich er die verstaubten Spinnenweben weg und nahm den staubigen Schatz aus der Kiste: Eine Hand voll Papier, das durch die Jahre dünn und brüchig geworden war, war erst in ein grobes, grünes Tuch, dann in ein Stück Duiker-Leder gewickelt und zum Schluss mit einem Bindfaden zusammengebunden worden. Die Schrift auf den Seiten war so verblasst und das Papier so vergilbt, dass er die Worte kaum lesen konnte. Auf der obersten Seite wurde ein Teil der Schrift verdeckt durch eine zusammengerollte, kleine Lederhalskette, auf der ein paar Zeichen zu erkennen waren. Er nahm die Kette in die Hand und merkte, wie kurz sie war. Sie musste einem Kleinkind gehört haben. Er las die obersten Zeilen der ersten Seite.

TAG. . .UCH: ANNA KLOOT

Dezember 1651: Kalt und nass auf der Drommedaris. Starker Wind . . . Schiff schaukelt so arg, dass wir nicht segeln können . . . Toppsegel eingeholt – hohe Wellen – Schiff liegt beinahe auf der Seite – große Angst zu kentern.

Die folgenden Einträge waren entweder durch die Feuchtigkeit oder das Alter wie weggewischt und er konnte nur hier und da einzelne Wörter entziffern.

... unerträglich heiß ... versuchte auf Deck nicht an das Vaterland zu denken oder an kostbares Wasser. Als Sven um meine Hand ... Posten als Assistenzarzt ... goldene Gelegenheit, mit dem berühmten Befehlshaber ... Vater hieß die Ehe gut, nicht die Reise zu einem unbekannten Land ... völlig auf die Launen des Windes angewiesen ... nur 28 Fass mit frischem Wasser übrig.

5. April 1652: Himmelhohe Spitzen des Cabo da boa Esperance gesichtet ... sehr hohe Berge, von denen einer oben so flach wie ein Tisch ist.
25. ... viele Männer vor Kälte und Überanstrengung an blutigem Durchfall und Fieber erkrankt. Habe Sven noch nicht die Neuigkeit mitgeteilt ... viele Frauen bekommen Kinder, doch wir interessieren uns viel mehr für die Frauen der Goringhaikonas und der Goringhaiquas mit ihren langen schmalen Brüsten, die eine halbe Elle lang sind und wie Lederbeutel herunterhängen und die sie dann über die Schulter nach hinten werfen, um ihre Kinder zu nähren, die sie auf dem Rücken tragen ... blassgelbe Hautfarbe und schräge Augen, weil sie den ganzen Tag von der Sonne geblendet werden, und wenn sie sprechen, geben sie Schnalzlaute von sich ... Bekleidung aus ungegerbten Ziegen- und Schafffellen, die sie wie einen Umhang um die Schultern legen. Im Winter tragen sie sie mit den Haaren nach innen, um sich zu wärmen, im heißen Sommer umgekehrt ... vor ihren Geschlechtsteilen ein Stück Leder. Wenn wir ein Schaf oder ein Rind schlachten, drücken sie mit den Fingern ein wenig von dem Verdauten aus den Därmen, legen diese auf ein Feuer und wenn sie sich zusammenziehen, schlingen sie sie ganz herunter. Alles wird sehr hastig gegessen und

das Blut tropft ihnen dabei aus dem Mund. Das, was sie nicht essen können, wickeln sie sich um Arme und Beine, zum Schutz oder als Schmuck. Wenn sie tanzen, klappern diese Dinge im Rhythmus ihrer Stimmen ... Religion auf den Mond ausgerichtet. Sie glauben, dass es einen großen Kapitän oben und einen großen Kapitän unten gibt. Der Kapitän oben ist mal gut und gibt ihnen gutes Wetter, mal ist er böse und schickt Stürme und Kälte. Der Kapitän unten ist immer gut, weil er ihnen Rinder gibt, von denen sie sich ernähren und erhalten können. Sie finden es merkwürdig, dass wir Christen arbeiten, und sagen, dass wir von unserer harten Arbeit nichts haben und dass wir am Ende unter der Erde begraben werden und alles umsonst getan haben ...

Er hätte gern weitergelesen, war sich aber der Unrechtmäßigkeit seines Tuns bewusst. Er strich die Seiten glatt, hielt die Lederkette noch einmal in der Hand, legte sie dann zurück und wickelte das Paket sorgsam ein. Er überlegte sich, was er an Stelle des Bündels, das er an sich genommen hatte, in die Kiste legen konnte, doch es fiel ihm nichts ein und er hatte auch keine Zeit mehr, denn er hörte Schritte vor der Tür. Er verteilte die verstaubten Spinnengewebe gleichmäßig in der Kiste, verschloss diese wieder und steckte sich das in Duiker-Leder gewickelte Päckchen vorne ins Hemd. Er hoffte, dass das, was er sich genommen hatte, den Kloots und keinem anderen gehörte.

Als Diena in der Tür erschien, stand die Kiste an ihrem alten Platz unter dem Tisch und er saß in seinem Sessel.

»Du kannst kommen.«

Er folgte ihr in die Küche. Er sah Soela zuerst von der Seite. Sie war eine regungslose Figur auf einem Stuhl, die zum Fenster hinausschaute. Diena hatte sie wahrscheinlich gerade in aller Eile umgezogen, denn ein Ärmel ihres Kleides war nicht ganz heruntergezogen worden und die Haare knisterten noch vom Bürsten. Auch wenn er ihr Gesicht nicht sehen konnte, schmerzte ihn der Anblick der regungslosen Soela.

»Soela, sieh mal, wer gekommen ist. Roff ist hier.«

Roeloff ging zu ihr und stellte sich vor sie. Durch die Krankheit wirkte sie jünger, beinahe wie ein Engel. Sie sah ihn mit starren Augen an.

»Hallo, Soela.«

Einen Augenblick lang sah sie ihn an, dann starrte sie wieder zum Fenster hinaus. Es war kein Zeichen des Lebens oder des Lachens in ihrem Gesicht zu sehen. Verzweiflung stieg in ihm auf. Das konnte nicht das kokette Mädchen sein, das er gekannt und beleidigt hatte. Während er sie ansah, rollte ihr eine Träne aus dem Auge und setzte sich zwischen ihre Nase und ihre Wange.

»Nimm es nicht zu schwer, Roff. Sie merkt es nicht.«

»Würdest du mich ein paar Minuten mit ihr allein lassen?«

»Ja.«

Roeloff kniete sich vor Soela hin.

»Ich weiß nicht, ob du mich verstehst, Soela, aber du hast mich erkannt. Ich bin's, Roeloff. Ich möchte mich für das, was ich getan habe, entschuldigen. Ich war jung und unwissend.«

Soela rührte sich nach wie vor nicht und starrte auf einen Punkt am entfernten Horizont, den nur sie allein sehen konnte.

Er nahm ihre Hand in seine und drückte sie.

»Bessie braucht dich. Für sie musst du wieder gesund werden.«

Ihre Augenwimpern zuckten und dann rollte die Träne an ihrem Gesicht herab und fiel in ihren Schoß.

Er stand auf und ging auf die Veranda, um auf Joubert zu warten.

Diena brachte Kaffee heraus.

»Hast du mit Soela gesprochen?«

»Ja.«

»Du siehst gut aus, Roff. Die Jahre in der Fremde haben dir wohl gut getan. Ich hatte gestern keine Gelegenheit, mit dir zu reden. Mein herzliches Beileid.«

Er sah sie an. Diena war aufgeblüht. Der kurze Haarschnitt und die Farbe in ihrem Gesicht standen ihr gut. Sie sah nicht mehr so verschlossen und distanziert aus wie früher, sie wirkte offener.

»Danke. Du hast dich auch zu deinem Vorteil verändert, Diena. Verheiratet, ein Baby unterwegs. Lourens scheint ein netter Mann zu sein, er ist freundlich. Bist du glücklich?«

»Ja. Ich bin froh, dass ich ihm begegnet bin.«

Bessie stellte sich an die Tür und beobachtete sie.

»Warum stehst du denn da wie ein verlorenes Lämmchen? Möchtest du auch ein bisschen Kaffee trinken?«

Bessie drehte sich um und verschwand im Haus.

»Wem sieht sie eigentlich ähnlich, was meinst du?« fragte Roeloff plötzlich.

Diena schenkte ihm Kaffee ein und sah auf.

»Soela natürlich. Die beiden gleichen sich aufs Haar.«

Roeloff trank einen Schluck Kaffee und stellte seinen Becher auf den Tisch.

»Ihre Augen sehen ganz anders aus, als die ihrer Mutter oder ihres Vaters.«

Diena sah ihn streng an. Der freundliche Ton ihrer Stimme klang nun eine Spur besorgt.

»Du erschreckst mich, Roff«, lachte sie nervös. »Natürlich hat sie nicht dieselben Augen wie ihre Mutter oder ihr Vater. Vielleicht hat sie die Augen von ihrem Großvater, Oom Willem, oder von ihrem Urgroßvater, Oupa Harman. In eurer Familie gibt es viele, die blaue Augen haben.«

»Ich meine nicht die Farbe ihrer Augen.«

»Was meinst du dann?«

Roeloff sah sie an.

»Du weißt, was ich meine. Du weißt, wessen Kind sie ist.«

Diena senkte den Blick. Sie sagte nichts.

»Ich habe gehört, dass es in Roodezand einen Arzt gibt. Er heilt keine gebrochenen Knochen oder Schlangenbisse, sondern hat andere Fähigkeiten. Vielleicht weiß er, wie Bessie von ihrer Trauer geheilt werden könnte.« Er machte eine bedeutsame Pause. »Vielleicht hilft es ihr auch, wenn sie mit anderen Kindern spielt, mit Harman und Beatrix. Es wäre gut, wenn sie einander kennen lernen würden.«

Sie atmete wieder gleichmäßig.

»Sie müssen sich kennen lernen, ja.«

»Sie sollte uns regelmäßig auf Kloots Nek besuchen.«

»Das wird sie sicherlich tun.«

»Ich könnte sie einmal in der Woche abholen lassen.«

Diena hielt mit dem Becher an den Lippen inne.

»Das sollte kein Problem sein.«

»Ich möchte die Kloots und die Jouberts nicht auseinanderreißen. Das ist nicht meine Absicht.«

Diena sah ihn an. Er wich ihrem Blick nicht aus. Er brauchte nicht mehr zu sagen. Sie hatte ihn verstanden; er wollte alles beim Alten belassen. Diena sollte ihm den Zugang zu seinem Kind sichern.

Joubert und seine Frau trafen ein, als sie gerade den Kaffee ausgetrunken hatten. Roeloff ging mit dem Farmer zu dem Stall, in dem die Schafe der Kloots zusammengetrieben worden waren.

»Ich zähle dreihundertundsechzig, ohne die Merinos«, sagte Roeloff nach einem langen Schweigen. »Es fehlen also etwa hundert Stück.«

»Dein Vater besaß ungefähr dreißig Merinos. Die anderen gehören mir.«

Roeloff wandte sich an Hennerik.

»Hennerik?«

»Grootbaas hatte fünfzig Merinos. Er hat ihnen keine Löcher in die Ohren gestanzt, weil es sonst niemanden gab, der welche besaß.«

Roeloff wandte sich wieder an den Farmer.

»Ich finde es komisch, dass mein Vater sie nicht gekennzeichnet hat. Er muss wirklich sehr krank gewesen sein. Aber du hast ja gehört, dass Hennerik sagt, er hätte es nicht getan. Ich schätze, alle Merinos gehören uns. Du hättest sie sicher gekennzeichnet, wenn es deine wären.«

Joubert stieß mit dem Stiefel gegen einen Pfosten, nicht weil er den Lehm abklopfen wollte, sondern um Zeit zum Nachdenken zu schinden.

»Du glaubst einem Hottentotten mehr als mir?«

»Ja.«

Joubert kniff die Augen zusammen.

»Du kannst es ihm meinetwegen gern glauben. Du wirst sie nicht mitnehmen. Nimm die dreißig, die deinem Vater gehörten, und verschwinde.«

»Hol sie raus, Kupido, und die anderen Schafe auch«, sagte Roeloff. »Hennerik und Twa, holt die Pferde.« Er wandte sich noch einmal an Joubert. »Es ist immer gut, wenn man weiß, wer zu einem hält. Dafür zahle ich gern ein paar Merinos.«

17

Neeltje stand an der Wohnzimmertür und betrachtete Roeloff, der im Schein einer Lampe am Tisch saß. Er hatte dort den ganzen Nachmittag mit irgendwelchen Papieren verbracht und schien die Zeit vergessen zu haben. Sie musterte ihn von hinten: seine Haare, die mit einem Lederband zusammengebunden waren, seinen nach vorn gebeugten Kopf. Die Last der Verantwortung lag ihm schon jetzt auf den Schultern. Sie wusste nicht, womit er sich beschäftigte, doch es hielt ihn seit Stunden in diesem Zimmer gefangen.

Nach drei Tagen auf Kloots Nek hatte sie die Sachlage bereits erfasst. Der neue Herr war nicht bei allen gleichermaßen beliebt. Drieka verhielt sich in seiner Gegenwart anders, als sie es hinter seinem Rücken tat. Roeloff war Schuld an der Enterbung ihres Bruders. Das würde sie ihm niemals verzeihen.

Neeltje ging leise ins Zimmer hinein.

»Du solltest ins Bett gehen, Roff. Morgen sieht alles ganz anders aus.«

Er drehte sich um.

»Setz dich ein bisschen zu mir, Neeltje.«

Sie kam an den Tisch und setzte sich neben ihn auf die Bank.

»Diese Papiere müssen sehr wichtig sein, wenn sie dich so lange hier festhalten.«

»Das sind die Aufzeichnungen von Anna Kloot, die sie vor einhundertsechzig Jahren schrieb.« In seinen Augen standen Tränen. »Du musst sie unbedingt lesen. Sie erzählt von ihrer Reise vom Vaterland ans Kap, mit drei Segelschiffen, und wie sie an der wilden Küste Afrikas in behelfsmäßigen Zelten in Wind und Regen lebten. Von ihren Begegnungen mit den Menschen brauner Hautfarbe und schnalzenden Geräuschen, die mit ihren Rindern und ihren Schafen kreuz und quer durch das Land streiften. Diese Lederkette«, sagte er und reichte sie ihr, »gehörte Adriaan Kloot, dem ersten Kloot, der am Kap geboren wurde. Eine Koi-na-Frau hatte sie ihm geschenkt. Ich lese dir mal vor, wie sie die Geburt beschreibt:

Adriaan Kloot wurde am Zehnten geboren, draußen wetteiferten Wind und Regen mit seinen Schreien im Zelt. Eine der Koi-na-Frauen, Vygie, blieb die ganze Nacht bei mir. Sie wurde nach einer Blume in der Wüste benannt und ihr Vater soll ein gelbhäutiger Mann aus dem Binnenland sein. Sie sieht anders aus als die anderen Frauen, hat einen zierlicheren Körper und eine gelbere Hautfarbe, was wohl durch die Abstammung von den Sonqua bedingt ist. Wir haben jedoch noch nie einen dieser Männer von den Bergen im Binnenland gesehen, von denen so viel erzählt wird. Sie sang mir mit ihrer dünnen, kindlichen Stimme etwas vor und wischte meine Stirn mit einem Kräutergemisch ab, sodass ich für längere Zeit die furchtbaren Schmerzen in meinem Körper kaum spürte. Als zum Schluss die großen Schmerzen einsetzten, halfen mir ihre sanften Hände. Sie wollte das Baby mit Kuhmist einreiben, um es zu schützen, doch Sven ließ das nicht zu. Diese Frauen wissen eine Menge. Sie sind nicht so krank wie wir, ihre Babys bleiben am Leben. Als Sven mit Fieber im Bett lag und die Medikamente des Stabsarztes nichts nützten, gab sie mir ein Puder, das ich unter sein Essen mischte. Vygie schenkte Adriaan auch eine Lederkette. Wenn er sie trägt, wird sie ihn vor bösen Geistern schützen.

Neeltje strich mit der Fingerspitze über die winzigen Zeichen, die auf dem alten Lederband kaum noch zu erkennen waren.

»Sie hat sie mit ihren Aufzeichnungen aufbewahrt. Wie schön, Roeloff, dass du diese Andenken gefunden hast.«

»Ja, das finde ich auch.«

Neeltje betrachtete die Lederkette liebevoll.

»Eines unserer Kinder sollte sie bekommen.«

»Wer?«

»Harman.«

»Gut.«

Sie gab ihm die Kette zurück und nahm vorsichtig ein Blatt Papier in die Hand. Es fiel ihr nicht leicht, die Schrift zu lesen, doch sie verstand die Worte.

»Sie schreibt gut, diese Anna Kloot, mir gefällt die Art, wie sie die Dinge beschreibt. Kein Wunder, dass es in eurer Familie ein Talent zum Schreiben gibt.«

»Es ist mehr als ihr Schreiben.«

»Was meinst du?«

»Vygie hatte eine Tochter, die kleine Eva, das Ebenbild ihrer Mutter. Als Kinder spielten Eva und Adriaan zusammen. Als sie älter geworden waren, wurden sie im Kornfeld dabei entdeckt, wie sie sich gegenseitig ihre Geschlechtsteile zeigten. Anna Kloots Mann Sven gab beiden eine ordentliche Tracht Prügel. Ein paar Jahre später heiratete Eva einen Chief und Adriaan war plötzlich verschwunden. Ein Suchtrupp machte sich auf, um ihn zu suchen. Sie fanden ihn erst nach ein paar Tagen bei einer Gruppe von Koi-na. Er hatte sein Gesicht mit Schmierfett eingerieben und wollte mit ihnen ins Binnenland ziehen. Es stellte sich heraus, dass die Hochzeit von Eva ihn gekränkt hatte. Die Koi-na und ihre Lebensweise übten eine große Faszination auf ihn aus. Er ließ sich nicht zähmen, auch wenn sie ihn immer wieder hart bestraften.«

Neeltje lächelte.

»Das war noch nicht das Schlimmste. Nachdem sie ihre Eltern zurückgelassen hatte, als junge Braut in dieses Land gekommen war und die harten Umstellungen in der Fremde ertragen hatte, wurde Anna Kloot betrogen. Sie ertappte ihren Mann mit Vygie. Sie hatten ein gemeinsames Kind.« Er schwieg einen Augenblick. »Die Dinge wiederholen sich, Neeltje. Nichts hat sich geändert. Weder die Kloots noch der Kampf um das Land.«

»Was ist aus dem Kind geworden?«

»Seine Mutter nahm ihn mit ins Binnenland. In den Aufzeichnungen wird er nicht wieder erwähnt. Sven segelte auf einem Schiff zurück in seine Heimat. Anna Kloot blieb hier mit ihren beiden Söhnen Adriaan und Frederik. Sie heiratete einen Farmer, dessen Frau gestorben war. Sie erlitt so vieles und blieb dennoch hier. Hier schreibt sie: *Nirgendwo pfeift der Wind so wie hier, aber man findet auch nirgendwo sonst die Berge und die Ozeane und Gottes Schönheit alle an einem Ort.*«

Er stand auf und legte Neeltje seinen Arm um die Taille.

»Wir werden auf Kloots Nek bleiben, Neeltje.«

»Ich weiß.«

»Sobald du dazu bereit bist, werde ich dir erzählen, was zwischen mir und Soela vorgefallen ist.«

Neeltje streckte ihre Hand aus und strich ihm über das weiche Haar.

»Das ist lange her, Roff. Wir werden genug damit zu tun haben, die Kinder und die Schafe zu versorgen, da brauchen wir nicht in der Vergangenheit zu stochern.«

Er zog sie an sich und küsste sie.

»Welch ein Glück, dass ich dich gefunden habe, Neeltje.«

»Du hast dein Glück selbst geschmiedet, Roeloff Kloot. Oder dachtest du, dass du damit nichts zu tun hattest?«

Hinter einem Hügel, der in weiter Ferne lag, gingen drei Jäger auf eine Wasserstelle zu und hielten schnuppernd die Nasen in die Luft. Als sie sich gerade nach vorn gebeugt hatten, um etwas zu trinken, traten sie rasch einen Schritt zurück und hielten sich entsetzt die Hände vor den Mund. Wenige Meter von ihnen entfernt lagen unter einem Busch die Überreste eines menschlichen Körpers – ein hohler Rumpf aus scharlachroten Bändern, die Augen blind unter einer Traube von Perlen. Sie fragten sich, wer die Frau gewesen sein mochte. Sie war den Löwen zum Opfer gefallen, das erkannten sie an den Rissen an ihrem Hals und an dem Kaross, das in dem Kampf zerfetzt worden war. Für sie war es offensichtlich, was geschehen war. Sie hatte an der Wasserstelle trinken wollen und die Löwen nicht gerochen. Ihr Geist war nicht mehr rein gewesen, sie hatte ihre Fähigkeiten verloren.

Einer der Jäger streckte die Hand nach ihrem Stock aus, der unberührt im Sand lag, zog sie dann aber wieder zurück. Sie durften nicht länger verweilen, sie durften ihren Stock nicht mitnehmen. Es war sogar tabu, von dem Wasser zu trinken, sonst würde das Unglück sie verfolgen. Doch sie waren die Grausamkeit der Götter gewöhnt. Die Suche nach Wasser war ihnen in die Seele geschrieben.

Sie warfen einen letzten Blick auf die Überreste, kniffen die Augen im Sonnenlicht zusammen und gingen entschlossen in die Richtung, in der sie einen Blitz das Land hatten spalten sehen.

Danksagung

Als ich vor vier Jahren mit diesem Roman begann, wollte ich einfach eine nette, kleine Geschichte erzählen, die im 18. Jahrhundert in der Karoo spielt. Ich hatte keine Ahnung, worauf ich mich eingelassen hatte. Mein Dank gilt an erster Stelle zwei großartigen Brüdern: Ghalick und Hymie, die mir unzählige Gefälligkeiten erwiesen und nie nein sagten. Dan Sleigh, von dem ich die Namen »Twa« und »Rauch in den Augen« habe. Den Bewohnern von Calvinia, vor allem Alta Coetzee, die dafür sorgte, dass ich mich im Karoo Boekehuis aufhalten durfte, und Danie Poggenpoel und seine Frau, die mir viele Geschichten erzählten. Dem »Richvale Writers' Club« in Toronto, weil sie die Ersten waren, die mich dazu ermutigten, einen historischen Roman »anzupacken« und sich die ersten Seiten anhörten. Meiner Tochter Zaida, die die ganze Zeit da war und ihre Hausaufgaben hinter mir auf dem Bett machte. Mein Dank gilt in besonderem Maße meiner Verlegerin Annari van der Merwe, die, nachdem sie das Manuskript gelesen hatte, sagte: »Das Buch ist zu eurozentrisch«, und mich dazu zwang, es mir noch einmal aus einer anderen Perspektive anzusehen. Ich hätte das Buch nicht schreiben können ohne die wunderbaren Erzählungen und Informationen, die ich in anderen Büchern fand über das Verhalten von Tieren und der frühen Geschichte des Kaps. In diesem Zusammenhang möchte ich die folgenden Werke erwähnen: *Cape of Good Hope, 1652–1702, The First Fifty Years of Dutch Colonisation as seen by Callers,* übersetzt und kommentiert von R. Raven-Hart, Bände I und II, A. A. Balkema, Kapstadt, 1971; *Journals of Jan van Riebeeck, 1651–1662,* Bände I bis III, herausgegeben von H. B. Thom, A. A. Balkema, Kapstadt, Amsterdam 1952; *The Kalahari Hunter-Gatherers, Studies of the !Kung San and Their Neighbours,* Lee und DeVore, Herausgeber, Harvard University Press, 1974.

Ich habe mich dazu entschieden, die Geschichte so zu erzählen, wie sie ist. Es handelt sich hier schließlich um einen Roman und manchmal gehen wir zu weit in unseren Bemühungen, stereotype Bezeichnungen zu vermeiden. So antwortete mir 1994 der verstorbene Oupa Regopstaan auf meine Frage, ob er lieber San genannt würde, mit: »Was ist ein San? Ich bin ein Mann aus dem Veld.«

Rayda Jacobs, September 1996

Nachwort

1652 – nach Beendigung der Apartheid ist es sicherlich kaum mehr zeitgemäß, das Nachwort zu einem historischen Roman aus Südafrika ausgerechnet mit einem Hinweis auf das Jahr zu beginnen, in dem Jan van Riebeeck im Auftrag der Holländisch-Ostindischen Kompanie am Kap der Guten Hoffnung landete! In dem vorliegenden Roman *Augen des Himmels* allerdings spielt dieses schicksalhafte Datum eine wesentliche Rolle – als nämlich der Protagonist Roeloff Kloot jene in ein Stück Duiker-Leder gewickelten »Unterlagen der ersten Siedler« entdeckt, auf deren Existenz sein Großvater einst hingewiesen hatte und die das verschollene Tagebuch enthalten, in dem die vor nunmehr hundertsechzig Jahren an Bord des legendären *Drommedaris,* des Schiffes van Riebeecks, nach dem südlichen Afrika gekommene Anna Kloot ihre ersten Eindrücke des neuen Landes festgehalten hatte. Nach Erinnerung des Großvaters liege das Interesse der Niederschrift der schriftstellerisch begabten Vorfahrin nicht nur in dem, was sie tatsächlich erzähle, sondern auch in dem, was sie verschweige. Was gemeint war, versteht Roeloff erst bei der Lektüre. Er erfährt beispielsweise, dass sein Urahn Adriaan, einer der Allerersten in Südafrika geborenen Weißen, durchbrannte, als die Einheimische, zu der er eine Beziehung unterhielt, einen Häuptling des eigenen Volkes heiratete; er erfährt auch, dass seine Urahnin von ihrem Mann mit einer Koi-na-Frau betrogen wurde und dass das gemeinsame Kind – einer der ersten Mischlinge des Landes – mit der Mutter ins Landesinnere verschwunden sei. Dessen Geschichte ist die, die nicht erzählt wird: »In den Aufzeichnungen wird er nicht wieder erwähnt«, heißt es.

In *Augen des Himmels* stellt sich Rayda Jacobs die Aufgabe, die nicht erzählte Geschichte der sogenannten »farbigen«

Einwohner Südafrikas nunmehr zu erzählen.[1] Bemerkenswert daran ist unter anderem, dass sie sowohl mit den ersten aus Europa ins Land gekommenen und den ersten in Afrika selbst geborenen weißen Kolonisten als auch mit den ersten Menschen, die ihre Existenz gerade den Beziehungen von Schwarz und Weiß verdanken, anfängt.

*

Jacobs, die hier ein Werk über die frühe Geschichte des eigenen Volkes vorlegt, ist selbst Opfer der Rassendiskriminierung unter der Apartheid gewesen. Geboren in Dieprivier, einem Vorort von Kapstadt, der später in den sechziger Jahren infolge des Gruppengebietsgesetzes (Group Areas Act) Weißen vorbehalten wurde, und nach der damaligen Rassenklassifizierung selbst als »Farbige« eingestuft, ging sie nach weiteren Schwierigkeiten mit der Apartheid-Gesetzgebung 21jährig nach Kanada. Erst 1995, nach 27 Jahren im Exil, kehrte sie nach Südafrika zurück, wo sie nun unweit ihres Geburtsortes lebt. Ein erstes Zeugnis ihrer schriftstellerischen Ambitionen, die Sammlung von halbautobiographischen Kurzgeschichten unter dem Titel *The Middle Children,* war schon in Kanada erschienen. Mit *Augen des Himmels,* dem ersten Teil einer geplanten Trilogie und ihrem ersten Roman, gewann sie 1997 den neu ins Leben gerufenen *Herman Charles Bosman Prize.*

*

Das Werk wäre der reinen Unterhaltungsliteratur zuzurechnen – ein Kritiker sprach von einer »altmodischen afrikanischen Abenteuergeschichte«[2], verfügte es nicht über einige bemerkenswerte und wohl als ernsthaft zu betrachtende Qualitäten.

Was hier vorliegt, ist ein Roman großer Leidenschaften, dessen Verfasserin nicht davor zurückscheut, mit stereotypen Figuren und formelhaften Situationen zu arbeiten. Es geht um die Rivalität zweier Söhne – einer steht für das Gute, der andere stets für das Böse; es geht um Hass zwischen Familienmitgliedern; um Betrug (Bruder betrügt Bruder; Frau betrügt Verlobten und so weiter); um den Kampf um Landbesitz (zwischen Weiß und Schwarz, aber auch unter den Weißen selber). Es kommen häufig hochdramatisch inszenierte Szenen vor: die Erschießung eines Sohnes durch den Vater; die Rückkehr des verlorenen Sohnes; die Versöhnung mit dem Vater am Sterbebett; die Enthüllung verborgener Identität; etliche Vergewaltigungen.

*

Der Roman spiegelt südafrikanische Verhältnisse gegen Ende des 18. Jahrhunderts wider, als das Kap schon über hundert Jahre unter holländischer Verwaltung stand. Obwohl Jacobs kaum spezifische Daten nennt, wissen wir, dass Twa schon 1765 als »Vorläufer (das heißt ein Junge, der das vordere Paar eines Ochsengespanns führt; d. Aut.) und Spurenleser« bei Roeloffs Großvater Oupa Harman eingestellt wurde. Als Roeloff das Tagebuch der Anna Kloot liest, bemerkt er, dass es vor hundertsechzig Jahren geschrieben wurde; folglich müsste sich die letzte Szene des Romans um 1810 abspielen (als das Kap schon vier Jahre von den – im Roman nirgends erwähnten – Briten besetzt war).

Zu jener Zeit war die Tierwelt des Kaps – heute leider fast vollständig ausgerottet – noch artenreich. So kann Twa noch Elenantilopen jagen; Elefanten ziehen durch die Landschaft (Roeloff und Neeltje beobachten die Szene der Paarung); sogar Löwen sind noch auf Streifzug (und verursachen den Tod von Zokho).

Die Gesellschaftsordnung, die im Roman geschildert wird, ist die der Grenzgebiete der damaligen europäischen Kolonie. Sie beschreibt eine Familie, die zu den ersten *Vrijburgers,* also zu den ersten freien Bürgern, die nicht mehr unter der Kontrolle der Holländisch-Ostindischen Kompanie standen, gehörte, außerhalb der ursprünglichen Grenzen wirtschaften durfte und einer der ersten war, die ins Landesinnere, in diesem Fall nach Norden in die Ceder-Berge und zum Hantam, zogen. Viel weiter als hier beschrieben waren Weiße zu jener Zeit noch nicht vorgedrungen. Manches an dieser Gesellschaft wird den Leser vielleicht an die ähnlichen Verhältnisse des amerikanischen *Frontiers* erinnern, insbesondere die Gesetzlosigkeit: weder kaltblütige Erschießungen von Einheimischen noch Vergewaltigungen werden durch das Gesetz geahndet.

Die kapholländische Gesellschaft des 18. Jahrhunderts war zudem eine, in der noch Sklaven gehalten wurden. Man beachte beispielsweise bei der Ankunft der Witwe Reijnhardt, wie sie auf den Rücken eines Sklaven, der auf Händen und Füßen vor ihr niederkniet, steigt, als sie ihren Wagen verlässt und wie sie ihm dann mit ihrem Spazierstock bedeutet, dass er wieder aufstehen darf; auch das Detail, dass dem Sklaven zwei Zehen fehlen, die ihm abgehackt wurden, als er versuchte, von einem früheren Besitzer wegzulaufen, gehört in diesen Zusammenhang.

Durch das, was Krisjan Kloot vom Leben am Kap zu berichten weiß, verdeutlicht Jacobs aber auch, dass wir es hier mit einer Gesellschaft im Umbruch zu tun haben. Schon entwickelt sich städtisches Leben (wir erfahren von »Menschen, die so viel Geld hatten, dass sie nichts zu tun brauchten und sich einfach die Zeit vertrieben«); schon kündigt sich eine wirtschaftliche Blüte durch den Export der erstklassigen Wolle von Merinoschafen an, die man aus Spanien zur Zucht importiert hatte.

*

Schauplatz der Romanhandlung sind die Randgebiete der Großen Karoo, einer kargen Halbwüste, die sich über viele Hunderte von Kilometern in der zentralen Region Südafrikas erstreckt. Obwohl das Khoi-Wort *Karoo* dem Sinn nach schon darauf hindeutet, dass es sich hier um »einen Ort mit wenig Wasser« handelt, gibt es in den Tälern und im Flachland der Karoo viele fruchtbare Farmen. Wie schon zur Zeit der Romanhandlung besteht die heutige Bevölkerung vorwiegend aus weißen Buren und Farbigen (Coloureds). Der erste Teil des Romans spielt in den Hantam-Bergen, einer Gegend, die erst um 1750 von Europäern besiedelt wurde, etwa 350 Kilometer nördlich von Kapstadt (nahe der jetzigen Ortschaft Calvinia), der zweite in den Ceder-Bergen, etwa 150 Kilometer weiter südlich in Richtung Kapstadt. Vom Kap bis zum Hantam braucht Krisjan Kloot im Ochsenwagen zwei Monate, nicht zuletzt weil er die Ceder-Berge überqueren muss. Auch die Entfernungen zwischen den einzelnen entlegenen Bauernhöfen beziehungsweise den Siedlungen in der Karoo sind sehr groß: Um mit anderen benachbarten Farmern zu handeln, ist Wynand eine ganze Woche unterwegs und muss seine Tochter für diese Zeit vollkommen allein in der Wildnis lassen.

*

Der Roman *Augen des Himmels* ist das Ergebnis sorgfältiger Geschichtsforschung. Jacobs hat Informanten aus den Reihen der San zu Rate gezogen. Sie hat einschlägige Quellen, darunter das Tagebuch Jan van Riebeecks, anthropologische Werke über die San sowie Studien zum Tierverhalten, ausgiebig konsultiert – und die Spuren dieser Nachforschungen sind im vollendeten Roman sichtbar. In ihrer Danksagung erläutert sie, wie die Ergebnisse dieses Forschungsprozesses, anders als erwartet, ausfielen (man darf annehmen, dass ihre Studien zu den San, zum Beispiel, sich auf viel umfangreichere Art im Roman niederschlugen als ursprünglich geplant), und wie sie, auf Anraten ihrer Verlegerin, versucht habe, sich etwaige eurozentristische Aspekte des Werkes neu zu überlegen. Auf ganz sympathische Weise, gibt sie zu, dass sie im Schreibprozess selber viel gelernt habe.

*

Von besonderem Interesse an diesem Roman ist der Versuch der Autorin, eine bestimmte Phase der frühen Geschichte Südafrikas neu zu deuten und fiktional zu erfassen. Solche revisionistischen Vorgänge sind in einem Land, in dem Geschichte bis vor kurzem zur Legitimation bestehender sozialer Strukturen benutzt worden ist, von zentraler Bedeutung. In den offiziellen Verlautbarungen und Veröffentlichungen des Apartheidregimes sowie in den gängigen Schulbüchern wurde die herausragende Rolle der Weißen beim Aufbau des Landes gepriesen; die hervorgehobene Geschichte der Privilegierung der Weißen versperrte die Sicht auf die Enteignung der Schwarzen.

Geschichte wurde zur Fiktion, die die Apartheid legitimieren sollte. Dabei entstand ein Korpus von Mythen, etwa dass die *Voortrekker* in ein unbevölkertes Land vorgedrungen seien oder dass die schwarzen Stämme erst um die Mitte des 17. Jahrhunderts, also ungefähr zeitgleich mit den Weißen, ins Land gekommen seien und somit kein Vorrecht auf das Land geltend machen konnten.[3]

Die Auswirkungen einer solchen Geschichtsschreibung sind in der Literatur schwarzer Autoren allenthalben nachzulesen, etwa bei Erzbischof Tutu, der sich stets darüber wunderte, dass die Xhosa immer als Viehdiebe dargestellt wurden[4], oder bei Njabulo Ndebele, der in seiner Kurzgeschichte *The Music of the Violin* eine Szene erfindet, in der ein schwarzes Schulkind einen Aufsatz zum Thema verfassen soll: »Wie hat die Ankunft der Weißen zur Herstellung von Wohlstand und Frieden beigetragen?« und die Frage als sinnlos abtut.[5]

Schwarzen, die solchen Geschichtsfälschungen ausgesetzt waren, stießen auf große Schwierigkeiten dabei, wollten sie etwas über die Geschichte des eigenen Volkes in Erfahrung bringen. Es gab ja kaum etwas über sie in den Geschichtsbüchern. Es verwundert also nicht, wenn Bessie Head ein gestörtes Verhältnis zur Geschichte (»a very broken sense of history«) bei ihren Landsleuten konstatiert.[6] Nicht umsonst wurde das Erziehungssystem zum Hauptauslöser des Aufstandes von Soweto, der 1976 den Untergang des Apartheidsystems einleitete. Entsprechend haben viele eine neue Geschichtsschreibung gefordert, die die Entwicklung des Landes aus der Sicht der unterdrückten Mehrheit interpretieren sollte. Im Bewusstsein, dass Kultur und Geschichte der Schwarzen weitgehend zerstört worden waren, berief man sich auf die Notwendigkeit einer »Rekonstruktion« der Geschichte – die sowohl dem Prozess der Befreiung als auch der Gestaltung einer künftigen Gesellschaft dienen sollte.[7] Schriftsteller wie Bessie Head, Matsemela Manaka, Mtutuzeli Matshoba, Mothobi Mutloatse und Njabulo Ndebele haben mit ihren Werken dazu beigetragen. Mit *Augen des Himmels* reiht sich Rayda Jacobs in diese Tradition ein.

*

Ganz besonders interessant an *Augen des Himmels* ist die Schilderung der Kapkolonie in den entscheidenden Jahren nach der ersten Besiedlung. Der Roman berichtet über die Anfänge der europäischen Vorherrschaft über die einheimische Bevölkerung, deren gesellschaftliche und wirtschaftliche Organisationsformen erschöpfend dargestellt werden. Gerade das Schicksal der Khoikhoi und der San, die ja die Ersten waren, die von Weißen besiegt und zu Landarbeitern beziehungsweise billigen Arbeitskräften degradiert wurden, bildete einen Präzendenzfall für alles, was später mit den Xhosa und Zulu weiter nördlich passieren sollte.

*

Die beiden einheimischen Völker, denen wir im Roman begegnen, waren die frühesten Bewohner des Kaplandes, obwohl sie ursprünglich aus dem Norden Botswanas stammten (und teilweise heute noch dort leben). Die Terminologie, mit denen man sie bezeichnet, hat sich im Laufe der Jahre mehrmals geändert und ist immer noch nicht ganz frei von Verwirrung. Das ist der Tatsache geschuldet, dass man heute auf Grund des allmählichen Zusammenwachsens der beiden Völker unter dem Druck der weißen Eroberung eher zögert, eine strenge Trennlinie zwischen Hirten auf der einen und Jägern und Sammlern auf der anderen zu ziehen. Erstere wurden früher als *Hottentotten,* letztere als *Buschmänner* bezeichnet. Da diese Rassenbezeichnungen auch zur Zeit der Apartheid verwendet wurden, gelten sie heutzutage als abschätzig, werden demzufolge weitgehend vermieden und durch *Khoikhoi* und *San* beziehungsweise durch einen von Anthropologen geschaffenen Neologismus – *Khoisan* – ersetzt.[8]

Der im Roman gelegentlich vorkommende Begriff *Sonqua,* ein Terminus, der in den früheren Dokumenten des Kaps häufig zu finden ist, ist nichts anderes als eine übliche Form der Mehrzahl von San.

Im Roman gilt Jacobs Interesse vorwiegend den San. Die gelbhäutigen San, die sich sozial und kulturell wesentlich von den Bantu sprechenden Stämmen des Nordens und Ostens unterscheiden, wohnten zur Zeit der Romanhandlung meist in den Bergen des Kaps, also auch in den Ceder-Bergen. Sie ernährten sich von Wild, das sie mit vergifteten Pfeilen jagten. Sie lebten in kleineren Banden zusammen, konnten sich aber auf Grund der Überlebenszwänge und der größeren Beweglichkeit nicht sehr viele Kinder leisten. Oft haben sie für die Khoikhoi gearbeitet. Als mit zunehmender Bevölkerung ihnen immer weniger Wild zur Verfügung stand, gingen die San dazu über, das Vieh der weißen Farmer zu stehlen und wurden in der Folge mit großer Brutalität selbst gejagt. Oft wurden ihre Kinder gefangen und als Lehrlinge und Bedienstete auf den Farmen eingestellt. Die San, die überlebten, wurden nach und nach in die gemischtrassige, farbige Bevölkerung des Kaps assimiliert. Ihre Lebensweise und ihre Sprachen überlebten lediglich in ganz entlegenen Gebieten, wie etwa in der Kalahari.

In einem südafrikanischen Zeitungsinterview sagte Rayda Jacobs, sie wolle in diesem Roman die San, zu denen sie sich hingezogen fühle, gebührend würdigen; sie wolle ihre Sitten und Gebräuche, ihre Lebensweise und ihren Überlebenskampf schildern.[9] Während der Vorbereitungen für den Roman besuchte sie auch einige San, die noch heute in den Ceder-Bergen leben. Und tatsächlich liefert der Roman eine gut recherchierte und glaubwürdige Darstellung der San. Von entscheidender Bedeutung ist hierbei die einfühlsame Schilderung von Twa, der praktisch als Lehrer fungiert und Roeloff über mündliche Überlieferung und Naturverbundenheit, über Sexualität, Ahnenglaube und Schöpfungsmythos und nicht zuletzt über die schrecklichen eigenen Verletzungen, die ihm die Weißen zugefügt haben, unterrichtet. Aber auch durch das, was Roeloff in seiner Interaktion mit anderen San, etwa mit Zokho und Limp Kao, über ihre Auffassung vom Schutz der Frau und von der Bedeutung von Solidarität und gemeinsam getragener Verantwortung als Überlebensstrategien lernt, ist dazu geeignet, die Sympathie für dieses dem Untergang geweihten Volk, das trotzdem Widerstand im Alltag auf oft humorvolle Weise liefert, zu gewinnen.

Es ist nicht zu übersehen, dass hier gegensätzliche Auffassungen sozialer Ordnung herausgearbeitet und zur Diskussion gestellt werden. Einer positiven Antwort auf Roeloffs verwunderte Frage, ob nicht die Sonqua »die wahren Besitzer der Freiheit« seien, werden sich nicht viele Leser entziehen können.

*

Das Geschehen in diesem Roman findet weitgehend vor der Übernahme des Kaps durch die Briten statt. Weder die erste britische Besatzung (1795–1803) noch die zweite, endgültige von 1806 spielen irgendeine Rolle im Roman. Wir haben es also, wie in der südafrikanischen Geschichte seitdem nicht mehr, mit einer Zeit zu tun, in der die europäische Macht im Lande noch ausschließlich von den Buren ausgeübt wurde. Dieses Volk schont Jacobs nicht; ihr Roman stellt sich uns als Entlarvung kolonialer und sozialer Praktiken dar. Gewalttätigkeit ist die Grundlage der Gesellschaftsordnung, Familienbeziehungen sind weitgehend zerrüttet: Ein Vater erschießt seinen Sohn; ein Bruder zerschmettert das Knie des anderen; ein Bruder tötet aus Rache das Pferd des anderen und vieles mehr. Treue innerhalb der Familie hat fast keinen Bestand. Am Schicksal der jungen Frauen zeigen sich die Auswirkungen von Gewalt, Einsamkeit, Sehnsucht und Frustration. Rassenvorurteile sind allgegenwärtig: Der Besuch des Schriftstellers Krisjan Kloot, der eine Sklavin aus Asien geheiratet hat, zeigt, welche Art von Vorurteilen, sogar Schamgefühle, vorherrschen.

Trotzdem muss man auch die positiven Eigenschaften beachten, die die Autorin diesem Volk abgewinnt, etwa in den Ansichten des Großvaters, dem Mut Krisjan Kloots, der Liebe Neeltjes oder der Lernfähigkeit Roeloffs.

*

Ein Hauptthema des Romans stellen die Rassenbeziehungen dar. Jacobs versucht, verschiedene Aspekte der Problematik zu beleuchten, indem sie zeigt, wie die Komplexität der Rassenbeziehungen das Wesen dieser Gesellschaft nicht nur von Anfang an bestimmt hat, sondern im Leben einer einzelnen Familie weiterwirkt. Gerade in diesem Punkt zeigt sich, wie sehr diese Familie von Buren in sich gespalten ist. Grund dafür sind sowohl die persönlichen Beziehungen, die einige Familienmitglieder mit Menschen anderer Rassen eingehen, als auch die zum Teil dadurch bedingten Vorurteile.

Krisjan Kloot, der verschollene Bruder aus Kapstadt, der zu Besuch kommt, spielt dabei eine wesentliche Rolle. Er, dem als Schriftsteller der Ruf der Intelligenz vorauseilt, hat, wie es sich erweist, eine aus Ceylon verschleppte Sklavin geheiratet und sich konsequent zu ihr bekannt – was ihm kein anderer nachmacht. Die Ankündigung seines bevorstehenden Besuches führt zu Spekulationen und zur Verängstigung einzelner Familienmitglieder, die sich durch sein Verhalten bedroht fühlen.

Roeloff ist eine in der südafrikanischen Literatur häufig anzutreffende Figur: der junge Weiße, der zusammen mit Schwarzen auf einer Farm aufwächst, bevor die Verpflichtungen des Erwachsenenseins sie trennen. Roeloff lernt deren Sprache, lehnt die landesübliche – und beleidigende – Vereinfachung afrikanischer Namen ab, macht den ehrlichen Versuch, ihre Sitten und Gebräuche zu verstehen, und erlebt sogar eine Art Initiationsritus, als ihn Twa die Beziehung zu den Ahnen wie in Trance nachempfinden lässt. Seine wachsende Sympathie für die San lässt ihn auf eine für Weiße untypische Weise handeln: Als er einen Gefangenen laufen lässt, wird er vom Vater ausgepeitscht; als er von den San gestohlene Schafe wieder einfängt, überlässt er ihnen eins. Die Tatsache, dass er eine Beziehung mit einer Einheimischen eingeht, war für die damalige Zeit, nicht besonders ungewöhnlich – besonders in den Grenzgebieten, wo etliche Weiße neue sexuelle Möglichkeiten ausnutzten. Bezeichnenderweise stößt aber sogar er am Schluss des Romans an die Grenzen seines Verständnisses, als Zokho, in einem Akt der Eifersucht, das gemeinsame Kind aussetzt und sich auf den Weg zurück zu ihrem eigenen Volk macht. Die Art, wie sie sich – »Ohne Eile. Frei« – von ihm und von ihrem Kind trennt, vermag er nicht mehr nachzuvollziehen; er will es auch nicht.

Die Gegensätze zwischen den beiden Brüdern David und Roeloff äußern sich auch in ihren Ansichten zur Rassenfrage. David ist zum Beispiel nicht bereit, die Idee zu akzeptieren, dass auch die San eine Vorstellung von Ehre besitzen. Seine Haltung ihnen gegenüber bleibt durchweg negativ – es sei denn, es handelt sich um Frauen. Dort liefert er ein stereotypes Beispiel einer landesüblichen Heuchelei, als er sich wohl dazu fähig erweist, die eigene Frau mit der Koi-na Kathrijn zu betrügen (die, als die Beziehung entdeckt wird, daraufhin ihre Stelle auch verliert).

Obwohl Jacobs die Kompliziertheit der Rassenbeziehungen keineswegs vertuscht – sie zeigt die Verstrickung mit Klassenvorurteilen mehrmals auf; sie verdeutlicht, wie sehr auch Widersprüche im diesbezüglichen Verhalten von Willem Kloot und Jan Joubert vorhanden sind; sie begründet auf einsichtige Weise Wynands Bereitschaft, Roeloff und Zokho aufzunehmen – scheint sie doch zum Schluss zu einer relativ pessimistischen Grundaussage zu kommen, indem sie sowohl Roeloff als auch Zokho trotz ihrer Liebe zu den Grenzen ihres Einfühlungsvermögens kommen und zum eigenen Volk zurückkehren und Pieter, der selbst Farbiger ist, bei einer Rede zum Thema Mischehen zu dem Schluss kommen lässt, dass sie die Spaltung von Familien zur Folge haben.

Trotz des Erlernens ihrer Sprache, trotz ihres gemeinsamen Lebens gelingt es Roeloff nicht, über die Schatten der eigenen Identität zu springen. Am Ende muss er einsehen, dass Neeltje ihn besser versteht. (Zokho geht an der Frage ihrer Identität zugrunde: Sie wird zwischen ihrer Liebe zu Roeloff und ihrer Zugehörigkeit zum eigenen Volk zerrissen; sie lehnt Toma ab, leidet aber zunehmend an der wachsenden Entfremdung von Roeloff und an ihrer Sehnsucht nach der eigenen Lebensweise. Ihr gelingt es genauso wenig wie ihm, sich einzufügen).

*

Augen des Himmels zeigt sehr deutlich das Aufeinanderprallen zweier Gesellschaftssysteme im Kampf um Landbesitz. Privatbesitz steht gegen Nomadentum, Schafzucht gegen Jagen. Es ist natürlich ein Kampf, den die Weißen kraft ihrer besseren Waffenausrüstung längst gewonnen haben; hier werden sie lediglich Opfer gelegentlicher Überfälle, die zwecks Raub an Vieh durchgeführt werden. Die Auswirkungen der weißen Besiedlung, die die natürliche Harmonie einer schon existierenden Ordnung stört, kommt einer Zwangsumsiedlung gleich; die San werden in »ausgetrocknetes, verlassenes und unbewohntes Land« zurückgedrängt.

In Bezug auf den Landhunger der Weißen, bemerkt Twa mit weiser Voraussicht und in einem der markantesten Sätze des Romans »Bald werden wir am Ende der Erde hinunterfallen« – und, wie wir wissen, leben die San heute praktisch nur noch vereinzelt in der Kalahari. Als Rechtfertigung für ihr Vorgehen benutzen die Weißen die damals übliche Standardargumentation, die übrigens das Wesen des Nomadentums vollkommen außer Acht lässt, wonach ein Land als *terra nullius* zu betrachten sei, wenn die Ureinwohner das Land nicht beackert hätten. Das gleiche Argument kennt man aus Australien, wo es zur Rechtfertigung der Enteignung der Aborigines angewendet wurde.

Folglich werden die San förmlich abgeschlachtet; es wird im Roman von solchen Massakern erzählt. Eines davon erweist sich als besonders bedeutsam und in seinen späteren Verwicklungen auf schreckliche Weise ironisch. Twa nämlich berichtet von der Verschleppung der eigenen Schwester, deren Tochter, wie der Leser später erfährt, Zokho heißt. Und das wiederum bedeutet, dass Roeloffs Vater und Jan Joubert sich am Tod der Großmutter von Roeloffs Sohn Harman beteiligt hatten. Auf solche Weise werden die Weißen Opfer des eigenen Rassismus.

Wie die Schlussszene zwischen Roeloff und Jan Joubert ahnen lässt, werden die Weißen künftig auch unter sich wegen Landbesitz streiten.

*

Zum Schluss ist zu der Thematik Rayda Jacobs' kurz anzumerken, dass sie sich mit dem Roman *Augen des Himmels* eines Themas annimmt, das in der südafrikanischen Literatur häufig anzutreffen ist: die sexuellen Beziehungen zwischen Menschen verschiedener Rassen. Zur Zeit der Apartheid, als solche Beziehungen im Zuge der Rassengesetzgebung grundsätzlich verboten waren, wurden Werke, die diese schilderten, meist von der Zensur geahndet. Dazu gehörten Athol Fugards Schauspiel *Statements after an Arrest under the Immorality Act* und etliche Romane André Brinks, wie etwa *Looking on Darkness* oder *Rumours of Rain*.

In der englischsprachigen Romanliteratur Südafrikas gibt es hingegen nicht viele Werke, die sich mit dem Landleben befassen.[10] Lediglich Olive Schreiner mit *The Story of an African Farm,* dem schon 1883 veröffentlichten, ersten südafrikanischen Roman, und Pauline Smith mit *The Little Karoo* (1925) und *The Beadle* (1926) haben die vorkapitalistische Ordnung und die Trostlosigkeit der entlegenen ländlichen Welt beschrieben. Der eigentliche »Farm Novel« ist eher eine der afrikaanssprachigen Literatur in der Gestalt des *Plaasroman* vorbehaltenen Gattung geblieben und zwar vorwiegend der Jahre 1920 bis 1940.[11]

Auf Grund des vorliegenden Textes wollten einige Rezensenten Rayda Jacobs mit André Brink und Nadine Gordimer vergleichen. Zutreffender scheint mir allerdings der Vergleich, den Vasu Reddy mit J. M. Coetzees zweitem Roman *In the Heart of the Country* (1977) zieht. Dort besteht tatsächlich eine gewisse Ähnlichkeit mit *Augen des Himmels,* die Reddy als eine Art spielerische Intertextualität bezeichnet; hier wie dort gibt es das Milieu der Farm, die pathologischbesetzten Rassenbeziehungen, die großen kulturellen Unterschiede zwischen den Rassen, die sexuelle Ausbeutung von Einheimischen und die Frustration junger Frauen unter solchen Lebensbedingungen.

Geoffrey V. Davis

Anmerkungen

1 Unter dem Apartheidsystem wurde der Begriff *Coloured* (»farbig«) verwendet, um all die Menschen zu bezeichnen, die gemischtrassischer Abstammung waren. In einem Akt bürokratischen Irrsinns wurden sieben Unterabteilungen der Kategorie bestimmt. Wie im Roman deutlich gemacht wird: Die »Farbigen« entstammen der Vermischung von Europäern, Khoisan und aus Asien zwangsumgesiedelten Sklaven. Heutzutage sprechen sie vorwiegend Afrikaans. Auch nach Beendigung der Apartheid hat sich der Begriff, mangels einer geeigneteren Bezeichnung, weitgehend erhalten.

2 David Medalie, *Mills and Boon stereotypes colonise a well-researched African tale,* in: The Sunday Independent (Südafrika), 7. September 1997, S. 20

3 Vgl. Marianne Cornevin, *Apartheid: power and historical falsification* (Paris: UNESCO, 1980), S. 77–126

4 Desmond Tutu, *Hope and Suffering – Sermons and Speeches* (Johannesburg: Skotaville 1983), S. 83 und *Mythology,* in: New York Review of Books, 26. September 1985, S. 3–4

5 Njabulo Ndebele, *The Music of the Violin,* in: *Fools and other stories* (Johannesburg: Ravan, 1983), S. 124

6 Bessie Head, *A Search for Historical Continuity and Roots,* in: M. J. Daymond, J. U. Jacobs und M. Lenta (Hg.), *Momentum – On Recent South African Writing* (Pietermaritzburg: University of Natal Press, 1984), S. 279–280

7 Vgl. etwa Mothobi Mutloatses Anthologie *Reconstruction – Ninety Years of Black Historical Literature* (Johannesburg: Ravan Press, 1981)

8 Vgl. *The Shaping of South African Society 1652-1840,* hg. Richard Elphick und Hermann Giliomee (Maskew Miller Longman: Cape Town, 1989), 2. Ausgabe, S. 4–5. Diese Autoren bevorzugen allerdings den Terminus *Buschmann* statt *San.*

9 Sharkey Isaacs, *Rayda Jacobs: in search of the Great South African novel,* in: *Cape Argus,* 14. April 1997, S. 11

10 Athol Fugard hat zwei seiner Theaterstücke – *The Road to Mecca* (1985) und *Valley Song* (1996) – in Nieu-Bethesda in der Karoo angesiedelt.

11 Vgl. den Aufsatz *Farm Novel and Plaasroman* von J. M. Coetzee in dessen *White Writing – On the Culture of Letters in South Africa* (New Haven, CN und London: Yale University Press, 1988), S. 63–81

12 Vasu Reddy, *Die verlede ondervra,* in: *Insig* (April 1997), S. 38

Glossar

Blessbock	Antilopenart
Buschmänner	koloniale und diskriminierende Bezeichnung für *San,* ursprüngliche Ethnie im südlichen Afrika, die der Khoisan-Sprachgruppe angehört und sich von den Bantu-Völkern unterscheidet
Duiker-Leder	Kronenducker-Leder; Kronenducker: Antilopenart im südlichen Afrika
Ein-qua	Unterfamilie der San
Grootbaas	Anrede für den Farmbesitzer
Hottentotten	abwertender Name für die am Kap einheimischen *Khoikhoi*
Karee-Baum	wilde Weide
Karoo	trockenes, wüstenartiges Gebiet nordöstlich von Kapstadt
Kaross	Umhang aus Antilopenleder
!Khomani	Sprache der *San*
Kleinbaas	Anrede für den Sohn des Farmbesitzers
Kleinooi	Anrede für die Tochter des Farmbesitzers
Koi-na	ursprüngliche Ethnie am Kap; heute *Khoi* oder *Khoikhoi* genannt
Oom	respektvolle Anrede für Onkel
Oubaas	Anrede für den Vater des Farmbesitzers
Oupa	Großvater
Riempie-Stühle	Stuhlgestell aus Holz; fest gespannte, schmale Lederriemen bilden Sitzfläche und Rückenlehne
San	ursprüngliche Ethnie in Südafrika
Skerm	temporärer Schutz aus Ästen, Zweigen und Stroh
Sonqua	ursprüngliche Ethnie am Kap; heute *San* genannt
Veld	offenes Feld, Savanne
Veldskoen	stabile Schuhe aus rauhem Leder
Vygies	Sukkulente